CHRISTINE RATH

Butterblumenträume

WENDEPUNKTE Maja Winter, 38, lebt mit ihrer 17-jährigen Tochter Nini in Überlingen am Bodensee. Sie arbeitet in einer erfolgreichen Immobilienagentur und ist mit Leon Römfeld liiert, dem Erben eines der größten Weingüter am See. Alles läuft in geordneten Bahnen, doch wirklich glücklich ist sie nicht. Eines Tages entdeckt sie ein malerisches Haus am See, und träumt davon, dort ein kleines Café zu eröffnen, das »Café Butterblume«. Ihre neue Freundin, die alte und lebenskluge Nachbarin Frieda, ermuntert sie, ihren Traum zu verwirklichen. Weil Maja nicht möchte, dass ihr Traumhaus zu einer modernen Schönheitsklinik umgebaut wird, belügt sie einen Kaufinteressenten. Doch ihr Chef kommt dahinter und entlässt sie. Als sie sich schließlich noch in den vermeintlichen Gärtner des Hauses verliebt, wird ihr ganzes Leben auf den Kopf gestellt und sie steht vor der schwersten Entscheidung ihres Lebens …

Christine Rath, Jahrgang 1964, lebt seit ihrer Kindheit am Bodensee. Sie arbeitete zunächst als Presse- und Marketing-Assistentin bei der Messe Friedrichshafen, bevor sie der Liebe folgte und nach Stockach zog. Dort unterstützte sie ihren Mann einige Jahre lang in seinem Immobilienbüro. 2006 eröffneten sie ein kleines Hotel in Ludwigshafen. Mit »Butterblumenträume« gibt Christine Rath ihr Romandebüt.

CHRISTINE RATH

Butterblumen-träume

Roman

GMEINER *Original*

Ausgewählt von
Claudia Senghaas

Personen und Handlung sind frei erfunden.
Ähnlichkeiten mit lebenden oder toten Personen
sind rein zufällig und nicht beabsichtigt.

Besuchen Sie uns im Internet:
www.gmeiner-verlag.de

Im Ehnried 5, 88605 Meßkirch
Telefon 07575/2095-0
info@gmeiner-verlag.de

2. Auflage 2012

Lektorat: Claudia Senghaas, Kirchardt
Herstellung: Christoph Neubert
Umschlaggestaltung: U.O.R.G. Lutz Eberle, Stuttgart
unter Verwendung eines Fotos von: © bynicola – Fotolia.com
Druck: GGP Media GmbH, Pößneck
Printed in Germany
ISBN 978-3-8392-1273-8

Für meine Mutter Rosemarie, die mit 70 Jahren den Mut hatte, ihrem Herzen und der Liebe zu folgen, und in ein fernes Land aufbrach.

Und mir damit zeigte, dass man an seine Träume glauben muss, damit sie wahr werden können.

Kapitel 1
Der Frühling kommt nicht recht in Schwung

Schon immer ist der Frühling meine liebste Jahreszeit am Bodensee gewesen. Ich liebe es, wenn die vielen Obstbäume anfangen zu blühen und Tausende kleine weiße und rosa Blüten die Apfel- und Kirschbäume schmücken. Dann setze ich mich auf mein Rad und fahre einfach am See entlang. Die Sonne glitzert auf dem Wasser, die ersten weißen Segelboote treiben auf dem spiegelglatten See. Gerade überlege ich, in welchem der kleinen Straßencafés in Überlingen ich meinen Cappuccino trinken soll, als mich eine laute Stimme unsanft aus meinen Träumen reißt. Sie gehört Karl Aschenbrenner, meinem Chef, denn in Wahrheit sitze ich nicht auf meinem Rad, mit dem Wind in den Haaren, sondern am Schreibtisch und versuche, ein paar langweilige Anschreiben und Exposés fertigzustellen.

»Frau Winter, wo bleibt das Exposé für die beiden Schweizer?«, brüllt er aus seinem Büro und reißt mich augenblicklich in die raue Arbeitswelt. Ich, Maja Winter, 38, bin die persönliche Assistentin und Leibeigene von Herrn Karl Aschenbrenner, Inhaber der ›Aschenbrenner Immobilien am Bodensee Agentur‹. Ich seufze und schnappe mir ein paar Briefe, die er noch unterschreiben muss, und bevor ich sein Büro betrete, gehe ich rasch an der Kaffeemaschine vorbei, um seine Stimmung mit etwas Koffein aufzubessern. Allerdings ist das heute wieder einmal zwecklos, denn so wie das Wetter ist auch seine

Stimmung. Leider herrscht draußen überhaupt kein schönes Frühlingswetter, auch wenn ich mir das noch so sehr wünsche und es bereits Anfang Mai ist. Stattdessen ist es kalt, grau und neblig. So schön der Bodensee im Frühling, Sommer und Herbst auch ist, die Winter mit dem vielen Nebel können schon ein wenig deprimierend sein. Und in diesem Jahr ist auch das Frühjahr sehr durchwachsen. Seufzend stoße ich die Tür zu Herrn Aschenbrenners Büro auf und höre, was er sich wieder für eine kleine Nebenaufgabe für mich ausgedacht hat. Obwohl mein Schreibtisch mit so vielen unerledigten Dingen auf mich wartet und ich auch heute nie im Leben pünktlich Feierabend machen kann, lässt er sich immer wieder einige kleine Extras für mich einfallen. Ja, natürlich bin ich froh, in *der* angesagten Immobilien-Agentur am See einen so interessanten Job zu haben und dies schon seit über zehn Jahren, was mich quasi zu einer Art Inventar in diesem Laden macht. Das kann außer mir niemand von sich behaupten. Cholerisch, wie mein lieber Chef nun einmal ist, neigt er dazu, seine Mitarbeiter ruck, zuck auszutauschen, wenn ihm irgendetwas nicht passt. Und das ist sehr häufig der Fall. Natürlich bei Weitem nicht so oft, wie er seine Freundinnen wechselt. Im Laufe der Zeit habe ich mehr neue Partnerinnen von ihm kennengelernt als Autos, und das will etwas heißen, denn er fährt andauernd ein neues Modell. Inzwischen merke ich mir nicht einmal mehr die Namen der Damen und nenne sie, genau wie er, alle schlicht ›Püppi‹. Im Grunde tun sie mir leid, austauschbar, wie sie sind. So gesehen, kann ich mich wirklich glücklich schätzen, dass ich immer noch hier bin, aber wahrscheinlich bin ich die Einzige, die dieses Chaos hier überblickt, und er hat Angst vor dem Tag, an dem er selbst oder eine seiner Püppis sämtliche Unterlagen heraussuchen muss. Außer mir gibt es derzeit nur eine Angestellte, Irma, sie ist so eine Art Praktikantin, die neben Kaffee kochen, Kuchen holen, zur Post gehen usw. auch für die Ablage verantwortlich ist. Leider hat Herr Aschenbrenner Irma nicht wegen ihrer Qualifikationen, sondern hauptsächlich wegen ihres bezaubernden Lächelns und der nicht zu übersehenden Oberweite eingestellt. Ich habe den Verdacht, dass auch Irma eine Püppi werden wird, wenn sie es nicht schon ist, wer weiß. Tatsächlich ist sie eine witzige und intelligente, wenn auch leicht chaotische junge Frau, und wir beide lachen viel zusammen. Sie lebt nach Marilyn Monroes Grundsatz ›Ich kann schlau sein, wenn es nötig ist, aber die meisten Männer mögen das nicht‹, und ihre unerschütterliche Naivität hat ihr sicher schon so manchen Kummer erspart. Hin und wieder erfreut sie mich mit kuriosen Geschichten aus ihrem Privatleben, die stets sehr unterhaltsam sind. Unser Büro – es handelt sich um mehrere schöne, große und hohe Räume in einem ebenso schönen Altbau – befindet sich in der malerischen Stadt Überlingen am Bodensee. Vom Büro meines Chefs hat man natürlich einen traumhaften Blick auf den See und das gegenüberliegende Ufer, was schon so manchen potenziellen Käufer in seiner Entscheidung beeinflusst hat. Wer möchte nicht auch in einer derart schönen Gegend wohnen? Der Ehrlichkeit halber sollte ich vielleicht erwähnen, dass mein Chef sich nicht gegenüber jedermann als Ekel gibt, sondern, ganz im Gegenteil, bei vielen Leuten vor Charme geradezu sprüht, was ebenso wie sein unerhörtes Verkaufstalent hauptsächlich zum Erfolg der Agentur beiträgt, und ich persönlich bin davon überzeugt, dass er sogar in der Lage wäre, jeden noch so heruntergekommenen Schuppen derart schönzufärben, dass er dafür einen Käufer findet (was er, nebenbei gesagt, auch schon getan hat).

Für einen schönheitsliebenden Menschen wie mich ist es nicht ganz unwichtig, dass ich in einem edlen Ambiente arbeiten darf, und auch mein kurzer Arbeitsweg ist nicht unbedingt ein Nachteil. Im Sommer kann ich mit dem Rad fahren, es sei denn, ich habe einen engen Rock an, dann kutschiere ich meinen alten, klapprigen, aber heiß geliebten Mini, ebenso im Winter. Dieser Job sichert mir und meiner Tochter Naimi, genannt Nini, den Lebensunterhalt, und darum ertrage ich stillschweigend Herrn Aschenbrenners Launen und denke mir einfach mein Teil.

Nini und ich sind ein tolles Team. Sie ist süße 17, und wir kommen super miteinander aus. Einen Vater von Nini hat es nie gegeben, ich meine, natürlich gab es einmal einen Erzeuger, aber er wurde bereits in der Schwangerschaft wegen Unzuverlässigkeit abgeschrieben. Ich weiß nicht, ob Nini je etwas vermisst hat, aber so strahlend und fröhlich, wie sie ist, kann ich mir das eigentlich nicht vorstellen. Wir beide sind eher Freundinnen als Mutter und Tochter und leben in einer gemütlichen kleinen Wohnung in der Altstadt von Überlingen. Gut, Überlingen ist eine Kleinstadt, aber im Sommer, wenn die Touristen die Stadt bevölkern, ist ganz schön was los. Auf der mit Palmen gesäumten Uferpromenade reiht sich ein Café und Lokal an das andere, und ich liebe es, an einem lauen Sommerabend dort zu sitzen und die Menschen zu beobachten, die vor mir auf und ab flanieren. Steht man vor dem Haus, in dem wir wohnen, kommt es einem ein wenig windschief vor, aber das kann auch täuschen, besonders, wenn man an der Uferpromenade ein Gläschen Wein zu viel getrunken hat. Die Eingangstür ist blau wie die Tür aus dem Film ›Notting Hill‹, und nicht nur deswegen lieben wir unser Zuhause. Der Weg in unsere Dachwohnung führt über eine ausgetretene alte Holztreppe. Wir haben ein gemütliches kleines Wohnzimmer mit einem riesigen lilafarbenen Sofa, das mit unzähligen Kissen übersät ist, und einem tollen, mit Rosenstoff bezogenen Ohrensessel, davor ein kleiner, meist mit Modezeitschriften bedeckter Tisch, und an der einzigen nicht schrägen Wand steht ein großes Bücherregal. In einem Erker befindet sich mein Schreibtisch, der ähnlich überfüllt ist wie der in meinem Büro. Auf der gegenüberliegenden Seite nehmen wir unsere Mahlzeiten am Esstisch vor dem Fenster ein, und es gibt sogar einen winzig kleinen Balkon, der gerade Platz genug für zwei bequeme Korbstühle, einen Sonnenschirm sowie ein Tischchen bietet, wo wir im Sommer gerne frühstücken oder die Abendsonne genießen. Zwischen den Häusern kann man sogar ein Stückchen See sehen, natürlich nicht so spektakulär wie aus dem Fenster im Büro von Herrn Aschenbrenner, aber immerhin.

Hier haben wir zwischen ein paar von Nini selbst bemalten Blumentöpfen mit Geranien schon so manch lustige Stunde verbracht, aber auch das eine oder andere Problem diskutiert.

Außerdem gibt es in unserer Wohnung noch eine hübsche weiße Küche, ein rosa gestrichenes Bad mit einer altmodischen Wanne und für jede von uns ein Schlafzimmer. Ninis Zimmer ist zartgelb gestrichen und meines hellblau. Irgendwo hatte ich mal gelesen, dass Blau eine beruhigende Wirkung auf die Psyche hat, und ich dachte, im Schlafzimmer könne das nicht schaden. Leider sehe ich von der Farbe meistens nicht viel, denn wenn ich ins Bett falle, bin ich so müde, dass ich sofort einschlafe. Deshalb liegen die Romane auf dem Nachttisch nur herum, denn gelesen werden sie auf dem erwähnten Sofa oder in meiner Mittagspause auf irgendeiner Parkbank am See. Mein Kleiderschrank ist viel zu klein, aber ich habe schon den größten ausgewählt, der in dem kleinen Zimmer Platz hat. Deshalb hängt immer ein Teil meiner Kleider entweder am Schrank oder liegt quer auf der Holzkommode, über der ein großer Spiegel angebracht ist und die zudem mit Modeschmuck und Parfumflaschen vollgestellt ist. Ninis Zimmer hat diverse Entwicklungsphasen von ihr durchlebt, angefangen vom rosaroten und leicht kitschigen Mädchentraum über die Indienphase mit lauter bunt bestickten Kissen bis zu ihrer aktuellen sonnengelben Deko. Glücklicherweise sind ihre Möbel weiß lackiert und können je nach Laune farblich variiert werden. Unsere Wohnung ist alles andere als ein Designertraum, aber sie ist unser stiller Rückzugsort von allen alltäglichen Widrigkeiten, ein richtiges Zuhause eben. Ich bin überzeugt, Nini sieht das genauso, auch wenn die meisten ihrer Freundinnen in schicken Einfamilienhäusern am Bodenseeufer leben. Interessant ist, dass eben diese Freundinnen sich ebenfalls häufig und gern bei uns aufhalten und nach der Schule zusammen Spaghetti kochen oder einen frischen Salat zubereiten, von dem ich, wenn ich Glück habe, auch etwas abbekomme. Ich habe den Verdacht, dass sie in ihren Designerküchen nichts dreckig machen dürfen, während unsere Küchenzeile schon so einiges ausgehalten hat.

Nini hat mein rundes Gesicht geerbt, allerdings hat sie blaue und ich grüne Augen, und zurzeit sind ihre Haare blond und glatt, meine braun und lockig. Sie kann natürlich so viel Schokolade essen, wie sie will, während ich diese nur anzusehen brauche, um zuzunehmen. Obwohl ich ständig mit dem Rad unterwegs bin, während ihr einziger Sport daraus besteht, von einer Boutique zur anderen zu laufen, ist sie selbstverständlich um einiges schlanker als ich. Was sie jedoch nicht davon abhält, sich immer wieder Sachen aus meinem Schrank auszuleihen, während ich das nur mit ihren Schuhen und Taschen machen kann. Da sie davon allerdings reichlich besitzt und wir dieselbe Schuhgröße haben, profitiere ich also auch ein wenig.

Nun zurück zu dem grauen Nebeltag und zu meinem mies gelaunten Chef.

»Frau Winter, ich dachte, ich hätte Sie schon gestern an das Exposé für die Schweizer erinnert. Was ist denn jetzt damit? Ist das endlich raus?«

Ich lächle ihn freundlich an und stelle ihm erst mal seine Kaffeetasse hin, um ihn positiv zu stimmen.

»So gut wie«, fabuliere ich, obwohl es noch nicht einmal geschrieben, geschweige denn ausgedruckt ist. Um genau zu sein, weiß ich nicht einmal mehr, für welche der Wohnungen diese Schweizer sich interessiert haben. Aber irgendwo auf meinem Schreibtisch befindet sich die Notiz, da bin ich mir ganz sicher. An das Ehepaar Rütli kann ich mich sehr gut erinnern, besonders an sie. Es sind ältere Leute, die ihr Haus in Zürich verkaufen und sich eine schicke Eigentumswohnung am Bodensee kaufen wollen, um den Ruhestand hier inmitten ihrer Lieblings-Golfplätze zu verbringen. Natürlich haben wir einige sehr exklusive Immobilien im Angebot, die dem anspruchsvollen Geschmack der beiden gerecht werden könnten. Ich weiß nur nicht, ob Herr Aschenbrenner die Wohnanlage ›Immengarten‹ in Ludwigshafen mit Seeblick oder die ›Kirschblüte‹ in Salem inmitten der herrlichen Obstbäume angeboten hat. Daran kann ich mich beim besten Willen nicht mehr erinnern, sondern nur an den arroganten Auftritt von Frau Rütli bei uns im Büro mit ihrer Hermes-Tasche und den Louboutin-Pumps und wie sie mir im Vorübergehen: ›Zwei Kaffee Crème ohne Zucker!‹ hingeworfen hat und dass ich mich fragte, ob ihr Gesicht nun geliftet oder Botox gespritzt ist. Ich meine, es gibt keine Frau über 60, die eine derart faltenfreie Stirn hat. Jedenfalls ließ Herr Aschenbrenner seinen Charme spielen und machte ihr Komplimente, wie ihr glockenhelles Lachen aus seinem Büro bewies. Ihm ist natürlich bewusst, wie wichtig die Ehefrau bei der Entscheidung über eine Immobilie ist, daher gibt er sein Bestes. Als alter Hase weiß er aber auch, dass er es nicht übertreiben darf, denn sonst ist der Ehemann verärgert, und dann wird es nichts mit dem Verkauf. Doch findet er jedes Mal das richtige Maß, und wegen dieses Gespürs beneide nicht nur ich ihn, sondern auch seine zahlreichen Mitbewerber hier am See. Welche Immobilie war es nur? Es bleibt mir nichts anderes übrig, als den Schreibtisch zu durchwühlen. Das werde ich gleich als Nächstes tun, so viel steht fest. Bevor ich allerdings meinen Schreibtisch ansteuern kann, hält er mich noch einmal zurück: »Ach ja, Frau Winter, und bitte denken Sie dran, einen Friseurtermin für mich zu vereinbaren, am besten gegen 17.30 Uhr, und reservieren Sie mir einen schönen Tisch im ›Rosmarin‹ für zwei Personen auf 19.30 Uhr, ja? Und fahren Sie bitte nachher noch in der Seestraße in Nußdorf vorbei und fotografieren das Objekt 415. Wenn es geht, bevor es dunkel ist und von allen Seiten, auch den Garten – das werden Sie wohl hinbekommen?«

»Klar, Herr Aschenbrenner, das mache ich gerne auf dem Heimweg.«

Was für ein Glück, dass ich nicht nur meine Kamera, sondern auch den Mini dabei habe und bei diesem Nebel nicht den ganzen Weg nach Nußdorf hinaus radeln muss.

»Vergessen Sie nicht, das Exposé für die Rütlis zur Post zu bringen«, bellt er mir noch hinterher. Aber da habe ich die Bürotür bereits hinter mir geschlossen und atme tief durch. Wie ich mich auf meinen Feierabend freue. Ein Gläschen Rotwein und eine Tafel Schokolade auf dem lila Sofa, eine Jogginghose und eine Entspannungsmaske – mehr brauche ich nicht, um glücklich zu sein. Ich überlege gerade, ob ich mir nach der Arbeit in Monis Bücherstube einen spannenden Krimi besorgen soll, als mein Handy in der Handtasche eine SMS vermeldet. Handys auf dem Schreibtisch sieht Herr Aschenbrenner nicht gerne, und so muss es ein Schattendasein in meiner überfüllten Handtasche fristen. Meistens gehe ich nicht ran, denn Herr Aschenbrenner mag private Telefonate während der Arbeitszeit noch weniger. Doch jetzt bücke ich mich und fummle das Handy heraus, in der Hoffnung, dass er das Büro nicht gerade jetzt betritt, weil ihm noch etwas Wichtiges einfällt. Viel wichtiger als das, was ich gerade lese, kann es gar nicht sein.

›Hallo, meine Süße, denkst du an die Modenschau

heute Abend? Pünktlich um 19 Uhr hole ich dich ab, freu mich. Leon.‹

O Gott, wie konnte ich das nur vergessen! Wahrscheinlich habe ich den Gedanken daran einfach verdrängt.

Kapitel 2
Das Weingut

Eigentlich liebe ich Modenschauen, und könnte ich mit Nini gehen, wäre das sicher eine Supersache. Normalerweise freue ich mich auf einen Abend mit meinem Herzallerliebsten, aber heute kann ich das beim besten Willen nicht. Ich weiß nämlich, dass seine ganze Familie dabei sein wird, und diese Vorstellung verursacht mir eine Gänsehaut. Leon und ich sind seit drei Jahren zusammen, und noch immer haben sie nicht akzeptiert, dass ich seine Freundin bin. Leon ist 42 und quasi der Thronfolger eines der größten Weingüter hier am Bodensee. Er war ein paar Jahre mit einer ›Weinkönigin‹ verheiratet und hat seit seiner Scheidung mehr oder weniger à la carte gelebt, bevor wir beide uns – natürlich auf einem Weinfest – kennenlernten. Für seine Familie bin ich als alleinerziehende Mutter natürlich nicht standesgemäß, ganz zu schweigen davon, dass seine Exfrau Lisa die absolute Traum-Schwiegertochter für seine Mutter Katharina war.

Ich verstehe durchaus, dass sie stolz auf ihren Betrieb

sind. Das alte Weingut mit einem traumhaften Seeblick liegt nämlich völlig allein inmitten von Weinbergen zwischen Hagnau und Meersburg. Die Bodenseeweine sind schon etwas Besonderes. Die große Wassermasse des Sees wirkt wie ein Wärmespeicher, der die Temperaturschwankungen zwischen Tag und Nacht und zwischen Sommer und Winter ausgleicht und für ein fast mediterranes Klima sorgt. Die Wasseroberfläche spiegelt einen Teil der Sonnenenergie in die Rebhänge und heizt dadurch den Boden auf, was den Reben guttut. Angeblich ist das Weinanbaugebiet hier das höchste in ganz Deutschland, und da es nicht allzu groß ist, gibt es natürlich nicht viel Wein, der in den Handel kommt, also ist er wegen seiner Güte sehr gefragt. Leon gerät jedes Mal ins Schwärmen, wenn er über die idealen Bedingungen für den Weinanbau spricht. Neulich erst hat er mir mit leuchtenden Augen erzählt, dass in der Eiszeit hier ein Gletscher war, der Boden also eiszeitliche Endmoräne ist, durchzogen mit sandigem Lehm. Das hält die Feuchtigkeit, und so bekommen die Reben sogar in ganz trockenen Sommern, in denen es nicht viel regnet (gibt es die überhaupt?), keine Probleme durch mangelnde Feuchtigkeit. So genau verstehe ich das aber nicht. Ich weiß nur, dass die Weine himmlisch schmecken und die Familie Römfeld bereits in der dritten Generation überaus erfolgreich Wein anbaut.

Der Opa von Leon hatte das riesengroße Glück, nach dem Krieg in dieser tollen Lage einige Grundstücke mitsamt einem imposanten Gebäude aus den Zwanzigerjahren für einen Schnäppchenpreis zu erwerben. Er war sicher ein cleverer Geschäftsmann, denn er konnte die wenigen Weinbauern in der Gegend dazu bewegen, ihm noch weitere Weinberge zu verkaufen. Heute ist das Weingut Römfeld unabhängig von den Winzergenossenschaften und Staatsweingütern am See, und die Weine sind in ganz Deutschland beliebt und begehrt, zumal die vielen Touristen, die Jahr für Jahr an den schönen Bodensee kommen und einen guten Tropfen zu ihrem leckeren Bodenseefisch genießen, den Ruf weiterverbreiten. Natürlich wissen auch wir ›Einheimischen‹ die Qualität der Bodenseeweine zu schätzen, wenn wir unseren Feierabend in irgendeiner Weinstube an der Uferpromenade oder einem der schicken Restaurants rund um den See genießen.

Leons Mutter Katharina war auch eine Weinkönigin, als sie seinen Vater kennenlernte, und darauf ist sie heute noch stolz. Nach dem allzu frühen Tod ihres Mannes, der eines Tages mitten in seinen geliebten Weinbergen mit noch nicht einmal 60 Jahren einem Herzinfarkt erlag, führte sie das Weingut mit Hilfe ihrer beiden Söhne weiter. Leon, der Betriebswirtschaft studiert hat, ist mehr für den kaufmännischen Part des Unternehmens verantwortlich, während Robert, der praktischere der beiden, sich um das Handwerk, den Weinanbau und die Weinberge kümmert. Inzwischen schmeißen die beiden Jungs den Laden alleine, während Katharina sich der Gestaltung der Räumlichkeiten auf dem Weingut und der Perfektionierung ihres Golf-Handicaps widmet. Das Haupthaus des Weingutes ist ein architektonischer Traum und besteht aus einem großen, klassischen Bau, der inzwischen zur Seeseite hin durch einen modernen Anbau aus Glas ergänzt wurde. In diesem Wintergarten befindet sich auch der Wohn- und Essbereich, der von der ganzen Familie genutzt wird, sowie eine Hightech-Küche, in der eine Köchin namens Marta die köstlichsten Speisen kreiert und serviert. Außer Katharina, Robert und Leon wohnen hier noch Susann, Roberts Frau, die mit Katharina die Liebe zum Golfspiel und den extravaganten Kleidungsstil teilt, sowie Johannes, der verwöhnte achtjährige Sohn von Robert und Susann, und Emily, 27, Schwester von Robert und Leon und das Nachzügler-Prinzesschen. Emily war noch klein, als ihr Papi starb, und wurde von der ganzen Familie entsprechend verhätschelt. Nach dem Abi verbrachte sie einige Jahre in Florenz, um Kunstgeschichte zu studieren, aber ich habe den Verdacht, dass sie sich mehr dem Dolce Vita der Toskana hingegeben hat. Im letzten Jahr kam sie Knall auf Fall – wahrscheinlich wegen einer unglücklichen Liebe (denn Geldmangel kann es wirklich nicht gewesen sein) – aus Italien zurück und verbringt seitdem ihr Leben entweder damit, sich mit anderen wohlhabenden jungen Leuten irgendwo herumzutreiben oder in miesepetriger Lethargie. Vom Arbeiten hält sie jedenfalls nicht allzu viel, warum auch? Es gibt genug andere, die das tun. Selbstverständlich haben die Römfelds außer der Köchin noch ein Dienstmädchen, eine Putzfrau und einen Gärtner, die das herrschaftliche Anwesen aufs Vortrefflichste in Schuss halten. Mir macht es immer ein wenig Angst, denn alles ist so perfekt im Gegensatz zu unserer Wohnung, die zwar gemütlich, aber manchmal auch ein klein wenig unaufgeräumt wirkt. Kein Wunder, dass ich für Katharina nicht die perfekte Frau für Leon und dieses Traumleben bin. Aber vielleicht bilde ich mir das alles nur ein. Ich glaube, Leon liebt mich wirklich, auch wenn er das manchmal nicht so zeigen kann. Er ist halt so aufgewachsen und hat schon immer so ganz anders gelebt als ich.

Als wir uns kennenlernten, war er gerade frisch geschieden, und ich denke, meine ›normale‹ Art hat ihm einfach gutgetan. Seine Exfrau Lisa muss nämlich ein ziemliches Biest gewesen sein, auch wenn Katharina das überhaupt nicht so sieht. Laut Leon gab es für sie nur Feiern, Geldausgeben und (Bei)schlafen. Als sie Letzteres eines Tages mit einem schnuckeligen (das sind meine Worte, nicht Leons) Weinlese-Arbeiter tat, noch dazu in *seinen* Weinbergen, war es aus. Leon spricht nie darüber, und manchmal habe ich das Gefühl, dass er die Jahre mit Lisa einfach vergessen hat. Irgendwie werde ich das Gefühl nicht los, dass es ihm nicht das Geringste ausmacht. Wer weiß, vielleicht hat er sie ja gar nicht geliebt und er war nur mit ihr zusammen, weil sie seiner Mutter so gut gefiel? Ich dränge ihn nicht, darüber zu reden. Schließlich habe ich auch meine Vergangenheit, aus der sogar ein Kind entstanden ist, obwohl der Kindesvater in meinem Leben schon lange keine Rolle mehr spielt. Nicht, dass er das je getan hätte. Natürlich habe ich im Laufe der Zeit immer wieder mal einen Mann gehabt, mit dem ich gerne ausgegangen bin, aber irgendwie war nie einer dabei, der seine Zahnbürste in unser kleines Zuhause mitbringen durfte. Vielleicht bin ich zu romantisch veranlagt. Diejenigen, die mir gefielen, verzogen meist schon bei dem Satz ›Ich habe eine kleine Tochter‹ das Gesicht, weil sie dachten, wir suchten nur einen Ernährer. Dabei war das ja dank Herrn Aschenbrenner überhaupt nie der Fall, denn er zahlt mir zum Ausgleich für die Erduldung seiner Launen und die vielen Überstunden ein großzügiges Gehalt, das es uns ermöglicht, auf eigenen Füßen zu stehen. Gut, ich musste immer viel arbeiten, was manchmal nicht leicht war, zum Beispiel wenn Nini krank wurde. Zum Glück gab es aber meine Mutter Luise, die jederzeit und gerne auf die Kleine aufpasste.

Je älter Nini wurde, desto besser kamen wir allein klar und desto geringer wurde die Notwendigkeit, auf Biegen und Brechen eine neue Familie zu haben. Bis Leon kam. Er ist der erste Mann, mit dem ich mir wirklich vorstellen kann, zusammen zu *leben*. Ich meine, wenn wir die Nacht miteinander verbringen, dann bin ich *nicht* froh, wenn er morgens wieder geht, es sei denn, er läuft zum Bäcker, holt uns frische Brötchen und ich koche uns einen guten Kaffee. Er akzeptiert, dass ich viel Zeit für Nini und meine Arbeit brauche, und lässt mir meinen Freiraum. Ehrlich gesagt, für meinen Geschmack ein bisschen zu viel. Wir sind drei Jahre zusammen, da könnte man sich schon mal Gedanken über eine gemeinsame Zukunft machen, oder etwa nicht? Aber vielleicht will er sich das diesmal wirklich gut überlegen, bevor er wieder enttäuscht wird. Da bin ich mir ziemlich sicher, abgesehen davon, dass seine Zukünftige natürlich vor den Argusaugen Katharinas bestehen muss. Mir ist selbstverständlich bewusst, dass eine gemeinsame Zukunft mich unweigerlich auf das Weingut führen würde, und ich weiß, dass dies der absolute Prinzessinnentraum ist, jedenfalls für viele. Nur ich bin mir manchmal nicht so sicher. Eigentlich bin ich glücklich mit meinem Leben und kann mir beim besten Willen nicht vorstellen, daran etwas zu ändern, jedenfalls im Moment nicht. Zum Glück stellt sich die Frage derzeit nicht, denn offensichtlich hat auch Leon keine Absichten, an dieser Situation etwas zu ändern. Wie das natürlich in einigen Jahren aussehen wird, wenn Nini ihre eigenen Wege geht, weiß ich nicht. Das dauert ja noch ein wenig. Zuerst muss ich Katharina beweisen, dass ich doch die

Richtige für ihren Sohn bin. Der heutige Abend wäre mal wieder eine gute Gelegenheit dafür.

Unglücklicherweise habe ich überhaupt keine Zeit, mich angemessen auf dieses Event vorzubereiten. Wie ich die drei Damen der Familie Römfeld kenne, haben sie den Tag beim Friseur, Masseur, bei der Kosmetikerin und mit einem entspannenden Mittagsschläfchen verbracht, damit sie entsprechend ausgeruht sind. Ganz zu schweigen davon, dass die angesagtesten Outfits seit geraumer Zeit auf diesen Anlass warten. Während ich mir jetzt die Zunge aus dem Hals hetzen muss, um überhaupt pünktlich fertig zu sein, und in diesem Moment nicht die geringste Idee habe, was ich heute überhaupt anziehen soll.

Seufzend tippe ich ein kurzes ›Freu mich auch, bis später, Küsschen‹ in mein Handy und fange an, den Notizzettel für das Rütli-Exposé zu suchen. Da klingelt bereits wieder das Telefon, diesmal das auf meinem Schreibtisch.

Kapitel 3
Das alte Haus oder Liebe auf den ersten Blick

»Was ist los, Maja?«, fragt mich Irma, die auf ihren schwindelerregend hohen Absätzen graziös einen Arm voller Aktenordner aus Herrn Aschenbrenners Büro bugsiert. Mir ist völlig klar, warum sie hier das ›Mädchen für alles‹

ist. Nicht nur, dass sie einfach unglaublich toll aussieht in diesem sexy Secretary-Style, sie hat auch einen Blick für das nicht so Offensichtliche, obwohl es wahrscheinlich klar ist, dass ich in diesem Chaos gleich die Nerven verlieren werde. Irma lässt die Akten fallen und nimmt den Telefonhörer ab.

»Für dich«, lächelt sie und gibt mir den Hörer.

Es ist meine Mutter, und sicher will sie mir nur einen schönen Tag wünschen oder von dem neuen Bild erzählen, das sie gerade gemalt hat. Diesmal scheint es aber doch etwas Wichtiges zu sein.

»Maaja, Liebes«, beginnt sie aufgeregt, »du hättest nicht heute ein Stündchen Zeit für deine olle Mutter? Ich weiß, du bist sehr beschäftigt, doch ich würde dich wirklich nicht bei der Arbeit stören, wenn es nicht unglaublich wichtig wäre.«

»Weiß ich, Mama«, sage ich so dahin, während ich nebenbei weiter nach der Notiz suche. »Heute kann ich wirklich nicht, ich muss noch ganz viel arbeiten, und Leon holt mich pünktlich ab. Wir gehen doch zu der Modenschau in Schloss Salem.«

»Ach jaaaaaa, richtig, das hatte ich völlig vergessen«, flüstert sie, und ich weiß, dass sie jetzt traurig ist.

»Dann macht euch einen schönen Abend. Vielleicht meldest du dich morgen mal. Ich muss dir nämlich was Wichtiges erzählen.« Bevor ich antworten kann, hat sie bereits aufgelegt. Mist, jetzt habe ich schon wieder ein schlechtes Gewissen. Sie war immer für uns da, und ich habe so oft keine Zeit für sie. Was soll ich tun? Ich kann sie jetzt nicht noch einmal anrufen und mir anhören, was es denn so Wichtiges gibt, denn ich muss unbedingt weitermachen, sonst komme ich heute überhaupt nicht mehr aus dem Büro. Ich nehme mir aber ganz fest vor, am nächsten Tag bei ihr anzurufen und sie auf eine Tasse Kaffee einzuladen.

Dabei kann ich ihr auch gleich von der Modenschau erzählen, das wird ihr gefallen. Irma sieht wohl mein unglückliches Gesicht, denn sie fragt nach, ob sie mir irgendwas abnehmen kann. Die Gute. Ich erzähle ihr von der Rütli-Geschichte und der Modenschau, und da bietet sie mir an, nach der Notiz zu suchen und, wenn sie sie gefunden hat, das Exposé gleich fertigzumachen und sogar zur Post zu bringen. Wie nett sie doch ist. Ich umarme sie und nehme mir vor, gleich morgen bei der Parfümerie Drahtmann vorbeizugehen und eine duftende Seife als kleines Dankeschön für sie zu kaufen. Irma liebt schöne Seifen und hat schon eine ordentliche Sammlung beisammen. Schnell vereinbare ich noch einen Friseurtermin für Herrn Aschenbrenner und bestelle einen Tisch für zwei Personen im ›Rosmarin‹. Dann schnappe ich meine Tasche, ein auf Ninis Anraten bei Zara gekauftes XXL-Modell in dezentem Beige, in der ich eigentlich nie etwas finde, und eile mit einem hastigen »Tschüss« aus der Tür. Nix wie weg. Auf dem Weg zum Parkplatz atme ich tief durch und krame nebenbei in der Tasche nach der Kamera. Glücklicherweise habe ich sie dabei.

Wo war noch gleich das Objekt, das ich fotografieren soll? Objekt 415, das weiß ich noch, aber die Straße? Seestraße meine ich gelesen zu haben, aber welche Nummer? Und wo ist noch mal die Seestraße? Nußdorf, ja, das war es. Das ist zum Glück gleich der nächste Ort. Und so lang wird die Seestraße nicht sein. Was für ein Mist, dass ich kein Navi habe. Jetzt wäre es ein Gewinn. Normalerweise brauche ich das nicht, denn in Überlingen kenne ich mich durch die vielen Immobilientermine, die ich in den letzten Jahren für Herrn Aschenbrenner schon wahrnehmen musste, gut aus. Außerdem ist die Stadt überschaubar und ich kann jemanden fragen. Selbstbewusst steuere ich den Mini in Richtung Nußdorf. Ich werde das Haus schon finden. Zu blöd, dass es heute so grau und düster ist. Kaum jemand ist auf der Straße, und so muss ich mein Glück auf eigene Faust versuchen. Ich bin schon fast wieder aus Nußdorf herausgefahren, als ich endlich das Schild ›Seestraße‹ entdecke. Der Hinweis ›Durchfahrt verboten, Anlieger frei‹ kann mich nicht abhalten, schließlich habe ich ein Anliegen, oder etwa nicht? Die Häuser hier sind fast alle alt, aber wunderschön gelegen auf großen Grundstücken mit altem Baumbestand, die bis zum See reichen. Aber welches ist Objekt 415? Wer verkauft bloß ein solches Objekt?

Ich beschließe, den Mini am Straßenrand abzustellen und zu Fuß weiterzugehen. Ein Entschluss, den ich sofort bereue, denn es ist nicht nur empfindlich kalt und der Trenchcoat, den ich heute trage, ist zwar schick, aber nicht gerade warm, nein, die Straße ist auch noch reichlich uneben und mein Schuhwerk wirklich nicht geeignet für einen längeren Spaziergang. Endlich entdecke ich eine ältere Dame, die in ihrem Garten herumwerkelt. Ihr kleiner Hund tollt um sie herum.

»Guten Tag!«, rufe ich ihr munter zu, und sie schaut mich misstrauisch an. Wahrscheinlich hält sie mich für eine Avon-Beraterin. Dennoch kommt sie auf mich zu und sagt freundlich: »N'Abend.«

»Entschuldigen Sie bitte die Störung, können Sie mir vielleicht weiterhelfen? Hier soll ein Haus verkauft werden, und ich habe leider die Hausnummer vergessen.«

Sie runzelt die Stirn und betrachtet mich noch einmal unverhohlen von oben bis unten, überlegt sich vielleicht, wie ich mir das leisten kann.

»Das weiß ich leider nicht«, erwidert sie, aber als ich mich verabschieden will, fällt ihr doch noch etwas ein.

»Es könnte natürlich das Haus der alten Frau Lange sein. Die ist vor Kurzem gestorben und, soviel ich weiß, gehört das Haus jetzt einer Erbengemeinschaft. Es ist das Haus am Ende der Straße.« Mit diesen Worten dreht sie sich um, um sich wieder ihrem Rechen zu widmen. Am Ende der Straße? Ich verfluche meine Pumps, denn meine Füße sind jetzt schon eiskalt, aber wer trägt denn im Mai noch Stiefel? Ich wünschte, ich hätte jetzt welche an. Nur noch ein paar Fotos von dem alten Schuppen gemacht und dann ab nach Hause und unter die warme Dusche. Als ich die Straße so entlanglaufe, denke ich, wie schön es hier ist. Und himmlisch ruhig. Man kann förmlich hören, wie die Wellen des Sees ans Ufer plätschern.

Rechts und links stehen große Bäume, die trotz des späten Frühlings schon Blüten tragen. Hier kann man radeln, sicher bis Unteruhldingen, an den Pfahlbauten vorbei. Ich nehme mir das für den Sommer fest vor. Die wenigen Häuser hier sind alle zwar alt, aber sehr gepflegt und die Gärten wunderschön eingewachsen. Ich kann kaum den Blick vom See wenden, denn dieser hat heute eine herrliche Farbe in verschiedenen Grautönen, passend zum Himmel. Da spielt das Wetter fast keine Rolle mehr. Inzwischen bin ich am Ende der Straße angelangt und stehe vor einem alten, gelben Haus mit schmucken weißen Fensterläden. Das muss es sein. Objekt 415, was für ein schrecklicher Name. Ich würde es ›Butterblume‹ nennen, denn dieser Name schießt mir augenblicklich durch den Kopf, warum, weiß ich nicht. Ich öffne das kleine Gartentor und trete näher. Gut, der Garten ist in einem erbarmungswürdigen Zustand, aber es sieht so aus, als würde hier schon etwas getan. Ganz hinten im Garten, wo es zum See geht, ist ein Gärtner zugange. Bestimmt haben die Erben keine Zeit und deshalb jemanden beauftragt. Mit einem gepflegten Garten kann man höhere Preise erzielen. Der Gärtner stört mich nicht weiter, auch wenn sein Auto, ein alter Volvo, die Einfahrt blockiert. Mein Herz klopft und ich stehe da und staune einfach nur. Der Anblick dieses Hauses in dem verwilderten Garten mit dem grauen See im Hintergrund ist unglaublich schön. Ich habe ein ganz merkwürdiges Gefühl, so als wäre ich schon einmal hier gewesen oder wäre endlich nach Hause gekommen. Ich war noch nie hier, so viel ist sicher, also schiebe ich den Gedanken beiseite und mache mich an die Arbeit. Die Aufnahmen von der Frontseite sind schnell erledigt. Eine breite Treppe führt zur großen Holz-Eingangstür, vor der ein Buchsbaum steht. Soweit ich erkennen kann, ist das Dach intakt, obwohl es sicher schon einige stürmische Zeiten durchgestanden hat. Neben dem Gebäude ist noch ein kleineres Haus, eine Doppelgarage wahrscheinlich. Der Vorgarten ist mit herrlichen Rhododendron-Büschen bestückt, die leider noch nicht blühen, aber ab Mitte Mai sicher wunderschön aussehen werden. Außerdem gibt es weitere Büsche wie Lorbeer und sogar ein Mandelbäumchen. Ich gehe um das Haus herum und bin überrascht, wie groß es ist. Zur Seeseite öffnet sich eine große Terrasse, von der aus wenige Stufen durch einen Steingarten in den Garten führen. Der hintere Teil des Gartens ist mit einigen Birken und Weiden und sogar einem Magnolienbaum bestückt. Der Gärtner schickt sich gerade an, den Baum zu fällen.

»Halt«, rufe ich ihm zu, »aufhören!«

Erschrocken lässt er sein Gartengerät fallen und starrt mich an. Offenbar hat er mich noch gar nicht bemerkt. »Was fällt Ihnen ein, mich so zu erschrecken?«, blafft er mich an.

»Wer sind Sie überhaupt und was machen Sie hier?«

»Ist Ihnen klar, wie lange so ein Magnolienbaum braucht, um so groß und schön zu werden?«, frage ich ihn, anstatt zu antworten.

»Als Gärtner sollten Sie das eigentlich wissen.«

»Und warum interessiert es Sie, ob und warum ich hier einen Baum fälle?«, grinst er mich an, ohne auf meine Frage einzugehen. Na, das werde ich ihm gerade sagen. Ich muss zugeben, trotz seines sehr rustikalen Outfits, oder vielleicht auch gerade deswegen, sieht er sehr gut aus, auf eine männliche Art sexy. Ich kann den Blick fast nicht von seinem durchtrainierten – trotz des XXL-Wollpullovers ist das gut zu erkennen – Oberkörper wenden. Er hat ein markant geschnittenes Gesicht, und sein Lächeln ist einfach unwiderstehlich. Doch damit kann er mich nicht beeindrucken. Der Jüngste scheint er nicht mehr zu sein, denn durch sein dunkles, lockiges Haar ziehen sich bereits einige graue Strähnen, was, wie ich zugeben muss, seiner Attraktivität keinerlei Abbruch tut.

Irgendwie komme ich jetzt aber wohl nicht um eine Antwort herum.

»Das Haus soll doch verkauft werden?«, fange ich vorsichtig an.

»Ach ja, und Sie sind wohl die Käuferin oder die Interessentin?«

»Ja«, lüge ich ihn dreist an.

Das wird mir Gelegenheit geben, mich hier in Ruhe umzusehen und ein paar schöne Fotos zu machen. Herr Aschenbrenner wird stolz auf mich sein.

»Deshalb möchte ich auch nicht, dass dieser Magnolienbaum gefällt wird«, sage ich etwas schärfer, als ich es eigentlich vorhatte.

»Dann bitte ich natürlich vielmals um Entschuldigung. Ich wollte den Kaufinteressenten eigentlich zu ein bisschen mehr Seeblick verhelfen, aber wenn Sie meinen, dann lasse ich den Baum stehen. Sie haben sich wohl schon entschieden?«

»Na ja, so gut wie«, lächle ich, aber jetzt muss ich ihn irgendwie loswerden, sonst komme ich heute überhaupt nicht mehr nach Hause. Das Erstaunliche ist, dass ich immer noch das Gefühl habe, bereits zu Hause zu sein, was ich mir gar nicht erklären kann. »Das ist wirklich nett von Ihnen, vielen Dank«, sage ich, und das Lächeln will einfach nicht aus meinem Gesicht verschwinden. Damit drehe ich ihm den Rücken zu und knipse munter weiter. Bestimmt sind die Doppelfenster rechts und links neben der Terrasse in letzter Zeit einmal erneuert worden. Zusammen mit den weißen Fensterläden geben sie dem Haus beinahe ein Gesicht. Hier im Erdgeschoss befinden sich bestimmt die Wohnräume. Auch in der ersten Etage sind einige Fenster, das werden wohl die Schlafräume sein. Unter dem Dachgiebel entdecke ich ein weiteres Fenster, das ist wahrscheinlich das schönste Zimmer mit dem genialsten Blick überhaupt. Vielleicht ein Atelier? Als ich das letzte Bild schieße, kommt tatsächlich ein Sonnenstrahl zwischen den Wolken hervor und strahlt die ›Butterblume‹ bzw. das Objekt 415 an. Bei dem Abendlicht werden es sicher richtig gute Schnappschüsse. Inzwischen habe ich das Haus von allen Seiten und ebenso den herrlichen Garten fotografiert. Es gibt sogar einen eigenen kleinen Bootssteg. Ich werfe noch einen letzten Blick auf die wirklich ansehnlichen Oberarme des frechen Gärtners und mache mich auf den Weg zu meinem Mini. Irgendwie werde ich das Gefühl nicht los, dass ich hier nicht zum letzten Mal gewesen bin.

Kapitel 4
Die Modenschau

Auf der Fahrt nach Hause wandern meine Gedanken zurück zu dem alten Haus am See. Die Menschen, die dort gelebt haben, müssen sehr glücklich gewesen sein. Der Garten ist so liebevoll angelegt und das Haus strahlt so eine gepflegte Gelassenheit aus. Ich bin fest davon überzeugt, dass Häuser eine Seele haben. Man kann spüren, ob darin Glück oder Leid vorgeherrscht haben, und hier bin ich mir sicher, dass es Glück war. Aber leider habe ich keine Zeit, mir weitere Gedanken darüber zu machen. Viel wichtiger ist: Was ziehe ich heute Abend an? In Gedanken forste ich meinen Kleiderschrank und alle ›Nebenstellen‹ durch, komme aber zu keinem befriedigenden Ergebnis. Alle meine ›besseren‹ Kleidungsstücke sind den Damen der Familie Römfeld bereits bekannt. Warum bloß war ich in meiner Mittagspause nicht noch schnell in der Boutique ›Adina‹? Die Sachen dort sind zwar teuer, aber wenn man etwas auf die Schnelle sucht, wird man immer fündig. Und die beiden Schwestern, die den Laden betreiben, sind unheimlich nett und sogar dann noch freundlich, wenn man das Geschäft verlässt, ohne etwas zu kaufen. Wie auch immer, das löst mein Problem heute leider nicht. »Bitte, lieber Gott, mach, dass Nini zu Hause ist«, bete ich im Stillen, während ich den Mini durch den dichten Feierabendverkehr lenke. Mit ihrem tollen Modegeschmack hat sie sicher eine Idee, wie ich aus meinen vorhandenen Sachen ein schickes Outfit zaubern kann. Dank ihres Einfallsreichtums habe ich für meine Garderobe, die nun wirklich nicht aus Designerteilen besteht, schon viele Komplimente geerntet. Außerdem kann sie mit meinen Haaren noch was machen, denn um Eva anzurufen, ist es definitv zu spät. Eva ist nicht nur meine absolute Lebensretterin in Sachen Hairstyling, sondern zufälligerweise auch meine beste Freundin. Als selbstständige Friseurmeisterin betreibt sie eine Art rollenden Haarsalon, das heißt, man kann sie buchen, sie kommt ins Haus, frisiert einen und schwebt wieder davon. Die Idee dazu hatte sie vor einigen Jahren, als sie wegen ihrer kleinen Kinder nur noch zu Hause saß und sich zu Tode langweilte. Der Laden läuft eigentlich ganz gut, weil sie eine wirkliche Top-Friseurin ist und viele Damen es wie ich zu schätzen wissen, daheim gestylt zu werden und sich anschließend nur noch umziehen zu müssen. Dennoch bleibt ihr trotz ihres gut gefüllten Terminkalenders genügend Zeit für ihre großartige Familie. Sie hat einen verständnisvollen Mann, der sich liebevoll um die beiden Töchter kümmert, wenn Eva mal wieder ›auf Achse‹ ist. Aber nicht nur aufgrund ihrer fachlichen Qualitäten schätze ich sie sehr. Sie ist einfach ein fantastischer Mensch und eine supergute Freundin, die mir mit Rat und Tat zur Seite steht. Wenn es nötig ist, auch mitten in der Nacht. Leider wäre es heute nötig, aber ich will sie so kurzfristig nicht stören. Die Zeit würde ohnehin nicht reichen. Mit Ninis Hilfe und ihrem sensationellen Glätteisen muss es heute auch so gehen. Als ich die Wohnungstür aufschließe, falle ich beinahe über eine riesengroße, pinkfarbene Shopper-Tasche. Gott sei Dank, sie ist da. Doch was ist das? Direkt daneben steht ein Paar ebenfalls riesengroßer Turnschuhe, schätzungsweise Größe 47, das sicher nicht einem Mädchen gehört. Und aus ihrem Zimmer hört man leise Musik, nicht der gewohnte Technokram, sondern Jamie Cullum. O nein, hat sie etwa Herrenbesuch? Nicht, dass ich ihr das nicht gönne, aber ausgerechnet jetzt? Seufzend schleudere ich die Pumps von den Füßen und hetze unter die Dusche. Der warme Wasserstrahl und das duftende Duschgel von Chanel, das mir Nini zu Weihnachten geschenkt hat, beleben meine Sinne augenblicklich. Das schwarze Etuikleid? Zu brav. Das rote Chiffonkleid? Zu ausgeschnitten (für Katharina). Der weiße Hosenanzug? Zu sommerlich. Als ich aus der Dusche komme, steht eine grinsende Nini vor mir.

»Hi, Mami, was ist los? Du siehst so abgehetzt aus«, fragt sie.

»Und du?«, frage ich statt einer Antwort. »Hast Besuch?« Sie grinst einfach weiter.

»Marcus ist nach der Schule noch auf einen Sprung mit hergekommen. Ist doch ok, oder?«

Marcus? Ich überlege fieberhaft, ob ich diesen Namen bereits einmal gehört habe …, aber da ist nichts, was ich mit diesem Namen verbinde.

»Nini, ich habe ein ganz furchtbares Problem«, lenke ich ab.

»Leon kommt in«, ich sehe nebenbei auf die Uhr, die wir aus Sicherheitsgründen im Bad stehen haben, damit wir nicht zu spät kommen, »45 Minuten, um mich zu einer Modenschau in Schloss Salem abzuholen, und seine ganze Familie wird anwesend sein. Was, in aller Welt, soll ich anziehen?«

Sie runzelt die Stirn und sagt bedächtig: »Ooooooh, das klingt in der Tat nach einem echten Problem.«

Zuerst ist sie keine wirkliche Hilfe. Ich creme mich husch, husch ein (so viel Zeit muss sein) und schnappe mir das Riesenmonster von Fön.

»Dann will ich mal sehen, ob ich was für dich finde.« Mit diesen Worten ist sie bereits aus der Tür. Schnell noch die Zähne geputzt und den Bademantel übergezogen, und schon eile ich ihr hinterher.

Als ich mein Zimmer betrete, steht Nini vor meiner Kommode und kramt nach Schmuck. Auf meinem Bett liegt mein schwarzer Taillenrock, eine puderfarbene Seidenbluse, und davor stehen schwarze Pumps mit mörderisch hohen Absätzen. Sie zieht eine schwarze Kette von Pilgrim aus der Kommode mit einem überdimensional großen Glas-Anhänger in Form eines Herzens. Ich bin erstaunt, wie schnell sie mal wieder ein passendes Outfit zusammengestellt hat. Es ist nicht overdressed, dennoch modisch und sexy zugleich.

»Drüber kannst du entweder die cremefarbene Lederjacke ziehen oder meinen schwarzen Trench, halt, nein, das sieht zu sehr nach Beerdigung aus, nimm die Lederjacke«, und mit einem Lächeln ist sie schon wieder an der Tür.

»Und komm nicht so spät«, sagt sie noch, bevor sie rausgehen will.

Ich nehme sie kurz in die Arme und bin wieder einmal froh, dass es sie gibt. Nach ein, zwei Griffen in die Make-up-Kiste werfe ich mich in das ausgewählte Ensemble, knete kurz die Locken auf und besprühe mich großzügig mit ›Very irresistible‹ von Givenchy. Kann doch eigentlich nichts mehr schiefgehen, oder? Schon klingelt es an der Tür.

Natürlich hat Leon einen Schlüssel zu unserer Wohnung, aber wenn ich da bin, zieht er es meist vor zu klingeln. Ich versuche, so schnell es auf den hohen Absätzen eben geht, die Treppe hinunterzueilen, was nicht gerade einfach ist. Und deshalb stolpere ich fast in seine Arme.

»Hoppala«, sagt er zur Begrüßung, »da bist du ja schon. Dann können wir ja gleich losdüsen. Wird zeitlich ohnehin eng werden.«

Über mein Outfit verliert er kein Wort, aber an seinem wohlwollenden Blick erkenne ich, dass es in Ordnung ist. Schwierig genug. Leon liebt es, wenn Frauen gut gekleidet sind, doch es darf nicht zu extravagant sein. Teuer soll es aussehen und feminin, aber nicht zu aufgestylt. Sein schwarzer Porsche prescht los, und ich halte mich unauffällig am Sitz fest. Er mag es nicht, wenn ich seinen Fahrstil kritisiere, doch ich habe einfach Angst, wenn er so schnell fährt. Im Nu sind wir in Salem und ich mit den Nerven am Ende. Der Parkplatz ist bereits voll, denn das Modehaus Singer aus Friedrichshafen genießt einen guten Ruf, und die Modelagentur ›visual artists‹ aus Dornbirn ist bekannt für ihre schönen Models und sensationelle Fashion-Shows mit vielen Tanzeinlagen. Natürlich hat die Familie Römfeld Karten für die erste Reihe, sind doch alle drei Damen Römfeld die besten Kundinnen des Modehauses Singer.

Wir gehen durch den Schlosshof in Richtung Bibliothek, wo die Modenschau stattfinden wird, und wieder einmal bin ich gefangen von der einzigartigen Atmosphäre an diesem Ort. Vor dem Eingang hat man einen roten Teppich ausgerollt, und so fühlt man sich selbst ein bisschen wie ein Star. Leon sieht sehr gut aus heute Abend, das liegt nicht nur an seinem perfekt geschnittenen Maßanzug, sondern auch an seinem gebräunten Teint, den er sich bei einem Ski-Wochenende am Arlberg erworben hat. Er strahlt diese gewisse Selbstsicherheit aus, die nur erfolgreiche Menschen besitzen, und ich wünschte, ich hätte heute Abend ein wenig davon. Habe ich mich zu Hause in dem engen Rock (gut, er ging kaum zu, aber dafür sitzt er auch verdammt sexy am Hintern) noch richtig schick gefühlt, so fällt jetzt mein Selbstbewusstsein angesichts der vielen schönen Menschen in sich zusammen. So viele teure Handtaschen, Schuhe und vor allem Kleider habe ich lange nicht gesehen. Und natürlich sind die Damen Römfeld schon von Weitem zu erkennen. Mein Herz klopft, und ich greife unwillkürlich nach Leons Hand. Katharina hat ihre hellblonden Haare von einem Coiffeur zu einem tadellosen, glänzenden Bob gestylt. Sie trägt einen Jil-Sander-Hosenanzug in schwarz, pures Understatement mit raffiniertem Schnitt. Die Accessoires dazu bestehen aus topmodischen, italienischen Schlangenlederpumps mit der dazu passenden Handtasche und einer exklusiven, besonders gearbeiteten Perlenkette. Als einziger Farbtupfer sind die Lippen in perfektem Rot geschminkt. Susann, Roberts schöne Frau, trägt ein Kleid von Cavalli, das ist unschwer zu erkennen. Auch ihre Haare sind wie üblich perfekt frisiert und frisch goldblond gesträhnt. Sie trägt trotz der Kälte Sandalen mit grau (!) lackierten Zehen und eine Handtasche von Hermès. Ganz anders Emily: Als kleine Reminiszenz an ihre Studentenzeit in Florenz trägt sie ein wild gemustertes Hippiekleid, und ihre naturblonden Haare hängen in dünnen Strähnen herunter. Emily ist, im Gegensatz zu Susann, nicht wirklich ›schön‹ zu nennen. Sie hat zwar ein schmales Gesicht, helle Augen und ebenmäßige Haut, aber alles an ihr ist blass, ihre Haut, ihre Haare, ihre Wimpern. Außerdem ist sie sehr groß und superdünn und hat darum etwas Spinnenhaftes an sich. Eigentlich wäre sie das perfekte Model, aber ich vermute, dass sie selbst dazu zu faul ist. Alle drei mustern mich eingehend, als wir auf sie zugehen, aber nur Emily lässt sich zu einem Lächeln herab. Neben ihnen steht eine junge Frau etwa Anfang 30, die mit ihrem hautengen schwarzen Overall und einer Zigarette in der Hand sehr lässig wirkt. Sie hat glatte, dunkelbraune, fast schwarze Haare, und der akkurat geschnittene Pony verleiht ihrem Gesicht etwas Puppenhaftes.

»Hallo, ihr beiden«, begrüßt uns Katharina und hält mir elegant die Hand hin. Ich bin versucht, einen Knicks zu machen und ihr die Hand zu küssen, aber natürlich verkneife ich mir diese Aktion, nehme mein ganzes Selbstbewusstsein zusammen und begrüße alle freundlich. Auch Robert hat sich in einen eleganten Anzug geworfen, was bei ihm sehr ungewöhnlich ist, da er sonst meist in Jeans unterwegs ist. Das war sicher Susanns Idee, denn man sieht ihm an, dass er sich darin eigentlich gar nicht wohl fühlt. Unterschiedlicher könnten die beiden Brüder wirklich nicht sein. Robert fühlt sich am wohlsten in der

Natur, in den Weinbergen bei seiner Arbeit. Wieder einmal frage ich mich, was ihn zu dieser Frau geführt haben mag. Gegensätze ziehen sich ja bekanntlich an. Dennoch glaube ich, dass eine weniger anspruchsvolle, exaltierte Frau für ihn stressfreier wäre. Aber das ist ja nicht mein Problem. Susann mustert mich von oben bis unten und sagt spitz: »Na, meine Liebe, auch beim Modehaus Singer gewesen?«

Ich weiß genau, dass sie auf Anhieb erkennt, dass mein Seidenblüschen von Zara ist, schließlich geht sie oft genug shoppen. Deshalb lächle ich nur, für weitere Gespräche haben wir auch gar keine Zeit mehr, weil die Show beginnt und wir unsere Plätze einnehmen müssen. Das Licht geht aus, die Strahler auf dem Catwalk leuchten auf, und die mitreißende Musik lässt einen ebenso wie die wirklich gelungenen Tanzeinlagen fast vergessen, dass eigentlich die Mode das Hauptthema des heutigen Abends ist. Verstohlen blicke ich zur Seite und sehe, dass Leon keineswegs entgangen ist, wie schön die Models sind. Mein Gott, sind die schlank. Essen die denn gar nichts? Und die Mode ist einfach traumhaft. In solchen Momenten hätte ich schon gern etwas mehr Geld, das muss ich offen zugeben. So etwas werde ich mir wohl nie leisten können, es sei denn, ich werde doch noch ›Frau Römfeld‹. Bei dem Gedanken muss ich grinsen. Im Nu ist der erste Teil vorüber und es gibt einen Sektempfang. Hübsche junge Hostessen reichen auf Silbertabletts Prosecco, der mir richtig guttut. Bei der Gelegenheit fällt mir ein, dass ich noch gar nichts gegessen habe, doch angesichts der vielen dünnen Mädchen um mich herum vergeht mir ohnehin der Appetit. Katharina mit ihren schmalen Lippen sieht zu uns herüber.

»Leon, hast du Maja eigentlich schon Anouk vorgestellt?«, fragt sie süßlich. Leon macht ein verlegenes Gesicht, was so gar nicht zu seiner selbstsicheren Miene passt.

»Äääh, nein, wir hatten leider noch keine Gelegenheit. Maja, das ist Anouk LeBlanc, unsere neue Marketing-Mitarbeiterin. Anouk, c'est Maja, une amie de la famille«, sagt er zu ihr, und ich platze fast vor Wut.

Wie bitte? Eine Freundin der Familie soll ich sein? Warum spricht Leon Französisch? Und was soll, bitte schön, die ›neue Marketing-Mitarbeiterin‹? Seit wann brauchen die Römfelds denn so was bzw. so eine? Ich dachte immer, Leon würde diesen Part mit übernehmen, schließlich hat er ja Betriebswirtschaft studiert. Er sieht meinen ratlosen Blick und erklärt: »Anouk hat schon in einigen der besten Weingüter Frankreichs gearbeitet und wird uns dabei unterstützen, das Weingut Römfeld in Deutschland und ganz Europa noch bekannter zu machen.«

Aha. Ob das wirklich vonnöten ist? Aber wahrscheinlich bin ich einfach nur eifersüchtig. Denn Anouk ist nicht nur bildhübsch und hat eine tolle Figur, sie verfügt auch über diesen unglaublich verführerischen französischen Akzent. Also damit kann sie sicher auch eingefleischte Anti-Alkoholiker vom Weintrinken überzeugen.

»Und, Maja, wie läuft es bei dir so in der Arbeit?«, fragt Susann anstandshalber und schaut abwechselnd Anouk und mich an, als würde sie uns vergleichen. Sie wartet die Antwort aber nicht ab, sondern dreht uns den Rücken zu und erzählt Katharina von ihrer neuen Putzfrau, die absolut unzuverlässig sei. Den zweiten Teil der Show bekomme ich nur noch am Rande mit. Andauernd muss ich an Anouk denken. Bestimmt will sie sich einen der Römfeld-Männer angeln. Und Robert wird es wohl nicht sein, der ist ja gut versorgt. Als die Show unter frenetischem Beifall zu Ende geht, tauchen die hübschen Hostessen wieder auf, diesmal mit Tabletts voller Gläser mit Weiß- und Rotwein des Weinguts Römfeld. Da sehr viele einflussreiche Geschäftsleute heute zugegen sind, wird dieser Abend genutzt, um Werbung zu betreiben. Für das Modehaus Singer war es sicher ein voller Erfolg, denn alle Frauen versprechen, in den nächsten Tagen »vorbeizuschauen«, um die edlen Teile zu erwerben. Also wird mir sicher das eine oder andere Stück irgendwann wiederbegegnen. Auch Leon lässt vor Frau Singer verlauten, sich demnächst mit mir in ihrem Modegeschäft sehen zu lassen. Davon wusste ich bislang ja gar nichts. Na, wir werden sehen. Anouk gibt ihr Bestes, die anwesenden Männer mit ihrem französischen Charme zu betören, indem sie blumig die Weine anpreist, selbst aber nur wenig davon nippt. Ganz im Gegensatz zu mir. Ich halte bereits das zweite Glas in den Händen, was sich angesichts der Tatsache, dass ich nichts gegessen und bereits in der Pause zwei Gläser Prosecco getrunken habe, nicht allzu positiv auf mein Gleichgewichtsgefühl auswirkt. Ich entschuldige mich kurz und versuche, so gerade wie möglich zur Toilette zu gehen. Dort zieht sich Anouk die Lippen nach und sieht mich herausfordernd an. Ihr Lächeln ist freundlich, als sie »Allo, Maja« haucht, aber ich habe sie durchschaut, sie kann vielleicht die anderen einlullen, mir vermag sie nichts vorzumachen. Als ich zurückkomme, werden gerade Canapées herumgereicht, und ich versuche, eines mit Lachs zu ergattern. Hm, endlich was essen. Schon sieht die Welt ganz anders aus. Trotzdem bin ich todmüde und meine Füße schmerzen fürchterlich. Ich muss, sobald es geht, aus diesen Schuhen raus. Außerdem sollte ich ja morgen wieder frisch und ausgeruht am Schreibtisch sitzen. Nach einer mir endlos vorkommenden Zeit, die wir mit Dauerlächeln und Kontaktpflege sprich langweiligen Blabla-Gesprächen verbringen, kann ich Leon endlich zum Aufbruch bewegen. Im Auto legt er die Hand auf mein Knie und fragt, ob ich ihn noch nach Hause begleiten möchte. Todmüde wie ich bin, und nachdem er mich den ganzen Abend praktisch gar nicht beachtet hat, verneine ich, biete ihm an, die Nacht bei mir zu verbringen. Er hat jedoch morgen bereits ganz früh einen wichtigen Termin und lehnt ab. Irgendwie ist die Stimmung gedrückt und Leon spricht mich darauf an. Ich habe aber keine Lust, mit ihm über Anouk zu reden, weil ich auf keinen Fall eifersüchtig wirken will, also rede ich mich mit einem harten Tag heraus. Außerdem fährt Leon mal wieder viel zu schnell, und dies in Verbindung mit dem vielen Alkohol verursacht in meinem Magen ein ziemliches Übelkeitsgefühl. Zum Abschied küssen wir uns zwar, dennoch wanke ich mit einem miesen Gefühl die Treppe zu unserer Wohnung hinauf. Endlich die Mörderpumps abstreifen. Die Riesen-Turnschuhe sind weg, und Nini scheint schon fest zu schlafen. Seufzend stelle ich mich barfuß auf unseren kleinen Balkon und blicke zum Himmel hinauf. Es ist immer noch ziemlich kalt, aber der Himmel ist übersät mit Sternen, und es könnte sein, dass es morgen endlich einmal einen schönen Frühlingstag gibt. Mit dieser Hoffnung kuschele ich mich in mein gemütliches Bett und schlafe ohne einen weiteren Gedanken an Anouk oder Leon sofort ein.

Kapitel 5
Der Brieffreund in Amerika

Am nächsten Morgen weckt mich tatsächlich Sonnenschein. Na ja, nicht ganz. Außer dem Wecker natürlich, der mich mitten aus einem wunderschönen Traum gerissen hat, an den ich mich dafür diesmal ganz genau erinnern kann. Ich stand auf der Terrasse des alten Hauses in der Seestraße inmitten von Tischen und Stühlen und Stroh-Sonnenschirmen und hielt zwei Kaffeetassen in den Händen. Quer über die gelbe Hausseite stand in großen Lettern ›Café Butterblume‹, und viele lachende Menschen mit Sonnenbrillen saßen auf den Korbstühlen in der Sonne und genossen den herrlichen Blick auf den See und den Magnolienbaum, der in voller Blüte stand. Ich versuche, noch ein wenig die himmlische Ruhe aus diesem Traum auszukosten, und räkele mich in den Federn. Doch es hilft alles nichts, ich muss aufstehen. Als ich verschlafen in die Küche komme, sitzt Nini bereits fertig angezogen vor ihrem Müsli. Sie hat sogar schon den Kaffee fertig, die Liebe. Mir ist allerdings eher nach einem Aspirin zumute. Die vielen Weinchen gestern haben mir wohl doch nicht so gutgetan. Nini fragt grinsend: »Morgen. Na, so wie du aussiehst, war das ein schöner Abend?«

»Mitnichten. Das Einzige, was an diesem Abend wirklich toll war, war die Mode«, muffle ich zurück und löse die Tablette auf. Nini schnappt sich ihre Riesentasche und verabschiedet sich mit »Wir reden heut Abend« und einem Küsschen. Muss sie wirklich schon los? So, wie sie strahlt, hat das doch sicher mit diesem Marcus zu tun. Ich nehme mir vor, sie heute Abend nach ihm zu fragen. Und ich muss ihr unbedingt von dem alten Haus und meinem Traum erzählen. Ich bin nämlich davon überzeugt, dass Träume eine Bedeutung haben. Und obwohl ich weiß, dass ich mir das alte Haus niemals werde kaufen können, geht es bzw. dieser Traum mir einfach nicht aus dem Kopf. Ich muss herausfinden, wem es gehört und was sie dafür haben wollen. Das sollte mir nicht schwerfallen, schließlich sitze ich ja an der Quelle. Bei dem schönen Wetter heute ist ein buntes Blüschen angesagt und weiße Jeans. Ich binde mir die Haare zusammen und düse los, diesmal auf dem Rad. Gestern Abend habe ich mir fest vorgenommen, mehr für die Figur zu tun. Der Winter war lang und die Plätzchen sehr lecker, also gibt es jetzt nur zwei Möglichkeiten: entweder strenges Fasten oder mehr Bewegung. Da mir Ersteres leider nie im Leben gelingen wird, muss ich mich an die zweite Möglichkeit halten. Dafür ist heute ein wirklich guter Tag. Bilde ich mir das nur ein, oder sind die Leute um mich herum heute alle irgendwie besser drauf? Was so ein bisschen Sonnenschein doch ausmacht. Gleich sieht die Welt ganz anders aus und die Menschen haben ein Lächeln im Gesicht. Das gilt sogar für Herrn Aschenbrenner, denn obwohl ich geschätzte fünf Minuten zu spät komme, wünscht er mir freundlich einen guten Morgen. Wahrscheinlich waren der gestrige Abend mit seiner ›Püppi‹ und das Essen im ›Rosmarin‹ besonders gut … Die Atmosphäre dort ist wirklich schön. Trotz des modernen Mobiliars wirkt es dank der warmen Farben gemütlich, die Küche ist sehr einfallsreich und nicht überteuert. Kein Wunder, dass das Rosmarin zu Herrn Aschenbrenners Lieblingslokalen gehört. Auch ich wurde von Leon schon das eine oder andere Mal dorthin ausgeführt, besonders wenn wir einen neuen Wein vorstellen wollten. Ob er das in Zukunft wohl mit Anouk machen wird? Beim Gedanken an sie und den gestrigen Abend verfliegt doch tatsächlich meine gute Laune.

»Was für ein herrlicher Frühlingstag«, unterbricht Herr Aschenbrenner meine Gedanken.

»Nur ein schönes Tässchen Kaffee würde diesen Morgen jetzt noch abrunden.«

Nanu, die Kaffeemaschine ist ja noch gar nicht an. Ich werfe einen Blick in das ›Kabuff‹, in dem Irma normalerweise sitzt, das heißt, wenn sie mal sitzt und nicht irgendwo auf ihren hohen Hacken durch die Gegend wirbelt. Aber heute ist nirgendwo eine Spur von ihr oder ihrem Duft ›Soir de Moscow‹, den sie sich von ihren russischen Verwandten extra vom Flughafen mitbringen lässt und der, na ja, sagen wir mal, ein wenig zu süß duftet, zu sehen oder zu riechen.

»Kaffee ist schon in Arbeit!«, rufe ich Herrn Aschenbrenner zu.

»Ist Irma heute nicht da?«, frage ich, bevor ich unsere Schweizer Hightech Chrom-Kaffeemaschine starte und einen ordentlich starken Espresso zubereite.

»Irma hat sich heute krank gemeldet«, und diesmal klingt seine Stimme schon nicht mehr ganz so freundlich, wenn auch nicht so knurrig wie sonst. Tz, tz, diese Irma. Bestimmt hatte sie gestern Abend wieder irgendein Date und ist abgestürzt. Als ich den Espresso serviere, fragt Herr Aschenbrenner beiläufig nach dem Exposé für die Rütlis. Du lieber Gott, hoffentlich hat Irma das gestern noch erledigt. Aber das wird sie schon, schließlich hat sie es mir versprochen. Sonst bin ich einen Kopf kürzer, und das weiß sie. Also lüge ich ihn munter an:

»Aber natürlich, Herr Aschenbrenner, Sie wissen doch, dass Sie sich auf mich verlassen können«, und ähnlichen Schmus. Zufrieden widmet er sich wieder seinem Baugesuch für ein Objekt in der Fußgängerzone in Singen. Aber dann fällt ihm ein: »Und was ist mit den Fotos von Objekt 415?«

»Hab ich gemacht, Chef«, flöte ich zurück, »spiele ich nachher gleich auf meinen Computer.« Ha, das mach ich doch gleich als Erstes. Die Fotos sind trotz des miesen Wetters gestern wirklich gut geworden. So schön sieht ›die Butterblume‹ aus. Am besten gefällt mir das Bild von der Rückseite des Gartens, wo die große Terrasse mit dem Magnolienbaum im Hintergrund zu sehen ist, wenn man mal davon absieht, dass dieser grobe Klotz von Gärtner ebenfalls, wenn auch ganz klein, zu erkennen ist. Automatisch muss ich wieder an meinen Traum von letzter Nacht denken und lächle vor mich hin. Herr Aschenbrenner schaut sich die Fotos an und spricht mir ein Lob aus. Was für ein Tag. Dass ich das erleben darf.

»Wer verkauft eigentlich das Objekt 415?«, frage ich zurück. Nur mal so, aus Interesse. Herr Aschenbrenner denkt einen Moment nach.

»Also, das bedarf noch etwas Recherche meinerseits«, antwortet er.

»Ich habe im Golfclub nur einen Tipp bekommen, dass die Besitzerin, eine alte Frau, gestorben sein soll. Die Erben sollen weit weg wohnen und kein Interesse haben, selbst einzuziehen, und deshalb verkaufen wollen. Da dachte ich mir, wir sichern uns die Sahneschnitte in dieser Topplage, so schnell es geht. Bevor die olle Schorg das mitbekommt.«

Frau Schorg ist, im wahrsten Sinne des Wortes, die dickste Konkurrenz für uns. Sie ist so rund wie klein, mit halb Überlingen verwandt, bekannt oder verschwägert und bekommt fast alles mit, was so läuft, egal, ob Tod oder Scheidung. Daher hat sie sehr oft die Nase vorn, wenn es um brandheiße Immobilienverkäufe geht. Allerdings nicht immer. Denn auch Herr Aschenbrenner hat seine Informanten überall, seine Spione sitzen im Golfclub, betreiben Gaststätten oder praktizieren im Krankenhaus. Außerdem ist er selbst hier aufgewachsen und kennt Gott und die Welt. Deswegen habe ich auch keinerlei Zweifel, dass er schnell herausfinden wird, wer das Haus zu welchem Preis verkaufen will. Bei dem Gedanken daran fühle ich einen merkwürdigen Schmerz in meinem Herzen. Bestimmt wird es wieder so ein neureiches Ehepaar aus Stuttgart oder Reutlingen sein, das den Charakter des alten Hauses durch zahlreiche Umbaumaßnahmen in Form von moderner Architektur komplett verändern und dadurch zerstören wird. Ich zwinge mich dazu, an eine Familie zu denken mit einem kleinen Mädchen mit blonden Zöpfen, das in dem schönen Garten mit einem Hund spielen wird, und an einen Jungen, der seine Segeljolle an dem Steg festmacht. Vor meinem geistigen Auge sehe ich die Familie abends beim Grillen, und der kleine Hund tollt herum. Schon geht es mir etwas besser. Weil der Tag heute so schön ist, rufe ich meine Mutter an und lade sie spontan zum gemeinsamen Mittagsmahl ein. Nini hat heute den ganzen Tag Schule und wird mit ihren Freundinnen auf dem Schulhof ein Sandwich essen, aber ich habe heute nicht schon wieder Lust auf Käsebrot, und außerdem kam mir meine Mama gestern am Telefon so traurig vor. Begeistert sagt sie zu, und wir verabreden uns für 12.15 Uhr im Seegarten an der Promenade. Auf dem Weg dorthin mache ich noch einen Abstecher in die Parfümerie Drahtmann, um die Seife für Irma zu kaufen. Sofort, als ich das Geschäft betrete, umgibt mich ein betörender Duft. Strahlend kommt mir meine Lieblingsverkäuferin Heidi entgegen. Ich hatte gehofft, dass sie mich bedienen würde, denn sie ist einfach unglaublich nett. Es gibt Menschen, in deren Gegenwart man sich augenblicklich wohlfühlt, und sie ist so jemand. Abgesehen davon, dass sie wie keine Zweite meinen Geschmack für Parfum errät. Heute zieht sie mich mit verschwörerischer Miene zu einem Regal und sagt: »Wir haben gestern einen Duft hereinbekommen, bei dem ich sofort an dich denken musste.« Ich kann nicht widerstehen und schnüffele an dem schönen Flacon. Beim Aufsprühen auf die Haut entfaltet sich ein Duft nach Flieder und – was ist das noch? Ich glaube, Honig zu riechen. Der Duft ist weiblich, dezent und doch nachhaltig. Verstohlen blicke ich auf den Preis und erschrecke. Das ist im Moment wirklich nicht drin, stattdessen frage ich nach einer hübschen Seife für meine Kollegin. Heidi empfiehlt mir eine, die nach Maiglöckchen riecht und zudem eine schöne Schmetterlingsform hat. Das wird Irma gefallen. Beim Bezahlen sehe ich, dass Heidi mir ein Pröbchen von dem wunderbaren neuen Duft mit in die Tüte steckt. Wie nett von ihr. Damit werde ich demnächst meinen Liebsten betören, dann wird er jeglichen Gedanken an französische Marketing-Expertinnen vergessen.

Die Uferpromenade ist heute voller Menschen, kein Wunder bei dem schönen Wetter. Alle Lokale haben ihre Stühle und Tische draußen und Sonnenschirme aufgespannt. Auch im ›Seegarten‹ sind fast alle Plätze belegt, aber zum Glück hat meine Mutter schon ein Tischchen für uns ergattert und winkt mir von Weitem zu. Ich winke lächelnd zurück und freue mich wirklich, sie zu sehen. Mit ihren 67 Jahren sieht sie immer noch flott aus, was nicht zuletzt an den bunten und hellen Farben liegt, die sie immer trägt. »Schwarz macht alt« – das ist ihre Einstellung, und deswegen sieht man diese Farbe höchstens in Form von Handtaschen oder Schuhen an ihr. Auch heute trägt sie eine knallrote Jacke, darunter eine rot-weiß geblümte Bluse und eine weiße Hose. Dazu trägt sie marineblaue Ballerinas mit Goldborte und die dazu passende Handtasche. Ihre Haare sind eigentlich mittelbraun wie meine, jedoch von goldblonden Strähnen durchzogen und noch lockiger als meine. Wenn sie lacht, und das tut sie gern und oft, dann wirft sie den Kopf in den Nacken und zieht trotz ihres Alters alle Blicke auf sich. Auch heute ist sie hübsch geschminkt und trägt auffällige weiße Ohrclips. Am meisten bewundere ich ihre positive Lebenseinstellung. Obwohl ihr das Leben oft übel mitgespielt hat, verlor sie nie den Mut oder gar ihren Humor. Mein Vater, ihr Mann, war schwer krank und in den letzten Jahren seines Lebens oft ungerecht zu ihr. Vielleicht war dies seine Art, mit seiner Krankheit fertigzuwerden, aber für sie waren es schwere Zeiten. Hinzu kam, dass mein Vater aufgrund seiner Krankheit nicht mehr arbeiten konnte und sie deshalb die Brötchen mit einem anstrengenden Außendienst-Job verdienen musste. Als er vor 15 Jahren starb, konnte er ihr nicht viel hinterlassen. Statt im heulenden Elend zu versinken, machte es meine Mutter wie immer: Sie krempelte die Ärmel hoch, organisierte die Beerdigung und den Umzug in eine kleine Wohnung und ging weiter arbeiten. Kurz darauf brach sie zusammen. Als sie nach ihrem Herzinfarkt eine Bypass-Operation bekam, hatte sie endlich einmal Ruhe und Zeit zum Nachdenken. Es war alles zu viel für sie gewesen. Also beschloss sie, weniger zu arbeiten und zur Abwechslung mal an sich zu denken. Sie suchte sich einen Job in der Altenpflege, den sie stundenweise ausüben konnte. Mit der zusätzlichen Betreuung von Nini, wenn ich arbeiten musste, war sie zwar ausgelastet, aber nie mehr so, dass es an ihre Grenzen ging. Die Arbeit bei den alten Leuten macht ihr viel Freude, denn nach eigenen Worten bekommt sie ›so viel zurück‹. Viel Geld verdient sie damit zwar nicht, aber sie braucht nicht viel, um glücklich zu sein. Gibt man ihr einen Pinsel und ein paar Farben, malt sie die schönsten und fröhlichsten Bilder, die ihr sonniges Gemüt widerspiegeln. Natürlich gab es im Laufe der letzten Jahre immer wieder mal Männer, denen sie durch ihr blendendes Aussehen auffiel und die sich für sie interessierten. Aber ich glaube, die letzten Jahre mit meinem Vater hatten sie so geprägt, dass sie keinerlei Interesse verspürte, sich wieder an einen Mann zu binden. Schließlich hat sie ja einen netten Freundeskreis und uns. Im letzten Jahr allerdings vertraute sie mir immer mal wieder an, sie fühle sich doch oft sehr alleine und sehne sich hin und wieder nach einem Partner für ›ihre letzten Jahre‹. Aber es sollte schon ein echter Partner sein, der mit ihr schöne Stunden verbringen wolle und nicht nur einer, der »bekocht und betütelt« werden will. Aber da sie ja so viele Interessen hat, habe sie damit keine Eile. ›Wenn es sein soll, dass ich noch mal jemanden treffe, der mir gefällt und dem ich gefalle, dann schlage ich zu‹, sagt sie immer. Vor einem knappen Jahr entdeckte sie einen Klub der Deutschen Post, welcher Briefkontakte im Ausland vermittelt. Schwuppdiwupp hatte sie mehrere Damen und Herren angeschrieben, um ihre ›Englischkenntnisse aufzubessern‹, und Nini und ich bekamen die Briefe der neuen Brieffreunde regelmäßig zu lesen. Einer hat es ihr besonders angetan: Steve aus Michigan in Amerika. Er scheint ebenso wie sie über ausreichend Zeit zu verfügen, denn seit Monaten findet ein reger Briefwechsel statt und jede Woche überqueren Briefe und Karten den großen Teich sowohl in die eine als auch die andere Richtung. Natürlich werden Nini und ich ständig über das Neueste aus Steves Leben informiert. Insgeheim amüsiert uns dieser Feuereifer natürlich ein bisschen, aber das würden wir ihr gegenüber niemals zugeben. Wir freuen uns ja für sie, dass ihr dieses neue Hobby so viel Spaß bereitet. Und ihre Englischkenntnisse haben davon auch profitiert – wobei sie trotz Wörterbuch immer noch nicht alles versteht und mich oft um Übersetzungshilfe bittet. Ich hoffe sehr, dass dies heute nicht wieder der Fall sein wird, denn ich möchte ihr lieber von der Modenschau, der geheimnisvollen Anouk und auch von meinem Traum ›Butterblume‹ erzählen. Aber ich fürchte, daraus wird nichts, denn als ich mich zwischen den kleinen Tischen durchschlängle, kann ich auf meinem Platz schon ein Bündel Briefe erkennen. Innerlich seufze ich, begrüße meine Mutter jedoch mit einem freundlichen »Hallo«, und sie steht auf und drückt mich erst mal herzlich.

»Lass dich anschauen, Liebes. Wo kommen diese Augenränder her? Hat dich der alte Sklaventreiber so getriezt oder«, sie senkt die Stimme verschwörerisch, »hattest du eine heiße Nacht mit Leon?«, fragt sie augenzwinkernd.

»Ach, Mama«, will ich gerade ausholen und mich über meine Eifersucht auf die schöne Anouk auslassen. Da unterbricht sie mich und sagt: »Es ist ja so schön, dass du heute Zeit hast. Schau nur, wie viele Boote auf dem See sind.«

Ja, so ist sie. Freut sich an allem und lässt keine schlechte Laune gelten. Wir bestellen einen Salat mit Putenstreifen und eine Apfelsaftschorle. Ich lehne mich zurück und freue mich an dem bunten Treiben hier auf der Promenade.

»Weißt du, manchmal muss man einfach einen Gang runterschalten und das Leben genießen.« Und sie lacht schon wieder so laut, dass die Leute am Nachbartisch zu uns herübersehen.

»Ich *muss* dir was zeigen«, sagt sie weiter und öffnet einen der Briefumschläge. Heraus zaubert sie einige Fotos von ihrem Brieffreund Steve: Steve vor seinem Haus in Michigan, Steve mit seinem kleinen Hund und seinen Enkelkindern im Garten, Steve in der Küche usw. Sein Leben in Bildern.

»Na, wie findest du ihn?«, fragt sie mit vor Aufregung roten Wangen.

Also, ich finde, er sieht sehr sympathisch aus … aber auch … irgendwie sehr jung.

»Mama, wie alt, sagtest du, ist Steve?« Selbstverständlich hat sie mir alle Fakten über Steve bereits mitgeteilt bzw. ich ›durfte‹ sie ihr übersetzen. So weiß ich zum Beispiel, dass auch Steve seit vielen Jahren verwitwet ist, eine Tochter und vier reizende Enkeltöchter hat, noch berufstätig ist (ebenfalls im Außendienst), bereits einmal in München war und seitdem von Deutschland begeistert ist. Steve ist sehr religiös und übt in seiner Freizeit einige ehrenamtliche Tätigkeiten in seiner Kirchengemeinde aus. Auf den Fotos sieht er in der Tat sehr jugendlich aus, denn er trägt außer einem Schnurrbart auch einen Ohrring, Jeans und ein Sweatshirt, auf dem ›Michigan‹ steht.

»58«, sagt meine Mama und lächelt dabei.

»So, so, dann ist er also gute zehn Jahre jünger als du. Tja, der Trend geht eindeutig zum jüngeren Mann«, antworte ich scherzhaft.

»Neun Jahre, bitte schön. Außerdem weiß er das nicht …, denn ich sehe doch jünger aus, oder etwa nicht?«, antwortet sie.

»Mama! Soll das heißen, du hast ihm dein wahres Alter nicht verraten?«, frage ich sie empört.

Statt darauf zu antworten, sagt sie schwärmerisch: »Sieht er nicht schnuckelig aus?« Und ihr Gesicht nimmt endgültig einen träumerischen Ausdruck an. Ich habe fast den Eindruck, sie hat sich verliebt.

»In diesen Briefen sind ein paar Passagen, die ich nicht so genau verstehe. Dein Englisch ist doch so viel besser als meins. Könntest du mir die nicht schnell übersetzen? Ich habe sie extra markiert«, fragt sie bittend.

Aber meine Mittagspause ist zu Ende, und ich bin schon wieder spät dran. Also verspreche ich, die Briefe mitzunehmen und sie zu Hause nach Feierabend in Ruhe zu übersetzen, bezahle und hetze zurück ins Büro. Mist, ich wollte ihr doch so viel erzählen, aber ich kam ja vor lauter Gesäusel über Steve gar nicht zu Wort. Doch ich will nicht ungerecht sein, ich freue mich ja, wenn sie glücklich ist. Eigentlich hätte ich mich gar nicht so zu beeilen brauchen, denn Herr Aschenbrenner ist gar nicht da. Mit dem lapidaren Satz ›Bin auf Außenterminen‹ (sprich auf dem Golfplatz) hat er eine ellenlange Liste der Dinge, die heute noch erledigt werden müssen, unterschrieben. Ich sehe auf mein Handy, ob Leon eine SMS geschrieben hat, aber da ist nur eine von Eva, die mich fragt, wie die Modenschau war. Wenigstens eine, die sich dafür interessiert. Komisch, dass Leon sich nicht meldet. Ob er noch sauer ist, weil ich gestern Abend nicht mit zu ihm gegangen bin? Ich tippe ein kurzes ›Denk an Dich‹ in mein Handy und drücke auf ›senden‹. Wenn Irma nicht da ist, heißt das für mich, dass ich auch die ganzen anderen langweiligen Dinge erledigen muss wie die Ablage machen, Kopien, Post fertigmachen etc., doch damit geht der Arbeitstag wenigstens schnell vorüber. Auf dem Nachhauseweg halte ich noch kurz am Supermarkt und kaufe einige leckere Dinge ein.

Nini hat ja noch nichts gegessen, und so ein Salat hält auch nicht lange vor. Also besorge ich Spaghetti und ein paar Zutaten für eine frische Gemüse-Tomatensauce wie Zucchini und Auberginen und natürlich Tomaten, frischen Parmesan und zum Nachtisch leckeren Schokokuchen. Außerdem wandert noch eine Flasche italienischer Rotwein in meinen Korb. Natürlich trinke ich lieber die Römfeld-Tropfen, aber in letzter Zeit hat Leon immer nur Weißwein mitgebracht, weil er diesen lieber trinkt. Darum ist dies quasi ein Notkauf, jedenfalls kann ich ihm das so erklären, falls er zufällig vorbeischauen sollte. Ich freue mich richtig auf ein gemütliches Abendessen mit Nini, das wir bei diesem schönen Wetter vielleicht sogar auf unserem Balkon einnehmen können. Doch zu Hause stelle ich fest, dass zwar die pinke Shoppertasche im Flur liegt, aber Nini offenbar ausgeflogen ist. Lange kann sie nicht weg sein, denn in ihrem Zimmer kann ich noch ihr Parfum ›Petite Chérie‹ riechen. Auf unserem kleinen Bistro-Küchentisch liegt eine Botschaft:

›Hi, Mami, bin mit ein paar Leuten am See, ist so ein schöner Abend heute. Keine Angst, wird nicht spät. Küsschen, Nini.‹

Ich bin enttäuscht. Soll ich die Spaghetti alleine essen? Kurz entschlossen rufe ich Leon auf dem Handy an, aber es läuft nur die Mailbox. Im Büro des Weinguts ist natürlich auch niemand mehr, und bei ihm zu Hause meldet sich nur das Dienstmädchen und erklärt, Herr Römfeld sei leider außer Haus. Na wunderbar. Also doch alleine essen? Darauf habe ich irgendwie keine Lust. Ich mache mir ein Käsebrot und setze mich damit auf den Balkon. Der Abend ist so schön und die Stadt noch voller Menschen. Irgendwie hält es auch mich jetzt nicht daheim. Ich ziehe mir kurz die Lippen nach und die Turnschuhe an und bin, bevor ich es mir anders überlegen kann, aus der Tür und sitze auf meinem Rad. Gemütlich radle ich am See entlang und bin in kurzer Zeit in Nußdorf. Ohne darüber nachzudenken, habe ich diese Richtung eingeschlagen und finde mich schon bald in der Seestraße wieder. Die nette, ältere Dame ist mal wieder in ihrem Garten zugange, und als sie mich sieht, winkt sie kurz herüber. Ich steige ab und rufe ihr ein freundliches »Guten Abend!« zu, bevor ich das Rad langsam die Straße entlangschiebe. Die ›Butterblume‹ sieht im Abendlicht noch schöner aus als gestern, und der Garten wirkt so friedlich. Ich lehne mein Fahrrad an den Zaun und bemerke den Volvo von gestern, an dem diesmal ein großer Anhänger, mit Zweigen und Buschwerk beladen, angekoppelt ist. Also ist der freche Gärtner von gestern auch schon wieder da. Na, so ist's recht. Soll nur alles schön ordentlich machen hier. Umso besser können wir das Objekt verkaufen. Wobei das ohnehin nicht das Problem sein dürfte, bei der Lage. Der See sieht heute so ganz anders aus als gestern. War er gestern noch grau und das Wasser rau, so ist er heute eine einzige spiegelglatte Fläche, in der sich das rosa Abendlicht wiederfindet. Staunend setze ich mich auf die Stufen, die zur Terrasse führen, und genieße diese himmlische Ruhe und die Abendsonne. Von dieser Terrasse habe ich heute Nacht geträumt, und dieser Traum ist mir auf einmal wieder so nah. Doch ich komme nicht dazu, weiter daran zu denken, denn eine Stimme reißt mich aus meinen Gedanken: »Na, Sie haben sich wohl echt verliebt?«

Der freche Gärtner. Wie kommt er dazu, mich so zu erschrecken.

»Ähhh, wie bitte? Nein, ich habe hier wohl gestern mein Notizbuch verloren«, sage ich verlegen und tue so, als hätte ich gestern tatsächlich irgendwas vergessen, indem ich mich suchend umschaue, doch er grinst mich nur an.

»Ach so, ich dachte schon, Sie wollten sich Ihre neue Immobilie noch einmal genauer ansehen«, sagt er und steckt sich eine Zigarette an. Er soll lieber schauen, dass er fertig wird mit seiner Arbeit, sonst kann er das Grünzeug heute nicht mehr abladen. Und morgen ist Samstag, da wird in der Mülldeponie sicher nicht gearbeitet, oder? Na, mir kann es ja egal sein.

»Was für ein schöner Abend, finden Sie nicht auch?«, fragt er mich.

»Man kann kaum glauben, dass es gestern noch so kalt und hässlich war. Aber so ist das hier am Bodensee, das

Wetter ändert sich von einem Tag auf den anderen«, klärt er mich auf, als sei ich von Gott weiß woher.

»Ja, richtig schön heute«, antworte ich einsilbig und blicke mich immer noch suchend um.

»Also, ich habe den ganzen Tag hier im Garten gearbeitet, aber mir ist kein Notizbuch aufgefallen. Waren Sie denn auch *im* Haus?«

Nun, das wäre jetzt natürlich die Gelegenheit, mal einen Blick nach drinnen zu werfen, aber ich denke nicht, dass dieser Gartenbau-Dösi einen Schlüssel dafür besitzt.

»Aber ich kann mich gerne noch ein bisschen für Sie umsehen, ich hab hier noch länger zu tun«, sagt er und grinst schon wieder so unwiderstehlich.

»Wenn ich etwas finde, soll ich es Ihnen dann zuschicken? Oder kommen Sie in den nächsten Tagen wieder mal vorbei?«, fragt er.

»Ja, das kann durchaus sein. Also, falls Sie mein Notizbuch finden sollten«, antworte ich, obwohl ich weiß, dass *das* wirklich unwahrscheinlich ist, »dann legen Sie es doch bitte auf die Terrasse hinter den Blumenkübel, das wäre wirklich sehr nett von Ihnen, vielen Dank. Es ist klein und rot.«

Ich habe das Gefühl, selbst feuerrot zu werden, wahrscheinlich nur wegen der Notizbuch-Lüge oder vielleicht auch wegen seines frechen Grinsens. Er wünscht mir einen schönen Abend, setzt sich in seinen Volvo und fährt los. Ich koste noch einen Moment diese wundervolle Stille und den herrlichen Seeblick aus, dann wird es langsam kühl, und ich schwinge mich wieder auf mein Rad und radle Richtung Überlingen. Zu Hause angekommen, ist Nini schon da und endlich kann ich sie nach Marcus fragen.

Kapitel 6
Die Liebe

Nini sitzt auf dem lila Sofa und schaut sich im Fernsehen eine Folge von ›Let's Dance‹ an, vor sich einen Teller mit leckeren Leberwurst- und Salamibroten. Eigentlich hatte ich mir ja vorgenommen, beides *nie* wieder zu essen, weil ich kürzlich in einer Zeitschrift die Kalorienanzahl und den Fettanteil beider Wurstsorten gelesen habe. Sie stehen auf der Liste der ›roten‹ Lebensmittel und sind nach dem Ampel-Prinzip streng verboten. Sie wissen schon, grüne Lebensmittel darf man so viel und oft essen, wie man will (wie der Name schon sagt, bestehen sie fast nur aus Salat und Gemüse), gelb darf man sich hin und wieder erlauben (das sind dann so Sachen wie mageres Fleisch, Fisch und Obst), und rot sollte man gar nicht essen, weil sie ungesund sind, dick und krank machen (also zum Beispiel Pizza, Spaghetti und andere Nudelsorten, Schokolade, Kuchen und ähnliche Sachen, unter anderem auch Leberwurst und Salami). In derselben Zeitschrift stand aber auch, dass man das Leben genießen soll. Da ich der Meinung bin, dass zu einem genussvollen Leben auch der genussvolle Umgang mit Essen gehört, sehe ich nicht ein, warum ich mir die Dinge, die mir am besten schmecken, immerzu verkneifen soll. Das kann auch nicht gesund sein. Und frei nach Oskar Wildes Ansicht ›Ich kann allem widerstehen, nur nicht der Versuchung‹, schnappe ich mir ein Leberwurstbrot, noch bevor ich die Schuhe richtig ausgezogen habe.

»Na, Muttili«, sagt Nini, »bei den Reichen und Schönen mal wieder nur ›Etepetete-Essen‹ von Weitem gesehen?«

Statt eine Antwort zu geben, nicke ich mit vollen Backen und werfe einen kurzen Blick auf mein Handy. Weder hat Leon auf meine SMS geantwortet noch hat er versucht, mich zu erreichen. Das ist äußerst seltsam. Eigentlich ist Leon ein sehr pünktlicher und zuverlässiger Mensch und ruft mich jeden Tag an, sogar wenn er mit seinen Freunden beim Skifahren ist oder irgendwo zum Golfen. Kann es sein, dass er wirklich böse ist auf mich? Habe ich mich nicht gut genug benommen gestern Abend, oder ist er womöglich mit dieser Anouk unterwegs? Und wieder sticht der Stachel der Eifersucht. Seufzend lege ich das Handy weg und gieße mir ein Glas von dem Rotwein aus dem Supermarkt ein, bevor ich es mir mit einem großen Stück Schokokuchen bei Nini auf dem Sofa gemütlich mache.

»Nanu, kein Römfeld-Weinchen heute Abend?«, fragt sie mich provozierend und zieht dabei eine Augenbraue hoch. »Habt ihr etwa Knatsch?«

»Ach, Männer«, antworte ich, »manchmal kann man die echt vergessen.«

»Find ich eigentlich nicht«, sagt sie darauf, »jedenfalls im Moment«, und strahlt dabei übers ganze Gesicht. Die Turnschuhe. Wusst' ich's doch.

»Erzähl! Wer ist er, was macht er und was ist sein Vater von Beruf?«, scherze ich. Ich merke ihr an, dass sie nichts lieber tun als über ihn sprechen will, denn sie sprudelt sofort los: »Also, er heißt Marcus, ist 19 und macht gerade Abi in Salem. Ja, sein Vater ist Banker oder so in einer Privatbank in Schaffhausen. Seine Mutter ist Psychologin und hat eine eigene Praxis und außerdem ein paar Pferde. Geschwister hat er keine. Er spielt Tennis und Golf und er schreibt Gedichte. Mami, und außerdem … ist er sooooo süß. Du musst ihn unbedingt kennenlernen.«

»Meine Güte!« Mir bleibt die Spucke weg.

»Da hast du dir ja was Schönes geangelt.«

Der erste Junge, von dem meine Tochter in höchsten Tönen schwärmt, und dann ist das gleich so ein Kracher.

»Wo lernt man denn solche Jungs kennen?«

»Im ›Galgen‹ natürlich, wo sonst«, sagt Nini.

»Da sind doch immer die ganzen ›Schlossis‹.«

Der ›Galgen‹, eigentlich das ›Galgenhölzle‹, ist eine stadtbekannte, urige Kneipe, in der überwiegend die Jugendlichen aus Überlingen, aber natürlich auch die Internatsschüler aus Schloss Salem verkehren. Ich muss grinsen, denn eigentlich hat Nini um diese in ihren Augen oft ›verwöhnten Bürschchen‹ bis jetzt immer einen Riesenbogen gemacht. Die Kneipe ist das Gegenteil von schick und im Grunde simpel und altmodisch gestaltet. Mit dem dunklen Holz wirkt sie fast wie ein englisches Pub, und es gibt dort unter anderem auch Guiness-Bier zu trinken. Vielleicht ist ein Teil des Erfolgs dieser Gaststätte, dass es dort wirklich völlig unkompliziert zugeht und jeder, ob arm oder reich, willkommen ist. Ich kann mir denken, dass sich viele der Salemschüler in dieser ›normalen‹ Umgebung richtig wohl fühlen. Das Schloss Salem beherbergt Schüler aus den besten Familien Deutschlands und Europas, und wer dort seinen Schulabschluss macht, hat nützliche Verbindungen für sein ganzes weiteres Leben geknüpft. Na ja, die Schule ist ja auch nicht billig, dafür genießt sie international einen ausgezeichneten Ruf.

»Ist Marcus Externer oder lebt er im Internat?«, frage ich Nini, die immer noch begeistert von ihm erzählt.

»Er lebt zu Hause. Seine Eltern haben vor Meersburg ein Haus am Hang.«

Aha. Viel mehr zu toppen ist nicht möglich. Es gibt in dieser exponierten Lage zwischen Unteruhldingen und Meersburg nur wenige Häuser, die am Hang liegen, und die sehen allesamt nach richtig viel Geld aus. Ich mache mir so meine Gedanken. Was will so ein Junge mit meiner Nini? Ich meine, natürlich ist sie für mich das schönste, klügste und bezauberndste Mädchen der Welt. Und wahrscheinlich sieht er das genauso, aber ob seine Eltern derselben Ansicht sind? Schließlich kenne ich das Gefühl, ›nicht gut genug zu sein‹, aus eigener Erfahrung mit der Familie Römfeld. Und das würde ich ihr gern ersparen. Wahrscheinlich mache ich mir wieder einmal viel zu viele Gedanken. Denn im Moment sind sie frisch und, wie es aussieht, richtig verliebt. Da spielen solche Dinge wie Familie und so weiter keine Rolle. In diesem Alter ohnehin nicht, oder?

»Also hat es dich richtig erwischt, meine Kleine«, sage ich und streichle ihr über die Wange. Wir haben zum Reden eine dicke Kerze angezündet, und im Kerzenschein sieht sie noch hübscher aus als sonst.

»Hm, ja, sieht so aus«, lächelt sie.

»Du musst ihn unbedingt kennenlernen, dann wirst du mich verstehen. Vielleicht schon morgen?«

»Ich kann es kaum erwarten, so, wie du ihn beschreibst. Aber ich muss dir auch was erzählen …«, und dann beschreibe ich den Abend der Modenschau in allen Einzelheiten und mit allen gesehenen Outfits, und zum Schluss komme ich auf Anouk zu sprechen.

»Ach, Mami, mach dir doch keine Gedanken«, unterbricht sie mich.

»Diese Anouk mag ja hübsch und sexy sein, aber dir kann sie sicher nicht das Wasser reichen. Ich bin überzeugt, dass Leon das genauso sieht. Wahrscheinlich war er heute total im Stress, du weißt doch, wie das manchmal bei ihm zugeht.«

Habe ich schon erwähnt, dass ich die wunderbarste Tochter der Welt habe? Dennoch, so ganz überzeugt hat sie mich nicht. Es ist schon fast zwölf, und er hat sich noch immer nicht gemeldet. Und jetzt arbeitet er sicher nicht mehr. Ich erzähle Nini, dass ich in der Mittagspause mit ihrer Omi auf der Promenade einen Salat essen war und dass sie mir wieder nur von ihrem Brieffreund Steve vorgeschwärmt hat.

»Die Omi!«, lacht Nini. »Das ist so eine. Klingt fast so, als wäre sie auch verliebt.«

»Meinst du wirklich?« Ich kann das nicht glauben. Schließlich kennt sie ihn doch gar nicht.

»Das kannst du so nicht sagen, Mami. Wie lange schreiben sie sich schon? Ein Jahr? Da kann man sich viel erzählen, von seinen Träumen, seinen Gedanken, seinem Leben.«

Mein Gott, das Kind ist nicht nur hübsch, sondern auch weise. Wo hat sie das bloß her?

»Aber verlieben tut man sich doch nicht in das geschriebene Wort. Dazu gehört auch die ganze Person, wie sie aussieht und wie sie sich gibt«, meine ich, und so philosophieren wir noch eine Weile herum. Nini ist durchaus der Meinung, dass es möglich ist, sich in einen Menschen zu verlieben, den man noch nie zuvor im Leben gesehen hat und nur von Fotos und aus Briefen kennt. Na, wir werden sehen. Wie ich meine Mutter kenne, wird sie uns wohl noch zu überraschen wissen … Aber inzwischen ist es schon spät und die langen Gespräche über die Liebe haben uns müde gemacht. Ich spreche Leon ein kurzes »Gute Nacht« auf die Mailbox und kuschele mich in meine Kissen. Doch ich schlafe unruhig ein, weil ich heute so gar kein Lebenszeichen von ihm bekommen habe, nicht mal ein klitzekleines.

Dafür klingelt am nächsten Morgen bereits früh mein Telefon, aber ich habe gar keine Lust aufzustehen. Wenn es Leon ist, kann er mir gestohlen bleiben. Aber der Anrufer gibt nicht auf, und da ich jetzt ohnehin nicht mehr weiterschlafen kann, stehe ich eben auf. Aber nur, um mich im Wohnzimmer mitsamt dem Telefon sofort wieder in den Rosensessel zu kuscheln.

Es ist tatsächlich Leon, der mit honigsüßer Stimme sagt: »Guten Morgen, mein Sprossilein.«

Wie ich das hasse! Schlimm genug, wenn man auf seine Sommersprossen angesprochen wird, aber so früh am Morgen kann ich das gar nicht brauchen.

»Wieso wirfst du mich so früh aus dem Bett?«, frage ich mufflig.

»So früh? Es ist 9 Uhr, und ich dachte, bei dem herrlichen Wetter wäre meine Süße mit einer schönen Tasse Kaffee bereits auf ihrem kleinen Balkon. Und bevor sie ihren hübschen Hintern wieder auf ihr Rad schwingt, muss ich ihr doch einen wunderschönen Tag wünschen.«

Donnerwetter, jetzt legt er sich aber ins Zeug. Ob er ein schlechtes Gewissen hat? Ich erinnere ihn an meine SMS und die Mailbox und er erzählt, er sei in St. Gallen gewesen, um dort bei einer Tourismus-Tagung einige Weine vorzustellen, und bei seinem Handy sei leider der Akku leer gewesen. Ach so. Da dies bei mir andauernd passiert, kann ich ihm ja nicht einmal einen Vorwurf machen. Er sei erst gegen 23 Uhr nach Hause gekommen und hätte gedacht, ich würde bereits schlafen. Wie rücksichtsvoll. Aber möglich ist es schon. Schließlich gehe ich öfter mal früh schlafen, wenn ich einen anstrengenden Tag hatte. Und er kann ja nun wirklich nicht wissen, dass ich so lange mit Nini zusammengesessen bin. Trotzdem bin ich ein bisschen beleidigt: »Du hast mich vergessen«, nörgle ich.

Aber er lacht nur und sagt: »Wie könnte ich dich je vergessen, meine Süße?« Doch so leicht kriegt er mich nicht. Da muss er schon mehr bieten. Und das tut er gleich darauf und fragt geheimnisvoll: »Was hat meine Hübsche heute denn so vor?«

Meine Hübsche. Noch scheint Polen nicht verloren. Bestimmt habe ich nur aus mangelndem Selbstbewusstsein in der sexy Französin eine Gefahr gesehen. Ich seufze: »Aufräumen, putzen …, alles, was eine berufstätige Frau *ohne* Putzfrau so machen muss.« Und was ich natürlich garantiert *nicht* tun werde. Jedenfalls nicht so ausgiebig.

»Na, wunderbar«, lacht er. Wunderbar? Hat er ’ne Meise?

»Dann hast du heute Abend bestimmt Hunger, sodass ich dich richtig schön zum Essen ausführen kann. Ich hab heute tagsüber nämlich noch viel auf dem Gut zu tun, aber würde dich so gegen 19 Uhr abholen. Ist das okay für dich?« Welche Frage. Die kann man doch nur mit Ja beantworten, oder nicht?

Ich mach unsere todschicke Kaffeemaschine an und nehme mir zum Munterwerden einen Kaffee, bevor ich unter die Dusche gehe.

Kapitel 7
Das Leben könnte so schön sein

Ein wesentlicher Vorteil, mitten in der Stadt zu wohnen, ist, dass man aus dem Haus gehen kann und wenige Minuten später das Haus mit einer Tüte frischer Brötchen unter dem Arm wieder betritt. Ich lege die Norah Jones CD mit dem Lied ›Sunrise‹ ein und decke den kleinen Tisch auf dem Balkon, bevor ich Nini wecke. Ein ganzer herrlicher, sonniger Tag wartet auf uns, und am Abend werde ich meinen Liebsten treffen und mit ihm irgendwo romantisch zu Abend essen.

Nini hat auch gute Laune und verschwindet nach dem Frühstück und einigen SMS ins Bad. Offenbar will sie sich mit Marcus treffen. Ich beschließe, die Sonne auf dem Balkon noch ein wenig zu genießen, um dort für meine Mutter die Briefe aus Amerika zu übersetzen, und danach ein wenig in die Stadt zu gehen. Wie mir scheint, hat meine Mama mir nur Auszüge der Briefe mitgegeben, denn zusammen ergibt es irgendwie so gar keinen Sinn. Im Wesentlichen spricht ihr Steve immer wieder davon, wie gut es ihm in Deutschland gefallen hat, wie freundlich wir Deutschen seien, wie gut ihm meine Mutter gefällt und so weiter. Angeblich ist sein Leben ausgefüllt mit seiner Arbeit, seinen Freunden und Aufgaben in der Kirche, mit der Familie seiner Tochter und seinem Garten, aber er vermisst jemanden, der seine Freizeit und sein Leben teilt. Ha. Ob das ausgerechnet meine Mutter sein muss? Ich meine, gibt es in Amerika nicht genug Frauen? So schlecht sieht er doch gar nicht aus. Ich bin misstrauisch. So eine Brieffreundschaft ist ja schön und gut, aber mehr kann doch daraus nicht werden, oder? Erst kürzlich habe ich gelesen, dass man vorsichtig sein soll mit diesen ganzen Internetbekanntschaften, und das ist schließlich so was Ähnliches. Im Grunde können einem die Typen sonst was erzählen, und dann sitzen sie vielleicht im Knast, während sie von ihrem Garten schwärmen, oder hängen zu Hause rum und haben gerade die letzte Brieffreundin zersägt, im Garten verscharrt oder in die Wand einzementiert. Bei der Gelegenheit fällt mir ein, dass ich heute unbedingt in ›Monis Bücherstube‹ reinschauen muss, um mir einen Krimi zu holen.

Da ich keine Lust auf großes Styling habe (das kann ich heute Abend zur Genüge tun), bleibe ich in meinen Jeans und der weißen Baumwollbluse und schiebe lediglich ein rotes Haarband in die Locken. Ein wenig Lippenstift und fertig. Ich wünsche Nini viel Spaß mit Marcus und marschiere los.

Unglaublich, was an einem Samstagmittag in unserer kleinen Stadt los ist. Das schöne Wetter hat Einheimische wie Touristen gleichermaßen herausgelockt, und ich bin froh, dass ich keinen Parkplatz suchen muss. Ich gehe über den Markt und freue mich über die vielen bunten Farben der Blumen- und Obststände. Natürlich kann ich nicht widerstehen und gönne mir einen bunten Bauernblumenstrauß, bestehend aus Grasnelken, Tränenden Herzen, Flieder und Akeleien. Wie die duften! Moment mal, ist das nicht Irma? Na klar, das ist unverkennbar der federnde Gang unserer ›Büromaus‹. (Herrn Aschenbrenners Ausdruck, nicht meiner.)

»Hallo, Irma.«

Offenbar hat sie sich mal wieder eine neue Haarfarbe zugelegt. Das macht sie andauernd, und ich frage mich, wie ihre Haare das aushalten. Diesmal sind sie rotblond, vorgestern waren sie noch tizianrot. Und davor dunkelbraun. Aber das gefiel mir nicht so an ihr, damit sah sie zu streng aus. Das Rotblonde passt wirklich gut zu ihrem Typ mit der blassen Haut. Anscheinend freut sie sich, mich zu sehen, denn sie fragt, ob wir einen Kaffee trinken gehen sollen. Ich verneine, denn den hatte ich ja gerade, und nachdem sie mir erzählt hat, dass sie gestern tatsächlich ein bisschen ›unpässlich‹ war, wünschen wir uns ein schönes Wochenende und gehen weiter. Mist, jetzt habe ich doch tatsächlich vergessen zu fragen, ob sie das Exposé für die Rütlis abgeschickt hat. Na, das kann ich ja am Montag im Büro noch machen. Auf dem Weg zu Monis Bücherstube komme ich an einem kleinen Geschäft vorbei, das neu aufgemacht zu haben scheint. Mein Blick bleibt am Schaufenster hängen, das sehr hübsch mit besonderen Dingen dekoriert ist. Schöne Taschen, tolle Schuhe, hübsche Ketten. Aber das Allerschönste im Fenster ist ein grünes Kleid, welches auf einer Schaufensterpuppe dekoriert ist. Es ist tief ausgeschnitten, aber nicht zu tief, ärmellos, und changiert in verschiedenen Grüntönen, von hell über oliv zu ganz dunklem Grün. In der Taille wird es ganz schmal mit einem breiten Band nach hinten gebunden, und der Rock fällt glockig bis knapp zum Knie. Es ist einfach nur schön. Doch bevor ich mir überlegen kann, ob ich die knapp 100 Euro dafür auf dem Konto habe bzw. etwas Unüberlegtes tun kann, entdecke ich, dass sie bereits geschlossen haben. Schicksal. Also soll es nicht sein, schade – dies wäre mal ein Kleid, um die Römfeld-Damen angemessen zu beeindrucken, ganz zu schweigen von Leon. Nachdem ich viel Zeit in der Bücherstube verbracht habe und ein bisschen durch die Stadt und am See entlanggebummelt bin, rufe ich Eva an und frage sie, ob sie mir heute noch die Haare machen kann. Sie kann. Und ich freue mich fast ebenso sehr, sie wiederzusehen, wie auf meinen Liebsten.

Da Nini noch nicht wieder zu Hause ist, muss ich mein heutiges Outfit selbst zusammenstellen. Na gut, heute ist das nicht ganz so kompliziert, schließlich muss ich keine Konkurrenz fürchten, hoffe ich wenigstens. Ich entscheide mich für das pinkfarbene Top, das mir meine Freundin Carol aus London zum letzten Geburtstag geschickt hat, und eine gut sitzende schwarze Hose. Mit einem Paar schwarzen Lackpumps dürfte das elegant, aber nicht zu aufgestylt wirken, also genau richtig für Leon. Carol und ich sind schon viele Jahre befreundet, genau genommen, seit ich mit 17 auf Klassenfahrt in London und Carols Familie meine Gastfamilie war. Sie war die Tochter des Hauses und wir mochten uns auf Anhieb. Seitdem haben wir uns immer geschrieben und gegenseitig besucht. Inzwischen ist Carol mit einem wunderbaren Mann namens Peter verheiratet und eine erfolgreiche Innenarchitektin. Sie ist Ninis Patentante, aber sie selbst hat keine Kinder. Ob sie keine bekommen kann oder die Karriere für sie immer im Vordergrund stand, weiß ich nicht. Obwohl wir wirklich gut befreundet sind, habe ich mich nie getraut, sie auf dieses Thema anzusprechen. Und sie selbst hat nie damit angefangen. Ich mag sie sehr, nicht zuletzt wegen ihres unglaublichen Humors, und jedes Mal lassen wir unseren Einkaufsbummel in einem gemütlichen Pub ausklingen. Wenn sie in Deutschland ist, genießt sie das beschauliche Leben am See, für sie der perfekte Ausgleich zu ihrem hektischen Großstadtleben. Obwohl Carol und ihr Mann Peter eine tolle Wohnung in Queensgate in London besitzen, macht es ihr überhaupt nichts aus, auf dem lila Sofa zu schlafen, wenn sie mich besucht. Zu Weihnachten und unseren Geburtstagen schicken wir uns immer eine Kleinigkeit, und ich freue mich über ein modisches Top oder Modeschmuck aus *der* Modestadt London. Das Schöne ist, dass diese Dinge hier wirklich niemand hat und darum auch keiner den Preis kennt.

Während ich noch nach einer Kette suche, klingelt es bereits und Eva steht draußen. Sie umarmt mich herzlich zur Begrüßung und stellt ihren Friseurkoffer ab.

»Na, heute großes Super-Styling oder einfach so?«, fragt sie.

»Sowohl als auch«, antworte ich und schon habe ich ihr von meinem Date mit Leon und meiner Angst vor der Marketing-Frau Anouk erzählt. Hatte ich gehofft, sie würde meine Zweifel zerstreuen und mir ein wenig Stärke geben, so werde ich enttäuscht. Sie runzelt die Stirn, und während sie ihr Glätteisen und ein neues ›Seidentraum‹-Shampoo auspackt, sagt sie: »Männer. Denen kann man doch nicht trauen.« Was seltsam ist, denn normalerweise schwärmt sie in den höchsten Tönen von ihrem Herzallerliebsten. Der ist wirklich ein Schatz. Aber heute ist sie so ganz anders drauf.

»Erst erzählen sie dir den ganzen Schmus von Liebe und so, und wenn sie dich an der Angel haben, bist du für sie uninteressant.«

Auweia! Es scheint ernst zu sein. Solche Worte habe ich noch nie aus ihrem Mund gehört. Normalerweise redet sie mir immer zu, wenn es um Leon geht, und meint, ich solle doch mal etwas riskieren, sonst würde ich noch eine ›alte Jungfer‹. (Das meint sie natürlich nur im Spaß.) Ich pfeife heute auf das Haarstyling und hole stattdessen zwei Gläser Prosecco und den Rest Schokokuchen aus der Küche.

»Was ist denn los?«, frage ich sie, die sonst immer gut gelaunt ist.

»Ach, der Mistkerl«, schnieft sie.

»Bei uns tut er immer so harmlos. Der brave Familienpapi geht mit seinen Töchtern Rad fahren, Ski fahren und Schwimmen. Und mit der ganzen Familie in den Freizeitpark. Und dann geht er in sein Büro und schreibt anderen Frauen E-Mails.«

Das glaube ich jetzt nicht. Ich bin echt geschockt. Der brave Tim. Was soll ich sagen? Ich nehme sie in den Arm.

»Bist du sicher?«, frage ich sie. »Ich meine, das kann doch nur ein Irrtum sein.«

Sie sieht mich mit ihren großen Augen an. Mit Ende 30 ist sie immer noch eine hübsche und gepflegte Frau. Mit ihrem blonden Stufenschnitt und der sportlichen Figur sieht sie viel jünger aus, als sie ist. Ich kann mir beim besten Willen nicht vorstellen, dass Tim andere Frauen ihr vorzieht.

»Ich hab das zufällig herausgefunden«, sagt sie, die eigentlich nie am Computer ist.

»Ich wollte was im Internet nachsehen, und da waren noch ein paar Seiten offen …, und da habe ich ein bisschen nachgeforscht und lauter E-Mails von Frauen gefunden, Barbara und Simone und so weiter. Immer so tolle Sachen wie ›Wär' schön, wenn ich jetzt bei dir wäre‹ und so.«

Auf einmal fängt sie an zu weinen. Mein Gott. Dieser Mistkerl. Ich bin so wütend, dass ich spontan sage: »Jag ihn zum Teufel!« Aber natürlich wünsche ich mir, dass alles ein Irrtum ist und die heile Welt der lieben Familie meiner Freundin wieder in Ordnung kommt. Habe ich es nicht gesagt? Das Internet. Und diese Mails. Wer weiß, ob Steve nicht auch so ein Ehekrüppel ist, der flammende Briefe schreibt, während seine Frau gerade Marmelade einkocht?

Natürlich dauert es einige Zeit, bis ich Eva getröstet habe, und wir können das Haareglätten heute vergessen. Aber es ist mir einfach wichtiger, für meine Freundin, die heute total durch den Wind ist, da zu sein. Nach ein paar Gläschen Prosecco geht es ihr schon deutlich besser, und sie verspricht, nicht mehr allzu traurig zu sein. Trotzdem biete ich ihr an, den Abend mit Leon abzusagen, um sie ein bisschen abzulenken. Eva freut sich darüber, lehnt aber ab, weil sie ihren Mädels versprochen hat, mit ihnen ins Kino zu gehen. Da sie nicht mehr fahren sollte (sie hat fast die ganze Flasche Prosecco alleine getrunken, denn ich muss ja fit für Leon sein), fahre ich sie schnell zu ihrer Schwester, bei der sie und die Mädels das Wochenende verbringen. Wenigstens können sie von dort zum Kino laufen. Ich drücke sie zum Abschied ganz fest und frage sie: »Wirklich alles in Ordnung, Süße? Du wirst doch keinen Blödsinn machen?«

»Nein, nichts ist in Ordnung«, antwortet sie aufgebracht. »Unser ganzes Leben hat dieser Idiot kaputt gemacht. Aber keine Angst, ich lasse mir das von ihm nicht zerstören. Schließlich bin ich das den Mädels schuldig. Wir kommen auch alleine klar. Soll er doch zu seinen Barbaras und Simones, und wie sie alle heißen, gehen. Ich hab ihm gesagt, ich brauche mal eine Auszeit. Und dann werden wir weitersehen.«

Das klingt nach meiner Freundin. Schon immer hat sie sich nichts gefallen lassen. Vorsichtshalber erwähne ich noch mal, dass sie mich jederzeit, auch nachts, erreichen kann. Und nichts überstürzen soll. Manchmal werden die Dinge einfach nicht so heiß gegessen, wie sie gekocht werden. Ich fasse es immer noch nicht. Der brave Tim. Vorbild für alle Familienväter, von der Geburtsvorbereitungsgruppe bis zum Elternbeirat. Ist es wirklich möglich, dass er ihr die ganze Zeit was vorgemacht hat? Der Abstand wird ihnen jedenfalls guttun. Und finanziell auf ihn angewiesen ist sie ja nicht, das ist ein Riesenvorteil. Nur für die Mädels tut es mir leid. Mit ihren zehn und zwölf Jahren sind sie ja nicht mehr so klein, dass sie nichts mitbekommen, aber auch nicht so groß, dass es ihnen nichts ausmachen würde. Ich hoffe wirklich, dass sich alles als ein großer Irrtum herausstellt.

Wieder einmal ist nichts daraus geworden, mich in Ruhe schön zu machen, und ich rase mit Vollgas durch das Bad und ziehe mich in Windeseile an. Leon ist nämlich nicht nur selbst ein superpünktlicher Mensch, er erwartet das auch von anderen.

Und deshalb klingelt er Punkt sieben, als ich mir noch den pinken Nagellack trockenpuste. Ich denke an das Model aus dem Werbespot für diesen Expressnagellack. Natürlich ist sie bereits perfekt geschminkt und geföhnt und lackiert sich schnell mal eben die Nägel, bevor sie in der nächsten Sekunde das Taxi besteigt, welches sie gerade noch rechtzeitig zum Flughafen bringt. Bei mir klappt das nie, wenn ich es eilig habe. Entweder sind alle Nägel verschmiert oder der Nagellack klebt bestenfalls an der Strumpfhose, schlimmstenfalls in den Haaren, die auch noch geföhnt werden müssen. Aber heute bin ich so gut wie fertig und es kann losgehen. Bin gespannt, wo wir hinfahren.

Kapitel 8
Le rève

Weil das Wetter so schön ist, hat Leon das Dach seines Porsches geöffnet und wir fahren ›oben ohne‹ am See entlang. Was für ein Glück, dass ich mir keine komplizierte Frisur gemacht habe, die wäre jetzt sowieso im Eimer. Wir fahren durch Sipplingen hindurch, und noch immer sind viele Boote auf dem Wasser. Meine Hoffnung, im ›Rosmarin‹ in Ludwigshafen essen zu gehen, erfüllt sich leider nicht, denn wir fahren daran vorbei. Viele Gäste sitzen auf der Terrasse und genießen den schönen und immer noch warmen Abend. Leon tut ziemlich geheimnisvoll, was unser Ziel angeht, und sagt nur: »Lass dich überraschen.« Heute Abend genieße ich sogar die Fahrt, denn Leon fährt nicht so schnell wie sonst und hat eine Michael-Bublé-CD eingelegt. Wir fahren durch Radolfzell hindurch und Richtung Konstanz. Kurz vor Konstanz biegen wir allerdings ab und fahren auf der langen Allee, die die größte Insel im Bodensee mit dem Festland verbindet, auf die Insel Reichenau. Die Insel hat ihren Namen von ›der Reichen Au‹, was so viel wie

›reiche Insel‹ heißt, und die Insel ist tatsächlich reich an historischen Kulturgütern. Im Jahr 724 nach Christus wurde hier vom Wanderbischof Primin ein Kloster gegründet, und noch heute zeugen die drei prächtigen Kirchen von dieser ›Wiege abendländischer Kultur‹. Deshalb wurde die Reichenau im Jahr 2000 zum Weltkulturerbe erklärt. Doch nicht nur deswegen, sondern auch wegen des überaus fruchtbaren Bodens und des milden Klimas, was Gemüse und Wein besonders gut gedeihen lässt, ist die Reichenau eine richtige Berühmtheit hier am See. Natürlich wusste ich all dies noch nicht so genau, bis Leon es mir auf der Fahrt erzählt hat, und ich bewundere wieder einmal, wie gut er sich hier auskennt. Wir halten vor einem Gebäude direkt am See und betreten das Restaurant ›Le rève‹. Davon habe ich noch nie gehört, das muss ganz neu sein. Tatsächlich sieht es auch so aus, als wären die Gastgeber gerade erst eingezogen, denn der Einrichtungsstil des Lokals ist sehr ›reduziert‹ zu nennen. Die Möbel sehen irgendwie aus wie aus den Siebzigerjahren und sind aus weißem Plastik, ebenso die Lampen über den schmuck- und tischdeckenlosen Tischen. Als kleine Dekoration und als Farbtupfer haben sich die Gastronomen für ein winziges grünes Grasbüschel entschieden. Na, hoffentlich ist das Essen nicht so kalt wie die Atmosphäre hier drin. Dennoch ist der Laden fast voll, offenbar wussten doch schon mehr Leute von diesem Geheimtipp als ich. Wir werden zu einem Tisch geführt, der immerhin am Fenster steht und einen einigermaßen netten Ausblick zum See hin bietet.

Leon hat ein ›Diner pour deux‹ bestellt, und ich frage mich, ob dieses französische Restaurant nicht zufällig ein Geheimtipp von Anouk war. Aber da ich großen Hunger habe, freue ich mich auf das Essen, egal ob französisch oder deutsch. Wir trinken ein Gläschen Champagner und bekommen dazu Weißbrot mit Butter serviert. Eine gute Gelegenheit, Leon ein bisschen auf den Zahn zu fühlen.

»Sag mal, Leon, diese Anouk«, beginne ich vorsichtig. »Wie lange arbeitet die schon bei euch? Du hast mir noch gar nicht von ihr erzählt.«

»Seit Anfang des Monats. Es ergab sich irgendwie nie die Gelegenheit«, antwortet er. »Weißt du, eines Tages stand sie vor der Tür und sagte: ›Voilà, hier bin isch‹«, grinst er. »Sie hat ausgezeichnete Zeugnisse und schon diversen erstklassigen Weingütern in Frankreich zu Umsatz-Zuwachs verholfen.«

»Habt ihr so was denn nötig?«, frage ich. »Ich dachte immer, eure Weine sprechen für sich. Sie sind doch beliebt, und bisher musstet ihr so gut wie keine Werbung dafür machen.«

»Da sieht man mal wieder, dass du überhaupt keine Ahnung von der momentanen Wirtschaftslage, geschweige denn von der Vermarktung von Wein besitzt.«

Er sieht leicht verstimmt aus, während wir unsere Vorspeise, ein Türmchen (o ja, es ist wirklich ein *Türmchen*, so klein ist es) von der Gänsestopfleber und Wachtelbrust mit bretonischer Pfefferglace und Trüffelpüree (nicht dass ich Gänsestopfleber oder Wachtelbrust zu meinen Lieblingsessen zählen würde) verzehren.

»Ich meine ja nur, so eine Marketing-Fachfrau, die kostet im Monat doch sicher ganz schön was …«, sage ich weiter, während ich einen großen Schluck aus meinem Weinglas zu mir nehme. Selbstverständlich Römfelds Müller Thurgau.

»Wenn sie unseren Namen europaweit bekannt machen kann, ist sie es allemal wert«, antwortet Leon mit schmalen Lippen.

Ok, ich wollte ihn wirklich nicht kritisieren. Er wird schon wissen, was er tut und ob das Weingut eine Marketing-Expertin braucht.

»Sie scheint ja nett zu sein«, lenke ich daher ein. Aber er betrachtet mich misstrauisch und sagt dann: »Mir scheint, meine Liebe, dass du einfach nur eifersüchtig bist.«

Hätte er das mit einem Lachen gesagt, wäre das gar nicht so schlimm, aber seine Miene ist ernst, und deshalb fühle ich mich gar nicht wohl. Der blasierte Kellner, oder sollte ich besser ›garcon‹ sagen, serviert den Zwischengang, Burgunderschnecken auf pot au feu von Basilikumkartoffeln, und schenkt noch mal reichlich vom Müller Thurgau nach. Zum Glück, denn die Schnecken kriege ich beim besten Willen nicht runter, und von den Bratkartoffeln werde ich nicht satt, so klein, wie auch diese Portion ist. Um vom Thema ›Anouk‹ abzulenken, erzähle ich Leon ein bisschen von Nini, dass sie sich verliebt hat und richtig happy ist. Leon fragt natürlich, um was für einen jungen Mann es sich handelt, und ich berichte in knappen Sätzen die Fakten, die ich auch kenne. Er überlegt kurz und sagt dann: »Das kann nur der Kofler sein. Mein lieber Scholli. Der ist im Verwaltungsrat der AFT Privatbank Schaffhausen. Da hat sie sich zielsicher eine gute Partie angelacht.«

Nun ist es an mir, empört zu sein: »Als ob Nini so was wichtig wäre. Sie hat sich einfach in den jungen Mann verliebt, weil er nett ist und süß, wie sie sich ausdrückt.«

Aber Leon ist anderer Meinung: »Was denkst du, was den Menschen prägt? Seine Herkunft, seine Familie. Hätte sie sich auch in ihn verliebt, wenn sein Vater ein Hartz-IV-Empfänger wäre und die Familie in einer trostlosen Mietskaserne leben würde? Glaubst du, ihr Marcus wäre dann so ein gebildeter und selbstsicherer junger Mann? Und es wird ihr auch recht sein, wenn er sie mit seinem eigenen Auto abholt und ins Kino einlädt, oder nicht?«

Was für eine idiotische Einstellung. Und während wir den Hauptgang – leicht gebratenen Hummer (Wo ist er denn? Nicht, dass ich ihn vermissen würde, aber kann er wirklich soo klein sein?) mit Jakobsmuscheln auf Tellerlinsen – verzehren, werde ich richtig wütend.

»Du hast überhaupt keine Vorstellung davon, wie wir Frauen sind«, entgegne ich. »Als ob ein eigenes Auto oder eine Kino-Einladung ausschlaggebend für unsere Gefühle wären. Da zählen ganz andere Sachen.«

Leon beugt sich vor und fragt mich: »Ach ja, also würdest du jetzt in diesem Moment auch gerne an einer Imbissbude stehen und eine Currywurst essen, anstatt in einem französischen Gourmet-Restaurant zu speisen, in dem ich nur mit viel Glück einen Tisch bekommen habe?« Seine Augen blitzen.

Damit ich auf diese Frage nicht antworten muss, nehme ich lieber noch mal einen Riesenschluck von dem köstlichen Wein. Wenn ich ehrlich bin, wäre mir so eine Currywurst mit Pommes im Moment wirklich lieber. Es hilft nichts. Ich bin einfach nicht die Richtige für dieses gesellschaftliche Parkett. Bestimmt ist es hier sehr teuer, und ich weiß das gar nicht zu schätzen und habe die Hälfte auf dem ohnehin sehr übersichtlichen Teller zurückgelassen. Zum Glück besteht das Dessert aus warmem Brie mit Cognac-Preiselbeeren, und ich kann den vielen Alkohol einigermaßen kompensieren. Da Leon fahren muss, hat er sich immer wieder Wasser nachschenken lassen, während ich die Flasche Müller Thurgau fast alleine ausgetrunken habe. Auweia. Der Alkohol macht mich anhänglich, und ich lege versöhnlich meine Hand auf seine. Außerdem streichelt mein Fuß unter dem Tisch sein Bein. Er sieht aber auch verdammt gut aus heute Abend. Schwarzes Hemd, schwarze Jeans und ein perfekt geschnittenes schwarzes Jackett. Dabei fällt mir meine Mutter ein, die niemals Schwarz trägt, und ich erzähle Leon von ihrem Brieffreund und dass ich den Verdacht habe, dass auch sie sich verliebt hat. Das kann Leon nun gar nicht nachvollziehen. Er, der Briefe nur zur Geschäftskorrespondenz schreibt bzw. schreiben lässt, schüttelt verständnislos den Kopf. Wahrscheinlich hält er das Ganze für eine weitere Spinnerei meiner Mutter.

»Ich glaube, sie hat einfach nichts zu tun und viel zu viel Zeit. Du solltest dich mehr um sie kümmern«, sagt er nebenbei, während er bei dem spindeldürren ›garcon‹ (wahrscheinlich bekommt er hier nur die Reste zu essen, und bei diesem Gedanken muss ich kichern) die Rechnung mit seiner Kreditkarte begleichen will.

»Bedaure, mein Herr«, sagt ebendieser. »Wir akzeptieren nur Bargeld.« Und mit diesem arroganten Getue hat er sich endgültig um ein anständiges Trinkgeld gebracht. Ich schwanke beim Hinausgehen auch nur ein kleines bisschen und deswegen muss ich mich an Leon festhalten. Im Auto kuschle ich mich an ihn und bin schon bald eingenickt.

Als ich wieder zu mir komme, stehen wir auf dem Hof vor dem Weingut. Wieder ist der Himmel sternenklar und die Nacht wunderschön. »La vie est belle«, summe ich vor mich hin, als ich aus dem Auto steige.

»Na, meine Süße, du bist ja richtig gut drauf«, sagt Leon und schließt die Tür zu seiner Wohnung auf. Das Weingut besteht aus drei Teilen, einem Haupthaus in der Mitte mit Küche, Wohnzimmer für alle und dem Glasanbau davor. Katharinas private Räume, in denen auch Emily seit ihrer Rückkehr aus Florenz wieder wohnt, liegen darüber. Der rechte Teil des Gebäudes umfasst drei Stockwerke, die von Robert, Susann und Johannes bewohnt werden. Der linke Teil des Gebäudes, ebenfalls dreistöckig, ist Leons Reich. Eingerichtet ist es schlicht, mit Designermöbeln in Weiß, Grau und Schwarz, und besitzt so gut wie keine Dekoelemente. Nur einer der Gründe, warum ich die Nacht mit ihm eigentlich lieber bei mir in meiner kleinen Wohnung verbringe.

Aber in der Hauptsache ist es wegen Nini, die ich nicht gerne alleine lasse. Ich weiß, ich brauche mir keine Sorgen zu machen, denn schließlich ist sie 17 und sehr vernünftig, und doch komme ich mir immer ein wenig vor, als würde ich sie alleinlassen. Verrückt, aber so sind wir Mütter nun mal. Leon ist in seinem Designer-Wohnzimmer verschwunden, um uns noch einen Schlummertrunk zu mixen, während ich in seinem Schlafzimmer auf ihn warte. Ich stehe am Fenster und betrachte den wunderschönen Garten, den das Mondlicht in eine Märchenlandschaft verwandelt, als Leon auf einmal hinter mir steht und mich zärtlich auf den Nacken küsst.

»Na, meine Schöne, Lust auf einen ›Tequila sunrise‹?«, fragt er mit seiner tiefen, männlichen Stimme.

»Lust habe ich schon, aber nicht auf Alkohol«, flüstere ich und beiße ihm zärtlich in sein Ohrläppchen, woraufhin er mich leidenschaftlich küsst. Er zieht mir das Top über die Schultern, und ich bin froh, dass ich den neuen sexy schwarzen BH mit dem dazu passenden Spitzenslip angezogen habe. Ich knöpfe sein Hemd auf und werfe es einfach auf den Boden, und wir beide sinken, uns immer noch küssend, auf sein großes französisches Bett. Hm, ich könnte die gesamte Nacht das Streicheln am ganzen Körper genießen.

»Ich will dich«, flüstert er mir zärtlich ins Ohr, und wir schlafen miteinander. Leon ist ein leidenschaftlicher und erfahrener Liebhaber, und ich kuschle mich anschließend zufrieden in die duftenden Kissen. Ich bekomme gerade noch mit, wie er aufsteht und sein Hemd und seine Hose vom Boden aufhebt und ordentlich zusammenlegt, da schlafe ich schon ein.

Am nächsten Morgen weckt mich der Sonnenschein, und ich räkle mich noch ein wenig in der hellgrauen, kühlen Baumwoll-Bettwäsche, als ich bemerke, dass Leon nicht da ist. Hilfe, wie spät ist es denn? Da fällt mir ein, dass ja Sonntag ist und ich gar nicht ins Büro muss. Leon ist sicher eine Runde joggen, aber ich denke an Nini, die jetzt alleine frühstücken muss, und möchte heim. In ihrer SMS gestern Abend hatte sie nur kurz geschrieben, sie wolle mit Marcus ins Kino, und ich hoffe, dass sie gut heimgekommen ist. Ich tapse in Leons konsequent schwarzweiß eingerichtetes Bad und wundere mich mal wieder, wo seine ganzen Toilettenartikel sind. Außer einer weißen Orchidee und einer Flasche Dior Homme Sport steht hier nämlich überhaupt nichts herum. Beim Gedanken an unser mit Kosmetik überfülltes rosa Bad muss ich grinsen. Ich steige unter die warme Dusche, benutze Leons Zahnbürste (juchhu, ich hab sie gefunden) und fahre mir mit den Fingern durchs Haar.

Zum Schminken habe ich natürlich außer einem Lippenstift nichts mit. Mist, jetzt ärgere ich mich, dass ich auch nichts anderes zum Anziehen mitgenommen habe. Mein schönes pinkes Top ist total zerknittert, weil ich es gestern Abend im Eifer des Gefechts einfach auf den Boden geworfen habe, und die Hose ist bei dem schönen Wetter eigentlich viel zu warm. Ich beschließe, wenigstens die hohen Schuhe wegzulassen, und gehe barfuß in den Garten, um nach Leon Ausschau zu halten. Vielleicht kann er mich nach einem Tässchen Kaffee gleich nach Hause fahren.

Der Garten ist auch am Morgen wunderschön, und ich bewundere die herrlich gepflegten Büsche und Bäume und vor allem den traumhaften Ausblick auf den See, auf dem schon einige weiße Segel vorüberziehen. Hoffentlich treffe ich niemanden von der Familie, so wie ich aussehe. Doch dieser Wunsch wird mir nicht erfüllt.

»Maja!«, höre ich eine Stimme von der Terrasse, die unschwer zu Katharina gehört.

»Äh, ja, guten Morgen«, grüße ich sie freundlich.

»Möchtest du vielleicht eine Tasse Kaffee mit uns trinken?«, antwortet sie höflich distanziert, wie es nun einmal ihre Art ist. Dieser Einladung kann ich wirklich nicht widerstehen. Hm, Kaffee. Ich denke nicht weiter über mein Outfit nach, bis ich auf die Terrasse komme und mich die ganze Familie von oben bis unten betrachtet. Auf einmal sehe ich mich mit ihren Augen: Meine Füße sind nicht nur nackt, sondern auch noch nass vom feuchten Gras, mein Top zerknittert, meine Haare wirr. Ich sehe aus wie ein Bahnhofspenner. Dagegen sitzt die ganze Familie wie in einem Fernseh-Werbespot auf der Terrasse mit den stilechten Eisenmöbeln und großen, mit Palmen bestückten Blumentöpfen. Katharina und Susann sind bereits so angezogen, als wollten sie gleich auf den Golfplatz. Sie tragen beide Polohemden von Bogner in fröhlichen Farben, die ihre schlanke Figur betonen, dazu weiße Bermudas. Ich bin wieder einmal überrascht, wie sie einander ähneln, immerhin sind sie ja Schwiegertochter und -mutter, und ich frage mich, ob Susann der Einfachheit halber nicht nur die Ansichten, sondern auch gleich den Style ihrer Schwiegermutter übernommen hat. Emily dagegen sitzt wie üblich mit mürrischer Miene in einer blassgrauen Tunika und Jeans daneben und löffelt ein Müsli. Robert nickt mir kurz zu, dann widmet er sich wieder seiner Zeitung, während der kleine Johannes ein Nutellabrot verspeist. Anna, das Dienstmädchen, schenkt allen Kaffee nach und mir auch eine Tasse ein. Wunderbar. Der Duft des frisch zubereiteten Getränks weckt sofort meine Lebensgeister. Da Katharina und Susann mich nicht weiter beachten und über ihren heutigen Golftag sprechen, versuche ich, ein bisschen Konversation mit Johannes zu machen.

»Na, Johannes, was hast du bei dem schönen Wetter heute vor?«, frage ich ihn und erwarte eine Antwort, die in Richtung Freunde und Fahrradfahren oder Ähnliches geht. Stattdessen wirft er einen kurzen Blick auf seine Mutter und zuckt dann die Schultern.

»Johannes hat heute Reitstunden und muss dann noch etwas für die Schule tun«, antwortet Susann für ihn. Dann sagt sie zu ihrem Mann: »Kannst du Johannes nachher auf den Reiterhof fahren und auch wieder abholen?«

Ich sehe Johannes an, der mit seinem blassen Gesichtchen gar nicht glücklich aussieht, und fast tut er mir ein bisschen leid. Ob er in dem vollen Terminkalender seiner Eltern wenigstens hin und wieder ein Plätzchen findet? Wie alle Kinder, die derart privilegiert leben wie er, weiß er seinen Wohlstand zu schätzen und lässt dies sicher auch seine Freunde wissen. Ob er wohl echte Freunde hat oder seine Schulkameraden nur deshalb kommen, weil in seinem Kinderzimmer alle momentan angesagten Spielsachen zu finden sind? Ich muss an Nini denken und daran, dass wir in meiner Freizeit eigentlich immer zusammen waren. Wir waren schwimmen, Rad fahren, Eis essen, im Kino oder haben gelesen und gebastelt, wenn das Wetter mal nicht so toll war. Bei dem Gedanken an sie stehe ich auf. Ich möchte jetzt wirklich heim. Und in diesem Moment kommt Leon in seinen Joggingsachen um die Ecke.

»Hier bist du!«, ruft er mir zu, als sei ich es gewesen, die einfach verschwunden war. Er küsst mich, wünscht den anderen einen guten Morgen, bevor er sich unter die Dusche verabschiedet.

»Maja, du solltest wirklich auch mit dem Golfen anfangen. Dann könnten wir jetzt den Tag zusammen verbringen«, sagt Katharina.

Au ja, das habe ich mir schon immer gewünscht. Aber ich muss doch anerkennen, dass sie in Erwägung zieht, den Tag mit mir zu verleben. »Das werde ich ganz sicher irgendwann«, antworte ich unbestimmt.

»Wenn ich mal nicht mehr so viel arbeiten muss und Nini mich nicht mehr so braucht.«

Bei der Erwähnung von Ninis Namen fällt ihr wieder ein, dass ich ja eine alleinerziehende Mutter bin, und sie runzelt die Stirn.

»Wie alt ist Nini jetzt eigentlich? 15, 16?«, fragt sie mich und wirft einen Blick auf Johannes, der mit seinen acht Jahren ganze Tage alleine verbringt, während seine Eltern golfen oder arbeiten.

»17«, sage ich trotzig, »und auch wenn sie sehr selbstständig ist, freut sie sich doch, wenn ich zu Hause bin.«

Aber Katharina ist schon wieder in ein Gespräch mit Susann über andere Leute vertieft, die allesamt auch berufstätig sind und golfen. Endlich kommt Leon frisch geduscht um die Ecke, und ich bitte ihn, mich heimzufahren, doch Katharina fällt mir ins Wort: »Jetzt lass ihn doch erst mal frühstücken!«, – als ob ich das nicht vorgehabt hätte. Und Susann fragt ihn, ob er mit auf den Golfplatz wolle.

Emily mischt sich ein und bietet an, mich nach Hause zu bringen. Das finde ich wirklich nett von ihr, doch habe ich ein wenig das Gefühl, sie sagt das nur, um sich hier verdrücken zu können. Leon bedankt sich bei ihr, sagt jedoch: »Natürlich fahre ich dich nach Hause, mein Schatz!«, – worüber ich sehr froh bin. Er kann auch nicht auf den Golfplatz, da er noch viel Arbeit im Büro hat. Schließlich muss das Sommer-Weinfest auf dem Gut, das im Juni stattfinden soll, vorbereitet werden sowie einige Weinproben und Weinseminare. Die Büros befinden sich neben den Verkaufsräumen in einem separaten Gebäude, welches direkt neben dem Weg zum Weingut liegt und somit für die Kunden gut erreichbar ist.

Ich bin froh, dass Leon heute selbst so viel zu tun hat, so bleibt mir Zeit für mich selbst und meine Tochter, ach ja, und meine Mutter, der ich die Übersetzungen versprochen habe. Und Eva, die ich unbedingt anrufen muss.

Als der schwarze Porsche aus der Einfahrt des Weingutes braust, denke ich darüber nach, warum ich mich in dieser wunderschönen Atmosphäre eigentlich nie richtig wohlfühle. Ich liebe Leon, aber seine Familie ist immer so kalt zu mir. Trotzdem, sollte ich je seine Frau werden, wird dies mein Zuhause werden. Ob es das aber wirklich jemals sein wird?

Nachdem er mich heimgefahren hat, küsst Leon mich zum Abschied und wir verabreden zu telefonieren.

Kapitel 9
Gedanken über Männer im Allgemeinen und im Besonderen

Als ich heimkomme, begrüßt mich Nini gespielt vorwurfsvoll: »Mama! Du warst die ganze Nacht weg.« Ich will mich gerade entschuldigen, denn wie gesagt, eigentlich lasse ich sie nicht gerne und schon gar nicht oft über Nacht alleine, da lacht sie und sagt: »Ist doch gut. Hoffentlich habt ihr eine richtig schöne Nacht gehabt.«

Sie ist so lieb.

Ihr Marcus will vorbeikommen und sie abholen, um zusammen zum See zu fahren. Prima, da kann ich ihn ja mal kennenlernen. Aber vorher rufe ich Eva an. Ich erreiche sie auf dem Handy, und ihre Stimme hört sich schon viel besser an als gestern. Sie ist mit den Mädels unterwegs in die Therme und sagt, es ginge ihr gut. Sie wolle sich eine kleine Auszeit gönnen und alles in Ruhe überdenken. Kluges Mädchen. Ich finde auch, dass sie nichts überstürzen soll, denn ich kann mir immer noch nicht vorstellen, dass ihr Tim das Familienglück aufs Spiel setzt, um andere Frauen kennenzulernen. Andererseits weiß man nie. Sie soll sich erst mal abregen und dann in Ruhe mit ihm reden.

Ich rufe meine Mutter an und erzähle ihr, dass die Übersetzungen fertig sind. Sie freut sich und lädt mich zum Dank auf einen Cappuccino nach Meersburg ein. Das hört sich doch gut an.

Da ich schon geduscht habe, muss ich mich nur noch umziehen. Wieder ist ein herrlicher Tag, und es kommt einem vor, als sei bereits Sommer. Kaum zu glauben, dass es vor zwei Tagen noch so kalt war. Da es so warm ist, wähle ich ein marineblau-weiß getupftes Sommerkleid mit weißem Gürtel und weißen Ballerinas. Da das Ganze ein bisschen nach Fünfzigerjahre-Look aussieht, binde ich mir die Haare zu einem hohen Pferdeschwanz. Fertig. Heute ist es Nini, die nicht weiß, was sie anziehen soll. Sie ist total nervös und hüpft zwischen Bad und ihrem Zimmer hin und her, jedes Mal in einem anderen Outfit. Endlich scheint sie fertig zu sein, denn sie lungert an der Tür herum. Sie trägt ein Babydollkleidchen in Indigotönen und flache Sandalen. Ihre blauen Augen hat sie entsprechend dazu super geschminkt. Das ist aber auch das einzige Make-up. Es ist unglaublich, wie hibbelig sie ist. Endlich klingelt es an der Tür. Als Marcus hereinkommt, verstehe ich, warum sie so aufgeregt ist. Er sieht aus wie dieser junge Mann aus den Vampirfilmen, auf den zur Zeit alle Mädels so stehen. Er ist groß und schlank, und mit seinen blonden Haaren, die ihm lässig in die Stirn fallen, und den blauen Augen hat er diese gewisse James-Dean-Attitüde. Er trägt verwaschene Jeans, die sicher nicht billig waren, und dazu ein cooles braunes T-Shirt, das seinen Körper betont. »Hallo, Mama, das ist Marcus«, stellt sie ihn mir vor. Und er sieht nicht nur gut aus, er hat auch Manieren.

»Hallo, Frau Winter, schön, Sie kennenzulernen«, sagt er und entblößt makellos weiße Zähne.

»Nini hat schon viel von Ihnen erzählt.«

Wir tauschen ein paar Sätze über das schöne Wetter aus, dann verabschieden sie sich und Marcus verspricht, nicht so schnell zu fahren und Nini nicht zu spät wieder nach Hause zu bringen. Ich freue mich wirklich für sie. So ein netter junger Mann, kein Wunder, dass sie sich in ihn verliebt hat. Sie drückt mir noch einen schnellen Kuss auf die Wange und weg sind sie.

Ich lasse mir auf dem Weg nach Meersburg Zeit und genieße die Fahrt mit meinem kleinen Mini am See entlang. Nicht so feudal wie heute Morgen in Leons schickem Sportwagen, aber auch sehr entspannt. Ich nehme extra die schönere Straße, die über Unteruhldingen am See entlang nach Meersburg führt. So, so, in einem dieser wunderschönen Häuser am Hang soll also Marcus mit seiner Familie wohnen. Wahnsinn, die müssen wirklich einen fantastischen Blick haben. Und die Häuser dort wirken allesamt sehr teuer. Mir fällt wieder ein, was Leon über Herkunft und Familie gesagt hat und inwieweit sie verantwortlich seien für den Charakter des Menschen. Vielleicht hat er ja doch ein bisschen recht? Dennoch glaube ich, dass dieser Marcus auch ein netter Kerl wäre, wenn er wie wir in einer Dreizimmer-Mietwohnung aufgewachsen wäre. Also, ich kann Nini gut verstehen, und ich nehme mir vor, mit ihr demnächst mal über das Thema Verhütung zu sprechen.

In Meersburg ist bei dem schönen Wetter heute die Hölle los, und ich finde mit viel Glück gerade noch eine winzige Lücke, in die mein Mini passt. Gott sei Dank ist das Auto so klein. Wir haben uns im ›Wilden Mann‹ verabredet, und ich sehe Mama bereits in dem von vielen Palmen geschmückten Garten sitzen. Ich muss schmunzeln, als ich ihr Outfit sehe. Sie trägt eine rot-weiß geblümte Chiffonbluse, ihre weiße Hose, dazu rote Schuhe und eine rote Tasche. Auf der Nase hat sie eine riesige weiße Sonnenbrille und rührt in einem Eiskaffee. Kaum habe ich mich gesetzt, bringt der Kellner (alte Schule) mir auch einen, und ich frage mich, wie ich diese ganzen Kalorien wieder loswerden soll. Der Sommer steht vor der Tür und somit die Badesaison. Nix mit Bikini dieses Jahr, ein flotter Einteiler muss her. Nichtsdestotrotz lassen wir uns den Eiskaffee schmecken und genießen den wunderbaren Blick auf die Schweizer Seite des Sees, auf die Fähren nach Konstanz und die Insel Mainau. Ich bemerke, dass am Nachbartisch zwei ältere Herren sitzen, die meine Mutter nicht aus den Augen lassen. Diese schenkt ihnen ein freundliches Lächeln und flüstert mir dann zu: »Vergiss es. Die wollen nur eine, die ihnen die Wäsche macht und sie bekocht und betütelt. Ohne mich.«

Ich muss lachen und krame die Briefe aus meiner Tasche. Mutter freut sich sehr über die Übersetzungen und erzählt mir das Neueste aus Steves Leben. Diesmal lasse ich sie reden und unterbreche sie nicht, denn ich sehe, wie ihre Augen leuchten, wenn sie von ihm spricht. Natürlich hat sie auch wieder ein paar Fotos dabei und erzählt, Steve habe sie angerufen – »was für eine nette Stimme« – und habe sie eingeladen, ihn in Amerika zu besuchen. Ich verschlucke mich fast an der Eiswaffel.

»Prima Idee«, belüge ich sie und auch mich, »aber willst du ihn nicht erst ein bisschen besser kennenlernen?« Und nach einer kurzen Pause: »Und vielleicht ein klitzekleines bisschen dein Englisch verbessern?«

Darauf lacht sie wieder ihr unnachahmliches lautes Lachen, und alle Leute drehen sich zu uns um.

»Aber Mäuschen, wo könnte ich das denn besser als dort?«

Ich habe den Verdacht, dass sie tatsächlich die Absicht hat, zu diesem Steve zu fliegen, und wechsle lieber das Thema. Ich erzähle ihr, dass Leon diese Anouk eingestellt hat und ich den Verdacht habe, dass diese sich an meinen Schatz heranmachen will. Gerade heute sind sie alleine im Büro, um das Sommerfest und andere Aktivitäten zu planen. Doch meine Mutter wäre nicht meine Mutter, wenn sie darin ein Problem sehen würde. Sie lacht und sagt: »Mach dich nicht verrückt. Diese Anouk mag ja hübsch und sexy sein, aber du bist die Frau an seiner Seite. Das solltest du nie vergessen. Hab doch mal ein bisschen Selbstbewusstsein. Ihr versteht euch doch wirklich gut. Und warum sollte er eure Beziehung aufs Spiel setzen, nur weil eine mit den Wimpern klimpert und mit dem Ärschchen wackelt?«

Ich lache und fühle mich schon etwas besser. So sitzen wir noch ein Weilchen und genießen den herrlichen Sonnenschein. Zwischen den Palmen hier mit dem Blick auf die alte Burg kommt man sich tatsächlich ein wenig wie im Urlaub vor. Es ist einfach herrlich, am See zu sein. Ich erzähle meiner Mutter von meinem Auftrag in Nußdorf, der ›Butterblume‹ und natürlich von meinem Traum.

»Ach, das hört sich ja wirklich schön an«, sagt sie. »So ein kleines Café in Nußdorf am See, an dem die vielen Spaziergänger und Radfahrer anhalten und ein Eis essen oder einen Kaffee trinken können oder so was wie das hier«, und sie zeigt auf unseren Eiskaffee. »Schade, dass es nur ein Traum war.«

»Ach, Mama«, seufze ich. »Das finde ich auch. Irgendwie habe ich das Gefühl, dass dieser Traum mir etwas sagen will. Ich würde so gerne so etwas machen, und zwar nicht nur, weil der olle Aschenbrenner ein alter Ausbeuter und Sklaventreiber ist.« Und ich schildere ihr, wie ich mich in der ›Butterblume‹ gleich zu Hause gefühlt habe.

Sie sieht mich lange an und fragt dann zögernd: »Bist du eigentlich glücklich mit Leon? Ich meine, abgesehen von dieser idiotischen Eifersucht auf die Französin.«

Was hat das denn jetzt damit zu tun?

»Na, ich meine ja nur. Solltest du dir nicht lieber Gedanken machen, auf das Weingut zu ziehen und mit Leon zusammenzuleben, statt von einer eigenen Existenz zu träumen?«

Natürlich habe ich mir auch darüber schon Gedanken gemacht. Das macht man ja, wenn man ein paar Jahre zusammen ist, oder nicht? Aber bis jetzt hat Leon gar keine Anstalten gemacht, mich auf das Weingut zu holen. Wahrscheinlich gefällt ihm die Situation genau so, wie sie ist. Ebenso wie mir. Warum nur träume ich dann solche Sachen?

»Selbst wenn du wolltest, meine Süße«, sagt Mama

weiter, »könntest du dir nie im Leben so ein Haus am See leisten.« Und damit hat sie leider recht. Nur schade, dass mir der Eiskaffee jetzt gar nicht mehr schmecken will, und ich schiebe den Becher zur Seite. Meine Mutter spürt meine Verärgerung und streicht mir sanft über die Wange.

»Nun mach nicht so ein Gesicht, meine Hübsche. Es kann schon sein, dass dieser Traum tatsächlich eine Bedeutung hat. Nämlich die, dass du eine Veränderung brauchst in deinem Leben. Denk mal darüber nach. Zieh zu deinem Leon und hilf ihm auf dem Weingut. Dann brauchst du dich nicht mehr mit dem Aschenbrenner herumzuärgern und ihr seid endlich eine richtige Familie.«

Als ob das so einfach wäre. Als wir uns verabschieden, muss ich daran denken, dass sie jetzt wieder in ihre kleine Wohnung fährt und auch alleine ist. Vielleicht hat sie ja gar nicht so unrecht, und wir beide sollten unser Glück ›beim Schopf packen‹, wie sie sich ausdrückt. Auf dem Weg zum Parkplatz erzähle ich ihr noch kurz von Nini und ihrem Marcus. Meine Mutter lächelt nur und sagt dann geheimnisvoll: »Ich glaube, uns drei Mädels steht ein Sommer der Liebe bevor.«

Auf dem Heimweg fahre ich durch Nußdorf, und die Worte meiner Mutter kommen mir wieder in den Sinn. Ja, es stimmt. Nie im Leben werde ich mir ein Haus am See leisten können. Und das werde ich auch nicht brauchen, denn wenn ich Glück habe und es nicht versiebe, dann werde ich vielleicht schon bald in einem der schönsten Häuser hier am See leben. Ja, genau. Wahrscheinlich habe ich bei Leon nur immer die falschen Signale ausgesandt, so nach dem Motto: ›Ich bin unabhängig und frei und will das auch bleiben.‹ Das wollen die Männer doch gar nicht. Das heißt, am Anfang wollen sie das schon, aber dann möchten sie eine Frau, die sich nichts Schöneres vorstellen kann, als ein Leben an ihrer Seite zu führen, oder nicht? Also muss ich Leon das in nächster Zeit ein bisschen mehr zu verstehen geben.

Trotzdem kann ich nicht widerstehen und biege noch einmal in die Seestraße ein. Schließlich ist dies eine Immobilie, die mein Chef verkaufen soll. Und hatte ich nicht den Auftrag, Informationen einzuholen? Ich stelle den Mini an derselben Stelle ab wie beim letzten Mal und werfe einen Blick in den schönen Garten der netten Frau von neulich. Heute ist jedoch weder von ihr noch von dem kleinen Mischlingshund etwas zu sehen. Bestimmt genießt sie diesen herrlichen Sonntag bei ihrer Familie.

Das Tor zum Objekt 415 bzw. der ›Butterblume‹ ist geschlossen, doch ich habe das dringende Bedürfnis, durch den Garten zum See zu gehen. Und schon bin ich über den Holzzaun geklettert, der zum Glück nicht allzu hoch ist. Hoffentlich ist das kein Einbruch. Ich kichere in mich hinein. Wenn mich jemand erwischt, kann ich immer noch die Story von dem Notizbuch wieder auskramen. Immerhin war ich ja wirklich geschäftlich hier. Und wer soll schon kommen? Die Besitzerin ist tot, die Erben sind weit weg, und der doofe Gärtner wird am heutigen Sonntag ja auch nicht da sein. Sicherheitshalber werfe ich einen Blick auf den Stellplatz, auf dem der alte Volvo neulich stand. Na bitte. Er ist nicht da. Als ich um das alte Haus herumlaufe, bin ich wieder mal ganz entzückt über den Anblick, der sich mir bietet. Der Magnolienbaum und die anderen hohen Bäume stehen inzwischen in voller Blüte und verdecken nur seitlich ein klein wenig den Blick auf den See und das gegenüberliegende Ufer. Der See liegt vollkommen still und das Wasser schimmert tiefblau in der Sonne, die mittlerweile schon ziemlich tief steht. Noch immer sind sehr viele Boote unterwegs und die weißen Segel leuchten in diesem besonderen ›Früh-Abend-Licht‹. Ich setze mich staunend auf die Stufen der Terrasse und genieße die schöne Stimmung. Nach all dem Trubel heute Nachmittag in Meersburg ist es hier so … friedlich. Ich schließe die Augen und freue mich einfach, hier zu sein. Plötzlich reißt mich eine Stimme unsanft aus meinen Träumen.

»Hallo! Schön, Sie zu sehen. Ich hab Ihr Notizbuch gefunden.«

Wie bitte? Das kann nicht wahr sein. Ich spüre, wie ich mal wieder feuerrot anlaufe, und fühle mich ertappt, als hätte ich etwas Unrechtes getan. Schnell stehe ich auf und will gehen.

»Äh …, hallo«, sage ich und komme mir vor wie in der Schule, als ich zur Tafel gerufen wurde. Was zum Teufel macht *der* denn hier? Heute ist Sonntag, da sollte er doch frei haben. Und was soll der Spruch mit meinem Notizbuch? Das kann er unmöglich gefunden haben, denn erstens besitze ich gar kein Notizbuch, folglich kann ich es auch nicht *hier* verloren haben. Gut, das weiß er ja nicht. Aber was hat er denn da gefunden? Er geht zu dem großen Blumentopf, und ich habe Gelegenheit, ihn von hinten zu betrachten. Verdammt knackiger Hintern in den engen Jeans, stelle ich fest und schaue schnell weg, bevor er zurückkommt. Er grinst mich schon wieder so frech an, und ich bemerke, dass er statt des hässlichen Pullovers von neulich zur Abwechslung ein weißes Hemd trägt.

»Haben Sie heute nicht frei?«, frage ich ihn.

»Doch, schon«, antwortet er.

»Aber ich habe hier etwas vergessen. So wie Sie.« Und er wedelt mit einem kleinen schwarzen Notizbuch von der Sorte, wie man es von der Versicherung oder der Tankstelle zu Weihnachten bekommt, vor meiner Nase herum. Will er mich auf den Arm nehmen? Weil er mich so begeistert anstrahlt, mache ich ihm die Freude und betrachte das kleine Notizbuch von allen Seiten.

»Nein, das ist nicht meins«, sage ich bedauernd, »mein Notizbuch ist rot und ein bisschen größer«, lüge ich dreist.

»Ach so.« Er ist enttäuscht. »Dieses lag da hinten beim Tor, und ich dachte, da Sie ja Ihres verloren haben, gehört es bestimmt Ihnen.«

»Leider nein. Trotzdem vielen Dank für Ihre Mühe«, bedanke ich mich artig. Immerhin scheint er ja wirklich an mich gedacht zu haben.

»Gern geschehen. Ja, Sie sahen neulich so traurig aus, und ich dachte, es sei Ihnen wichtig. Bestimmt brauchen Sie es für Ihre Arbeit?«, fragt er, und nun weiß ich gar nicht mehr, was ich sagen soll. Ich kann mich unmöglich in noch weitere Lügen verstricken.

»Ach nein, so wichtig war es nun auch wieder nicht«, antworte ich ausweichend. Er nickt.

»Na ja. Hübsches Kleid übrigens.« Und ich laufe knallrot an.

»Ist es nicht herrlich heute Abend?«, fragt er.

»Ich glaube, Sie haben die Stimmung gerade auch sehr genossen, bis ich Sie gestört habe. Bleiben Sie doch noch einen Moment. Haben Sie etwas dagegen, wenn ich mich ein bisschen dazusetze?«

Wir setzen uns beide auf die kleine Treppe und sagen kein Wort, sondern genießen die Abendstimmung. Seltsam, ich sitze hier nicht nur mit einem mir absolut fremden Mann, sondern ich halte mich auch unberechtigterweise in einer völlig fremden Umgebung auf, aber ich habe kein bisschen Angst und ich fühle mich auch nicht unwohl.

Nach einer ganzen Weile sieht er mich an und fragt: »Ihnen gefällt es hier, stimmt's?« Dieser Satz trifft es genau. Wie recht er hat. In diesem Moment möchte ich nirgends sonst auf der Welt sein. Aber ich kann das unmöglich vor ihm zugeben, also erwidere ich leichthin: »Genau genommen, bin ich doch eher im Dienst hier. Das Objekt soll, wie ich hörte, verkauft werden?«

»Das Objekt?«, fragt er und scheint irritiert. »Ich dachte, Sie seien bereits die Käuferin?«

Ach herrje. Wie komm' ich aus der Nummer wieder raus? Ich stehe lieber auf, gehe ein paar Schritte zum Wasser hinüber und werfe ein paar Steine hinein. Er lacht schon wieder und kommt mir nach. Er nimmt einige flache Steine und lässt sie über die Wasseroberfläche hopsen.

»Das hat man Ihnen wohl als Kind nicht gezeigt, oder? Übrigens, ich heiße Christian.« Er streckt mir die Hand herüber, ich nuschle »Maja« und nicke ihm zu.

»Segeln Sie gerne, Maja?«, fragt er mich unvermittelt.

»Keine Ahnung, das hab ich noch nie ausprobiert«, antworte ich, »aber wenn ich die weißen Segel so sehe, denke ich oft, dass es einen Versuch wert wäre.«

»O ja, das ist es auf jeden Fall. Auf dem Wasser ist alles

so weit weg, der ganze Stress und der Alltag. Man kann auf einem Segelboot so schön entspannen«, antwortet er.

Worauf ich ihn frage: »Haben Sie denn ein Boot?«

»Ja«, meint er und blickt dabei in die Ferne zu den weißen Segeln auf dem See, »aber es ist leider noch nicht im Wasser. Hatte noch keine Zeit, aber ich hoffe, ich komme bald dazu. Vielleicht haben Sie ja mal Lust, mitzusegeln?« Und er sieht mir dabei in die Augen.

Hoppla. Flirtet er etwa mit mir? Mir fällt ein, dass ich ja in festen Händen bin, da darf ich doch nicht mit einem anderen Mann segeln gehen. Auch wenn er zugegebenermaßen wirklich sexy ist. Oder wahrscheinlich, weil er es ist. Also sage ich leichthin: »Mal sehen. Vielleicht ergibt es sich.« Damit verabschiede ich mich und winke ihm noch einmal zu, als ich durch das diesmal offene Tor an dem alten Volvo vorbei auf die Straße zu meinem Mini laufe.

Als ich nach Hause komme, sitzt Eva auf der Treppe und sieht, ehrlich gesagt, richtig mies aus. Ohne ein Wort zu sagen, packe ich sie an der Hand und schleife sie die schiefe Treppe hinauf bis in meine Wohnung, wo sie sich auf das lila Sofa sinken lässt und in Tränen ausbricht. Ich nehme sie in die Arme und lasse sie heulen. Manchmal hilft es ja, den Tränen ihren Lauf zu lassen, und wahrscheinlich hat sie sie den ganzen Tag schon zurückgehalten. Ich stehe nur kurz auf, um eine Schachtel mit Kleenex zu holen und zwei Gläser von dem Supermarkt-Wein. Nach etwa einer halben Stunde, in der Eva praktisch nur geweint und die Packung Kleenex aufgebraucht hat, scheint es ihr besser zu gehen.

»Es ist alles so beschissen«, schnieft sie. Solche Worte aus ihrem Mund! Das will etwas heißen, denn sonst ist Eva immer sehr beherrscht.

»Stell dir vor, die Mädels und ich hatten einen echt schönen Tag in der Therme. Ich musste zwar dauernd daran denken, wie wir hier immer mit Tim waren, aber es war okay und wir hatten Spaß. Und dann auf dem Heimweg ruft der Kerl tatsächlich an und fragt, ob ich nicht endlich heimkommen will. Was bildet der sich eigentlich ein? Wahrscheinlich ist der Kühlschrank leer und kein frisches Hemd mehr im Schrank. Er meinte, ich solle mich jetzt mal abregen, es sei schließlich nix passiert. *Nix passiert.* Nein, was war denn schon? Er hat mit anderen Frauen E-Mails ausgetauscht: ›Wie geht's dir?‹ und ›Was machst du?‹ und ›Ich vermiss dich!‹ und ›Ich würd' dich gern mal sehen.‹ *Nix* soll das sein? Und ich soll einfach heimkommen und Abendbrot machen und mit ihm vor der Glotze sitzen, und wenn ich zu Friseurterminen fahre, mich jedes Mal fragen, welche der Damen jetzt wohl wieder Post bekommt? Das kann er sich abschminken.«

Während sie schluchzt, betrachte ich ihr hübsches, verheultes Gesicht, und es tut mir leid, dass sie so unglücklich ist. Ich würde ihr gerne sagen, sie habe sich das alles nur eingebildet, Tim liebe sie und alles wird wieder gut. Das Komische ist, dass ich eigentlich immer noch überzeugt davon bin, dass es so ist. Deshalb kann ich ihr auch nicht dazu raten, Tim jetzt zu verlassen, sondern bin der Meinung, sie sollte sich noch ein bisschen Zeit nehmen, um nachzudenken, und dann mit ihm reden. Das habe ich ihr schon nahegelegt, und deshalb sage ich jetzt stattdessen mit todernster Miene: »Ja, er ist ein Scheißkerl. Lass uns eine Voodoo-Puppe holen und brennende Nadeln mitten in sein Herz stechen.«

Eva sieht mich kurz an, dann müssen wir beide lachen. Wir lachen und lachen und können nicht mehr aufhören, bis wir vom Sofa fallen und auf dem Boden weiterlachen. Nini kommt heim mit Marcus im Schlepptau und fragt verwundert: »Was ist denn hier los?« Wahrscheinlich denkt sie, wir seien total betrunken, weil wir lachend auf dem Boden liegen und Eva ein verheultes Gesicht hat.

»Ach, wir haben uns nur ein paar Witze erzählt«, sage ich, gehe in die Küche und koche für uns alle eine Riesenportion Spaghetti. Schließlich sollen Nudeln glücklich machen.

Kapitel 10
Das Exposé

In der nächsten Woche geht es lässig zu im Büro. Na ja, auf jeden Fall lässiger als sonst, denn der Chef ist nicht da. Herr Aschenbrenner hat sich mit einer kurzen Notiz, dass er sich zu Immobilienterminen auf Mallorca aufhält (und zum Golfspielen wahrscheinlich), und einer riesenlangen Liste, die wir abarbeiten müssen, für die nächsten zwei Wochen verabschiedet. Unter anderem sollen wir einen Flyer gestalten, auf dem unsere derzeitigen Top-Objekte abgebildet sind. Das klingt nach Abwechslung, wird aber harte Arbeit, wenn man bedenkt, wie schnell er fertig sein soll. Dennoch ist Irma blendender Laune, was wahrscheinlich an der schönen Seife liegt, die sie heute Morgen auf ihrem Schreibtisch vorgefunden hat. Auch das Wetter ist immer noch schön. Nicht gerade ein Nachteil für die vielen Termine, die ich diese Woche für Herrn Aschenbrenner wahrnehmen muss. Da sich mein Fachwissen auf ein Minimum beschränkt, müssen die Immobilien für sich sprechen, und das können sie bei gutem Wetter einfach am besten. Irma und ich geben im Büro unser Bestes, dabei spielt das Radio die neuesten Hits und die Arbeit läuft wie von selbst. In der Mittagspause setzen wir uns mit einem Eis an die Uferpromenade, und manchmal holt Irma uns am Nachmittag einen leckeren Cappuccino vom Italiener an der Ecke des Münsters. Unsere Stimmung ist gut, auch wenn Herr Aschenbrenner uns jeden oder doch jeden zweiten Tag anruft, um uns neue Anweisungen zu geben. Anscheinend hat er auf Mallorca einige tolle Immobilien aufgetan, die er seinen Golffreunden am Bodensee anpreisen will. Natürlich vergisst er vor lauter ›Arbeit‹ im sonnigen Süden nicht die heimischen Objekte. Deshalb ruft er mich auch am Mittwochabend auf meinem Handy an, weswegen ich aus der Badewanne hüpfen muss, nur um mir zu sagen, er hätte einen Interessenten für das Objekt 415 und ich solle bitte am morgigen Donnerstag um 15 Uhr einen Termin mit einem gewissen Herrn Beirer wahrnehmen, da er selbst ja noch unterwegs sei. Pflichtbewusst, wie ich bin, sage ich sofort zu, und erst hinterher fällt mir ein, was das Objekt 415 ist – die ›Butterblume‹. O nein! Angeblich befindet sich das Exposé dazu in Herrn Aschenbrenners Büro, wo ich auch Herrn Beirer empfangen soll. Als seine Stellvertreterin sozusagen, hahaha. Wahrscheinlich krault ihm gerade seine derzeitige Püppi sein feistes Doppelkinn, dass er so wiehern muss. Ich jedenfalls habe keine Lust mehr auf das Gespräch, denn ich stehe immer noch tropfnass nackt im Flur, also wimmle ich ihn ab. Nachdem ich ihm versprochen habe, all seine Wünsche und Aufgaben zu erledigen, wünsche ich noch einen schönen Abend und lege auf. Ich weiß nicht, warum ich so zittere, ob mir aufgrund der Nässe kalt ist oder weil ich die ›Butterblume‹ verkaufen soll. Ich verstehe gar nicht, warum mich das jetzt so mitnimmt. Es ist doch nur ein Haus, das verkauft werden soll. Gut, ich hatte einen schönen Traum, in dem es eine Rolle spielte. Aber was ist schon ein Traum?

Die Einzige, die von meinen Empfindungen weiß, weil ich ihr davon erzählt habe, ist meine Mutter. Und die hat mir geraten, mir diese Idee aus dem Kopf zu schlagen. Nini spürt, dass es mir nicht gut geht, aber ich will sie nicht mit meinen Gedanken belasten. Wahrscheinlich würde sie mich sowieso für verrückt erklären und Leon erst recht. Leon ist im Stress und hat immer nur Zeit für ein kurzes Telefonat. Er muss so viel vorbereiten für das Sommerfest auf dem Weingut und viele andere Aktivitäten, Weinmessen und dergleichen. Zum Glück scheint Anouk für ihn eine wirklich große Hilfe zu sein. Sie macht jeden Tag freiwillig Überstunden, grr!

Ich denke an meine Mutter und lasse mir meine Eifersucht nicht anmerken, sondern tue so, als freue ich mich für ihn, und bemitleide ihn ein wenig, weil er so viel Arbeit hat. Das hören Männer immer gern, wenn man sie wegen ihrer vielen Arbeit lobt und/oder tröstet. Doch wer tröstet mich?

In der Nacht schlafe ich schlecht und träume lauter wirres Zeugs. Am nächsten Morgen bin ich wie gerädert und würge mir nur einen Kaffee hinunter. Ich ziehe ein seriöses, graues Business-Kostüm an mit einer schlichten, weißen Bluse darunter, mache mir einen ordentlichen Zopf und schminke die Augenschatten weg. Ein wenig rosa Lippenstift und ab ins Büro. Als Erstes gehe ich in Herrn Aschenbrenners Büro und suche das Exposé für Objekt 415. Warum nur zittern meine Hände so, als ich es aufschlage? Da sind sie, meine Fotos, eine komplette Beschreibung mit Quadratmeterzahlen usw. und ganz am Schluss das Wichtigste, die Kaufsumme: 950.000 Euro. Ich muss mich setzen. Eigentlich ist die Summe lächerlich angesichts der Traumlage und des großen Hauses. Allein das Grundstück dürfte in dieser Lage schon so viel wert sein. Nur für mich ist es viel zu viel, es sei denn, ich könnte mit einem Lottogewinn rechnen. Mit seiner krakeligen Schrift hat Herr Aschenbrenner auf ein gelbes Post-it die Adresse eines Anwaltsbüros in Stuttgart geschrieben und den Vermerk ›angeblich Erbengemeinschaft – weitere Details bei Anwalt erfragen‹. Ich halte das Exposé und den Schlüssel zu dem Haus immer noch in den Händen, als Irma hereinstöckelt.

»Guten Morgen, guten Morgen, guten Morgen, Sonnenschein«, trällert sie fröhlich und lässt lächelnd ein frisches Croissant auf meinen Schreibtisch fallen.

»Oh, là, là!«, sagt sie, »warum bist du so schick? Bekommen wir etwa Herrenbesuch?«

»Morgen, Irma«, antworte ich, »ja, bekommen wir, aber nicht, wie du denkst …, rein geschäftlich.«

»Wie könnte ich irgendetwas anderes denken?«, fragt sie unschuldig und rollt mit den Augen. Den ganzen Morgen klingelt das Telefon fast ununterbrochen, aber das lenkt mich von meinem Termin am Nachmittag ab. Ab 14 Uhr sehe ich ständig auf die Uhr und mache mich total verrückt. Um 15.20 Uhr lasse ich das Exposé in meine Schreibtischschublade gleiten, da Herr Beirer immer noch nicht aufgetaucht ist. Um 15.25 Uhr kommt ein unscheinbares Männchen mit Glatze hereinspaziert und fragt nach Herrn Aschenbrenner. Ich frage ihn, ob er vielleicht Herr Beirer sei, mit dem Herr Aschenbrenner *um 15 Uhr* einen Termin hatte, und er nickt.

»*Dr.* Beirer. Also, um diä Zeit isch's umehglich, am Mittag durch d' Stadt z' fahre«, sagt er mit hoher Fistelstimme. Na ja, denke ich im Stillen, wenn man rechtzeitig genug losfährt, ist es eigentlich kein Problem, aber das verkneife ich mir besser.

»Also isch der Herr Aschebrenner gar it do?«, fragt er unwirsch. »Mir hent doch en Termin. Er hot mir doch ekschtra agrufe, weil's angäblich so ä tolle Immobilie sei soll. In Nußdorf direkt am See.«

Ich erkläre ihm kurz, Herr Aschenbrenner müsse dringend einen anderen Termin im Ausland wahrnehmen, aber er habe mich, als seine ›Stellvertreterin‹ (hahaha), mit allen Informationen betraut. Ich ziehe das Exposé aus der Schublade. Und selbstverständlich habe ich mir heute *ab 15 Uhr* Zeit genommen, ihm die Immobilie zu zeigen. Er sieht mich misstrauisch an. Als würde er mir nicht zutrauen, mit ihm ein Haus anzusehen. Für wen hält er mich? Die Büromaus? Wie aufs Stichwort, kommt Irma aus ihrem Kabuff und bietet untertänigst einen Kaffee an, den der ›Giftzwerg‹, wie ich ihn inzwischen insgeheim nenne, dankend annimmt, nicht ohne einen anerkennenden Blick über Irmas wohlgeformte Rundungen gleiten zu lassen. Pah. Das kann er sich gleich abschminken, auf so jemanden steht unsere Irma garantiert nicht. Da müsste er sich ja auf eine Kiste stellen.

»I wosses it«, meint er weiter wichtigtuerisch.

»I denk, i wart liaber uff de Karl. Wisset Se, 's isch it persönlich gmeint. (Ach nein, wie denn sonst?) Aber de Karle und i sind scho mitnand ind' Schuhl gange. Und er isch halt de Bescht, wenn's um d' Häuser goht, gell?«

»Aber das ist doch kein Problem«, sage ich lächelnd und lasse das Exposé wieder in der Schublade verschwinden. »Wenn das so ist, dass Sie alte Schulfreunde sind, dann wird Herr Aschenbrenner den Termin mit Ihnen sicher gerne selbst wahrnehmen. Sollen wir gleich einen vereinbaren? In der übernächsten Woche vielleicht?«

Er schlürft den Kaffee und sagt dann: »Des goht it. Do bin i in Thailand im Urlaub. Also, dann isch's vielleicht doch besser, mir gucket glei amol. Wenn's it anderscht goht.«

Ach, du liebe Güte, jetzt hab ich ihn an der Backe. Ich schnappe mir mit sparsamem Lächeln das Exposé und biete ihm an, ihn in meinem Auto mitzunehmen. Als wir zu meinem Auto kommen, prustet er los: »Des soll a Audo sei? Des isch doch'n Witz mit Aalauf.«

Ja, so wie du, denke ich, und von der Größe her passt er ja zu dir.

»Also, da nämmä ma liaber mei Audo«, und schon steuert er auf einen schwarzen Porsche Cayenne zu. Das Auto passt nun wirklich gar nicht zu ihm, aber ich steige dennoch lächelnd ein und dirigiere ihn in Richtung Nußdorf. In der Seestraße halten wir an und gehen auf die ›Butterblume‹ zu. Das Wetter scheint umzuschlagen, denn am Himmel haben sich bedrohliche schwarze Wolken gebildet. Ich versorge Herrn Beirer mit ein paar Details, aber er scheint nur am Preis interessiert. Als wir auf das schöne, alte Haus zugehen, sagt er: »Also, des Grundschtück isch ja klasse. Da könnt mer ebbs draus mache. Aber der alte Schuppe do, der muss weg. Wisset Se, i will ä modärne Schönheitsklinik baue, für plastische und ästhetische Chirurgie. Des kennet Se doch sicher, gell?«

Ja, klar, ich lasse mir regelmäßig Botox spritzen und die Augenlider straffen. Aber das kann wohl jetzt nicht wahr sein. Ich weiß nicht, was mich mehr irritiert. Ich bin völlig verblüfft, dass dieser Zwerg ein Schönheitschirurg sein soll. Und dann die Aussage, dass er den ›alten Schuppen‹ hier abreißen will. Das kommt ja wohl überhaupt nicht in Frage.

»Also für des Grundschtück könnt mer scho des Preisle zahle. Vielleicht könnet mer se ja au no a wäng runterhandle. Und denn a superschees, neis Glas-Gebäud druffstelle. Mit dere Sicht. Des wär doch ebbs für die reiche Weiber, da könnet se sich d'Nas oder de Buse richte lasse und dabei uff's Wasser gugge.«

Der spinnt doch wohl.

»Also, soviel ich weiß«, beginne ich zögernd, »wollen die Verkäufer nicht, dass das Haus abgerissen wird.«

»Wieso?«, fragt er schon wieder so herablassend, »des ka denne doch wurscht sei, was i do demit mach. Usserdem brauchet die des doch gar it erfahre, gell? Solle mer etzt emol neigange?«

Der Schlüssel brennt in meiner Jackentasche, aber ich kann nicht. Nicht mit *dem.* Mit seiner blöden Art macht er alles kaputt. Er zerstört meinen ganzen Traum.

»Oh, das tut mir leid. Das geht nicht. Ich sollte Ihnen nur das Grundstück zeigen. Einen Schlüssel haben wir noch gar nicht, das Objekt haben wir brandneu hereinbekommen. Ich glaube, die Eigentümer wollten das Haus selbst einem Interessenten zeigen, einem Freund der Familie, Sie wissen schon. Der will alles hier so lassen, wie es ist. Das ist ihnen irgendwie wichtig. Aber ich kann mich gern mal für Sie darum bemühen.«

Sein Gesicht läuft vor Wut rot an.

»Wellet Sie mi veräpple? Etzt bin i ekschtra hierhergfahre wegge a paar Büsch und a weng em Steg? I hon's doch gwisst, dass i des besser mit'm Karle selber mach.«

Und er stapft wortlos zu seinem Auto. Wenigstens fährt er mich wieder ins Büro, wenn auch ohne ein einziges Wort mit mir zu reden. Wahrscheinlich hält er mich für komplett bescheuert. Auweia! Da hab ich mir was eingebrockt. Das wird er dem ›Karle‹ sicher brühwarm erzählen. Zum Glück ist der ja noch weg. Aber viel Aufschub bleibt mir nicht, ich muss mir was einfallen lassen.

Zurück im Büro, bin ich vollkommen verzweifelt. Wie konnte ich nur so einen Mist erzählen. Aber dieser eingebildete Zwerg meint doch wirklich, dass Geld alles ist, was zählt. Leider hat er ja recht. Schöne und wertvolle Gebäude, in denen Menschen gelebt und geliebt haben, werden abgerissen und weichen moderner Architektur, was ja nicht immer schlecht sein muss. Aber in diesem Fall zerreißt es mir einfach das Herz, wenn ich daran denke, dass dort, wo jetzt die schöne, breite Terrasse mit der Treppe in den Garten steht, so ein Schönheitstempel stehen soll, in dem reiche Schicksen ihr Geld oder das ihrer Männer für ein neues Näschen oder ein Paar Schlauchbootlippen ausgeben. Generell hab ich ja nix dagegen, ich meine, wenn jemand ein Problem mit seiner Nase hat oder sich wegen seines Hängebusens nicht mehr ins Schwimmbad traut. Aber wie viel Prozent sind das denn? Es werden offensichtlich immer mehr, die der Meinung sind, dass man, um ›schön‹ zu sein, bestimmte Kriterien erfüllen muss. Teilweise kann ich das schon bei Ninis Freundinnen beobachten. Da wird derart selbstkritisch die eigene Figur betrachtet, und manche machen sich verrückt, nur weil die Beine nicht so lang sind, die Taille nicht so dünn oder der Busen nicht so rund ist. Gut, aber das hilft mir jetzt auch nicht weiter. Ich muss mir irgendwas einfallen lassen, das ich Herrn Aschenbrenner als plausible Antwort präsentieren kann. Damit ich noch ein bisschen nachdenken kann, bleibe ich im Büro, schicke Irma nach Hause und arbeite alles Schriftliche auf. Ich überlege mir Texte und Bilder für den Flyer und schicke alles per E-Mail an Herrn Aschenbrenner. Endlich kommt mir eine Idee, wahrscheinlich keine gute, aber ich muss es versuchen. Nachdem ich die ganze Woche so geackert und alle mir übertragenen Aufgaben dank vieler Überstunden ausgeführt habe, beschließe ich spontan, mir morgen einen Tag frei zu nehmen und nach Stuttgart zu fahren. Schöne Stadt – war ich schon so lange nicht mehr. Schließlich gibt es dort ein Rechtsanwaltsbüro, das mir vielleicht den Namen des Verkäufers verrät …

Kapitel 11
Der Rechtsanwalt

Ich rufe Irma an und erkläre, ich sei krank. Das hat *sie* schließlich schon oft genug gemacht, daher versteht sie mich sicher. Sie ist froh, dass ich die ganze Arbeit erledigt habe und verspricht, die Stellung im Büro zu halten und alle Kunden auf Montag früh zu vertrösten. Sollte Herr Aschenbrenner anrufen, wird sie ihm erzählen, es ginge mir nicht gut, ich hätte gestern schon so käsig ausgesehen. Also kein Problem. Ich freue mich auf Stuttgart und bedaure nur, dass Nini nicht mitfahren kann.

Sie schreibt eine wichtige Mathearbeit und lernt schon seit Tagen dafür. Natürlich versucht sie, mich zu überreden, auch sie in der Schule krankzumelden, damit sie a) die Arbeit nicht mitschreiben muss und b) mit mir in Stuttgart bummeln gehen kann. Um sie ein bisschen aufzumuntern, verspreche ich, mit ihr in Konstanz einen ausgiebigen Einkaufsbummel zu machen, wenn die Mathearbeit gut gelaufen ist.

Am nächsten Morgen stehe ich mit Nini auf, fahre sie zur Schule und düse dann gleich auf die Autobahn. Als ich nach anderthalb Stunden in die City hineinfahre, kommt sogar die Sonne raus, und ich finde sofort einen Parkplatz in einem Parkhaus direkt an der Königsstraße. Wenn das heute nicht mein Glückstag ist. Die ganze Fahrt über habe ich mir überlegt, was ich zu diesem Rechtsanwalt sagen soll, aber jetzt, als ich in der Stadt bin, verlässt mich der Mut. Was will ich überhaupt hier? So eine verrückte Idee. Andererseits, ich arbeite schließlich für Herrn Aschenbrenner. Er soll das Haus für die Erbengemeinschaft verkaufen. Und Herr Aschenbrenner ist im Moment verreist, richtig? Und ich bin so was wie seine Stellvertreterin, das hat er schließlich selbst gesagt. Also könnte es ja sein, dass ich ein paar weitere Informationen einholen muss. Ich atme tief durch und gehe erst mal zu Starbucks einen Kaffee trinken. Ich liebe den Vanilla Latte, dazu einen leckeren Schokomuffin. Von meinem gemütlichen Sessel am Fenster kann ich nicht nur das bunte Treiben in der Fußgängerzone beobachten, sondern auch hin und wieder einen Blick auf die chromglänzende Kaffeemaschine werfen und die verschiedenen Kaffee-Angebote studieren, die auf einer großen Tafel über der Theke stehen. Jetzt, im Frühling und Sommer, gibt es auch Caramell Frappuccino oder Strawberries & Cream Frappuccino. So leckere Sachen würde ich auch gerne zubereiten und in der ›Butterblume‹ anbieten. Dazu die klassischen Kaffeesorten. Dabei fällt mir der eigentliche Grund meines Stuttgart-Besuchs wieder ein und mein Herz klopft heftig. In der Calwer Straße soll die Kanzlei dieses Rechtsanwalts Keller sein, ganz in der Nähe der Königstraße. Also noch ein letzter Schluck von dem leckeren Vanilla Latte und los geht's. Auf dem Weg dorthin schaue ich in die Schaufenster der hübschen kleinen Geschäfte, eines betrete ich sogar und kaufe ein süßes Top für Nini in hellblau und einen bunt gemusterten Schal in Aquatönen dazu. Nun kann ich es nicht länger hinauszögern und suche die Kanzlei. Es ist ein altes Haus, in dem sich der bewusste Anwalt, mehrere Ärzte und eine Krankengymnastikpraxis befinden. Getreu meinem Vorsatz, so oft es geht, zu Fuß zu gehen und nur im Notfall den Aufzug zu nehmen, laufe ich die vielen Treppen hoch, bis ich das Schild an der Tür entdecke. War ja klar, dass es ganz oben ist. Ich keuche wie eine alte Dampflok. Wahrscheinlich sollte ich einfach mehr Sport treiben, dann ginge es mir jetzt nicht so schlecht. Ich klingle kurz, und mir wird sofort aufgemacht. Wirkt das Haus von außen sehr in die Jahre gekommen, ist das Büro supermodern und ziemlich neu eingerichtet. Am Empfang sitzt eine von diesen todschicken, jungen Großstadt-Sekretärinnen in einem eleganten schwarzen Kostüm und lächelt mich freundlich an.

»Schönen guten Tag, was darf ich für Sie tun?«, fragt sie, und ich komme mir in meinem alten Trenchcoat mal wieder echt bieder und provinziell vor.

»Äh, schönen guten Tag, ich möchte zu Herrn Rechtsanwalt Keller«, sage ich ebenso lächelnd.

Sie wirft einen Blick auf ihren Computer, warum auch immer, und fragt dann: »In welcher Angelegenheit? Haben Sie einen Termin?«

Ich habe das Gefühl, einen Hustenanfall zu bekommen, und räuspere mich intensiv.

»Ähm, nein, einen Termin habe ich leider nicht. Aber ich war gerade in Stuttgart und da dachte ich, ich schau schnell mal rein.« Als ob ich jede Woche ›mal eben so bei einem Anwalt hereinschauen‹ würde.

»Ich komme von der Firma Immobilien Aschenbrenner am Bodensee und hätte noch ein paar Fragen zu einem Objekt, das wir verkaufen sollen. In der Seestraße in Überlingen-Nußdorf.«

Sie mustert mich noch mal und sagt dann bedauernd: »Ach so. Ja, das tut mir leid. Aber Herr Keller ist, wie ich schon sagte, nicht im Büro. Soviel ich weiß, hält er sich am Wochenende sogar am Bodensee auf. Vielleicht kommt er ja in Ihrem Büro vorbei.«

So eine Enttäuschung. Ich frage nach seiner Handynummer, die ich natürlich nicht bekomme. Die Sekretärin betrachtet mich ein wenig misstrauisch, und dann verabschieden wir uns genauso freundlich, wie wir uns begrüßt haben.

Auf der Straße hole ich ganz tief Luft. Mist, Mist, Mist. Aber was hatte ich eigentlich erwartet?

Um mich abzulenken, bummle ich ein wenig durch die Königstraße, bevor ich mich wieder auf den Heimweg mache. Es gibt so viele schöne Geschäfte hier, und der große Breuninger ist ein wahres Einkaufs-Paradies. Da könnten die Römfeld-Damen ihre vielen Designer-Klamotten und -Handtaschen erstehen. Für mich sind diese leider unerschwinglich, aber es gibt auch hübsche Sachen in meiner Preisklasse. Blöderweise vergleiche ich alles, was ich sehe, mit dem grünen Kleid in Überlingen. Verflixt, warum habe ich es eigentlich immer noch nicht gekauft? Bestimmt ist es schon weg. Aber ein paar schöne Schuhe erstehe ich, in Kirschrot (Ich weiß zwar noch nicht, wozu sie passen sollen, aber sie sind so schön und müssen mit.) und eine bestickte Handtasche. Aus der Stadt heraus herrscht Feierabendverkehr, und der Rückweg dauert länger als der Hinweg. Zu Hause werde ich schon von Nini erwartet, die sich riesig über das Top freut und es gleich anzieht.

Gerade will ich zum Telefonhörer greifen, um Leon anzurufen, der die ganze Woche ja auch sehr beschäftigt war, als das Telefon bereits klingelt. Es ist Herr Aschenbrenner aus Mallorca, und das Herz rutscht mir in die Hose.

»So, so, Sie sind also krank?«, bellt er ins Telefon. »Wieso kann ich Sie dann den ganzen Tag nicht erreichen?«

Hilfe! Was sag' ich jetzt bloß? Mal ordentlich räuspern und dann ein bisschen die Stimme verstellen.

»Ja, ich war leider den ganzen Tag im Bett«, nuschle ich leise ins Telefon. Hüstel, hüstel und ein bisschen die Nase zuhalten, dann glaubt er mir das schon. »So was Dummes. Ausgerechnet, wenn ich mal nicht da bin. Da muss ich wohl vorzeitig zurückkommen«, schimpft er weiter. O nein, alles, nur das nicht. »Tut mir auch wirklich sehr leid, Herr Aschenbrenner«, flüstere ich, als verließe mich die Stimme.

»Aber ich habe alle wichtigen Dinge erledigt und dachte, ich kuriere mich über das Wochenende aus, dann bin ich am Montag wieder fit. Deshalb brauchen Sie doch nicht zurückzukommen. Montag bin ich auf *jeden Fall* im Büro«, verspreche ich.

»So, so«, meint er daraufhin, »na gut. Wenn es Ihnen aber am Sonntag nicht besser geht, rufen Sie bitte an. Dann komme ich zurück und verschiebe meine Termine hier. Übrigens, wie war denn der Termin mit Hans Beirer?« Schluck.

Ich täusche einen Hustenanfall vor, um Zeit zum Überlegen zu haben.

»Jaa, der Termin … war gar nicht schlecht, … gefiel ihm ganz gut. Aber ich habe inzwischen jemanden dort am Objekt getroffen, der mir sagte, die Immobilie würde wohl an einen Freund der Familie verkauft werden.« Ich bereue die Worte, kaum, dass ich sie ausgesprochen habe. Das ist mein Tod, ich weiß es. Wie soll ich je aus dieser Nummer herauskommen?

»Waaaaaaas? Das ist ja das Allerneueste. An einen

Freund der Familie … Ich denke, wir sollen es verkaufen? Hoffentlich hat da nicht die dicke Schorg die Finger im Spiel. Na gut, ich hab hier ein paar wichtigere Projekte, aber ich werde mich darum kümmern, wenn ich zurück bin, und diesem Anwalt in Stuttgart mal auf den Zahn fühlen.«

Herr Aschenbrenner fragt noch nach ein paar weiteren Projekten und dem Flyer, und ich erzähle ihm, ich hätte ein paar Entwürfe an seine E-Mail-Adresse geschickt. Dann werden die feuchtfröhlichen Stimmen in seinem Hintergrund lauter, und er beendet das Gespräch ohne Gruß und ohne ›Gute Besserung‹zu wünschen, aber so ist er nun einmal. Ich bin völlig fertig. Wie konnte ich mich nur zu so etwas hinreißen lassen? Wieso habe ich mich nur so in diese Idee verrannt? Den ganzen Abend grüble ich herum und bemerke nicht einmal, dass Leon sich gar nicht gemeldet hat. Am nächsten Morgen ruft er an und lädt mich für den Abend ins ›Rosmarin‹ ein. Das klingt gut, obwohl er sich nicht entschuldigt hat, dass er sich nicht gemeldet hat. Aber ich habe im Moment wirklich andere Sorgen und kann mir nicht auch noch darüber Gedanken machen.

Da Ninis Mathearbeit offenbar gut gelaufen ist (jedenfalls behauptet sie, sie hätte ein ›gutes Gefühl‹), löse ich mein Versprechen ein und fahre mit ihr nach Konstanz. Der Tag ist schön, aber die Luft ist noch kühl, da es über Nacht geregnet hat. Wir sitzen auf der Fähre von Meersburg nach Konstanz und halten die Nasen in den Wind. Von unserem Platz am Oberdeck sehen wir Meersburg immer kleiner werden, und ich beobachte, wie Ninis Blick in die Richtung der Häuser geht, die am Hang stehen.

»Na, meine Süße. Immer noch voll verknallt?«, frage

ich sie, während die Möwen über der Fähre kreisen und ich mir vorkomme wie am Meer. Eigentlich brauche ich das gar nicht zu fragen, denn ich sehe ihr an, dass sie mit ihrem Marcus happy ist.

Nini strahlt und sagt: »Ach, Mami, er ist so süß. Stell dir vor: Er hat ein Gedicht für mich geschrieben. Und wir verstehen uns einfach super. Egal, was wir machen, wir sind uns immer einig. Er bringt mich zum Lachen, aber wir können auch miteinander schweigen. Das ist nämlich wichtig. Tucholsky hat schon gesagt: ›Es ist schön, mit jemand schweigen zu können.‹«

Ich denke einen Moment über diesen Satz nach. Es stimmt, das kann man nicht mit vielen Menschen, ohne sich unbehaglich zu fühlen. Mir fällt der letzte Sonntag wieder ein, als ich mit diesem Christian auf der Treppe saß. Wieso muss ich jetzt an *den* denken? Nini plaudert weiter: »Können wir vielleicht in Konstanz nach 'nem schönen Kleid für mich schauen, Mami? Ich bin nämlich eingeladen.« Aber bevor sie mir verraten kann, wo sie eingeladen ist, laufen wir in den Fähre-Hafen von Konstanz ein und müssen zu unserem Auto zurück.

»Also, ich bin bei den Koflers in ihre Super-Villa eingeladen. Sie wollen ein großes Fest feiern zu Ehren von Marcus und seinem bestandenen Abi. Da kommen ganz viele Leute, alles so High-Society-Freaks, und da sollte ich ein bisschen gut aussehen, oder?« Sie zwinkert mir zu. Dass sie das auf jeden Fall wird, davon bin ich überzeugt. Aber wir werden schon ein hübsches Kleid für sie finden. Wir bummeln durch die alten Gassen von Konstanz, wir stiefeln durch das Lago Center und alle angesagten Läden wie H&M, Zara, Pimkie, Zero usw. und finden – nichts. Ich meine, es gibt viele schöne Kleider, aber Nini hat etwas ganz Besonderes im Kopf: Es soll ein Kleid sein, nicht overdressed, aber auch nicht langweilig, nicht billig, nicht spießig, aber auch nicht zu sexy, nicht zu auffällig, doch auffällig genug, damit alle Marcus' Freundin schön finden. Keine leichte Aufgabe, und wir sind Stunden beschäftigt. Irgendwann steuere ich die ›Suppenbar‹ an, unser Lieblingslokal in Konstanz, in dem es ganz fantastische Suppen und frisch zubereitete Salate gibt. Wir stellen uns einen leckeren Salat zusammen und setzen uns damit nach draußen in die Sonne.

»Sag mal, Nini ...«, fange ich ein etwas heikles Thema an. »Ich wollte mal etwas mit dir besprechen. Du und Marcus, ich meine, wenn ihr jetzt länger zusammen seid ...« O je, wie sag' ich das jetzt? Nini fällt ein Salatblatt herunter, weil sie so lachen muss.

»Mamilein, du willst wohl nicht etwa über das Thema Verhütung mit mir sprechen?«

»Doch, das will ich. Weißt du, das ist einfach wichtig, weil, manchmal kommt man schnell in so eine Situation ... wenn man, na, du weißt schon. Oder habt ihr etwa ... ?« Nini kichert immer noch.

»Du hast ja recht. Ich wollte eigentlich auch schon mit dir drüber reden. Also, bis jetzt haben wir noch nicht ... Aber es könnte ja mal so eine Situation kommen. Und deshalb wollte ich dich fragen, ob du vielleicht mit mir zu deiner Frauenärztin gehen kannst.«

Klar kann ich das und ich nehme mir vor, gleich am Montag einen Termin zu vereinbaren. Inzwischen ist es wieder richtig warm geworden, aber wir haben ja auch schon Juni. Der Frühling, der nicht so richtig in die Gänge kam, scheint in diesem Jahr direkt in den Sommer übergegangen zu sein. Frisch gestärkt, bummeln wir noch ein wenig durch die Gassen. Als Nini schon die Lust verliert und meint, sie fände heute ›nix‹, entdecke ich in einer kleinen Boutique an der Ecke ein wunderhübsches, puderrosafarbenes Kleid. Es ist aus Seidengeorgette und hat einen nicht zu tiefen Wasserfall-Ausschnitt, es ist ärmellos und hat eine tief angesetzte Taille mit einem kurzen Rock wie in den Zwanzigerjahren. Das Kleid sieht edel aus, schick und sexy, jedoch nicht billig – kurz, es wäre perfekt für die Gelegenheit. Nini ziert sich: »Das ist doch bestimmt sauteuer!«, doch ich ziehe sie einfach in den Laden. Mit ihrem blonden Haar und ihrer schmalen Figur sieht sie bezaubernd darin aus. Mir vollkommen egal, was es kostet, dieses Kleid wird gekauft. Es ist nicht einmal so teuer, wie ich dachte, und keineswegs so teuer, wie es wirkt, und ich freue mich, sie so glücklich zu sehen. Nebenan ist ein kleines Schmuckgeschäft, in dem es Thomas-Szabo-Schmuck gibt. Nini hat ein Armband, in das man verschiedene kleine Anhänger, so genannte Charms, einhängen kann, und eine Silberkette. Ich entdecke eine kleine rosa Libelle und gehe spontan in den Laden und kaufe sie ihr zu dem Kleid.

»Mama! Spinnst du? Ich hab doch keinen Geburtstag«, sagt Nini empört, aber ich sehe ihr an, dass sie sich unglaublich freut. Nini soll sich an diesem Abend schön fühlen. Inmitten von so vielen reichen Leuten, die mit Sicherheit die schönsten Kleider und wertvollsten Schmuckstücke tragen, soll sie sich nicht wie Aschenputtel fühlen. Wir sparen uns die Rückfahrt mit der Fähre und fahren stattdessen um den See herum nach Überlingen. Mir fällt das grüne Kleid wieder ein, und ich hoffe, dass das Geschäft in Überlingen noch offen ist. Heute scheint unser Glückstag zu sein, und ich schleppe Nini mit hinein. Das Kleid ist noch da und Nini findet es auch wunderschön.

»Das passt einfach gut zu deinen Augen«, meint sie. Leider passt es so gar nicht zu meiner Ober- und Taillenweite, denn oben herum ist es sehr eng geschnitten. Ich versuche die Nummer größer (wenn die Römfeld-Damen sehen würden, dass ich Größe 40 kaufen muss, wo sie höchstens 36 brauchen), aber hier schlottert der Rock um die Hüften. Wie blöd. Das wäre genau *mein* Kleid gewesen. Bevor ich in Tränen ausbrechen kann, hat die Verkäuferin einen rettenden Einfall: Sie haben eine Änderungsschneiderin, die mir das Kleid um die Hüfte herum problemlos enger machen kann. Leider ist sie eine Woche verreist, aber in der nächsten Woche könne ich das Kleid für ein paar Euro Aufpreis abholen. Schnell hat die Verkäuferin es an mir abgesteckt und ich bin glücklich. Auf dem Heimweg kommen wir noch am ›Komplott‹-Laden vorbei und erstehen ein paar puderrosafarbene Swarowski-Ohrringe für das neue Nini-Traumkleid. Nachdem wir jetzt so viel Geld ausgegeben haben, gehen wir schnell nach Hause. Also, wenn jemand sagt, dass Geld nicht glücklich macht, dann stimmt das sicherlich. Aber dann hat er sicher nicht daran gedacht, wie froh so ein Shopping-Tag machen kann. Na ja, und immerhin erlauben wir uns so etwas ja auch nicht jeden Tag.

Jetzt müssen wir uns aber beeilen, dass wir uns noch rechtzeitig für unsere Verabredungen hübsch machen können.

Kapitel 12
Es gibt Ärger …

Leon und ich sitzen auf der schönen Strohschirm-Terrasse des ›Rosmarin‹ und genießen bei einem Glas Prosecco und herrlichem Seeblick die letzten Sonnenstrahlen des Tages. Ein perfekter Abschluss für diesen schönen Tag. Jedoch hat Leon keine allzu gute Laune. Einige Dinge sind in letzter Zeit in seinem Betrieb schiefgelaufen. Um die Reben vor den gefürchteten Spätfrösten zu schützen, die bereits bei minus drei Grad die Hoffnung auf eine gute Ernte vernichten können, werden sie mit Wasser berieselt, das eine schützende Eisschicht über den Blütenknospen bildet. Da dies zu spät geschehen ist und die Nächte in den letzten Wochen wirklich sehr kalt waren, hofft Leon, dass nicht allzu viele erfroren sind. Wie gesagt, eigentlich kümmert sich Robert mehr um die praktischen Dinge, aber Robert ist auch ein Mensch von der Sorte ›Komm ich heut nicht, komm ich morgen‹ und vertratscht sich gerne ein wenig. Auch das Sommerfest, das in der nächsten Woche stattfinden soll, ist noch lange nicht durchorganisiert. So etwas kann mein Leon überhaupt nicht brauchen. Unter anderem sind die Flyer dafür nicht fertig, und es wurde auch keine Anzeige geschaltet. Ich frage ihn, ob Anouk eigentlich nicht dafür zuständig ist, aber er blafft mich an: »Anouk hat genug zu tun. Sie muss die Weinmessen vorbereiten, ebenso unsere Präsenz auf den Weinfesten, dann überarbeitet sie unsere Homepage und unseren Auftritt in den Weinjournalen.« Ich nicke nur, weiß ich doch, dass es besser ist, wenn ich ihn in dieser Stimmung nicht zusätzlich reize. »Bist du etwa immer noch eifersüchtig? Ich dachte, ich hätte dir erklärt, wie wichtig eine solche Mitarbeiterin für unseren Betrieb ist. Du ziehst es ja vor, dir für andere den Hintern aufzureißen.«

Hoppla. Will er etwa mit mir streiten? Doch nicht an diesem schönen Abend.

»Hättest du denn ein anderes Angebot für mich?«, frage ich ihn daher, sehe ihm tief in die Augen und fahre ihm zärtlich durchs Haar.

»Du weißt genau, dass du jederzeit bei mir auf dem Gut wohnen und arbeiten kannst.«

Na ja, das hätte er romantischer ausdrücken können. Also ich würde mir schon wünschen, dass es ein bisschen mehr in die Richtung: ›Ich kann ohne dich nicht leben, willst du mich nicht endlich von meinen Qualen erlösen und zu mir ziehen?‹ geht. Unsere Vorspeise, die gebratenen Scampi-Chorizo-Taschen auf afrikanischem Avocado-Salat, kommt und die freundliche Serviererin winkt uns zu unserem Tisch. Hm, das leckere Essen scheint Leons Stimmung deutlich zu verbessern, und er ordert zum Hauptgericht noch eine Flasche Römfeld-Grauburgunder. Während wir essen, erzählt er mir, dass er für das Sommerfest eine namhafte Catering-Firma aus Friedrichshafen und eine Band aus dem Allgäu, die alle bekannten Hits nachspielen soll, organisiert hat. Tische und Bänke sind ohnehin kein Problem, und Katharina kümmert sich um die Dekoration und den Blumenschmuck.

»Alles läuft so weit gut, jetzt müssen nur noch die Leute kommen. Und wie sollen sie das, wenn sie gar nicht wissen, dass bei uns ein Sommerfest stattfindet?« Ich finde schon, dass dies eigentlich Anouks Aufgabe wäre, aber ich will nicht wieder als eifersüchtig gelten und schlage deshalb vor, mit meinem Mini durch die Straßen zu fahren und über Lautsprecher für das Fest zu werben. Leon sieht mich einen Moment zweifelnd an, anscheinend ist er nicht sicher, ob ich das ernst gemeint habe.

»Euch wird schon noch was einfallen«, sage ich daher. Und: »Wenn du meine Hilfe brauchst, ich stehe jederzeit zur Verfügung. Ich kann auch beim Wein-Ausschank helfen oder Gläser spülen.« Leon sieht mich schon wieder so komisch an, diesmal total entgeistert.

»Auf keinen Fall. Du wirst an meiner Seite sein und ein bisschen repräsentieren.«

Ach herrje, das klingt anstrengend. Ich glaube fast, das Gläserspülen wäre mir lieber gewesen. Dennoch mache ich ihm Mut und sage zuversichtlich: »Das wird schon, keine Sorge. Bestimmt wird es das schönste Sommerfest, das euer hübsches Weingut je gesehen hat. Ich freue mich sehr darauf.«

Dass ich an diesem Wochenende Geburtstag habe, hat er sicher vergessen, und ich erwähne es auch nicht. Der Hauptgang wird serviert, und wir wechseln das Thema. Ich habe mich für Bodenseefelchen an Weißweinsoße, Blattspinat und Schnittlauchkartoffeln entschieden, und Leon hat das Rinderfilet mit Taleggio gratiniert an Rotwein-Schalotten-Sauce mit Bärlauch-Gnocchi und Marktgemüse gewählt. Ich genieße das Essen und versuche den Gedanken zu verdrängen, dass ich am nächsten Wochenende ›repräsentieren‹ soll. Bestimmt sind wieder alle Bekannten und Freunde der Familie Römfeld zugegen, und ich weiß jetzt schon nicht, was ich anziehen soll. Der Gedanke an das grüne Kleid macht mich augenblicklich glücklich, doch dann fällt mir ein, dass ich es ja gar nicht anziehen kann, weil es noch bei der Schneiderin ist.

»Du wirkst so nachdenklich, ist irgendetwas mit deinem Essen?«

»Aber nein, das ist ganz wunderbar …«, antworte ich. Und ich deute an, ein wenig Ärger im Büro zu haben, ohne ihm die ganze Geschichte von der ›Butterblume‹ und meiner Fahrt nach Stuttgart zu erzählen. Ich habe das Gefühl, dass er dafür nicht allzu viel Verständnis aufbringen wird. »Lass dir bloß nix gefallen. Das hast du gar nicht nötig«, meint Leon daraufhin. »Wenn der olle Aschenbrenner einfach nach Mallorca abhaut und euch mit der ganzen Arbeit sitzen lässt, ist er selber schuld, wenn was schiefläuft. Wenn er dir blöd kommt, schmeißt du den ganzen Mist einfach hin.« Ich freue mich, dass er so auf meiner Seite ist, und küsse ihn überschwänglich, wobei mein Weinglas umfällt (zum Glück ist es Weißwein) und sich über seine Hose ergießt. Warum muss ich nur immer so ein Schussel sein. Wenn mir so etwas nächste Woche passiert, ich darf gar nicht daran denken. Ein Dessert schaffe ich beim besten Willen nicht mehr, und ich schlage Leon daher einen kleinen Spaziergang am Seeufer vor. Diesen muss er zwar mit der nassen Hose machen, aber es ist ja zum Glück schon dunkel. Das See-Ende hier in Ludwigshafen mit dem Blick auf Bodman ist besonders romantisch und vor allem nicht so überlaufen wie die anderen Orte hier am See. Wir setzen uns auf eine Parkbank und ich lege den Kopf auf seine Schulter. Das Mondlicht taucht den See in helles Glitzern, über uns funkeln die Sterne, und ich fühle mich wie in einer kitschigen Filmszene. Es ist wunderschön hier, aber Leon hat so gar kein Auge dafür. Er spricht nur übers Geschäft und kann überhaupt nicht abschalten. Da meine Wohnung näher an Ludwigshafen liegt, überrede ich Leon, bei mir zu übernachten. Ich weiß nicht, ob es daran liegt, dass wir beide den Kopf voll mit anderen Dingen haben, aber der Sex ist heute nicht so leidenschaftlich und schön wie sonst. Am nächsten Morgen muss Leon früh weg und hat nicht mal Zeit, mit mir zu frühstücken. Gut, dann werde ich das ausgiebig mit Nini tun und mal wieder meine Mama anrufen, um zu fragen, was es Neues in Amerika gibt.

Meine Mutter ist ein bisschen beleidigt, weil ich mich die ganze Woche nicht gemeldet habe. »Gibt es dich auch noch?«, fragt sie leicht angesäuert.

»Ach, Mama. Du weißt doch, dass ich immer viel um die Ohren habe … Aber möchtest du nicht vorbeikommen und mit uns frühstücken?« Dieser Einladung kann sie unmöglich widerstehen und tatsächlich steht sie 15 Minuten später mit einer Riesenbrötchentüte vor der Tür. Wir setzen uns auf den kleinen Balkon, auf dem ich inzwischen rosa-weiße Geranien gepflanzt habe, und trinken Kaffee, solange Nini noch schläft. Ich erzähle ihr, dass ich mit Nini in Konstanz war und wir ein fantastisches Kleid für sie gekauft haben, da sie bei den reichen Koflers eingeladen ist. Das ist was für meine Mutter: Sie freut sich, dass ›ihre Kleine‹ so einen netten Freund hat.

»Mach dir keine Gedanken. Dein Kind wird dir keine Schande machen. Sie ist nicht nur hübsch, sondern auch gescheit und hat erstklassige Manieren. Dies nicht zuletzt deswegen, weil sie so eine großartige und gebildete Babysitterin hatte.«

Nun muss ich wirklich lachen. Meine Mama kann noch so miese Laune haben, mit einem lustigen Spruch heitert sie andere und sich selbst in Sekundenschnelle wieder auf.

»Ich mach mir keine Sorgen. Ich weiß schon, dass Nini sich benehmen kann. Ich wollte nur, dass sie besonders hübsch aussieht, damit ihr Marcus auf sie stolz sein kann«, antworte ich.

»Als ob er das nicht ohnehin wäre. Da müsste er ja blind sein. Erst gestern habe ich zu Steve am Telefon gesagt, meine Enkelin müsstest du mal sehen. Da kannst du die ganzen Top-Models im Fernsehen vergessen.«

Wie stolz Mama auf ihre Enkeltochter ist!

»Steve hat also schon wieder angerufen? Donnerwetter, der scheint ja echtes Interesse an dir zu haben«, sage ich, während Nini verschlafen um die Ecke ins Badezimmer tappt.

»Was glaubst du denn? Dass er drei Briefe in der Woche schreibt und mindestens jeden zweiten Tag anruft, nur um zu fragen, wie das Wetter in Deutschland ist?«, fragt sie daraufhin.

Himmel, so oft schreibt er ihr und ruft an – er wird doch kein Heiratsschwindler sein? Vielleicht glaubt er, meine Mutter sei eine reiche Witwe und er könne sich mit ihrem Geld zur Ruhe setzen. Diesen Verdacht äußere ich besser nicht, um nicht schon wieder in Ungnade zu fallen. Ich ärgere mich ein wenig über mich selbst, dass ich überhaupt zu solchen Gedanken fähig bin. Erscheint es mir nicht möglich, dass sich jemand in meine Mutter verliebt, ohne zu glauben, sie sei reich? Aber man liest immer so viel in diesen Illustrierten, und ich möchte auf gar keinen Fall, dass ihr Herz gebrochen wird. Sie erzählt mir noch dies und das über Steve im Einzelnen und sein Leben im Besonderen, dann gesellt sich Nini zu uns, und wir frühstücken in Ruhe und reden über unsere Männer.

»Wie läuft es denn mit Leon?«, fragt meine Mutter, und ich überlege kurz, bevor ich antworte.

»Alles bestens.« Sie zieht fragend eine Augenbraue hoch. »Nein, wirklich, es ist alles gut. Wir haben beide nur schrecklich viel um die Ohren im Moment.«

»Aus Erfahrung weiß ich, dass das eine blöde Ausrede ist. Wenn man verliebt ist, kann man noch so viel um die Ohren haben, dann findet man immer Zeit, sich zu sehen oder anzurufen«, sagt sie besserwisserisch. Nini nickt zustimmend. Ach ja, da haben sich ja zwei Experten in Sachen Liebe gefunden.

»Nein, im Moment steht Leon wirklich sehr unter Stress …«, und ich erzähle von den vielen Aktivitäten wie dem Sommerfest, den Weinproben und Weinmessen, ganz zu schweigen von der normalen Arbeit auf dem Gut.

Doch meine Mutter nickt nur vielsagend und sagt: »Du solltest ihn vielleicht etwas mehr unterstützen«, worauf ich antworte, »als ob ich nicht selbst einen Beruf hätte.«

Nini schiebt sich ein Marmeladenbrötchen in den Mund und fragt: »Oma, hat Mami dir erzählt, dass sie in Stuttgart war?«

»Nein, was hast du denn in Stuttgart gemacht?«

Und ich rede ein wenig um den heißen Brei und erzähle von der Königstraße und Breuninger und Starbucks … »und ja, ich war dort bei dem Anwalt, der die Erbengemeinschaft vertritt, die das Haus verkaufen will, von dem ich dir erzählt habe.« Ich kann meine Mutter dabei nicht ansehen, sie kennt mich zu gut, als dass ich ihr vormachen könnte, ich sei dort in Aschenbrenners Auftrag gewesen.

»Und«, fragt sie mich, »was kam dabei heraus?«

»Äh. Leider nichts. Der Anwalt war gar nicht da. Herr Aschenbrenner will, wenn er aus Mallorca zurück ist, einen Termin mit ihm vereinbaren.« Ich lasse bewusst den Teil der Geschichte aus, in dem ich mit dem ekligen Dr. Beirer bei der ›Butterblume‹ war und ihm erzählte, das Haus habe bereits einen anderen Käufer. Und natürlich den Teil, in dem ich Herrn Aschenbrenner belogen habe, das Haus sei wahrscheinlich gar nicht mehr zu verkaufen. O Gott, mir fällt der ganze Schlamassel, in den ich mich da selbst gebracht habe, wieder ein. Wie soll ich das bloß erklären? Und was hat mich nur dazu gebracht? Dass ich nicht wollte, dass der unsympathische Dr. Beirer in die schöne ›Butterblume‹ zieht bzw. diese plattmacht, um dort einen Designertempel für Schönheits-OP-verrückte Frauen zu bauen, glaubt mir doch kein Mensch. Ich seufze laut, und meine Mutter sieht mich zweifelnd an.

»Ist wirklich alles in Ordnung bei dir?« Sie kennt mich eben. Aber ich kann jetzt nicht darüber reden und darum beschwichtige ich sie und gehe hinein, um noch mehr Kaffee zu kochen.

Den ganzen Tag schaffe ich es, mich irgendwie abzulenken, aber am nächsten Morgen muss ich ins Büro. Zum Glück ist Herr Aschenbrenner noch nicht zurück, aber ich fürchte auch seinen Anruf. Irma ist blendender Laune und pfeift irgendeinen Schlager vor sich hin. Als sie mir Kaffee einschenkt, bemerke ich ein tolles, neues Armband, das an ihrem Handgelenk glitzert. Donnerwetter, das sieht richtig teuer aus und ist ganz bestimmt nicht von Bijoux Brigitte. Daher die gute Laune, sie hat einen neuen Verehrer.

»Na, Irma, möchtest du mir was erzählen?«, frage ich sie neugierig, doch sie schüttelt den Kopf.

»Über eine neue Liebe darf man nicht sprechen, sonst geht sie kaputt. Genauso wie über Träume, sonst gehen sie nicht in Erfüllung«, sagt sie geheimnisvoll. Na, es sei ihr gegönnt.

Wir haben richtig zu tun, und ich muss mich beeilen, die Besichtigungstermine am Nachmittag zu schaffen.

Die ganze Woche ist sehr arbeitsreich, denn ich möchte unbedingt den Prospekt fertig haben, bevor Herr Aschenbrenner aus Mallorca zurück ist. Also fahre ich am Dienstag nach Feierabend noch zur Druckerei und luchse ihnen das Versprechen ab, dass die Flyer bis Freitag fertig sind. Außerdem muss ich mit Nini zur Frauenärztin, das hat Priorität vor allen anderen privaten Dingen. Schließlich weiß ich selbst am besten, wie schnell man schwanger werden kann, und bin erst beruhigt, wenn sie die Pille nimmt. Ein Anruf bei der Boutique ›Bunte Stube‹ ergibt, dass ich das grüne Kleid schon am Samstag abholen kann, weil die Schneiderin es extra am Freitagabend noch für mich ändern will, obwohl sie an diesem Tag erst aus dem Urlaub kommt. Hurra, dann kann ich es doch zu dem Sommerfest auf dem Weingut anziehen. Das nenn ich mal einen echt tollen Service.

Eigentlich habe ich ja den Schlüssel für die ›Butterblume‹, aber ich habe einfach keine Zeit, hineinzuschauen.

Und ehrlich gesagt, traue ich mich auch nicht so recht, so ohne Kunden.

Zum Glück lässt Herr Aschenbrenner uns die ganze Woche über in Ruhe, aber als er am Freitagabend kurz vor Feierabend auf einmal im Büro steht, bin ich doch erschrocken. Gerade wollte ich meine Riesentasche schnappen und ins Wochenende verschwinden, schreibe nur noch eine kleine Notiz mit den wichtigsten Terminen für die nächste Woche, als die Tür auffliegt und ein braun gebrannter Herr Aschenbrenner hereinstürmt.

»Oh, hallo!«, rufe ich ihm freundlich entgegen. »Erholt sehen Sie aus. Die zwei Wochen scheint Ihnen gutgetan zu haben.« Es kann nicht schaden, sich ein wenig bei ihm einzuschleimen, oder?

»Ja, das haben sie. Und gut fürs Geschäft waren sie auch. Ich habe einige tolle Immobilien aufgetan, die sich sicher gut verkaufen lassen. Aber raten Sie mal, wer mich gerade auf dem Weg vom Flughafen hierher angerufen hat?«

Mir wird siedend heiß, und ich spüre, wie mir das Blut in den Kopf steigt. Ich glaube, ich *weiß*, wer gerade angerufen hat. Mr. Giftzwerg persönlich. Doch als Herr Aschenbrenner den Namen nennt, bin ich doch überrascht: »Frau Rütli. Und sie hat mir superfreundlich erklärt, sie wären heute beim Notar gewesen und hätten den Kaufvertrag für eine Wohnung unterschrieben, die sie hier … in Überlingen … *bei Frau Schorg* gekauft haben. Weil unser Büro ja leider *nicht* in der Lage war, ein paar Unterlagen für infrage kommende Wohnungen zu schicken. Frau Winter …« Und er baut sich mit hochrotem Schädel vor mir auf: »Erklären Sie mir das bitte, und zwar so, dass ich es verstehe. Sagten Sie nicht, Sie hätten dem Ehepaar Rütli etwas zukommen lassen?«

Du lieber Himmel. Die Rütlis? Wann war das noch mal, vor zwei oder drei oder gar vier Wochen? Hatte Irma nicht versprochen, mir das abzunehmen? Vor lauter Hektik im Büro …, na ja, und der ›Butterblume‹, Eva, Nini, Mama, Leon usw. habe ich wirklich vollkommen vergessen, noch mal nachzuhaken.

»Äh«, räuspere ich mich, und Herr Aschenbrenner jagt mir jetzt richtig Angst ein, wie er so bedrohlich vor mir steht und sagt: »Ich höre!«

»Ja, also, es ist so«, und ich schaue Hilfe suchend zu Irma, doch die betrachtet ihre Nägel, als frage sie sich, ob sie nun gefeilt werden müssen oder nicht. Moment mal. Ich schaue von ihr zu ihm, und auf einmal fällt es mir wie Schuppen von den Augen: Das Armband, die gute Laune – von beiden (!) in der letzten Zeit. Warum sie mir jetzt nicht hilft. Natürlich. Irma ist die neue ›Püppi‹ … Instinktiv habe ich das geahnt, also atme ich jetzt tief durch und sage: »Entschuldigung, Herr Aschenbrenner. Das war mein Fehler. Zugegeben, ein unverzeihlicher Fehler. Aber er ist nun mal passiert. Ich hab's einfach vergessen. Es tut mir … wirklich schrecklich leid. Aber ich übernehme natürlich die Verantwortung dafür.«

Er sieht so aus, als habe er mit dieser Reaktion nicht gerechnet. Und Irma schon gar nicht. Kunststück. Hatte sie doch das Risiko einkalkuliert, dass ich Ärger bekomme, wenn sie das Exposé nicht abschickt. Ich will ihr nichts unterstellen, aber so, wie sie sich jetzt gerade verhält, hat sie es vielleicht sogar bewusst so eingefädelt, um hier selbst die ›Number One‹ zu werden. Doch so schnell lasse ich mich hier nicht rausdrängen, immerhin bin ich schon über zehn Jahre hier.

»Ja, und damit denken Sie, sei die Sache erledigt? ›Entschuldigung, Herr Aschenbrenner, ich hab's halt vergessen ...‹«, äfft er mich nach. »Was mich am meisten enttäuscht, ist, dass Sie mich belogen haben. Und wissen Sie eigentlich, was uns an Provision durch die Lappen gegangen ist? Nur, weil Sie ein ›bisschen unkonzentriert‹ waren, kaufen die Rütlis jetzt woanders eine Wohnung für über eine Million Euro! Vielen Dank.« Damit knallt er seine Bürotür hinter sich zu.

Ich sehe Irma an, die immer noch schweigend ihren Nagellack überprüft, und sage nur: »Hättest mir ruhig sagen können, dass ihr zusammen seid«, bevor ich die Tür hinter mir zuziehe.

Kapitel 12
Das Sommerfest auf dem Weingut

Nach dem Ärger im Büro bin ich am nächsten Tag überhaupt nicht in der Stimmung, fröhlich und ausgelassen auf dem Sommerfest bei den Römfelds zu feiern. Aber es sind ja noch einige Stunden bis heute Abend, und ich kann etwas tun, um meine Laune anzuheben. Als Erstes rufe ich Eva an und frage sie, wie es ihr geht und ob sie mir heute die Haare machen kann. »Kein Problem. Ich komme so gegen drei, ok?«, ruft sie fröhlich ins Telefon. Fein, vorher muss ich unbedingt in die Stadt und das grüne Kleid abholen. Aber als ich auf meinem Rad sitze, schlage ich eine andere Richtung ein. Ich fahre aus der

Stadt heraus und schon bin ich in Nußdorf. Ich radele ein klein wenig Richtung Unteruhldingen, und auf einmal bin ich wieder in der Seestraße. Die nette Frau von neulich ist mit ihrem Hund im Garten, und ich halte an für ein kurzes Schwätzchen.

»Hallo! Wie geht es Ihnen?«, frage ich sie, und sie kommt näher.

»Ach, guten Tag, Sie sind doch die junge Frau, die sich neulich nach dem Haus von Frau Lange erkundigt hat.« Als sie vor mir steht, bemerke ich, dass sie wesentlich älter ist, als sie von Weitem gewirkt hat, bestimmt schon Ende 70 oder so. Sie spricht ein klares Hochdeutsch, vielleicht sogar ein bisschen Norddeutsch, auf keinen Fall den hiesigen Dialekt. »Was wollten Sie eigentlich dort?« Und während ich ihr erzähle, dass ich für das Immobilienbüro Aschenbrenner arbeite, welches dieses Haus verkaufen soll, hüpft ihr kleiner Hund immer um uns herum. Auf einmal entwischt er durch ein Loch in der Hecke und flitzt die Straße entlang. »Jojo! Bleib hier!«, ruft die alte Frau ängstlich. Ich lasse mein Rad fallen und renne ihm hinterher. Mein Gott, hat der ein Tempo drauf. Auf einmal bleibt er stehen, spitzt die Ohren, als würde er kurz überlegen, ob er umkehren soll, um dann umso schneller weiterzurennen. So macht das keinen Sinn. Er denkt, ich will mit ihm spielen und ihn jagen. Darum drehe ich um und frage die alte Frau nach einem Leckerli oder einem Würstchen. Sie geht ins Haus und kehrt kurze Zeit später mit ein paar Leckerlis zurück. Ihre Hand zittert und ich glaube, sie ist ganz schön aufgeregt.

»Keine Sorge«, beruhige ich sie. »Ich bringe Ihnen Jojo zurück.« Was für ein Versprechen. Natürlich ist er nirgends. Und es macht auch keinen Sinn, ihn zu rufen, er kennt meine Stimme ja gar nicht. Ich werfe einen sehnsüchtigen Blick auf das Grundstück der ›Butterblume‹ und freue mich an dem Anblick. Dort rankt sich eine Glyzinie an der Vorderfront des Hauses empor, inzwischen ist das Gras gewachsen, und überall sind kleine Gänseblümchen zu sehen. Aha. Der Gärtner scheint mit seiner Arbeit fertig zu sein und muss nicht mehr Rasen mähen. Egal, es sieht mit den vielen Blümchen sowieso viel schöner aus. Schade, dass ich die Gelegenheit neulich nicht ergriffen und einen Blick in das Innere des Hauses geworfen habe. Aber da wollte ich einfach diesen Dr. Beirer loswerden. Bei dem Gedanken an den Giftzwerg schaudert es mich. Der wird mir sicher auch noch Ärger machen.

Als die Seestraße zu Ende ist, gehe ich ein Stück am Ufer weiter und endlich sehe ich Jojo in ein paar Metern Entfernung im Wasser stehen. Tatsächlich kann ich ihn mit den Leckerlis anlocken und schnappe ihn mir. Da ich keine Leine habe und der Hund zum Glück nicht allzu groß ist, nehme ich ihn einfach auf den Arm und trage ihn, nass wie er ist, zurück. Die alte Frau ist überglücklich und will mir unbedingt etwas dafür geben, weil ich ihren Liebling zurückgebracht habe. Als ob ich etwas annehmen würde. Schließlich besteht sie darauf, mir eine Tasse Tee anzubieten, und dazu kann ich nicht Nein sagen. Wir gehen um das Haus herum und setzen uns in ihren Garten, der auch sehr schön und vor allem unglaublich gepflegt ist, wenn auch nicht so wildromantisch wie der der ›Butterblume‹. Sie verschwindet im Haus und kommt kurz darauf mit einem Tablett zurück. Darauf stehen eine weiße Teekanne mit roten Heckenrosen, zwei hauchdünne Teetassen und ein Teller mit selbstgebackenem Käsekuchen. Hm, ich liebe Käsekuchen.

»Ach, was für ein Glück«, sagt sie lächelnd. »Erstens, dass Sie meine Jojo so schnell gefunden haben, und zweitens, dass ich meinen Tee nicht alleine trinken muss.«

»Büxt Ihre Jojo denn öfter mal aus?«, frage ich sie.

»Na ja, meistens nicht. Aber seit sie das Loch in der Hecke entdeckt hat, kann es schon mal vorkommen. Und ich kann eben nicht so schnell hinterher. Wissen Sie, ich habe Jojo vor vier Jahren aus dem Tierheim geholt, als mein Mann gestorben ist, damit ich hier nicht immer so alleine bin. Aber manchmal habe ich das Gefühl, dass ich mehr auf sie aufpassen muss als sie auf mich.«

»Sie leben ganz alleine hier?«, frage ich sie. »Haben Sie denn da gar keine Angst?«

»Aber nein. Was soll mir schon passieren.«

Hm, da würde mir schon das eine oder andere einfallen, aber das sage ich ihr besser nicht. Sie zittert immer noch ein bisschen, als sie mir den Tee einschenkt. Ich strecke ihr die Hand hin und sage: »Übrigens, ich bin Maja Winter.«

Sie ergreift sie und erwidert: »Freut mich. Und ich bin Frieda Peeger.«

»Wie kommt es, dass Sie so gar keinen Dialekt sprechen, Frau Peeger?«, frage ich weiter.

Sie lacht.

»Meine Heimat ist Ostfriesland. Die habe ich vor vielen Jahren der Liebe wegen aufgegeben und bin hier gelandet. Hätte es schlimmer treffen können, finden Sie nicht auch? Mein Hermann und ich waren hier viele Jahre sehr glücklich. Aber nun bin ich allein. Na, wie das halt so ist im Alter.«

Sie lächelt mich an und ich denke, dass sie mit ihrem feinen Gesicht, durch das sich viele Fältchen ziehen, den blauen Augen und dem weißen Haar immer noch sehr hübsch ist. In ihrer Jugend muss sie ein echter Knaller gewesen sein, kein Wunder, dass ihr Hermann sich in sie verliebt hat. Sie erzählt mir, dass sie leider keine Kinder haben, obwohl sie sich so sehr welche gewünscht hatte. Es lag wohl an ihrem Hermann, aber ihn deshalb zu verlassen, wäre für sie niemals infrage gekommen.

»Und mit einer Adoption war das damals nicht so leicht. Bis wir es richtig merkten, waren wir für die Behörden schon zu alt, und aus dem Ausland war das damals noch nicht so üblich. Aber wir beide hatten ein gutes Leben zusammen. Hermann war Lehrer und deshalb viel zu Hause, und wir beide verbrachten mit Gartenarbeit in dieser herrlichen Idylle viel Zeit zusammen. Er fehlt mir schon sehr …«, sagt sie, und ihre Miene wird traurig.

Ich drücke ihre Hand. Wie nett, dass sie mir das alles so freimütig erzählt.

»Und was ist mit Ihnen? Haben Sie auch einen netten Mann und Kinder?«, fragt sie mich.

»Ja und nein. Ich habe eine wunderbare Tochter, die 17 ist, und einen netten Freund«, antworte ich ebenso offen wie sie.

»Ach, dann ist Ihr Freund nicht der Vater Ihrer Tochter?«, hakt sie nach.

»Nein, der war nicht der Richtige für mich. Das habe ich zum Glück sehr schnell gemerkt und meine Nini alleine großgezogen«, antworte ich ihr ehrlich.

»Und der neue Freund …, ist das der Richtige, Frau Winter? Entschuldigen Sie bitte, wenn ich so neugierig bin«, fragt sie weiter, während sie an ihrer Teetasse nippt.

»Nennen Sie mich doch bitte Maja.« Ob Leon der ›Richtige‹ ist? Ach, wenn ich das selber wüsste … Manchmal denke ich, ja. Dann ist er so aufmerksam und liebevoll, wie man sich den Mann an seiner Seite wünscht. Wir verstehen uns richtig gut und streiten selten einmal. Aber dann gibt es wieder Momente, da ist er mir so fremd. Wenn seine Familie mich so herablassend behandelt, zum Beispiel. Oder wenn er so wenig Interesse an Nini zeigt. Andererseits kann er ja nicht wissen, wie es ist, ein Kind zu haben, um das man sich kümmern muss. Wahrscheinlich erwarte ich einfach zu viel. Meine Mutter hat recht. Mit meiner ewigen Unsicherheit verbaue ich mir vielleicht die Chance auf das Glück. Wie sagte schon Pearl S. Buck: ›Viele Menschen versäumen das kleine Glück, während sie auf das große vergebens warten.‹ Ich bin ihr noch eine Antwort schuldig: »Ach, es ist nicht so einfach, Frau Peeger. Aber ja, ich denke schon, dass er der Richtige ist. Leon und ich sind schon drei Jahre zusammen.«

»Frieda. Nennen Sie mich doch bitte Frieda«, unterbricht sie mich, gießt nebenbei Tee nach und legt noch ein Stück von dem wunderbaren Käsekuchen auf meinen Teller. »Wissen Sie, Maja, ich kenne Sie nicht und Ihren Freund auch nicht. Ich bin eine alte Frau. Aber eines weiß ich: Wenn der Richtige kommt, weiß man das eigentlich ganz genau. Da muss man normalerweise nicht so lange überlegen … Als ich meinen Hermann zum ersten Mal sah, wusste ich im selben Augenblick: Der ist es. Es ist schon so lange her …« Ihre Stimme nimmt einen schwärmerischen Ton an. »Aber ich sehe ihn wie heute vor mir: Ich war bei meiner Tante und sollte helfen, den Dachboden zu entrümpeln, und kam mit Spinnweben und total verstaubten Sachen die Treppe herunter. Da stand er, im Wohnzimmer, ein Bild von einem Mann mit seinem Schnurrbart und den haselnussbraunen Augen. War auf Besuch aus Süddeutschland bei den Nachbarn und sollte ein Tässchen Mehl ausborgen. Wir sahen uns an und wussten es beide. Ein paar Monate später haben wir geheiratet und ich zog hierher. Damals war ich immerhin schon 29. Und es gab vorher einige Verehrer, das dürfen Sie mir glauben.« Ja, das glaube ich ihr gern. »Doch da war keiner dabei, der mir so gut gefallen hätte, dass ich den Rest meines Lebens mit ihm hätte verbringen wollen. Mit Hermann schon.«

Sie erzählt so anheimelnd, und die Zeit verfliegt hier auf dieser schönen Terrasse mit dem wunderbaren Blick auf den See und die vielen kleinen Segelboote im Nu. Eigentlich müsste ich schon längst wieder weg sein, aber etwas interessiert mich noch: »Diese Frau Lange, die ganz hinten in der Straße in dem Haus, das wir verkaufen sollen, gewohnt hat, kannten Sie die gut, Frieda?«

»Was heißt gut. Wie man sich halt so kennt, wenn man sich auf der Straße trifft und einen kleinen Klönschnack hält. Wir haben auch mal zusammen Kaffee getrunken, aber das ist schon lange her. In den letzten Jahren lebte sie sehr zurückgezogen. Ich glaube, sie hat es nie verkraftet, dass ihr erster Sohn nach Kanada ausgewandert ist. Der zweite ist mit seiner Frau tödlich verunglückt. Das war ganz schrecklich, von da ab war sie sehr verschlossen und zog sich immer mehr zurück. Nur ihr Enkel besuchte sie regelmäßig. Es war ja nicht so wie bei mir, ich hatte ja nie Kinder, aber welche zu haben und sie dann zu verlieren, muss das Schlimmste sein, was einem passieren kann.« Wie furchtbar. »Ich wundere mich eigentlich, dass ihr Enkel das Haus verkaufen will«, sagt sie weiter. »Er war immer so gerne hier, hat seine ganzen Ferien hier verbracht und nach dem Tod seiner Eltern war seine Oma ja seine einzige Familie. Aber vielleicht braucht er das Geld. Oder seine Frau mag das Haus nicht. Ich habe sie schon lange nicht mehr hier gesehen. Wissen Sie, ich wünschte mir, *Sie* würden das Haus kaufen wollen. Sie sind so nett, so eine liebe Nachbarin hätte ich gerne. Wer weiß, wer jetzt dort einziehen wird …«

»Wenn Sie wüssten, wie gerne ich das Haus kaufen würde.« Ich weiß nicht, warum, aber ich erzähle Frieda meinen Traum vom ›Café Butterblume‹, und sie lächelt dabei.

»Aber leider, leider bin ich eine alleinerziehende Mutter und habe kein großes Erbe zu erwarten. Wer weiß, vielleicht wird hier ja bald eine vornehme Schönheitsklinik entstehen? Dann haben Sie auf jeden Fall eine interessante Nachbarschaft.«

»Ach, Maja. So ein schönes Café, in dem ich hin und wieder Kaffee trinken und ein bisschen Leute beobachten könnte, wäre mir tausendmal lieber. Auf diese Schickimicki-Gesellschaft kann ich gut verzichten«, antwortet Frieda empört.

»Ja, schön wär's. Aber da ich arm bin wie eine Kirchenmaus, wird es ein Traum bleiben … Trotzdem komme ich gerne mal wieder hier vorbei, wenn ich darf. Die Gegend tut mir einfach gut. Vielen Dank, liebe Frieda, für den leckeren Tee und den wunderbaren Kuchen und vor allem das nette Gespräch.«

»Aber Sie brauchen sich doch nicht zu bedanken. Immerhin haben Sie mir meine Jojo zurückgebracht. Und außerdem habe ich mich sehr über Ihre nette Gesellschaft gefreut. Es gibt so wenig Menschen, die sich mit einer ollen Frau wie mir unterhalten. Und hier gibt es immer eine gute Tasse Tee, das ist bei uns Ostfriesen so Tradition. Sie sind uns herzlich willkommen, nicht wahr, Jojo?« Und der kleine Hund hält sein Köpfchen schräg und wedelt mit dem Schwanz.

O Gott, ich bin viel zu spät dran. Ich trete ordentlich in die Pedale und komme trotzdem erst um zehn Minuten nach drei zu Hause an.

»Entschuldige Eva. Wartest du schon lange?«, frage ich außer Atem meine Freundin, die mit ihrem Friseur-Köfferchen schon vor der Tür steht.

»Hallo. Jetzt entspann dich mal …, ist doch kein Problem«, antwortet sie lächelnd.

Oben angekommen, hole ich uns einen schönen kalten Eistee, lege die Paolo-Nutini-CD ein und wir setzen uns für einen Moment auf den Balkon.

»Wie geht es dir? Ich meine, wie geht es dir *wirklich*?«, frage ich sie.

Sie sieht blass aus und dünner ist sie auch geworden. Anscheinend nimmt sie die ganze Sache mit Tim furchtbar mit.

Sie seufzt: »Ach, weißt du, tagsüber geht es schon, ich lenke mich ab mit der Arbeit und den Kindern. Aber abends, wenn ich alleine im Bett liege, dann kommen die Fragen: Warum hat er mit anderen Kontakte gesucht? Bin ich ihm nicht gut genug? Nicht hübsch genug, nicht schlank genug? Und dann kann ich nicht schlafen.«

»Du spinnst. Du weißt genau, wie hübsch du bist. Und

schlanker als du kann man wohl kaum sein. Das ist es sicher nicht«, beruhige ich sie. »Ich kann dir auf diese Fragen keine Antwort geben. Ich weiß nicht, warum Männer so etwas tun … Vielleicht war ihm einfach langweilig. Vielleicht hast du ihm nicht das Gefühl gegeben, ein toller Kerl zu sein, und die anderen haben das getan. Was weiß ich«, antworte ich.

»Meinst du wirklich? Er behauptet jedenfalls, da sei überhaupt nichts gewesen, das seien alles nur E-Mail-Bekanntschaften und so weiter und so fort. Aber ich glaube ihm nicht. Mein Vertrauen zu ihm ist einfach erschüttert. Tim ruft zwar dauernd an und bittet mich, wieder heimzukommen, aber ich kann nicht. Noch nicht. Und ich weiß nicht, ob es je wieder ein gemeinsames Zuhause geben wird. Ich weiß einfach nicht, ob ich ihm das verzeihen kann, ob ich es je vergessen kann. Kannst du das verstehen?« Statt einer Antwort nehme ich sie in die Arme.

»Lass dir Zeit und denk in Ruhe darüber nach. Ich versteh' dich ja und bin selber wütend auf Tim. Andererseits: Man wirft eine gute Ehe nicht so einfach weg«, versuche ich ihr zu raten, aber das war wohl der falsche Rat, denn sie wird auf einmal richtig wütend.

»Eine gute Ehe nennst du das? Wenn der Mann hinter dem Rücken der Ehefrau anderen Frauen E-Mails schreibt? Du hast gut reden. Du hast ja keinen Ehemann, da kann dich auch keiner enttäuschen.«

Tja, da hat sie recht. Trotzdem fühle ich mich irgendwie verletzt.

»Ich weiß, ich bin vielleicht nicht die Richtige, dir Ratschläge zu erteilen. Aber ich habe dich in den ganzen Jahren immer um euer Glück beneidet. So, wie ihr miteinander umgegangen seid …, das war immer ein Vorbild für mich. Ihr wart für mich immer der Inbegriff der perfekten Familie. Vielleicht habe ich mich deswegen nicht getraut, mich fest an jemanden zu binden, weil es nie so … *perfekt* war wie bei euch. Und es wäre schade, wenn das für immer vorbei wäre. Ich glaube auch nicht, dass Tim das will. Und du tief in deinem Innern ebenfalls nicht. Vielleicht kriegt ihr's ja wieder hin, das wäre sicher das Beste für die Mädels. Ob du das Vertrauen zu ihm wieder aufbauen kannst, musst du selbst herausfinden … Ich bin jedenfalls immer für dich da, egal, wie du dich entscheidest. Und auf meinem Sofa ist immer ein Plätzchen für dich.«

Eva freut sich über das Angebot, und wir verschwinden endlich im Bad, um aus meinem Wischmopp auf dem Kopf eine ordentliche Frisur zu machen.

Nachdem Eva die linke Seite dank ihres Glätteisens in eine glänzende Mähne verwandelt hat, fällt mir siedend heiß etwas ein: das grüne Kleid … Wie konnte ich das nur vergessen. Und schon stürme ich aus der Tür, egal, wie ich gerade aussehe, und renne durch Überlingens Fußgängerzone, aber als ich bei der Boutique ›Bunte Stube‹ ankomme, ist der Laden bereits geschlossen. Mist, was soll ich jetzt nur anziehen? Ich könnte heulen, nicht mal Nini ist da, mir zu helfen. Sie hat angerufen, um zu fragen, wie lange ich noch hier bin, und ich habe geantwortet, dass ich gegen 18 Uhr spätestens los muss.

Eva tut ihr Bestes, diesmal mich aufzuheitern, und gemeinsam wühlen wir in meinem Kleiderschrank nach etwas ›Standesgemäßem‹, um bei den Römfeld-Damen bestehen zu können. Das wird mir zwar nie im Leben gelingen, aber vielleicht kann ich wenigstens mit meiner Frisur punkten.

»Jetzt sei doch nicht so panisch«, sagt Eva. »Das ist doch kein Besuch bei der Queen von England. Du siehst gut aus und bist ein netter Mensch … Sei mal ein kleines bisschen selbstbewusst.«

Wenn sie wüsste, wie ich mich in dieser Schickimicki-Gesellschaft immer fühle. Weiße Jeans und Tops fliegen ebenso auf einen Haufen wie Blümchenkleider und Hosenanzüge. Es bleibt nur ›das kleine Schwarze‹, ein schlichtes Etuikleid, das immerhin eine gute Figur macht. Eva rät mir zu einer goldenen Modekette und auffälligem Make-up. Schwarze Sandaletten mit hohen Absätzen und die neue bestickte Handtasche dazu, fertig. Leon ruft an und bittet mich, jetzt schon zu kommen – klar, ich bin fertig. Ich frage Eva, ob sie vielleicht zum Sommerfest mit möchte, aber sie schüttelt den Kopf, sie sei nicht in Stimmung. Dann schreibe ich Nini eine SMS, ob sie und Marcus vielleicht nachkommen wollen, und schon bin ich an der Tür. Ich umarme Eva zum Abschied und verspreche, mit ihr bald einmal ins Kino oder auf einen Wein an die Promenade zu gehen, und düse mit meinem Mini Richtung Hagnau.

Das Erste ist: Ich bekomme keinen Parkplatz. Schon vorne an der B 31 stehen große Schilder, die mit Weintrauben bemalt sind und auf denen in Schönschrift steht: ›Kommen Sie zum Weinfest auf dem Römfeld-Weingut‹. Dieser Einladung sind anscheinend unglaublich viele Leute gefolgt. Und Leon hatte sich Sorgen gemacht, dass nicht genügend Gäste kommen … Aber bei dem schönen Wetter draußen zu sitzen, sich mit netten Leuten zu unterhalten und dazu ein Gläschen Wein zu trinken, ist einfach sehr verführerisch. Ich versuche, den Mini an den vielen Leuten, die am Verwaltungsgebäude vorbei auf dem Weg Richtung Gut marschieren, vorbeizubugsieren, was gar nicht so einfach ist. Als ich auf das Gut zufahre, bleibt mir die Luft weg. Es sieht unglaublich schön aus. Die Gärtner haben ganze Arbeit geleistet. Der Rasen sieht aus wie auf dem Golfplatz, und überall auf diesem grünen Teppich stehen beleuchtete weiße Zelte mit kleinen Stehtischen. Die Band auf der Bühne hat bereits zu spielen begonnen und es ertönt leise Tanzmusik. In einem Halbkreis sind bunt geschmückte und ebenfalls beleuchtete Buden aufgebaut, an denen man Römfeld-Weinspezialitäten ebenso wie kleine Leckereien erwerben kann. Kein Wunder, dass Leon in letzter Zeit so gestresst war. Dies alles vorzubereiten, war sicher richtig viel Arbeit … Und das neben seiner eigentlichen Aufgabe, schließlich werden im Juni die Reben zum ersten Mal ›gegipfelt‹, das heißt, die stark wachsenden Triebe werden gekürzt, damit die Pflanze nicht zu sehr ›ins Kraut schießt‹. Außerdem geht der ständige Kampf gegen die Schädlinge weiter. Natürlich setzen die Römfelds ausschließlich biologische Pflanzenschutzmittel ein, vielleicht einer der Gründe für den Erfolg ihrer Weine. Fast habe ich ein schlechtes Gewissen, dass ich Leon nicht bei den Vorbereitungen geholfen habe. Aber schließlich hat er die ganze Familie an seiner Seite und eine neue ›Marketing-Assistentin‹.

Katharina hat sich mit ihrer Dekoration selbst übertroffen und die Zelte in einen einzigen Rosentraum verwandelt. Es sieht einfach unglaublich romantisch aus.

Ich stelle den Mini hinter dem Wohnhaus ab und

komme gerade rechtzeitig, als Leon die Bühne betritt und eine Ansprache hält.

»Liebe Gäste, liebe Freunde, herzlich willkommen. Ich freue mich, dass so viele von Ihnen heute den Weg auf das Weingut Römfeld gefunden haben. Wir möchten Sie gerne verführen, unsere besten Weine zu probieren, und hoffen, dass sie Ihnen ebenso schmecken wie uns …« Alles schmunzelt. »… und meine Familie und ich …«, er zeigt auf Katharina, Robert, Susann, Johannes und Emily, die neben der Bühne stehen …, und nein, da steht ja auch Anouk. Also so etwas. Die gehört doch nicht zur Familie. »… wir würden uns freuen, wenn es Ihnen bei uns gefällt und Sie diesen wunderschönen Abend mit uns von Herzen genießen würden. Vielen Dank.«

War ich zuerst noch mächtig stolz auf meinen Leon, wie er da im weißen Hemd und schwarzen Jeans oben auf der Bühne stand, so bin ich jetzt erst mal empört und muss irgendwo nach Luft schnappen. Diese blöde Kuh. Was bildet die sich eigentlich ein? Denkt sie, sie gehöre bereits zur Familie? Wer weiß …, vielleicht stand sie nur zufällig bei den anderen, als Leon spontan beschloss, die Rede zu halten. Andererseits: Katharina hat mit Sicherheit alles durchorganisiert und somit auch diesen kleinen Auftritt der Familie geplant. Und Leon hätte wirklich auf mich warten können, oder nicht? Immerhin hatte ich ihm versprochen, gleich loszufahren. Dazu kommt, dass Anouk mal wieder aussieht wie aus dem Ei gepellt. Sie trägt ein weißes, enges Sommerkleid, das ihre schlanke Figur betont und einen tollen Kontrast zu ihrem schwarzen Haar und der golden gebräunten Haut bildet. Wieso ist die eigentlich so braun? Ich denke, es gab so viel Arbeit. Also wenn ich die ganze Woche nicht aus dem

Büro komme, dann bin ich nicht so sonnengebräunt. Bei dem miesen Wetter in den letzten Wochen schon gar nicht. Leon entdeckt mich, wie ich verloren auf der Wiese herumstehe, und winkt mich lachend zu sich und der Familie herüber. Irgendwie habe ich gar keine Lust, aber ich muss mich wohl zusammenreißen, deshalb ziehe ich die Mundwinkel nach oben und versuche, so elegant, wie es mit den hohen Hacken geht, über die Wiese zu stolzieren.

»Maja! Schön, dass du da bist«, begrüßt mich Leon freudestrahlend und gibt mir einen Kuss. Seine Mutter reicht mir, wie immer schmallippig, die Hand, und Susann kann es sich nicht verkneifen, mein schwarzes Etuikleid, das zugegebenermaßen hier in dieser sommerlichen Atmosphäre etwas deplatziert wirkt, genauestens zu mustern. Sie selbst trägt ein hellgelbes Sommerkleid und bunte Schuhe mit Keilabsatz. Robert sagt nur kurz Hallo, murmelt etwas von viel Arbeit und verschwindet. Wie üblich, sind ihm hier viel zu viele Menschen, und ich habe den Verdacht, dass er sich mit einem Fläschchen in die Weinberge zurückzieht. Katharina, die ein dunkelrotes Seidenchasuble von Max Mara trägt, fragt mich, warum ich so spät komme? *Alle* seien bereits am Nachmittag da gewesen.

»Oh, das wusste ich nicht, Leon meinte, ich solle so gegen 18 Uhr hier sein«, erwidere ich freundlich.

»Und da bist du nicht von selbst auf den Gedanken gekommen, vielleicht mal etwas früher zu kommen, um deinem Freund ein wenig zu helfen?« Damit dreht sie mir den Rücken zu und ich merke, wie ich flammendrot werde und vor allem … wütend. Ich wusste wirklich nicht, dass ich eher hier sein sollte. Gut, ich hätte es mir denken können, dass viel los sein wird. Aber warum ist sie bloß mir gegenüber so arrogant? Außerdem hatte ich Leon ja meine Hilfe angeboten, und er hat darauf bestanden, ich solle nur ›repräsentieren‹. Dazu ist noch genug Zeit. Ich sehe Leon an, aber dieser lächelt und meint: »Kennst du Anouk schon?«

Was für eine blöde Frage.

»Allo, Maja, rischtisch?«, fragt diese honigsüß. »Natürlisch kennen wir uns schon von der Modenshow in Salem. Übrigens: was für ein übsches Kleid? Little black dress, immer elegant«, versucht sie sich einzuschleimen.

Das kann ich auch und sage: »Ihr Kleid sieht auch sehr gut aus, Anouk. Und es passt so schön zu diesem herrlichen Sommerabend. Das war sicher viel Arbeit, dieses Fest vorzubereiten?«

Sie verdreht die Augen: »Oh, das können Sie mir glauben. Wir aben wirklisch jeden Tag bis spät abends gearbeitet. Aber es at sisch gelohnt, finden Sie nischt auch?«

Ihr Akzent ist wirklich sexy … Sie ist ausgesprochen nett zu mir, im Gegensatz zum Rest der Familie. Wir plaudern noch ein wenig über die gute Stimmung, dann zieht Leon mich weg, um mit ein paar Gastronomen ein Gläschen zu trinken. Alles, was in der Gastroszene Rang und Namen hat, scheint heute Abend hier zu sein. Ich erkenne die Wirte vom Buchhorner Hof, der Krone und der Traube aus Friedrichshafen ebenso wie die Wirte vom Seehof und Strandcafé Heinzler aus Immenstaad, vom Hagnauer Hof aus Hagnau, von der Residenz in Meersburg, vom Badhotel in Überlingen und vom Rosmarin in Ludwigshafen. Viele andere Wirte aus Lindau, Nonnenhorn, Friedrichshafen, Immenstaad, Hagnau, Meersburg, Unteruhlingen, Sipplingen und sogar Konstanz haben den Weg hierher gefunden und werden mir im Laufe des

Abends vorgestellt. Da wir mit allen anstoßen, merke ich den Alkohol schnell und auch, dass Leon nicht mehr ganz nüchtern ist. Wenn ich Alkohol trinke, werde ich immer anhänglich, und deshalb versuche ich, Leon von den anderen wegzulotsen und hinter ein paar Bäume zu ziehen, um ein bisschen mit ihm zu schmusen.

Doch Leon lacht nur und meint: »Das heben wir uns für später auf, Schatz.« Immerhin geht er mit mir zur Tanzfläche, wo die Band gerade ›The last Waltz‹ von Engelbert spielt. Ich weiß, es ist eine Schnulze, aber ich liebe dieses Lied.

Eigentlich tanzt Leon gar nicht gerne, dabei kann er es richtig gut. Es ist inzwischen dunkel geworden, und mit den vielen kleinen Lämpchen und den Sternen über uns könnte die Stimmung nicht schöner und romantischer sein. Leider fordert der viele Wein seinen Tribut, und ich merke, dass ich eigentlich dringend die Toilette aufsuchen sollte. Da ich keine Lust habe, in den Toilettenwagen zu gehen, eile ich zum Haus. Natürlich ist Leons Haushälfte abgeschlossen, und ich will nicht noch mal zurückzulaufen, um den Schlüssel zu holen. Deshalb ziehe ich die hohen Schuhe aus und gehe um das große Haus herum, in der Hoffnung, dass vielleicht die Terrassentür offen ist. Ich bin schon fast oben, als ich bemerke, dass dort jemand sitzt. Auf der dunklen Terrasse, die fast nur vom Mondlicht angestrahlt wird, sitzt tatsächlich jemand im Gartenstuhl. Die Szene wirkt gespenstisch, und ich erschrecke ein wenig, aber ich erkenne schnell: Es ist Emily, die hier so unbeweglich dasitzt, als wäre sie ein Geist. Damit sie nicht auch noch erschrickt, mache ich mich bemerkbar, räuspere mich laut und sage: »Hi, Emily, bitte nicht erschrecken, ich bin's, Maja.« Sie dreht langsam den Kopf.

Da es wirklich dringend ist, entschuldige ich mich und gehe hinein. Wie üblich, ist hier alles wie in einer Möbelausstellung, auch die Gästetoilette, ein Traum in Weiß und Gold, sieht aus, als sei sie noch nie benutzt worden. Als ich zurückkomme, sitzt Emily unverändert da, und ich setze mich einen Augenblick zu ihr.

»Warum sitzt du alleine hier im Dunklen?«, frage ich sie. »Gefällt dir das Fest nicht?«

Zuerst glaube ich, sie hätte mich nicht richtig verstanden, dann erwidert sie leise: »Wenn du wüsstest, wie mich der ganze Käse hier manchmal ankotzt.«

Donnerwetter, solche Worte aus ihrem zarten Mund. Ich überlege daher gut, was ich darauf antworten soll: »Aber das Fest ist doch schön geworden. So viele Menschen sind gekommen und feiern mit euch. Da könnt ihr doch richtig stolz sein auf euer Weingut.«

Sie schnaubt verächtlich durch die Nase. »Ja, stolz …, natürlich bin ich das, warum auch nicht. Ist doch alles super hier.«

Wahrscheinlich hat Emily ein bisschen viel getrunken und hat deshalb jetzt einen Moralischen.

»Aber weißt du auch, wie anstrengend das ist?«, fährt sie fort und schaut mich an. »Nein, natürlich nicht. Du hast keine Ahnung, was bei uns läuft. Du kommst nur hin und wieder mal vorbei, um mit meinem Bruder zu schlafen, dann verschwindest du wieder.«

Moment mal. Ganz so ist es ja nicht gerade … Sie weiß schließlich genau, dass zu meinem Leben eine Tochter und ein Vollzeitjob gehören, und ich erinnere sie daran.

»Ja, ja, das weiß ich, aber von dem Leben hier hast du keine Ahnung. Meine Brüder interessieren nur das Weingut, die Reben, die Ernte, der Verkauf. Und meine Mutter …, dass alles hier gut läuft und ihr schönes geordnetes Leben nicht durcheinandergerät. Und Susann.«

Sie schnaubt verächtlich. »Die hat doch nur Geldausgeben und wie sie sich so schnell wie möglich das Erbe hier sichern kann, im Kopf.«

Meine Güte, das Mädchen hat ja ein echtes Problem.

»Emily, ich kann mir schon vorstellen, dass es für dich hier nicht immer einfach ist. Aber in welcher Familie ist es das schon? Dafür musst du dir nie über Geld Gedanken machen. Deine Existenz ist gesichert, das ist viel wert, glaub mir …« Der Alkohol hat auch meine Zunge gelöst. »Denkst du, für mich war es einfach, mein Kind alleine großzuziehen und für die Miete und alles immer alleine aufkommen zu müssen? Ich habe, im Gegensatz zu dir, kein Erbe zu erwarten, da mein Vater sehr krank war und früh gestorben ist.«

Sie wird einen Moment nachdenklich.

»Dein Vater auch? Dann weißt du ja, wie es ist. Ich vermisse meinen Papa furchtbar. Er hätte gewusst, was ich mit meinem Leben anstellen soll … Aber die anderen interessiert es doch einen Scheiß, was mit mir ist.« In diesem Moment tut sie mir richtig leid, und ich stehe auf und nehme sie in den Arm.

»Emily, ich glaube, du hast ein bisschen viel getrunken. Soll ich dich nach oben bringen?«, frage ich sie, obwohl ich nicht genau weiß, wie ich das anstellen soll, da ich selbst nicht mehr nüchtern bin.

»Du bist die Einzige, mit der ich mal reden kann«, antwortet Emily, und die Tränen beginnen zu fließen.

»Ich hab wirklich niemanden hier. Und meine so genannten Freunde, die interessiert doch nur, was ich anhabe und wo wir hingehen können, um Spaß zu haben«, schnieft sie weiter. Ich ziehe sie aus ihrem Stuhl, bevor sie noch mehr in Selbstmitleid zerfließen kann, und schleppe sie nach drinnen.

»Also, Liebe, wo ist dein Zimmer?« Und wir wanken nach oben. Ihr ›Zimmer‹ ist ein großes, ausgebautes Dachstudio, das sehr schön mit verschiedenen Einzelmöbeln aus gewischtem Holz eingerichtet ist. Ihr riesiges Eisenbett steht quer vor dem großen Fenster, so dass sie beim Einschlafen oder Aufwachen gleich den See sehen kann. Die Dekoration besteht aus wenigen, ausgesucht schönen Dingen aus Glas und Holz, und es gibt viele Kissen in Türkis- und Brauntönen. Ob Katharina das alles so zusammengestellt hat? Also, wenn es Emily war, dann hat sie wirklich Geschmack. Während ich mich umgesehen habe, ist Emily bereits auf ihr Bett gesunken, und noch bevor ich ihr aus ihrem Hippiekleid helfen kann, ist sie eingeschlummert. Auf ihrem Nachttisch entdecke ich eine Fotografie von einem sehr attraktiven jungen Mann. Komisch, ich kenne ja einige Freunde von ihr, aber den habe ich noch nie gesehen, der wäre mir aufgefallen. Ich lösche das Licht, gehe sicherheitshalber noch einmal zur Toilette und dann wieder hinaus zu den anderen.

Wo ist Leon? Ich kann ihn nirgends entdecken. Weder bei den Gastronomen noch bei seinen Golffreunden oder bei Katharina und ihrer Clique. Komisch, auch Nini ist nirgends zu sehen. Dabei hatte ich gehofft, sie würde nachkommen. Ich ziehe mein Handy aus der Tasche und sehe, dass ich vier Anrufe in Abwesenheit hatte. Und eine SMS von Nini, in der steht:

›Hi, Mami. Sei nicht böse, aber wir kommen nicht mehr, sind mit ein paar Leuten bei Marcus. Hättest wahrscheinlich sowieso keine Zeit für uns, gell? Bis morgen, Küsschen Nini.‹

O Gott, ich hoffe wirklich, dass Nini regelmäßig die Pille nimmt. Vielleicht sollte ich strenger sein und darauf bestehen, dass sie abends pünktlich zu Hause ist? Andererseits kann auch am Nachmittag was passieren ... Außerdem ist sie 17. In einem halben Jahr wird sie volljährig sein, und in vielerlei Hinsicht ist sie organisierter und vernünftiger als ich. Auf der Suche nach Leon werde ich von allerhand Leuten aufgehalten, die mit ihm bekannt oder befreundet sind und die alle ein Gläschen mit mir trinken wollen. So gut mir die Weine schmecken, ich halte mich jetzt lieber zurück und nehme mir stattdessen ein paar von den leckeren Häppchen, die bei den Freunden der Familie herumgereicht werden. Die Band spielt ›Lady in red‹ von Chris de Burgh, und ich beschließe, ein wenig den Tanzenden zuzusehen. Das darf doch nicht wahr sein! Ich verschlucke mich fast. Da sind doch tatsächlich Leon und Anouk auf der Tanzfläche. Mir wird schlecht, als ich sehe, dass sie ein richtig schönes Paar abgeben. So ein Miststück. Wusste ich doch, dass sie ihn sich krallen will. Wenn sie ihn mir ausspannen will, kann sie sich auf etwas gefasst machen. Hoffentlich ist es noch nicht zu spät ...

Ich gehe einen Schritt näher, doch sie bemerken mich immer noch nicht. Leon hat wohl gerade etwas gesagt, und Anouk wirft den Kopf zurück und lacht. Na, fein, dass sie sich so gut amüsieren. Gerade, als mir die Tränen in die Augen schießen, sieht Leon mich und winkt mir zu. Als das Lied zu Ende ist, macht er vor Anouk eine höfliche Verbeugung und kommt zu mir herüber. Nein, wankt, sollte ich besser sagen. Ok, dies ist ein Weinfest, aber darf man sich als Chef so volllaufen lassen? Ich bin wütend.

»Hallo, mein Sprossilein«, lallt Leon und will mich in die Arme nehmen. Das hat mir gerade noch gefehlt.

»Wo waaast du denn soooo lange?«

Er kann wirklich nicht mehr gerade laufen. Obwohl ich immer noch wütend bin, beschließe ich, nichts zu sagen, denn ich will nicht wieder als eifersüchtig gelten. Und außerdem macht das in seinem jetzigen Zustand ohnehin keinen Sinn. Zum Glück kann ich ihn überreden, das Fest zu verlassen, obwohl das gar nicht so einfach ist, denn er lallt: »Ich bin doch der Chef hier. Ich daaf erst gehen, wenn die Lichter aussss sind.« Ich bugsiere ihn mehr schlecht als recht am Rand des bunten Treibens zu seiner Haushälfte. Leon schläft, wie Emily, sofort ein, während ich noch eine Weile wach liege und über den Abend, über Emily und Anouk nachdenke.

Als ich am nächsten Morgen aufwache, ist Leon bereits weg. Heute wird er sicher nicht joggen sein, denn bestimmt hat er einen anständigen Kater. Wahrscheinlich ist er unten und sieht nach, ob nach dem gestrigen Abend alles in Ordnung ist. Das Wetter ist immer noch herrlich, und zum Glück habe ich eine Bermuda-Shorts und ein weißes Blüschen dabei, das ich gleich nach der Dusche anziehen kann. Da ich mich mit Leons Super-Hightech-Kaffeemaschine nicht auskenne, beschließe ich, auch ein wenig nach draußen zu gehen. Irgendwo wird es schon etwas Koffein für mich geben. In dem riesigen Garten sind bereits viele Menschen damit beschäftigt, die Spuren des gestrigen Abends zu beseitigen und für den kommenden Tag alles wieder schön herzurichten. Ich entdecke Marta, die

die Blumen gießt, und frage sie nach einer Tasse Kaffee. Sie erklärt mir, dass sie drinnen ein Frühstücksbuffet für die Familie vorbereitet habe und ich nur hingehen solle. Also nehme ich denselben Weg über die Terrasse wie gestern Abend und sofort muss ich an Emily denken und daran, wie unglücklich sie gestern gewirkt hat. Wer wohl der hübsche junge Mann auf ihrem Nachttisch ist, eine geheime Liebe vielleicht? Vorsichtig klopfe ich an, aber es scheint niemand hier zu sein. Marta hat ganze Arbeit geleistet und ein herrliches Frühstücksbuffet gezaubert. Frische Brötchen, Butter, Rührei, gekochte Eier, Schinken, Käse, selbst gemachte Marmelade, frisches Obst, Saft – alles da. Und Kaffee – zum Glück.

»Guten Morgen, Maja«, sagt Katharina, die gerade zur Tür hereinkommt. »Bedien dich nur. Du kannst mit mir frühstücken, ich bin alleine.« Sie selbst nimmt sich allerdings nur eine Tasse Kaffee und geht mit den Worten »Ich wollte sowieso etwas mit dir besprechen!« nach draußen auf die Terrasse. Wie üblich, ist sie bereits perfekt gestylt, die Haare ebenso wie alles andere, während meine Haare, die gestern Abend noch so schön glatt gebügelt waren, schon wieder machen, was sie wollen. Also nehme ich mir ein Brötchen, ein Stück Käse und etwas Butter, dazu ein paar Erdbeeren und eine Tasse Kaffee und folge ihr nach draußen. Während vor dem Haus reges Treiben herrscht, ist es hier auf der Terrasse hinter dem Haus bis auf das Vogelgezwitscher wunderbar ruhig.

Katharina wartet, bis ich mich gesetzt habe, dann beginnt sie: »Maja, schön, dass wir uns heute hier treffen. Ich wollte mal in Ruhe alleine mit dir reden.« Sie macht eine kurze Pause und ich trinke einen großen Schluck Kaffee. »Ich weiß nicht recht, wie ich anfangen soll … Leon und du, ihr seid ja nun schon einige Zeit zusammen.«

»Drei Jahre, um genau zu sein«, unterbreche ich sie.

»Ja, richtig. Und es könnte sein, … dass vielleicht mehr daraus wird …«

Mehr? Natürlich weiß ich, was sie meint, und unterbreche sie darum nicht mehr.

»Es ist mir schon bewusst, dass du es als alleinerziehende Mutter nicht immer leicht hattest …« Irgendetwas in ihrer Stimme bewirkt, dass mir das herrliche Frühstück auf einmal nicht mehr schmecken will.

»… dies hier muss dir ja wie das Paradies vorkommen. Wir leben in einem schönen Haus und haben anscheinend überhaupt keine Sorgen, während du für alles alleine aufkommen und arbeiten musstest, um für dich und deine kleine Tochter zu sorgen.« Moment mal. Ziemlich genau das Gleiche habe ich gestern zu Emily gesagt … Sie wird das doch wohl nicht ihrer Mutter haarklein wiedergegeben haben? Ich merke, wie ich trotz der Wärme auf der Terrasse eine Gänsehaut bekomme. »Aber natürlich musst du auch sehen, wie viel Arbeit hinter all dem hier steckt«, fährt sie fort.

»Das ist mir durchaus bewusst, Katharina«, antworte ich und frage mich, worauf sie eigentlich hinauswill.

»Ich meine, es geht natürlich nicht, dass du denkst, du könntest dich hier ins gemachte Nest setzen und dann nur noch unser hart erarbeitetes Geld ausgeben.«

Diese eiskalten Worte machen mich jetzt wirklich wütend.

»Das war nie meine Absicht, Katharina!«, antworte ich darum empört. »Leon und ich haben uns ineinander verliebt. Ich war nie und bin auch nicht auf der Suche nach einem reichen Mann, der mir mein Leben finanziert«, so wie Susann, würde ich am liebsten hinzufügen, doch ich verkneife mir die bitteren Worte. »Leon und ich, wir verstehen uns einfach gut. Wir sind gerne zusammen, und was in Zukunft daraus wird, wird man sehen. Aber bis dahin kann ich sehr gut für mich und meine Tochter alleine sorgen. Das habe ich immer getan, denn zufällig habe ich einen richtig guten Job.«

Mir wird vor Wut ganz schlecht. Wie kann sie es wagen, so mit mir zu reden? Noch nie habe ich mich aufgrund meiner Herkunft oder meines gesellschaftlichen Standes irgendwie minderwertig gefühlt. Natürlich war mir immer bewusst, dass es Familien gab, die viel reicher waren als wir, aber mir persönlich fehlte es an nichts. Wir wohnten in meiner Kindheit in einer schönen Wohnung, und meine Eltern verdienten beide genug, um uns ein sorgenfreies Leben samt Urlaub zu ermöglichen. Sie hatten beide ein Auto, und wir alle waren immer gut gekleidet, jedenfalls in dem Maße, was wir als ›gut‹ empfanden. Außerdem hat der liebe Gott mir allerhand ›Geschenke‹ in die Wiege gelegt: schöne Haare und Beine und ein sonniges Gemüt, weswegen ich die meiste Zeit meines Lebens eigentlich immer selbstbewusst gewesen bin. Bis ich in diese Kreise und zu dieser Familie geriet, die mir ständig das Gefühl geben, ohne Geld ein absoluter ›Niemand‹ zu sein. Ich versuche, meinen Atem einigermaßen zu kontrollieren, damit mir nicht die Tränen kommen. Schließlich bin ich stolz darauf, seit vielen Jahren alleine für mich und mein Kind zu sorgen.

»Maja, natürlich weiß ich, dass du gut für dich und Nini aufkommen kannst. Entschuldige bitte, wenn ich mich vielleicht falsch ausgedrückt habe, ich wollte dich nicht verletzen«, Katharina schlägt einen versöhnlichen Ton an, »aber all das hier …«, und sie zeichnet einen weiten Bogen über das große Grundstück, das Haus und die Weinberge, »ist nun einmal Leons Leben. Und du weißt, dass er bereits eine Scheidung hinter sich hat. Ich kann nicht zulassen, dass er bei einer weiteren Scheidung womöglich alles, was wir uns aufgebaut haben, verlieren würde. *Sollte* es zu einer Hochzeit mit euch beiden kommen …, dann hättest du doch sicher nichts gegen einen Ehevertrag einzuwenden? Ich möchte Leon nicht vorgreifen, aber ich bin ganz sicher, dass er ebenso denkt.«

Ich zwinge mich immer noch zur Ruhe, aber die Worte brennen mir auf der Zunge: »Du hast ganz recht, du solltest Leon wirklich nicht vorgreifen. Im Moment ist jedenfalls von einer Hochzeit absolut nicht die Rede. Und wenn, ja, *wenn* wir tatsächlich heiraten sollten, dann unterschreibe ich natürlich gerne einen Ehevertrag. Ich heirate nämlich, wenn überhaupt, nur aus einem einzigen Grund – aus Liebe. Und nicht wegen irgendwelcher Weinberge«, antworte ich, und meine Stimme zittert dabei.

»Aus Liebe. Das habe ich auch mal geträumt …, vor vielen Jahren«, sagt Katharina leise. »Doch dann kam Leons Vater. Er war *nicht* meine große Liebe, doch er hatte Geld … und konnte mir ein sorgenfreies Leben ermöglichen. Meine Eltern waren nämlich arm und konnten sich nichts leisten. ›Liebe vergeht, Acker besteht‹ …«, gesteht sie.

Und auf einmal erkenne ich etwas, das viel wichtiger ist als die Wahl der richtigen Schuhe oder Handtasche: Hinter dieser glatten, kühlen und distanzierten Fassade steckt auch nur … ein Mensch. Im Grunde ist sie bei all ihrem Reichtum ärmer dran als ich, das erkenne ich jetzt. Bei all ihren wichtigen Kontakten und ihrem ganzen hochnäsigen Getue ist sie letztendlich ein einsamer Mensch, der nicht einmal aus Liebe geheiratet hat. Ich muss wirklich schlucken, denn jetzt tut sie mir einfach nur leid. Doch im nächsten Moment klappt ihre geöffnete Schale wie bei einer Auster wieder zu, und ihr Gesicht ist perfekt und undurchdringlich wie eh und je. Sie mustert mich mit kühlem Blick und schmalen Lippen. Wie kann sie nur annehmen, dass ich auch so bin wie sie? Niemals würde ich heiraten, um ›eine gute Partie‹ zu machen, um dann genau so ein leeres und inhaltsloses Leben zu führen wie sie.

Aber das versteht sie nicht, und deshalb sagt sie weiter: »Wie ich schon sagte: Leons Leben ist das Weingut.« Und sie erklärt mir, wie wichtig es sei, etwas über Weinanbau zu lernen, sollte ich die Frau an Leons Seite bleiben wollen. Genau genommen, sagt sie *werden* und nicht bleiben, was mich schon wieder ärgert.

»Ich habe leider noch viel zu tun …, bis später.« Und mit diesen Worten steht sie auf und verlässt den Tisch.

Ich trinke meinen Kaffee aus, obwohl mir immer noch schlecht ist, dann fällt mir ein, dass ich ja heute Geburtstag habe.

Wie ich so in Gedanken versunken auf der Terrasse sitze, kommt auf einmal Leon in einem weißen Leinenhemd und blauen Jeans um die Ecke.

»Happy birthday to you, happy birthday to you …«, singt er und drückt mich so fest, dass ich fast keine Luft bekomme.

»Nanu, was macht meine Süße denn für ein Gesicht? Geburtstag und Sonnenschein, das ist doch ein Grund zum Fröhlichsein.« Natürlich kann er nicht wissen, warum ich so miesepetrig hier sitze. Und ich habe auch nicht die Absicht, mit ihm darüber zu reden, jedenfalls nicht heute an meinem Geburtstag. »Oder ist da etwa jemand sauer, weil ich gestern vielleicht ein klein wenig zu tief ins Glas geschaut habe?«, fragt er.

Ich versuche ein Lächeln.

»Ach was«, antworte ich ihm. »Ich war doch selbst etwas angesäuselt gestern. Wie alle wahrscheinlich ... Bestimmt ist es das: Ich habe noch ein bisschen Matsch im Kopf und muss erst mal richtig wach werden.«

Leon zieht einen Umschlag hinter seinem Rücken hervor und sagt geheimnisvoll: »Dann wird dich das vielleicht ein wenig aufmuntern, mein Schatz. Voilà! Mein Geburtstagsgeschenk für dich.«

Der Umschlag sieht zwar ziemlich förmlich aus, aber als ich ihn öffne, entdecke ich zwei Eintrittskarten für das Seal-Konzert im Schlosshof der Insel Mainau im Juli. Wie lieb von ihm. Er weiß genau, dass ich diesen Sänger liebe, und die Eintrittskarten waren bestimmt richtig teuer. Als Dankeschön umarme ich ihn heftig, denn ich freue mich wirklich über dieses Geschenk.

»Maja, du bist etwas ganz Besonderes für mich. Und deshalb machen wir beide es uns an diesem Konzertabend auch besonders schön. Ich weiß, dass ich oft zu wenig Zeit für dich habe, aber die Stunden, die wir zusammen sind, genieße ich immer sehr.« Das ist ja wirklich reizend von ihm, und ich vergesse die Worte seiner Mutter. »Es ist natürlich blöd, dass wir heute ausgerechnet das Weinfest haben ...« Ja, genau, wer hat eigentlich diesen Termin ausgesucht? Katharina oder Anouk vielleicht? Nein, ich darf nicht an die beiden denken, denn sonst verliere ich meine gute Stimmung. »Und ich kann mir schon vorstellen, dass du diesen Tag lieber anders verbringen möchtest …, aber …, ich kann ja hier leider nicht weg und …«, sagt Leon weiter.

»Ist doch kein Problem, Leon, das weiß ich ja. Aber wir sind zusammen, und das ist die Hauptsache. Ich rufe nachher Nini an, vielleicht kommt sie her. Und wenn nicht, dann bleibe ich noch ein bisschen und fahre heute Nachmittag nach Hause, wenn es dir recht ist.«

»Danke für dein Verständnis. Wie gesagt, wir holen unsere private kleine Feier bald nach, mein Schatz. Versprochen. Schön, wenn du noch ein wenig bleiben kannst, aber ich verstehe auch, wenn du zu Nini willst. Ich hab ja leider wenig Zeit für dich …« Dann wird er etwas nachdenklich und sagt: »Vielleicht wäre es besser, wenn du hier wohnen würdest. Dann müssten wir uns nicht immer wieder trennen.«

Vielleicht? Was meint er damit? Ist er sich nicht sicher, ob das wirklich besser wäre? Oder höre ich nur wieder irgendwelche Alarmglocken läuten, wo gar keine sind? Aber nach dem Gespräch mit Katharina bin ich sowieso nicht in der Stimmung, über dieses Thema mit ihm zu reden. Immerhin müsste ich meinen Beruf und meine Wohnung aufgeben, da sollte er ›sich schon sicher sein‹, ob er wirklich möchte, dass Nini und ich hier auf dem Gut wohnen.

»Lass uns da ein andermal darüber reden, Leon«, sage ich darum nur kurz.

»Ich müsste ohnehin erst mal sehen, wie die Busverbindung morgens nach Überlingen ist.«

Er sieht mich verständnislos an.

»Na, wegen Nini. Sie geht doch noch zur Schule.«

»Hast du dir mal überlegt, ob Nini nicht auch in Schloss Salem gut aufgehoben wäre? Sie hat doch dort jetzt einen Freund, und die Schule ist wirklich erstklassig. Susann und Robert überlegen auch, Johannes dort unterzubringen.«

Nini soll ins Internat oder wie? Ich muss zum zweiten Mal an diesem Morgen heftig schlucken.

»Also erstens hat Marcus sein Abitur bestanden und ist somit in Salem fertig. Zweitens geht Nini sehr gerne in das Überlinger Gymnasium, und ich finde nicht, dass es eine gute Idee wäre, sie so kurz vor dem Abitur dort herauszunehmen. Ja, und drittens, weißt du eigentlich, wie hoch die Schulgebühren sind?« Den vierten und wichtigsten Grund, dass ich nämlich gar nicht möchte, dass Nini im Internat lebt, verschweige ich ihm. Selbstverständlich genießt die Schule einen ausgezeichneten Ruf. Aber würde sie sich nicht abgeschoben fühlen, wenn ich nach Hagnau auf das Weingut ziehe und sie nicht mitnehme, sondern sie stattdessen in ein Internat stecke?

»Über die Kosten bräuchtest du dir keine Gedanken zu machen. Wenn du hier lebst und mitarbeitest, komme ich natürlich dafür auf. Denk einmal darüber nach. In zwei Jahren, nach dem Abitur, wird sie dich sowieso verlassen und irgendwo studieren. Und wenn sie das Abi in Salem gemacht hat, hat sie die besten Voraussetzungen.«

Leon trinkt seinen Kaffee aus und steht auf.

»Tut mir leid, mein Schatz, aber ich muss weitermachen.«

»Kann ich dir bei irgendetwas helfen, Leon?«, frage ich ihn. Er verneint, denn er wolle auf gar keinen Fall, dass ich an meinem Geburtstag arbeiten müsse. Aber ich bleibe hartnäckig, denn wenn ich schon noch ein bisschen hierbleibe, dann möchte ich auch etwas tun und nicht nur herumsitzen.

»Gut, wenn du unbedingt möchtest, dann kannst du Emily nachher helfen, neue Rosen zu schneiden und die Tischdekorationen auszutauschen«, schlägt Leon vor. Prima Idee, denn mit *der* habe ich sowieso noch ein Hühnchen zu rupfen.

Ich entdecke sie hinten im Garten, wo sie sich mit der Gartenschere an den Rosen zu schaffen macht. Wieder trägt sie so ein bodenlanges Hippiekleid, diesmal in Weiß, und flache Römersandalen dazu. Ihre langen Haare hat sie zu einem losen Dutt aufgesteckt, und an ihren Ohren baumeln lange Ohrringe aus türkisfarbenen Steinen. Im Gegensatz zum Rest der weiblichen Familie sehen ihre Sachen immer so aus, als seien sie auf dem Flohmarkt gekauft, wobei ich überzeugt bin, dass sie das nicht sind, sondern aus irgendwelchen Boutiquen stammen. Außerdem steht ihr dieser lässige und eigenwillige Look sehr gut, denn sie hat so etwas Künstlerisches an sich.

»Guten Morgen, Emily!«, rufe ich ihr zu, und sie lässt die Schere sinken. O Gott, worauf habe ich mich da bloß eingelassen, ich habe doch noch nie Rosen geschnitten.

»Hi, Maja. Hab gehört, du hast Geburtstag heute. Alles Gute …!«, und sie umarmt mich kurz. Wie kühl sich ihre Wange anfühlt und das, obwohl es bereits wieder recht warm ist heute Morgen. Sie zeigt mir kurz, wie ich die Rosen zu schneiden habe, und wir machen uns an die Arbeit. So viel brauchen wir nicht, denn die meisten Tischgestecke von gestern sind noch gut und brauchen gar nicht ausgetauscht zu werden.

»So, und du hast dich heute schon mit deiner Mutter über mich unterhalten?«, frage ich so nebenbei.

»Was habe ich? Wie kommst du darauf? Die habe ich heute noch gar nicht gesehen.« Sie klingt ehrlich verblüfft.

»Hm, ich dachte nur …, sie hat so eine Andeutung gemacht heute Morgen, über das, worüber wir beide gestern Abend gesprochen haben«, erkläre ich.

»Tja, dann hatte sie wahrscheinlich ihr Schlafzimmerfenster offen und hat uns reden gehört. O Gott, was hab ich nur alles gesagt? Hab ich viel Käse geredet?«, fragt sie erschrocken.

»Aber nein … Du hattest nur ein bisschen viel getrunken und so etwas wie einen Moralischen. Hab ich auch schon gehabt. Aber schlimm war es wirklich nicht, keine Sorge.« Und wir lächeln uns an.

»Tut mir leid, wenn ich dich so vollgequatscht habe …, du hast es eben einfach abgekriegt. Ich weiß gar nicht mehr genau, was ich alles gesagt habe, aber ich hoffe doch, das bleibt unter uns?« Sie schaut mich fragend an und legt ihre geschnittenen Rosen in den großen Korb.

»Natürlich. Weißt du, das macht mir nichts aus. Wenn du wüsstest, wie oft ich schon den Seelentröster gespielt habe«, und dann fällt mir ein, wie sie gestern gesagt hat, sie hätte niemanden, mit dem sie mal reden kann, und ich setze hinzu, »… also du siehst, ich bin bestens dafür geeignet, wenn du eine Schulter zum Ausheulen brauchst.«

Wir setzen uns und nehmen aus den alten Blumengestecken die verwelkten Rosen raus und geben gleich ein paar neue dazu. Dabei fällt mir auf, wie geschickt Emily sich im Gegensatz zu mir anstellt. Im Nu hat sie die Rosen gesteckt.

»Sag mal, dein Dachstudio, hast du das eigentlich selbst eingerichtet?« Sie sieht mich verwundert an.

»Ja, klar, wer denn sonst? Gefällt es dir?«

»Ja, es ist einfach wunderschön. Ich dachte, ein Innenarchitekt sei vielleicht am Werk gewesen.«

»Nein, Gott bewahre. Die gehen doch immer nach Schema F vor. Ich mag es, wenn es ein paar Stilbrüche gibt. Alte Sachen mit modernen kombiniert werden, weißt du. Die berühmte Designerin Tricia Guild, oder wie die heißt, hat mal gesagt, es gibt nichts Langweiligeres als komplett durchgestylte Wohnungen und Häuser. Man sollte immer für einen kleinen Stilbruch sorgen, und wenn es eine schräge Farbe ist, die eigentlich gar nicht dazu passt. So ähnlich hat sie das ausgedrückt, hab mal ein Interview von ihr gelesen, sie macht ja viel mit Farben.«

»Ja, man kann sehen, dass du dir beim Einrichten viele Gedanken gemacht hast, ist jedenfalls nicht 08/15.« Ich denke, dass sie einfach ein Händchen dafür hat und dies vielleicht ein toller Beruf für sie wäre. »Wie war eigentlich deine Zeit in Florenz?«, frage ich sie.

»Ach, Florenz …, das war ein einziger Traum. Nach dem Abi ging ich dorthin, weil mich Kunstgeschichte einfach interessiert. Aber letztendlich hat mich das Studium an sich eher gelangweilt. Dafür ist die Stadt einfach super, und es gibt so viel zu entdecken, gerade in künstlerischer Hinsicht, ganz zu schweigen von der italienischen Lebensart …«

So begeistert habe ich sie noch nie von etwas reden hören. Aber ehrlich gesagt, haben wir uns ja auch noch nie so lange und vor allem nie alleine unterhalten. Während sie mir von Florenz und ihrer Zeit dort erzählt, erkenne ich, dass sie eigentlich ganz anders ist, als ich es bisher angenommen habe. Von Satz zu Satz verschwindet immer mehr das Bild vom verwöhnten Töchterchen, das dort nur Papas Kohle auf den Kopf gehauen hat. So erfahre ich zum Beispiel, dass sie, um ihr Taschengeld aufzubessern, in einer Pizzeria ausgeholfen hat, und es dort an manchen Abenden richtig heiß herging und sie bis spät in der Nacht arbeiten musste. Donnerwetter, das hätte ich ihr gar nicht zugetraut. Man muss die Menschen eben immer erst richtig kennenlernen, bevor man sich ein Urteil über sie erlauben kann, das stelle ich wieder einmal fest.

»Warum bist du dort weggegangen, wenn es dir so gut gefallen hat?«, frage ich sie.

»Ach, Maja. Das ist eine lange Geschichte ..., irgendwann erzähle ich sie dir mal.«

Als wir mit unserer Arbeit fertig sind, verteilen wir alles auf den Tischen. Dann drückt Emily mir ein besonders schönes Rosengesteck in die Hand und sagt: »Hier, für dich, zum Geburtstag. Hab leider kein anderes Geschenk für dich ... War übrigens schön mit dir heute.« Und sie umarmt mich kurz, bevor sie in ihrem weißen Kleid engelsgleich davonschwebt.

Inzwischen steht die Sonne hoch am Himmel und es kommen immer mehr Leute. Heute spielt eine Blasmusik-Kapelle und es gibt Bratwurst mit Kartoffelsalat. Typisch deutsch. Das wäre etwas für Steve, bei seiner Liebe zu Deutschland. Bei der Gelegenheit fällt mir ein, dass meine Mutter bestimmt schon versucht hat, mich zu erreichen. Ich suche Leon und frage ihn, ob es noch was für mich zu tun gibt oder ob er etwas dagegen hätte, wenn ich mich jetzt verabschieden würde. In der Nähe sehe ich Anouk stehen, und schadenfroh, wie ich bin, stelle ich fest, dass sie heute gar nicht gut aussieht. Offenbar ist sie wohl sehr spät ins Bett, denn sie sieht richtig verkatert und verschlafen aus. Dennoch winkt sie mir freundlich zu, und ich winke zurück.

»Ach was, Maja, natürlich kannst du nach Hause gehen. Du brauchst hier nicht zu helfen. Mach dir einen schönen Geburtstag mit Nini. Wir beide holen das nach, einverstanden? Ich bin, ehrlich gesagt, froh, wenn das hier heute vorbei ist. Und keine Sorge, heute tanze ich bestimmt nicht mit einer anderen.« (Was ich mir bei der Blasmusik auch nicht gut vorstellen kann.) Und er zieht mich an sich und küsst mich zärtlich.

Kapitel 13
Das Gewitter

Um ehrlich zu sein, bin ich froh, wieder nach Hause zu kommen. Es war zwar ein herrliches Fest, aber es war doch sehr aufregend, besonders, wenn ich an das Frühstück mit Katharina denke. Dafür habe ich Emily heute von einer ganz anderen Seite kennengelernt, und auch Leon hat sich wie ein Schatz verhalten. Stolz trage ich das schöne Rosengesteck und meine Seal-Konzertkarten nach oben und bin enttäuscht, dass Nini nicht da ist. Ich gehe in mein Schlafzimmer, um mich umzuziehen, und traue meinen Augen nicht. Auf meinem Bett liegen, wunderschön ausgebreitet, das grüne Kleid und ein kleines Päckchen mit einem handgeschriebenen Brief. ›Alles

Liebe für die liebste und tollste Mama, die man sich nur wünschen kann‹, und ein Foto von Nini und mir klebt auf dem Papier und ist mit einem Herz umrundet. Ich muss schon wieder schlucken, zum dritten Mal heute, und diesmal kullert mir tatsächlich ein Tränchen herunter, als ich das Päckchen öffne und ein paar zauberhafte grüne Ohrringe darin finde.

»Mama!« Die Tür fliegt auf und Nini kommt hereingestürmt. »Da bist du ja endlich!« Und bevor sie mich umarmen und mir alles Gute wünschen kann, wische ich schnell die Träne weg. ›Sentimentale Kuh!‹, schimpfe ich innerlich mit mir. »Ich bin gestern extra noch schnell zu dem Laden, bevor ich zu Marcus bin, um dein Kleid zu holen. Ich brauchte es wegen der Farbe, um die Ohrringe auszusuchen. Und dann kam ich um halb sechs, um dich damit zu überraschen, damit du dich richtig schick machen kannst, und du warst schon weg …«

»Vielen, vielen Dank, meine Süße.« Kann man sich eine bessere Tochter wünschen?

»Warum seid ihr denn nicht nachgekommen?«, frage ich sie.

»Ach, weißt du, wir waren bei Marcus, und er und ein paar Freunde haben im Garten Gitarre gespielt, und ich dachte, du hast dort sowieso keine Zeit für mich. Ja, und heute hat Marcus ein Tennisturnier, wie hätte ich da nach Hagnau kommen sollen? Sonntags fahren doch die Schulbusse nicht. Da dachte ich, du hast sicher bald die Nase voll von dem Gedönse dort, und ich backe inzwischen einen Kuchen für dich und wir machen es uns schön hier. Dann musste ich feststellen, dass wir keine Eier mehr haben. Deshalb war ich kurz in der Greth und habe dort beim Metzger ein paar gekauft.«

Die ›Greth‹ ist ein historisches, altes Gebäude am Hafen, in dem sich oben ein Kino befindet und unten eine Pizzeria, eine Weinbar, ein Zeitungskiosk, ein Bäcker und ein Metzger, die sonntags immer geöffnet haben. Sehr gut, wenn man so ein Schussel ist wie ich und öfters mal etwas einzukaufen vergisst … Bevor Nini in der Küche verschwinden kann, um den Überraschungskuchen zu backen, klingelt es an der Tür. Mama steht draußen mit einem riesigen Geschenk und einer großen Schüssel selbst gemachtem Kartoffelsalat unter dem Arm.

»Ich dachte, bevor ich lang anrufe, komm ich lieber gleich selbst vorbei«, sagt sie japsend, denn die vielen Stufen zu unserer Wohnung haben sie sehr angestrengt. »Mein Gott, warum musst du nur so weit oben wohnen. Lass dich mal drücken …«, und sie knuddelt mich von Herzen. »Alles, alles Liebe zu deinem Geburtstag. Und dass all deine Träume und Wünsche in Erfüllung gehen mögen. Wobei ich da keinerlei Bedenken habe, dass das nicht der Fall sein sollte …«

Vorsichtig wickele ich ihr Geschenk aus dem Seidenpapier. Sie hat mir ein wunderschönes Bild gemalt, es ist ein riesengroßer Engel in leuchtenden, bunten Acryl-Farben, der ›mich beschützen soll‹. An diesem Bild hat sie sicher sehr lange gesessen, und ich freue mich sehr darüber. Bestimmt wird der Engel über dem lila Sofa ganz toll aussehen. Wir setzen uns auf meinen kleinen Balkon, und ich erzähle ihr von dem Weinfest bei Römfelds und der blöden Anouk, die sich an meinen Leon herangemacht hat. Auch von Emily erzähle ich und dass sie so betrunken war, dass ich sie ins Bett bringen musste, und dabei entdeckt habe, dass Emily ein richtiges Händchen für Inneneinrichtung hat. Auch mein Gespräch mit Katharina lasse ich kurz anklingen, und meine Mutter wiegt bedächtig den Kopf.

»Weißt du, ich glaube, sie hat nur Angst um ihren tollen Betrieb. Es gibt heutzutage ja auch so viele Frauen, die die Männer nur heiraten, um sie abzuzocken. Natürlich bist du nicht so, und dein Leon weiß das auch ganz bestimmt. Aber so gut kennt Katharina dich ja nicht, um zu wissen, dass du nicht eine von denen bist.«

Typisch meine Mutter. Immer hat sie für alles und jeden Verständnis. Aber es ist gut, dass sie mir bei diesem Thema zu einem anderen Blickwinkel verhilft, vielleicht habe ich das ja wirklich nur einseitig gesehen. Doch dann kommt sie wieder zu ihrem Lieblingsthema: Steve. Sie zieht eine Geburtstagskarte von ihm an mich aus der Tasche und überreicht sie mir, als wäre es das Wertvollste, was man bekommen kann. Ich muss zugeben, die Karte ist wirklich supernett geschrieben. Steve ruft anscheinend mindestens drei Mal die Woche bei ihr an, und die beiden verstehen sich ausgezeichnet. Er möchte unbedingt, dass sie ihn so bald wie möglich besuchen kommt. Doch ich bin immer noch skeptisch.

»Was ist, wenn er ein Serienmörder ist? Oder verheiratet? Man liest doch oft, dass Frauen auf so Kerle reinfallen …« Insgeheim muss ich an Tim denken.

»Ach, sei doch nicht immer so negativ, Maja«, sagt meine Mama.

»Was soll denn schon sein? Wenn ich dort ankomme und er hat eine Frau, dann gehe ich eben wieder und fliege nach Deutschland zurück.«

»Und wenn er dir ein Messer an die Kehle hält?«, bohre ich weiter, denn sie hat mich nicht überzeugt.

»Warum sollte er sich die Mühe machen und mir Hunderte von Briefen schreiben und mich dauernd anrufen? Dann könnte er doch auf der Straße eine überfallen, wenn er ein Mörder wäre. Maja, du grübelst zu viel. Manchmal muss man die Dinge einfach anpacken und sehen, wie sie sich entwickeln. Sonst kommt man zu nichts. Und du solltest Leon auch nicht mehr so lange zappeln lassen. Er ist wirklich ein guter Mann und …, ehrlich gesagt, du bist auch nicht mehr die Jüngste.«

Das sagt ausgerechnet sie, die mal lustig fast 30 Jahre älter ist als ich und trotzdem vorhat, in einen anderen Kontinent zu fliegen, um einen Mann zu treffen, den sie nur aus Briefen kennt. Und dabei strahlt sie mich so an, dass man ihr Alter wirklich übersieht.

»Sag mal, weiß Steve denn jetzt, wie alt du wirklich bist?«, frage ich sie.

»Äh, nein …«, sie lacht verlegen, »… das hatte ich mir für meinen Besuch bei ihm vorgenommen. Weißt du, wenn ich ihm das jetzt sage, dann denkt er, ich sei so eine olle Gurke, wie so viele andere in meinem Alter. Aber wenn er mich erst mal gesehen hat, merkt er ja, dass ich das nicht bin, oder was meinst du?« Sie grinst mich breit an.

Bevor ich antworten kann, klingelt es schon wieder an der Tür und Eva und ihre Mädels stehen draußen. Sie hat selbst gebackenen Erdbeerkuchen und eine Flasche Holunder-Prosecco dabei und sagt: »Wusst' ich doch, dass du nicht zum Backen gekommen bist.« Und auch sie drückt mich herzlich. Außer dem Kuchen und dem Prosecco hat sie ein weiteres Geschenk für mich: eine wunderschöne kleine Rosen-Teekanne, die auf einer Rosentasse sitzt. ›Tea for one‹ steht auf der Verpackung, und ich freue mich auch darüber sehr. Nini verschwindet in der

Küche, macht Kaffee für alle und verteilt Prosecco-Gläser. Nach dem gestrigen Wein-Konsum überlasse ich jedoch den Hauptteil der Flasche den anderen und beschränke mich aufs Anstoßen. So wird aus dem Tag, der eigentlich richtig bescheiden begonnen hat, doch noch einer der schönsten Geburtstage meines Lebens. Außer Leon sind alle Menschen, die mir wichtig sind, bei mir. Wir zünden viele kleine, bunte Windlichter an und sitzen auf dem winzigen Balkon und später bis nachts in unserem Wohnzimmer, reden, lachen und genießen den Erdbeerkuchen, Kartoffelsalat und den von Nini auf die Schnelle gezauberten Tomaten-Mozzarella-Salat. Leon ruft noch an, um mir zu sagen, dass er jetzt gern bei mir wäre und mich liebt, und ich schlafe zufrieden ein.

Am nächsten Morgen gehe ich mit gemischten Gefühlen zur Arbeit. Einerseits bin ich immer noch glücklich, weil meine Lieben mir gestern so einen schönen Tag bereitet haben. Andererseits war die Begegnung mit Herrn Aschenbrenner am Freitag doch etwas unerfreulich. Am besten, ich versuche gleich, ihn freundlich zu stimmen, und lege die neuen Prospekte auf seinen Schreibtisch. Sie sind wirklich gut geworden und ich bin stolz auf meine Arbeit. Als Erstes werfe ich die Kaffeemaschine an, denn der Kaffeeduft hat immer eine positive Wirkung auf ihn. Dann kommt Irma in einem gelben Top, einem engen weißen Rock und nagelneuen gelben High Heels hereingestöckelt und sieht mich unsicher an.

»Guten Morgen. Maja, ich …«, setzt sie an, doch bevor ich erfahren kann, was sie mir sagen will, stürmt Herr

Aschenbrenner zur Tür herein und sagt nicht einmal richtig ›Guten Morgen‹, sondern ranzt mich gleich von der Seite an: »Frau Winter, bitte in mein Büro. Wenn's geht, bitte gleich.«

Mir rutscht das Herz in die Hose, und ich sehe Irma fragend an. Die zuckt jedoch nur mit den Schultern und verschwindet in ihrem Kabuff, eine Wolke von ›Soir de Moscow‹ hinter sich herziehend. Also atme ich tief durch, straffe die Schultern, schnappe eine Tasse Kaffee und betrete Herrn Aschenbrenners Büro. Ich bin froh, dass ich heute den grauen Blazer angezogen habe, obwohl es draußen immer noch sehr warm ist, aber dieser verleiht mir einfach eine seriösere Ausstrahlung als irgendein Blüschen.

Herr Aschenbrenner steht mit dem Rücken zu mir und blickt aus seinem riesigen Fenster auf den See und das Alpenpanorama, das heute zu sehen ist. Dann dreht er sich langsam um und sagt: »Frau Winter, der Grund, warum ich Sie unter vier Augen sprechen wollte, ist leider kein erfreulicher. Können Sie sich vielleicht denken, warum?«

Ich starre auf die Flyer auf seinem Schreibtisch und stottere ein wenig herum. »Äh, ja …, ich meine, nein, eigentlich nicht … Hat es vielleicht mit den Prospekten zu tun?«

»Prospekte? Nein, bestimmt nicht, die hab ich noch nicht mal gesehen«, worauf ich auf den Stapel auf seinem Schreibtisch deute. Aber er sieht gar nicht hin, sondern sagt stattdessen leise: »Objekt 415? Herr Beirer? Na?«

Ich weiß beim besten Willen nicht, was ich darauf sagen soll. Natürlich habe ich geahnt, dass so eine Situation auf mich zukommen wird. Und habe mir in Gedanken eine

Antwort zurechtgelegt. Nur …, die will mir beim besten Willen nicht einfallen. Ich spüre, wie mir die Röte ins Gesicht steigt und der Schweiß ausbricht. Was soll ich bloß sagen?

»Also, ich höre!«, hakt Herr Aschenbrenner nach. »Nicht nur, dass ich mir von den Rütlis sagen lassen muss, sie hätten eine Wohnung bei der Konkurrenz gekauft, weil wir unfähig waren, ihnen Unterlagen zuzusenden, … nein, da ruft mich mein alter Schulfreund Beirer an, um mir mitzuteilen, er sei mit Ihnen völlig umsonst zu dem Besichtigungstermin in der Seestraße gefahren, weil Ihnen *dort* erst eingefallen sei, dass Sie über eine spezielle Insider-Information verfügen, nämlich, dass das Haus mitsamt dem Grundstück gar nicht verkauft werden soll. Darauf rufe ich bei dem Rechtsanwalt der Erbengemeinschaft an, um zu fragen, ob da was dran ist, und raten Sie mal, was man mir dort erzählt? Dass in dem Büro in Stuttgart eine Dame aufgetaucht sei, die *Ihnen* verblüffend ähnlich sah und nach weiteren Informationen fragte. Und dass keine Rede davon sein könne, das Haus *nicht* zu verkaufen.«

Seine Stimme ist nun richtig laut.

»Wie erklären Sie mir das, bitte? Wollen Sie etwa meine Firma schädigen?«

»Äh …, nein, natürlich nicht, Herr Aschenbrenner, es … ist nur so …, ich kann mir das selbst nicht erklären, aber wie der Herr Beirer da so vor mir stand und aus diesem wunderschönen Haus eine Schönheitsklinik machen wollte …, das konnte ich irgendwie nicht zulassen … und …«

»Haben Sie den Verstand verloren?«, schreit Herr Aschenbrenner. »Wie lange sind Sie schon hier? Das müssen doch fast zehn Jahre sein, oder? Niemals in all dieser Zeit, nicht einmal am Anfang, haben Sie sich derart unprofessionell verhalten. Ich kann nur vermuten, dass Sie entweder geistesgestört sind oder mir schaden wollen. Womöglich arbeiten Sie sogar für Frau Schorg?«

»Aber nein, bestimmt nicht«, versuche ich mich zu verteidigen, doch es ist zu spät. Himmel, warum zittern meine Hände so?

»Mein Vertrauen in Sie ist zerstört. Es tut mir leid, aber ich möchte Sie hier nicht mehr sehen.« Herrn Aschenbrenners Stimme wird auf einmal eiskalt.

»Aber, Herr Aschenbrenner! Wie Sie schon sagten, ich bin über zehn Jahre hier. Und ich habe noch nie so einen Fehler gemacht. Es tut mir so leid, ich kann es mir selbst nicht erklären … Ich weiß ja, ich habe Mist gebaut. Aber bitte verzeihen Sie mir, ich muss doch meine Tochter ernähren.« Mir wird selbst fast schlecht, weil ich mich so erniedrigen muss.

»Das hätten Sie sich mal früher überlegen sollen«, sagt er unversöhnlich. »Sie haben mein Vertrauen missbraucht, und ich kann nicht länger mit Ihnen zusammenarbeiten. Sie sind entlassen. Bei Ihren vielen Überstunden steht Ihnen ja noch jede Menge Resturlaub zu. Drei Monate bezahle ich noch Ihr Gehalt weiter, in dieser Zeit finden Sie sicher etwas anderes. Außerdem bekommen Sie natürlich einen Teil der Provision ausbezahlt für die Wohnung, die Sie letzte Woche mit den Interessenten besichtigt haben. Wie es aussieht, werden die wohl kaufen.« Und damit dreht er mir wieder den Rücken zu.

Tja, das war es dann wohl. So einfach geht das. Mit ein paar Worten ist die Welt nicht mehr dieselbe wie vorher. Aber was habe ich erwartet? Auf keinen Fall, dass mir gleich gekündigt wird. Nach so langer Zeit. Ich reiße mich zusammen und sage so ruhig ich in diesem Moment kann: »Gut, Herr Aschenbrenner, wenn Sie so wollen. Es tut mir zwar schrecklich leid, denn ich habe gern für Sie gearbeitet. Und ich schwöre, dass ich für keinerlei Konkurrenz tätig bin. Ich habe einen Fehler gemacht und ich trage die Verantwortung dafür, aber in all den Jahren, in denen ich für Sie tätig war, habe ich stets mein Bestes gegeben. Doch wenn Ihnen meine Arbeit so wenig wert ist, dass Sie wegen dieses einen Fehlers auf mich verzichten wollen, dann gehe ich jetzt. Viel Erfolg und alles Gute für Sie.« Ich gebe ihm die Hand und verlasse sein Büro. Irma lässt sich nicht blicken, obwohl sie sein Geschrei sicher gehört hat, aber das habe ich auch nicht erwartet. Dann räume ich meine persönlichen Sachen aus dem Schreibtisch und verlasse das Büro, in dem ich so viel Zeit verbrachte. Doch erst, als ich draußen auf der Straße stehe, kommen die Tränen.

Was soll ich denn jetzt tun? Ich bin völlig verzweifelt. Die Sonne scheint, aber mir erscheint alles grau und dunkel. Ich bin fast 40 und arbeitslos. In Gedanken sehe ich mich schon am helllichten Tag in einer ausgeleierten Jogginghose mit einer Bierdose auf dem Sofa sitzen, Chips essen und Talkshows gucken. Na, super. Wie konnte ich nur so einen Blödsinn anstellen? Noch nie habe ich so unüberlegt gehandelt. Aber wieso hat der olle Aschenbrenner auch gleich so heftig reagiert? Ob Irma da ein bisschen nachgeholfen hat? Möglich wäre es. Früher wusste er doch immer, dass er sich auf mich verlassen kann. Ich gehe erst mal einen Cappuccino trinken und bestelle mir dazu ein großes Stück Sahnetorte für meine Nerven. Ich weiß gar nicht mehr, wie das ist, wenn man unter der Woche am helllichten Tag in einem Café sitzt, ohne gleich zurück ins Büro hetzen zu müssen. Ich betrachte die vielen Menschen um mich herum, und mir fällt auf, wie viele an einem Montagmorgen bereits unterwegs sind. Das können doch nicht alles Arbeitslose und Rentner sein. Natürlich sind da viele Urlauber, die den schönen Tag genießen und schon früh ein Schiff, z.B. zur Insel Mainau, nehmen wollen. Nach dem Cappuccino und der Torte geht es mir etwas besser. Mir wird schon was einfallen. Pah, wenn er so leicht auf mich verzichten mag, kann ich auch auf ihn verzichten. Gut sogar. Es gibt schließlich noch andere Chefs. Ich meine, ich habe schließlich keine silbernen Löffel gestohlen oder so. Im Gegenteil, ich habe jahrelang treu und brav seine Anweisungen befolgt und seine Launen ertragen. Das kann Irma jetzt tun. Und ich habe noch ein bisschen Zeit, denn mein Gehalt läuft ja drei Monate weiter. In dieser Zeit wird mir schon etwas einfallen. Ich blinzle in die Sonne und fühle mich schon etwas optimistischer.

Doch zu Hause fällt mein neu gewonnener Mut wieder in sich zusammen. Ich sehe mich in meiner kleinen Wohnung um und frage mich, ob ich sie mir noch lange werde leisten können. Die Miete ist zwar nicht hoch, aber es sind doch fixe Kosten, die jeden Monat aufgebracht werden müssen. Ich betrachte die liebevollen Geschenke und Karten, die ich gestern bekommen habe, und hänge das schöne Engelbild auf. Der einzige

Mensch, der mich jetzt trösten kann, ist meine Mutter, und ich rufe sie an.

»Mäuschen, was ist denn los, bist du krank?«, fragt sie mich. Normalerweise bin ich um diese Zeit bei der Arbeit und kann nicht bei ihr anrufen.

»Mama, ich bin …, nein, ich wurde …«, und dann fließen die Tränen erneut.

»Jetzt beruhige dich doch mal. Sooo schlimm kann es doch gar nicht sein«, sagt sie, doch ich schniefe.

»Doch, der Aschenbrenner hat … mir gekündigt. Was soll ich jetzt bloß tun?«

»Oha.« Sie macht eine kurze Pause.

»Hör zu. Komm einfach zu mir. Ich mache uns einen schönen Tee, und du erzählst mir alles, einverstanden?«

Ja, fein. Ich kann mich bei Mami ausheulen wie früher. Da ich ihr ›Kind‹ bin, wird sie mich vielleicht nicht verstehen, trotzdem bedingungslos lieben und auf jeden Fall trösten. Wenige Minuten später stehe ich vor ihrer Wohnung im Kornblumenweg. Nach dem Tod meines Vaters ist meine Mutter in eine kleine Einliegerwohnung in einer gepflegten Wohngegend gezogen. Ihre Wohnung ist ebenso klein wie meine, mindestens ebenso gemütlich und hat sogar einen kleinen Gartenanteil. Als ich auf den Eingang zugehe, bemerke ich ein neues, selbst bemaltes Vogelhäuschen im Vorgarten, auf dem »Bed and Breakfast« steht. In der ganzen Wohnung, im Flur, im Wohnzimmer und im Schlafzimmer hängen ihre selbst gemalten Bilder, welche viel über ihren jeweils aktuellen Seelenzustand erzählen. Als mein Vater noch lebte und sehr krank war und auch, als er später starb, malte sie oft melancholische Stimmungen am See oder kahle Bäume im Winter in dunklen Tönen. Sie sind sehr schön, aber man kann sehen, dass es ihr nicht gut ging in dieser Zeit. Trotzdem ließ sie sie hängen, denn sie gehören nun einmal zu ihrem Leben. Daneben gibt es allerdings inzwischen ganz viele neue und bunte Bilder, die etwas anderes aus ihrem Leben erzählen. Mohn- und Sonnenblumen, Sonnenuntergänge, die Sehenswürdigkeiten am Bodensee, alles in bunten und fröhlichen Farben. Eingerichtet ist die Wohnung mit ein paar alten Möbeln, die noch aus der Zeit mit meinem Vater stammen, und ein paar neuen Sachen, die sie sich inzwischen geleistet hat. An dem alten Holztisch haben Nini und ich so oft gesessen, und die Kleine hat mit der Oma gemalt oder gebastelt. Bei dem Gedanken an Nini wird mir ganz schlecht. Sie geht doch noch zur Schule und will in zwei Jahren studieren, das muss alles irgendwie finanziert werden. Wie soll ich das nur schaffen? Meine Mutter nimmt mich in die Arme, dann schiebt sie mir eine Tasse mit köstlich heißem Tee zu und sagt: »Nun erzähl mal. Was war denn nun los?« Und ich rede mir alles von der Seele. Angefangen von meinem ›Butterblumen-Traum‹, den sie ja bereits kennt, über den blöden, arroganten Herrn Beirer mit seiner Schönheitsklinik (worauf sie mich unterbricht und meint, den hätten wir beide bald nötig, wenn wir so weitermachten), meinem unsinnigen Besuch in Stuttgart bei dem Rechtsanwalt Keller bis zum heutigen Wutausbruch von Herrn Aschenbrenner, der in einer Kündigung gipfelte.

»Tja, so wie es aussieht, hast du dich da ganz schön in was reingeritten«, sagt sie. »Wobei ich trotzdem finde, dass er total überreagiert hat. Da muss noch was anderes dahinterstecken.«

Ich erzähle ihr von Irma und dass ich glaube, Irma wolle sich den Job mitsamt dem Chef krallen.

»Tja«, meint sie daraufhin. »Und wenn du nicht aufpasst, wird dir genau das mit dieser Anouk auch passieren«, was natürlich nicht gerade geeignet ist, meine Stimmung aufzubessern.

»Ich will dir keine Angst machen«, sagt meine Mutter weiter. »Aber manche Frauen legen es einfach drauf an, sich einen Mann mit Geld zu angeln. Sind eben nicht alle so charaktervoll wie du. Haben keine Skrupel, ihre ›Konkurrenz‹ aus dem Ring zu boxen. Und dein Leon sieht verdammt gut aus. Vielleicht war das jetzt ein Zeichen …, dass du dein Leben ordnen und ihm eine neue Richtung geben sollst. Denk darüber nach. Bei Leon hast du es sicher gut, und ihr könntet gemeinsam ein schönes Leben führen. Warum willst du dich wieder für einen Fremden abrackern? Ihr liebt euch doch. Dann könnt ihr doch auch zusammenziehen.«

Bei ihr hört sich das alles so einfach und logisch an. Und eigentlich hat sie ja recht, wahrscheinlich stehe ich mir nur immer selbst im Weg. Möglicherweise ist das wirklich *die* Gelegenheit, endlich eine Entscheidung zu treffen. Eine Entscheidung, mein altes Leben aufzugeben und ein neues an der Seite von Leon zu beginnen.

Wir reden noch ›ein bisschen‹ über Steve und die neuesten Fotos werden gezeigt. Als dieser dann anruft, soll ich auch noch kurz mit ihm sprechen. Er hat wirklich eine sehr sympathische Stimme und bemüht sich, Deutsch mit mir zu reden. Ich antworte ihm auf Englisch, und wir unterhalten uns ganz nett über dies und das (hauptsächlich meine Mutter). Dann gebe ich den Hörer an sie weiter, küsse sie auf die Wange und verabschiede mich.

»Keine Sorge, mein Schatz, alles wird gut. Genieße

einfach mal ein bisschen den Sommer«, meint sie, winkt fröhlich und ist schon wieder in ein Gespräch mit ihrem Liebsten vertieft.

Den Sommer genießen. Ja, das hört sich gut an. Wie oft habe ich mir gewünscht, etwas mehr Zeit zu haben. Jetzt habe ich sie auf einmal und weiß nicht, was ich damit anfangen soll. Nini kommt erst heute Abend nach Hause. Natürlich könnte ich Eva anrufen, aber dann müsste ich noch mal die ganze Geschichte mit der Kündigung erzählen. Und dazu habe ich heute nicht mehr den Nerv. Ich fahre heim und ziehe eine weiße Shorts und ein rotes Blüschen an. Wie heiß es heute ist. Richtig schwül und drückend. Kaum zu glauben, dass ich vor Kurzem noch gefroren habe. Ich versuche, Leon zu erreichen, doch im Büro ist er nicht und auf dem Handy geht nur die Mailbox an. Im Wohnhaus meldet sich Katharina, die mit kühler Stimme sagt, Leon sei in einer ›wichtigen Besprechung mit Anouk wegen der Weinmessen‹ und dürfe nicht gestört werden. Sie würde ihm aber ausrichten, dass ich angerufen hätte. Enttäuscht setze ich mich auf mein Rad und radle ein wenig in der Gegend herum. Auf einmal merke ich, dass ich schon wieder unterwegs zur Seestraße bin. Wie ein Magnet zieht mich dieses Haus an. Dabei ist es schuld, dass ich mich so dumm verhalten habe und jetzt arbeitslos bin. Was ist da nur für eine Magie im Spiel? Ok, denke ich, ich verabschiede mich heute von der ›Butterblume‹. Soll Herr Aschenbrenner sie doch an den blöden Beirer verkaufen. Oder an sonst jemanden, mir egal. Für mich kommt sie sowieso nicht infrage. Aber wenigstens noch einmal einen Blick darauf werfen. Ich erinnere mich, wie ich zum ersten Mal in dieser Straße war, an diesem kalten Maitag. Automatisch geht mein Blick zu Friedas Haus und ihrem gepflegten Garten. Doch heute ist weder von ihr noch von Jojo etwas zu sehen. Dafür steht der alte Volvo wieder in der Einfahrt zur ›Butterblume‹. Inzwischen ist der Garten noch verwunschener geworden. Na gut, da könnte er wirklich mal ein bisschen mehr tun, der Gärtner. Wie hieß er noch mal, Christoph …, nein, ich glaube, Christian. Ich laufe um das Haus herum und sehe ein wunderschönes, altes Holz-Segelboot, das an dem Steg festgemacht ist. Als ich es mir gerade ein wenig näher anschauen möchte, höre ich eine Stimme.

»Hallo, Maja.«

Ich sehe, wie Christian mit bloßem Oberkörper auf einer Leiter steht und dabei ist, die Fensterläden neu zu streichen.

»Hallo!«, winke ich ihm zu, und er steigt von der Leiter und kommt auf mich zu.

Meine Güte, wenn mir nicht schon heiß wäre, dann würde es mir jetzt. Er hat aber auch einen fantastischen Oberkörper, das sieht verdammt sexy aus. Wahrscheinlich von der vielen Arbeit im Freien. Kein Wunder, dass bei den Chippendales in ihrer Show immer ein ›Handwerker‹ dabei ist. Bevor ich ihn allerdings noch länger anstarren kann, hat er sich ein weißes T-Shirt übergezogen und fährt sich lässig durch die Haare, die ein bisschen länger geworden sind, wie mir scheint.

»Ich würde Ihnen ja gerne die Hand geben, aber …«, er zeigt auf seine mit weißer Farbe verschmierten Finger.

Irgendwie stiehlt sich da wieder so ein Lächeln auf mein Gesicht, und ich höre mich selber sagen: »Das ist doch kein Problem. Ich hoffe, ich halte Sie jetzt nicht von der Arbeit ab?«

»Von Ihnen lasse ich mich gerne von der Arbeit abhalten, das wissen Sie doch.«

Er flirtet schon wieder mit mir.

»Die Arbeit läuft mir schließlich nicht davon. Hab noch einige Fensterläden vor mir.« Und er grinst breit.

»Was tun Sie hier, wenn ich fragen darf? Wieder geschäftlich hier?«

Es hilft nichts, ich muss heraus mit der Sprache.

»Nein, eher das Gegenteil. Diesmal bin ich hier, um mich von dem Haus zu verabschieden.«

Ich kann sehen, dass er mit meinen Worten so gar nichts anfangen kann.

»Warten Sie einen Moment«, sagt er und verschwindet um die Ecke. Nach nur einem kurzen Moment kommt er wieder und hat offenbar nicht nur die Hände gewaschen, sondern auch noch eine Flasche Cola und zwei Gläser dabei. Cola. Wie lange habe ich das nicht getrunken. Sie ist eisgekühlt und schmeckt einfach wunderbar. Wir setzen uns auf die Treppe und ich bemerke, wie über dem See von Westen her dunkle Wolken aufziehen. Es ist aber auch drückend heute. Bestimmt gibt es bald ein Gewitter.

»Das müssen Sie mir jetzt aber mal erklären. Wieso müssen Sie sich von dem Haus verabschieden?«, fragt Christian, während wir unsere Cola trinken.

Tja, wie soll ich ihm das jetzt erklären? Am besten, ich fange ganz von vorne an. Wie ich zum ersten Mal hierher kam, weil Herr Aschenbrenner mich beauftragt hatte, Fotos von dem ›Objekt 415‹ zu machen. Und dass ich so ein vertrautes Gefühl hatte, als sei ich hier schon gewesen oder als ob ich nach Hause gekommen wäre, so blöd sich das auch für ihn anhören mag. Wir sitzen hier in der

Hitze, trinken eisgekühlte Cola, und ich erzähle tatsächlich einem wildfremden Menschen die ganze Geschichte. Wie ich mit dem unsympathischen Herrn Beirer hier stand und er mit dem Plan für die Schönheitsklinik angab und dass er dazu ›die alte Hütte‹ abreißen wollte und ich ihn daraufhin belog, dass ›die Erben das Haus an einen Freund der Familie verkaufen wollten‹. Ich erzähle auch von meinem unsinnigen Besuch bei dem Rechtsanwalt in Stuttgart und dem darauf folgenden Ärger mit Herrn Aschenbrenner. Und dass ich deswegen jetzt arbeitslos bin.

Christian sieht mit unbewegter Miene aufs Wasser hinaus. Auf einmal schaut er mich an und fragt: »Dann warst du das also in Stuttgart?«

Diesmal sehe ich ihn verständnislos an.

»In meinem Büro?«, fragt er weiter.

Und so gaaanz langsam fällt bei mir der Groschen. Warum er so oft hier ist. Warum er sich um den Garten kümmert und das Haus. Und das Segelboot. Das Segelboot … Auf einmal bricht der Sturm los. Vor lauter Erzählen haben wir gar nicht gemerkt, *wie* dunkel die Wolken geworden sind und dass schon längst die Sturmwarnung läuft. Hier am Bodensee kann so ein Gewitter schnell aufziehen. Das Boot beginnt gefährlich zu schaukeln und Christian springt auf und läuft zum Steg. Mit geübten Handgriffen hat er die Persenning darüber befestigt und das Boot fest vertäut. Ich habe mich unter das kleine Vordach der Terrasse gestellt, denn es fängt auf einmal ganz fürchterlich an zu regnen. Christian kommt zurück, schnappt meine Hand, und wir laufen um das Haus herum, er schließt auf und wir gehen hinein.

Ich weiß nicht, wie ich mir das Innere der ›Butterblume‹ vorgestellt habe. Habe ich mir überhaupt irgendetwas vorgestellt? Ich weiß nur, dass ich in dem Moment, als ich das Haus betrete, wieder so ein eigenartiges Gefühl habe. So, als sei ich hier schon einmal gewesen. Vielleicht in meinem Traum? Wir gehen durch einen dunklen Flur, und Christian hält noch immer meine Hand, bis wir im Wohnzimmer angekommen sind. Jedenfalls glaube ich, dass es das Wohnzimmer ist. Wir stehen in einem riesigen Raum, der zur Terrasse führt. Aus den hohen Fenstern hat man einen fantastischen Seeblick. Der See ist im Moment so grau und düster wie der Himmel darüber, nur die Sturmwarnung leuchtet hell. Christian lässt mich los und geht zum Lichtschalter. Na ja, das ›Licht‹ besteht aus einer Glühlampe, die über dem Esstisch hängt. Der Esstisch ist ein großer, geschnitzter Holztisch, der vor dem größten Fenster steht. Ansonsten ist der Raum fast leer, bis auf einen schönen alten Sekretär mit dem passenden Stuhl davor, der in der Ecke steht. Komischerweise muss ich wieder an meinen Traum denken und wie wundervoll dieser Raum als Café geeignet wäre. Mit den großen Fenstern und dem Zugang zur Terrasse wäre er einfach perfekt dafür. Ich muss wohl ziemlich laut geseufzt haben, denn Christian lächelt mich auf einmal an und sagt: »Was ist los? Hast du etwa Angst, mit mir alleine?«

Mir fällt auf, dass er mich auf einmal duzt. Gut, damit habe ich kein Problem. Immerhin sehen wir uns heute ja nicht zum ersten Mal. Außerdem hat er vor ein paar Sekunden noch meine Hand gehalten.

»Nein, habe ich nicht. Aber woher weißt du von Stuttgart?«, frage ich ihn.

»Weil meine Sekretärin mir erzählt hat, dass vor Kurzem eine ziemlich hübsche Frau mit dunklen Locken in einem Trenchcoat hereinkam und mich sprechen wollte, wegen einer Immobilie in der Seestraße in Überlingen-Nußdorf. Und da dachte ich spontan an dich. Ich habe mich nur gefragt, warum du extra nach Stuttgart gekommen bist. Deine Fragen hätte ich dir auch hier beantworten können.«

Nun sollte ich eigentlich mit der Sprache herausrücken und ihm gestehen, dass ich ihn bis vor ein paar Minuten noch für den Gärtner gehalten habe.

»Ich gebe ja zu, das alles macht überhaupt keinen Sinn«, antworte ich ausweichend. »Aber nach dem Termin mit dem komischen Herrn Beirer wollte ich unbedingt mit dem Anwalt der Erbengemeinschaft reden, um herauszufinden, wem das Haus hier eigentlich gehört. Ich wusste ja nicht, dass du der Anwalt bist.«

Er sieht mich an und grinst schon wieder.

»Ja, nicht nur das. Es gibt gar keine Erbengemeinschaft. Das Haus gehört mir.«

Jetzt bleibt mir wirklich die Luft weg. Wenn hier ein Stuhl stünde, würde ich mich jetzt setzen.

»Aber …, Herr Aschenbrenner hat doch gesagt …, es gäbe eine Erbengemeinschaft …, die von einem Anwalt vertreten wird … Ich versteh' das nicht.«

»Das glaube ich dir gern. Lass es mich dir erklären. Als meine Oma starb, vermachte sie mir dieses Haus. Als Kind bin ich sehr oft mit meinen Eltern hier gewesen und manchmal auch ohne sie. War eine tolle Zeit, so mit baden und segeln … Wir sind auch oft nur übers Wochenende von Stuttgart hergefahren. Ja, und so manche Ferien habe ich ganz alleine hier verbracht, wenn meine

Eltern arbeiten mussten. Eines Tages sind meine Eltern auf dem Weg hierher auf der Autobahn verunglückt. Ein Geisterfahrer fuhr frontal in sie hinein. Zu der Zeit habe ich gerade Abi gemacht. Danach hab ich Jura studiert, in Konstanz. Konnte bei Oma wohnen. Ich wollte unbedingt die Kanzlei meines Vaters in Stuttgart weiterführen. Irgendwie fühlte ich mich dazu verpflichtet. Na ja, nur dass das nicht so einfach war. Mittlerweile war mein Vater schon einige Jahre tot, und ich musste mir quasi eine neue Klientel erarbeiten. Einige Jahre habe ich praktisch nur geschuftet und war selten hier. Dann starb meine Oma, und ich habe das Haus hier geerbt.« Er macht eine kurze Pause, und ich sehe ihm an, dass er wirklich traurig ist. »Ohne sie … ist alles so leer hier. Ich habe eine Entrümpelungsfirma beauftragt, die alles ausgeräumt hat. Nur von ein paar der schönen alten Möbel konnte ich mich einfach nicht trennen.«

Er verzieht den Mund zu einem schiefen Lächeln, und ich bin versucht, wieder seine Hand zu nehmen, doch dann fällt mir ein, dass ich ihn ja eigentlich gar nicht kenne. Und außerdem einen Freund habe. Und hat Frieda nicht neulich von dem ›Enkel und seiner Frau‹ erzählt? Wenn der Enkel Christian ist, muss er doch verheiratet sein.

»Das tut mir leid«, sage ich hilflos, und das tut es wirklich. Ich meine, wie grausam kann das Schicksal sein? Hat er nicht schon seine Eltern verloren? Musste jetzt auch noch die Oma sterben?

»Aber dass du es fertigbringst, dieses wunderschöne Haus zu verkaufen …, also, ich könnte das nicht. Es ist so …«, mir fehlen die Worte.

»Es ist ein richtiges Zuhause, das stimmt«, sagt er darauf. »Und glaube mir, mir fällt es alles andere als leicht, sonst wäre ich sicher nicht so oft hier. Aber gerade, weil ich so daran hänge, sollte ich es besser verkaufen. Ich glaube nicht, dass du es verstehst, aber dieses Haus ist so voller Erinnerungen für mich …«

»Solltest du es dann nicht vielleicht doch behalten, wenn du so daran hängst? Ich meine, es geht mich ja nichts an, und vielleicht denkst du ja auch an das viele Geld, das du dafür bekommst …«, gebe ich zu bedenken.

»Das ist es nicht. Aber ich kann mich beim besten Willen nicht darum kümmern. Wie ich schon sagte, ich bin beruflich sehr eingespannt. Und werde vielleicht sogar ganz weggehen aus der Gegend hier«, sagt er darauf.

Da kommt mir eine Idee. Sie ist so verrückt, so aberwitzig, aber ich kann nicht anders, ich muss sie aussprechen. Es ist einen Versuch wert.

»Vermiete es doch. Dann brauchst du dich nicht zu kümmern und behalten kannst du es trotzdem. Es bleibt in deinem Besitz, und wer weiß, vielleicht hast du irgendwann einmal mehr Zeit und kannst selbst hier mit deiner Familie leben.«

Er sieht mich lange nachdenklich an, schaut mir direkt in die Augen. Wieder weiß ich nicht, was ich tue, aber ich erzähle ihm von meinem Traum von dem ›Café Butterblume‹. Und wie wunderbar das Haus dafür geeignet wäre. Dass ich mich von Anfang an hier irgendwie zu Hause gefühlt habe. Christian hört sich alles ruhig an. Und zum ersten Mal habe ich das Gefühl, richtig verstanden zu werden.

Draußen tobt der Sturm ums Haus, aber hier drin ist es warm und gemütlich. Und ich bin fast traurig, als das Gewitter vorbei ist und wir eigentlich wieder gehen könnten.

»Magst du den Rest des Hauses auch noch sehen?«, fragt Christian leise. Und auf einmal steht er so dicht vor mir, dass ich genau in seine Augen sehen kann. Sie sind so dunkel und warm und trotzdem unergründlich. Fast habe ich das Gefühl, dass er mich küssen will, doch dann wendet er sich abrupt ab und sagt: »Komm. Ich zeige dir den Rest.« Und wir gehen nach oben.

In der oberen Etage befinden sich drei Schlafräume, der größte davon liegt zur Seeseite. Aus dem vorne liegenden großen Fenster hat man einen noch fantastischeren Blick auf den See als unten. Die beiden anderen Räume sind auch recht groß und gut geschnitten. Keiner von ihnen ist möbliert, aber man kann sich sehr gut vorstellen, wie sie wirken, wenn sie möbliert sind. Vor meinem geistigen Auge entstehen mein Schlafraum, Ninis Zimmer …, ja, und ein Gästezimmer hätten wir auch noch. Auf derselben Etage ist noch ein großes Bad mit zwei Waschbecken, das zwar alt ist, aber sicher sehr schön ausgeschmückt werden kann.

»Was ist ganz oben?«, frage ich Christian. Wir gehen die kleine Treppe hinauf und stehen in einem riesengroßen, wunderschönen Raum. So wie ich es bereits erwartet hatte, als ich das Haus vom Garten aus betrachtet habe, wäre der Raum perfekt für ein Atelier. Ich muss an meine Mutter denken und daran, wie schön sie hier ihre Bilder malen könnte. Die Idee nimmt immer mehr Gestalt an. Hier könnten wir leben *und* arbeiten. Das Café könnten wir zwar das ganze Jahr geöffnet lassen, aber wahrscheinlich wäre im Frühling und Sommer mehr los. Nini könnte nach der Schule im Service mithelfen, und meine Mutter könnte in der Küche bei den Vorbereitungen helfen und ihren leckeren Rhabarberkuchen und ihren leckeren Kartoffelsalat machen. Ich meine, sie wird ja auch nicht jünger, und hier bei uns wäre sie nicht allein, falls ihr mal etwas passiert. Ich kann mir das alles so gut vorstellen. Doch dann fällt mir ein: Ich bin ja nicht alleine. Heute Morgen habe ich noch geplant, zu Leon auf das Weingut zu ziehen. Was würde er wohl sagen, wenn ich ihm mit dieser Idee käme? Wahrscheinlich würde er mich für verrückt erklären und mich in den Wind schießen. Und die doofe Anouk hätte freie Bahn. Na ja, immerhin wäre sie Katharina als Schwiegertochter sowieso viel lieber als ich.

O Gott, wo kommen nur all diese Gedanken her? Außerdem weiß ich gar nicht, ob Christian mir die ›Butterblume‹ überhaupt vermieten würde. Bis jetzt hat er noch keinen Ton dazu gesagt. Im Moment steht er gedankenverloren am Fenster und blickt auf den dunklen See.

»Das hier war mein Zimmer«, sagt er und dreht sich zu mir um.

»Da hast du dich sicher sehr wohlgefühlt«, antworte ich. »Es ist wirklich ein wunderbarer Raum.«

Ich versuche ein Lächeln, und schon wieder treffen sich unsere Blicke. Ich kann förmlich spüren, wie es zwischen uns knistert. Er macht einen Schritt auf mich zu, doch dann, gerade, als ich mir wünsche, dass er mich küsst, dreht er sich um, als hätte er es sich anders überlegt, geht zur Treppe und sagt: »Das Gewitter ist vorbei. Wir können wieder hinaus.«

Ich bin total verwirrt. Heute Morgen noch war ich ganz unglücklich und habe mich selbst bemitleidet, weil ich entlassen worden bin. Heute Nachmittag erzähle ich einem Wildfremden die Geschichte und wünsche mir sogar, dass er mich küsst. Nicht zu vergessen, dass ich plane, ein Café zu eröffnen, obwohl ich nicht die geringste Ahnung von Gastronomie habe, ganz zu schweigen von den finanziellen Mitteln dazu. Ich muss komplett verrückt geworden sein, Herr Aschenbrenner hat ganz recht. Sind das schon die Wechseljahre? Oder was ist los mit mir?

Nachdem Christian sich wieder seiner Arbeit an den Fensterläden widmet, setze ich mich auf mein Rad und fahre nach Hause. Keine Ahnung, wieso er sich auf einmal so komisch verhalten hat. Ganz bestimmt wollte er mich loswerden, weil er mich auch für eine durchgeknallte Spinnerin hält.

Zu Hause erwartet mich eine aufgeregte Nini. Sie wollen mit der Schulklasse morgen auf Klassenfahrt nach Berlin, und sie hofft, rechtzeitig am Samstag wieder zurück zu sein. Schließlich ist Samstagabend die große Sommerparty bei den Koflers. Während ich uns eine Kleinigkeit zu essen mache, wuselt sie zwischen ihrem Zimmer und der Küche hin und her und erzählt mir die neuesten Dinge über ihre Freundinnen und Marcus. Ich kann ihr unmöglich sagen, dass ich meinen Job verloren habe. Wenn sie am Samstag bei den superreichen Koflers mit ihren superreichen Freunden feiert, soll sie sich nicht fühlen wie das arme Aschenputtel, nur weil ihre Mutter eine alleinerziehende Arbeitslose ist. Bei dem Gedanken daran wird mir wieder ganz schlecht. Habe ich mich vor ein paar Stunden noch zuversichtlich gefühlt, so bin ich jetzt schon wieder mutlos. Was soll nur werden?

»Mami, was ist denn los?«, fragt Nini und nimmt mich in den Arm. Mir steigen die Tränen in die Augen, und sie sagt: »Ich weiß, du machst dir Sorgen, weil ich wegfahre. Aber das brauchst du nicht. Ich pass schon auf mich auf. Und in ein paar Tagen bin ich ja wieder da, wirst sehen.«

Was für ein Glück, dass ich so eine alte Glucke bin. Jetzt denkt sie jedenfalls, dass ich traurig bin, weil sie mit ihrer Klasse wegfährt, und nicht, weil ich in Zukunft keine Arbeit mehr habe. Auch Leon, der anruft, weil ich ihn erreichen wollte, erzählt mir nur von der vielen Arbeit, die ihn belastet, und fragt zum Glück nicht nach mir und dem Grund meines Anrufs. Irgendwie habe ich das Gefühl, jetzt sei noch nicht der richtige Zeitpunkt, mit ihm darüber zu reden.

Kapitel 14
Das Konzert

Eigentlich bin ich ganz froh, ein paar Tage alleine zu sein. Das gibt mir Gelegenheit, in Ruhe mein Leben zu überdenken.

Nachdem Nini gut in Berlin angekommen ist, vertrödle ich die nächsten Tage mit Dingen, zu denen ich schon lange nicht gekommen bin. Seit dem Gewitter ist das Wetter am Bodensee regnerisch und kühl. Ich räume meine Schränke auf und miste alles aus, was mir schon lange im

Weg herumsteht. Ich muss daran denken, dass so ein Ausmisten eine absolut befreiende Wirkung hat. Jawohl, ich werde ein neues Leben beginnen und all die Dinge, die mich belasten, hinter mir lassen. Die alten Zöpfe abschneiden, so sagt man doch. Bei der Gelegenheit fällt mir Eva ein, und ich lade sie auf ein Gläschen Wein zu mir ein. Sie bringt ihr Friseurköfferchen mit und färbt mir ein paar schicke neue Strähnen. Voilà, so sehe ich jedenfalls gut genug aus, um mich irgendwo neu zu bewerben. Eva findet die Idee mit dem eigenen Café jedoch viel besser. Nachdem wir eine ganze Flasche vom guten Römfeld-Tropfen geleert haben und immer noch auf dem lila Sofa sitzen, sagt sie: »Weißt du, ich kann dir nur raten: Mach dein eigenes Ding. Die Männer sind doch alle gleich. Klar kannst du auch auf das Weingut ziehen und dort bei Leon leben. Aber für die Familie wirst du immer das arme Hascherl sein, das nix hat und nix ist. Und du wirst dein Leben lang versuchen, dich bei der Ollen einzuschleimen, und es ihr trotzdem nicht rechtmachen, während sich dein Leon mit der hübschen Anouk oder sonst einer anderen amüsiert. Und irgendwann bist du alt, und es wird zu spät sein, etwas Neues zu beginnen.«

Ich habe den Verdacht, dass sie nur wegen Tim so verbittert und negativ ist.

»Weißt du, ich habe den Rat der Psychologen befolgt und eine Pro- und Contra-Liste erstellt«, erzähle ich ihr. »Soll man doch so machen, oder nicht? Wenn man eine Entscheidung treffen will und sich unsicher ist, soll man alles aufschreiben, was dafür spricht und was dagegen.«

»Aha«, sagt sie. »Und wie ist das Ergebnis?«

»Ach, Eva, ich weiß es nicht. Es gibt so viel, was dafür

spricht. Ich meine, wir lieben uns. Wir sind drei Jahre zusammen. Warum sollen wir es nicht wagen und einen Schritt weiter gehen? Jetzt ist die Gelegenheit. Wenn wir es jetzt nicht tun, wann dann?«

Sie wartet einen Augenblick, ob ich noch etwas sagen will, und meint dann: »Ich glaube, ich könnte dir leichter dazu raten, wenn es nur darum ginge, dass ihr beide zusammenzieht. Aber du musst dein ganzes bisheriges Leben aufgeben und zu ihm und vor allem zu seiner Familie ziehen. Ich weiß nicht, ob du das schaffst.«

»Jetzt übertreibst du aber«, sage ich und knuffe sie in die Seite.

»Ich meine, es sind ja nicht die Windsors. Und ich werde ja nicht nach Alaska oder sonst wohin ziehen, sondern nur nach Hagnau.«

»Na ja …«, Eva ist nicht überzeugt, »nach all dem, was du mir erzählt hast, ist es schon so ähnlich wie bei den Windsors. Und denk daran, was aus Lady Di geworden ist …«

Ich glaube, wir sind beide schon ein bisschen betrunken.

»Was sagt eigentlich Nini dazu?«, fragt Eva noch.

»Tja, Nini …, also, sie weiß es noch gar nicht. Dass ich arbeitslos bin, meine ich. Und dass ich mit dem Gedanken spiele, vielleicht mit ihr zu Leon auf das Weingut zu ziehen. Wobei Leon vorgeschlagen hat, Nini könnte auch nach Schloss Salem gehen …«

»Was?« Eva hebt fragend eine Augenbraue. »Er hat *was* vorgeschlagen? Er weiß aber schon, dass Nini dein Leben ist, oder?«, fragt sie empört.

»Ja, klar. Und darum will er ja nur das Beste für sie. Weißt du, wenn man das Abi auf Schloss Salem macht, dann hat man die besten Voraussetzungen später …, und sie ist immerhin schon 17.« Während ich das alles so dahinsage, merke ich auf einmal, dass ich im Grunde auch mich selbst überzeugen will.

»Hm«, antwortet Eva darauf nur.

»Das musst du selbst wissen, aber überleg es dir gut. Nini aus der Schule zu nehmen und selbst auf das Weingut zu ziehen, ist wirklich eine tief einschneidende Veränderung in euer beider Leben. Und diese Entscheidung solltest du nicht treffen, weil du gerade arbeitslos geworden bist. Überleg es dir gut. Wenn du Leon so sehr liebst, dass du dir vorstellen kannst, mit ihm bis ans Ende eurer Tage gemeinsam glücklich zu sein, kannst du es wagen, egal, wie seine Familie ist. Wenn die Liebe groß genug ist, übersteht sie alles. Wenn du aber den leisesten Zweifel hast, dann lass es.«

»Wenn die Liebe groß genug ist«, wiederhole ich ihre Worte …

»Wie ist das mit dir? Wie groß ist die Liebe zu Tim? Groß genug, ihm zu verzeihen?«

Darauf weiß sie keine Antwort.

»Natürlich liebe ich Tim immer noch, das kann man nicht von heute auf morgen auslöschen. Aber er hat mich einfach sehr verletzt, indem er Kontakte zu anderen Frauen gesucht und aufgebaut hat. Weißt du, ob ich ihm irgendwann verzeihen kann oder ob ich vielleicht mein eigenes Leben aufbauen soll, darüber mache ich mir im Moment keine Gedanken. Ich bin immer noch viiiiel zu wütend auf ihn. Aber stell dir vor …«, sie fängt an zu kichern, »ich hab was ganz Verrücktes getan. Ich wollte ihm auch mal ein Rätsel aufgeben, und da hab ich online einen Blumenstrauß bestellt, an mich schicken lassen, natürlich nach Hause, und eine Karte dazu, auf der stand: ›Liebe Eva, es ist so schön, dass wir uns kennengelernt haben. Leider muss ich geschäftlich für ein paar Wochen nach Hong Kong. Aber ich freue mich schon auf unser Wiedersehen. Bis dahin pass gut auf dich auf. Liebe Grüße Martin‹.«

»Das hast du nicht getan!«

»O doch. Das war echt super. Und so ein schöner Blumenstrauß, richtig edel. So was hätte Tim mir nie geschickt.«

»Martin? Wie kommst du denn darauf?«

»Ach, irgendwas musste ich mir ja einfallen lassen. Und Tim hat natürlich gleich gefragt, wer denn dieser Martin sei. Und ich hab ihm gesagt, ich hätte Martin kennengelernt, als ich seiner Schwester die Haare gemacht habe. Wir wären uns gleich sympathisch gewesen und so weiter …, aber alles natürlich rein freundschaftlich. Ich wollte Tim einfach auch mal wehtun, so wie er mir. Und jetzt ist er eifersüchtig und fragt immer: ›Na, triffst du dich heute mit Martin?‹ Oder: ›Ist Martin jetzt wieder zurück?‹ Mir tut das echt gut. Ach, Süße. Ich glaube, wir beide, du und ich, brauchen Zeit, uns über unsere Männer klar zu werden. Du hast die doch jetzt. Denk in Ruhe über alles nach. Niemand drängt dich. Versuch herauszufinden, was dich glücklich macht.«

Ja, wenn ich das nur wüsste.

Was mich wirklich glücklich macht, ist auf jeden Fall die ›Butterblume‹. Da ich sonst nicht viel mit meiner Zeit anzufangen weiß, fahre ich in dieser Woche mehrmals zufällig dort vorbei. Nur Christian ist nie da. Wahrscheinlich geht er mir aus dem Weg, damit ich ihn nicht noch einmal wegen meiner ›Miet-Idee‹ ansprechen kann. Dafür treffe ich hin und wieder Frieda und trinke ostfriesischen Tee bei ihr, der bei dem wechselhaften und kühlen Wetter noch besser schmeckt. Sie freut sich jedes Mal sehr über meinen Besuch, denn sonst kommen hier nicht so viele Leute vorbei und sie hat ja keine Familie. Bei unseren Gesprächen kommen wir auf alles Mögliche, und natürlich weiß sie längst, was geschehen ist. Schon als ich das erste Mal diese Woche bei ihr war, fragte sie mich, ob wir uns nicht duzen wollten. Meinen ›Butterblumentraum‹ kennt sie ja schon, und auch von Leon habe ich erzählt. Also weiß sie genau, wie ich mich fühle und dass ich nicht weiß, wie es weitergehen soll.

»Wenn es so weit ist, wirst du es genau wissen, glaub mir«, tröstet sie mich. »Manchmal steht man an einer Kreuzung und weiß nicht, welchen Weg man einschlagen soll.« Wir sitzen heute drinnen in ihrem gemütlichen Wohnzimmer und trinken Tee an einem kleinen Teetisch, den sie aus Ostfriesland mitgebracht hat. »Man hat keine Ahnung, welches der richtige Weg sein mag, und man hat Angst, man könnte sich für den falschen entscheiden und das später möglicherweise bereuen. Und dann, irgendwann, geschieht eine Kleinigkeit, und diese öffnet einem die Augen. Und man sieht den Weg ganz klar vor sich … Und es ist einem völlig egal, ob es vielleicht der falsche Weg ist. Weil er in diesem Augenblick der richtige ist.«

Sie ist so klug. Aber …,na ja, sie hat mir natürlich einiges an Lebenserfahrung voraus.

»War das bei dir und deinem Hermann so?«, frage ich sie.

Sie lächelt und schenkt uns noch einmal Tee nach. Dabei bemerke ich, wie ihre Hand zittert.

»Ja, genau. Obwohl ich keine einzige Sekunde gezögert habe, ihm auf diesem Weg zu folgen. Es hätte für mich keinen anderen gegeben. Und ich habe meine Entscheidung wirklich nie bereut. Ich glaube, wenn man sich wahrhaftig sicher ist, dann zweifelt man nicht.«

Das gibt mir zu denken.

»Ach, wenn ich nur wüsste, welches der richtige Weg für mich ist«, seufze ich. »Ich meine, ich liebe Leon. Aber das Leben auf dem Weingut mit seiner Familie erscheint mir so kompliziert. Vielleicht tue ich seiner Mutter unrecht, aber sie behandelt mich immer so, als müsste ich froh sein, dass ihr toller Sohn sich überhaupt für mich interessiert, wo es doch so viele Frauen gibt, die schöner und reicher sind als ich.«

»Davon solltest du dich nicht beirren lassen«, rät Frieda mir.

»Du hast so viel in die Waagschale zu werfen, vergiss das nicht. Immerhin hat sich dein Leon in dich verliebt. Wenn er nur irgendeine Frau mit Geld wollte, hätte er im Golfclub weiß Gott genug Gelegenheit gehabt. Denk immer daran: Wer einen König will, muss sich wie eine Königin fühlen. Wer sich wie ein Bettler benimmt, wird auch so behandelt. Du solltest an deinem Selbstbewusstsein arbeiten.«

So ähnliche Worte habe ich auch schon von meiner Mutter und Eva gehört. Aber das ist leicht gesagt, wenn man gerade seinen Job verloren hat.

»Ich weiß einfach nicht, was es mit diesem Traum von dem ›Café Butterblume‹ auf sich hat. Ich kann an fast nichts anderes mehr denken, obwohl es so abwegig ist.«

Und ich erzähle Frieda, wie ich neulich mit Christian im Innern des Hauses war. An dem Tag, als das schwere Gewitter plötzlich über uns hereinbrach.

»Ach, dann hast du den Enkel von Frau Lange ja bereits kennengelernt?«, fragt sie mich.

»Ja, genau genommen, kennen wir uns, seitdem ich das erste Mal hier war. Aber da habe ich ihn für den Gärtner gehalten und ziemlich angeranzt, weil er sich an dem Magnolienbaum zu schaffen gemacht hat.« Ich muss lachen, als ich an meine erste Begegnung mit Christian denke. Frieda findet das auch witzig, und wenn sie lacht, sieht man tausend kleine Fältchen in ihrem Gesicht.

»Nein, Christian ist Rechtsanwalt wie sein Vater. Sein Onkel auch, soviel ich weiß. Aber der ist vor vielen Jahren ausgewandert, nach Kanada. Das war schon schlimm für die Frau Lange, erst den Mann verloren, dann wandert der eine Sohn nach Kanada aus, und zu allem Übel verunglückt der zweite Sohn mit seiner Frau. Blieb nur noch Christian. Die beiden hatten eine sehr enge Bindung, glaube ich. Jedenfalls war er oft an den Wochenenden hier.«

Da fällt mir ein, dass sie mir neulich etwas von einer Frau von ihm erzählt hat, und ich frage sie danach.

»Ja, eine Zeit lang kam auch immer eine hübsche Frau mit, und Frau Lange erzählte mir einmal, sie sei zu der Hochzeit ihres Enkels eingeladen. Aber die habe ich schon lange nicht mehr gesehen. Ich glaube, im letzten Sommer war sie das letzte Mal mit hier. Und im Winter wurde Frau Lange sehr krank und kam ins Krankenhaus. Kurz nach Weihnachten ist sie dann gestorben. Christian habe ich dann bis zum Frühling nicht mehr gesehen.« Sie lächelt wieder.

»Es stimmt schon, man könnte ihn für einen Gärtner halten, mit dem alten Auto und dieser gammeligen Kleidung.«

Komisch. Wo seine Frau wohl ist?

Aber Frieda wechselt das Thema: »Sag mal, Maja, kannst du mich vielleicht mitnehmen, wenn du das nächste Mal in den Supermarkt fährst? Ich hab doch kein Auto und …«

»Natürlich. Das ist doch gar keine Frage. Reicht es am Montag noch, oder soll ich vorher kommen?«

»Aber nein. Montag ist perfekt, dann könnte ich mal ein bisschen mehr einkaufen, man weiß ja nie, ob man vielleicht mal nicht so laufen kann.«

Davon will ich überhaupt nichts hören. Frieda ist so rüstig. Aber ich hätte auch selbst darauf kommen können, sie mal zum Einkaufen mitzunehmen, sie hat ja sonst niemanden.

Durch mein selbst auferlegtes Beschäftigungsprogramm vergeht die Woche zum Glück wie im Flug. Trotzdem vermisse ich Nini ganz schrecklich und frage mich, wie es sein wird, wenn sie eines Tages ausziehen wird. Leon hat wie immer viel um die Ohren. In den Weinreben stehen umfangreiche Laubauslichtungsmaßnahmen an, damit die Trauben mehr Sonnenlicht bekommen. Außerdem müssen einige Weinfeste und Weinmessen geplant werden. Doch wir telefonieren täglich, und Leon erklärt mir jedes Mal, er vermisse mich und freue sich sehr auf das Seal-Konzert auf der Insel Mainau am kommenden Samstag. Ich soll bereits am Nachmittag auf das Weingut kommen, denn er habe eine Überraschung für mich.

Eigentlich passt mir das gar nicht. Am Samstag kehrt Nini von ihrer Klassenreise zurück, und am Abend steigt die große Sommerparty bei den Koflers, da wäre ich gerne zu Hause gewesen, um ihr ein wenig Mut zu machen. Anscheinend ist das aber gar nicht nötig, denn als ich ihr das am Telefon sage, lacht sie mich aus.

»Ach, Mami, natürlich gehst du zu Leon. Das ist dein Geburtstagsgeschenk, und da gehört die Überraschung doch dazu. Verdirb ihm jetzt bloß nicht die Freude … Ich bin sowieso nur kurz daheim, um mich umzuziehen. Das heißt, falls wir überhaupt pünktlich zurück sind. Und dann holt Marcus mich ab, und wir fahren zu der Party. Also geh nur. Du hast sicher nichts dagegen, wenn ich bei Marcus bleibe, oder? Sonst muss er mich mitten in der Nacht nach Hause fahren und darf keinen Tropfen trinken.«

Nein, natürlich habe ich nichts dagegen. Also werden wir uns wohl erst am Sonntag sehen, wollen aber auf jeden Fall am Samstagabend noch telefonieren. Schließlich muss ich wissen, ob sie wieder gut in Überlingen gelandet ist. Man hört ja immer so viel von Busunglücken.

Am Samstagnachmittag treffe ich pünktlich zur verabredeten Zeit auf dem Weingut ein. Im Gepäck habe ich mein neues grünes Kleid und die passenden Ohrringe, die Nini mir zum Geburtstag geschenkt hat. Außerdem ein Paar bronzefarbene Sandalen mit nicht allzu hohen Absätzen, damit wir auf der Insel Mainau gut laufen können, und meine weiße Jeansjacke. Leon ist noch im Büro, aber Katharina steht in einem fliederfarbenen Leinenkleid vor dem Haus und schneidet Duftrosen. Ich muss an Emily denken und wie sie aus den Rosen so wunderbare Gestecke gezaubert hat. Ist das wirklich erst eine Woche her? So viel hat sich in meinem Leben seitdem verändert … Katharina ist bemüht, ein Gespräch mit mir zu beginnen.

»Leon und Anouk müssen noch einige Details über das Weinfest in Hagnau besprechen«, sagt sie so nebenbei. »Anouk hat ein paar gute Ideen, wie wir uns auf der Weinmesse in Düsseldorf präsentieren können. Das hat sie sicher zu Hause gelernt. Weißt du, Anouks Familie hat ein schönes Weingut im Burgund.«

Aha. Die Gute ist nicht nur hübsch, sondern auch noch begütert.

»Warum arbeitet sie dann hier?«, erlaube ich mir die Frage.

»Um ihre Kenntnisse zu erweitern. Und sie kam gerade zur rechten Zeit. Leon und Robert können die ganze Arbeit wirklich nicht mehr alleine bewältigen.« Und dabei sieht sie mich vorwurfsvoll an.

»Ist Emily zu Hause?«, frage ich, weil ich keine Lust auf weitere Lobeshymnen über Anouk habe.

»Ja, ich glaube, sie ist oben«, sagt Katharina und widmet sich wieder ihren Rosen.

Als ich in Emilys Zimmer komme, sitzt sie mit dem Rücken zur Tür an einem großen Tisch … An einer Nähmaschine?

»Hi!«, rufe ich ihr fröhlich zu, damit sie nicht erschrickt, wenn ich auf einmal hinter ihr stehe.

»Oh, hallo, Maja, ich hab dich gar nicht kommen hören.« Auf dem Tisch liegen ein paar Meter von demselben tollen türkisfarbenen Stoff, aus dem auch die Kissen sind. »Na, mal wieder auf Besuch bei meinem Bruderherz?«, fragt sie freundlich, steht auf und umarmt mich kurz. Seit unserem gemeinsamen Rosen-Dekorieren ist sie so ganz anders zu mir, und ich freue mich über die herzliche Begrüßung.

»Was machst du Schönes?«, frage ich sie. »Das sieht ja toll aus.«

»Ach, nichts Besonderes. Ich will mir nur ein paar Schals für die Fenster nähen. Sahen so nackt aus, und ich hatte noch etwas Stoff über.«

»Soll das heißen, du hast auch die Kissen selbst gemacht?«, frage ich ungläubig.

»Ja, klar. Das ist doch nicht schwer.« Sie lacht und bietet mir einen Platz an. Das ist jedoch nicht so leicht, weil überall ein bisschen was herumliegt. Wie angenehm, wo doch unten und auch bei Leon alles immer so unglaublich aufgeräumt ist.

Ich setze mich kurz auf ihr Bett, und wieder fällt mir das Bild des jungen Mannes auf, das auf ihrem Nachttisch steht.

»Hübscher Typ. Verrätst du mir, wer das ist?«, frage ich sie. Ihre Gesichtszüge verdüstern sich.

»Vielleicht ein andermal«, antwortet sie muffig. Also doch eine unglückliche Liebe, wegen der sie so überraschend aus Florenz zurückkam. Das hatte ich ja schon vermutet. Aber ich will nicht neugierig sein, deshalb greife ich das Deko-Thema wieder auf.

»Du bist wirklich unglaublich geschickt. Ich wünschte, ich könnte auch so hübsche Dinge selber herstellen …«

Emily freut sich über das Lob und sagt gerade: »Ich hab schon immer gerne solche Sachen gemacht, aber außer dir hat sich noch nie jemand dafür interessiert«, als Leon hereinkommt und mich zum Aufbruch drängt.

Keine Ahnung, was er mit mir vorhat, aber ich lasse mich überraschen. Ich winke Emily zu und eile Leon hinterher.

Na super, Katharina und Susann sitzen auch im Auto. Diesmal fahren wir mit dem Geländewagen, und es geht nach Friedrichshafen. Ich habe so eine Ahnung …, und als wir vor dem großen Modehaus Singer stehen, weiß ich, was er mit der ›Überraschung‹ gemeint hat. Mir schwant Übles. Kaum haben wir das Geschäft betreten, rauscht auch schon Frau Singer auf uns zu. In der Hand hält sie für jede Dame ein Glas Prosecco und zu Katharina sagt sie gleich: »Schön, Sie zu sehen, Frau Römfeld. Ich habe da brandneu etwas für Sie hereinbekommen. Sie werden begeistert sein.«

Susann macht große Augen, dann wendet sie sich einem Ständer mit Balenciaga-Taschen zu.

Leon nimmt sich auch ein Glas und sagt dann zu Frau Singer: »Eigentlich sind wir wegen meiner Lebensgefährtin gekommen. Ich möchte ihr ein Kleid schenken.«

Frau Singer taxiert mich von oben bis unten und überlegt wahrscheinlich gerade, ob sie in ihrem superedlen Geschäft mit all den Designermodellen überhaupt *irgendetwas* in Größe 40 findet. Mir wird himmelangst. Was, wenn ich in nichts hineinpasse? Das wird doch die Blamage vor den Römfelds. Schade, dass Emily nicht wenigstens dabei ist.

»Warum ist Emily eigentlich nicht mitgekommen?«, frage ich Leon, während Frau Singer und eine ebenso superdünne wie supernervöse Mitarbeiterin ausschwärmen, um etwas ›gaaaaanz Tolles‹ für mich zu finden. Leon macht eine abwertende Handbewegung.

»Ach, Emily. Hast du dir schon mal ihre Fähnchen angeschaut, die sie so trägt? Die würde hier nichts finden. Außerdem hat sie anscheinend etwas vor.«

Ich sehe mich um. Alles sieht wirklich richtig schick und edel aus und ist farblich aufeinander abgestimmt. Ich muss an den Satz von Susanne Fröhlich denken, den sie erst kürzlich in einem Interview sagte: ›Marilyn Monroe könnte hier gerade mal einen Schal kaufen‹ – und muss lächeln. Eine Handtasche und Schuhe vielleicht, möchte ich ergänzen. Wie sich das Schönheitsideal doch verändert hat. Früher waren Frauen schön und sexy, wenn sie ein paar Rundungen vorzuweisen hatten. Heute sind sie dann gleich ›fett‹. Dabei frage ich mich manchmal, ob nicht ein bisschen ›mehr‹ auch ein bisschen netter wäre, zumindest an manchen Frauen. Natürlich gibt es auch welche, die eindeutig zu dick sind. Das finde ich auch nicht gerade schön. Aber manchen würden ein paar Kilos mehr wirklich gut zu Gesicht stehen, zum Beispiel Susann, die gerade in einem gerade geschnittenen, grauen Leinenkleid von Strenesse aus der Umkleide kommt. Also, ich finde es grauenvoll. Es hängt an ihr wie ein Sack, und unten schauen ihre spitzen Knie heraus. Ihr Dekolleté sieht aus wie eine eingefallene Hühnerbrust, aus der die Knochen herausstehen. Ich denke, sie macht ein bisschen zu viel Sport.

»Superedel«, sagt Frau Singer gerade zu ihr. »Pures Understatement. Sieht richtig elegant aus zu Ihrem Teint.«

Ich muss mich wegdrehen, denn sonst sieht sie in meinem Gesicht, was ich gerade denke. Doch es ist zu spät.

Sie kommt auf mich zu und lotst mich zu einer anderen Umkleidekabine. Dort hängt sie fein säuberlich ein auberginefarbenes zweiteiliges Kleid von Sonia Rykiel hinein.

»Wir wollen Sie aber darin sehen«, zwitschert sie fröhlich, bevor sie den seidenen Vorhang hinter mir zuzieht. Mir bricht der Schweiß aus. Aubergine ist gar nicht meine Farbe, und auch der Schnitt ist unvorteilhaft für mich. Ich traue mich kaum aus der Kabine, aber es muss sein. Ich werde erwartet, und zwar von beiden Römfeld-Damen, Leon und allen arroganten Singer-Verkäuferinnen.

»Also, ich weiß nicht …«, sage ich, als ich es endlich wage und herauskomme.

Leon schüttelt den Kopf. Na, immerhin. Wenn es auch ein wenig demütigend ist, in sein missbilligendes Gesicht zu sehen.

Susann streckt mir ein orangefarbenes Kleid von Hervé Leger in die Kabine, gerade, als ich in Unterwäsche versuche, den Bauch einzuziehen. Warum habe ich nicht figurformende Wäsche an, dann wäre es nicht ganz so blamabel.

Frau Singer versucht es noch mit einem cremefarbenen, hautengen Kleid von Chloe, und danach, nachdem sie lauthals verkündet: »Also, ein Kleid ist wohl nichts für sie, sie hat ja oben mehr wie unten, bei solchen Problemfiguren ist es vielleicht besser, auf einen Rock mit Bluse auszuweichen …«, hängt sie mir diverse andere Kleidungsstücke in die Kabine.

Ich sitze verzweifelt auf dem Hocker und habe überhaupt keine Lust mehr, *irgendetwas* anzuprobieren. Ich kann mir gut vorstellen, wie Susann jetzt feixt, weil sie zwischen mehreren Teilen in Größe 34 wählen kann. Am liebsten würde ich mir ein Polohemd und Jeans bringen lassen, da bestünde eine reelle Chance, dass sie passen. Als Leon in die Kabine schaut, um nachzusehen, wo ich so lange bleibe, sage ich ihm das. Er sieht mich vorwurfsvoll an, verschwindet dann aber, um Frau Singer meine Idee mitzuteilen. Ja, da sitze ich hier im schönsten und teuersten Laden der Stadt, darf mir etwas aussuchen und finde *nichts*. Noch nie im Leben habe ich mich derart mies und undankbar gefühlt. Da fällt mir ein, was Frieda erst gestern zu mir gesagt hat. Ich soll mich wie eine Königin fühlen, wenn ich einen König haben will, und nicht wie ein Bettler auftreten oder so ähnlich. Recht hat sie. Ich atme tief durch, straffe die Schultern und verlasse die Kabine mit einem Arm voller nicht anprobierter Kleidungsstücke.

»Also, das ist alles nicht mein Stil«, verkünde ich selbstbewusst. »Ich würde mich gerne selbst ein wenig umschauen.« Und mit diesen Worten drücke ich Frau Singer die Sachen in die Hand. Viel Spaß beim Aufhängen. Schon fühle ich mich viel besser. Beim Stöbern durch die Kleiderständer entdecke ich eine zauberhafte weiße Bluse mit Rüschen von Gant und tolle Jeans von Seven for all Mankind, die ich mir selbst nie leisten könnte. Ab in die Kabine damit.

Leon ist froh, dass er mir eine Freude machen konnte. Und ich erst. Das war richtig anstrengend. Katharina hat sich einen Kaschmirpulli von Ftc Cashmere gegönnt und Susann tatsächlich das Sackkleid von Strenesse. Ich hätte sie ja gern davon abgehalten, aber da ich in ihren Augen in keinster Weise kompetent bin, bezweifle ich, dass sie einen Rat von mir angenommen hätte. Wir fahren zum Gut zurück, und unterwegs lese ich eine SMS von Nini:

›Sind wieder gut in Übi angekommen. Keine Sorge, Mami, alles super. Fahren gleich zu Marcus. Bis morgen, Kuss Nini.‹

Erleichtert packe ich die neuen Jeans aus. Natürlich erwartet Leon von mir, dass ich sie heute Abend tragen werde. Ok, es gibt schließlich Schlimmeres. Obwohl ich heute eigentlich das neue grüne Kleid anziehen wollte, aber ich will ihm nicht die Freude verderben. Mit der hübschen Bluse und den Sandalen sehe ich ganz passabel aus. Vielleicht sind Jeans am Abend ohnehin besser, falls es ein wenig kühl wird. Wir fahren mit der Fähre von Meersburg nach Konstanz, steigen aus und lassen uns den Abendwind vom See um die Nase wehen. Ich liebe es, auf dem Wasser zu sein. Besonders heute Abend leuchtet der See im warmen Licht der Abendsonne in den schönsten Blautönen, und viel zu schnell kommen wir in Konstanz an. Der Weg zur Insel Mainau ist nicht weit, wir stellen das Auto auf dem großen Parkplatz ab und gehen zu Fuß über die kleine Brücke auf die Insel. Die Atmosphäre hier ist immer wieder einmalig schön. Wir laufen Hand in Hand an den vielen mit Stiefmütterchen bepflanzten Blumenbeeten vorbei und genießen die herrliche Abendstimmung. Tagsüber ist auf der ›Blumeninsel im Bodensee‹ natürlich immer sehr viel los, denn viele Menschen lassen sich von der üppigen Blütenpracht und den hohen alten Bäumen, die hier in diesem mediterranen Klima so prächtig gedeihen, begeistern. Graf Lennart Bernadotte gestaltete den verwilderten Park zu einem Blumen- und Pflanzenparadies um und machte ihn der Öffentlichkeit zugänglich.

Noch heute lebt seine Familie, die das Unternehmen Insel Mainau in seinem und seiner Frau Sinne weiterführt, in dem prachtvollen Barockschloss im oberen Teil der Insel. Direkt davor soll heute Abend das Konzert mit Seal stattfinden, auf das ich mich schon sehr freue. Wir schlendern durch den italienischen Rosengarten vor dem Schloss und machen noch einen Abstecher ins Palmenhaus mit den vielen traumhaft schönen Orchideen. Da wir viel zu früh hier sind, werfen wir auch noch einen Blick ins Schmetterlingshaus, in dem tropisches Klima herrscht und die schönsten Schmetterlinge frei herumfliegen. Puuh, hier ist es so warm, jetzt hätte ich doch lieber ein Kleid an. Daher gehen wir schnell wieder hinaus und holen uns etwas Kaltes zu trinken. Leon erzählt von der Arbeit und seinen Ideen für die Weinmesse Provino und bittet mich, ihn im August nach Düsseldorf zu begleiten. Begeistert sage ich zu und will gerade von Herrn Aschenbrenner erzählen und dass er mich gefeuert hat, als die Vorgruppe bereits zu spielen beginnt. Es ist eine bekannte Rockgruppe aus der Region namens Runlet, und mich hält nichts mehr auf der Parkbank. Rock ist nicht unbedingt Leons Musikgeschmack, und ich ahne, dass er lieber sitzen bleiben würde, doch ich ziehe ihn einfach hoch, und wir gehen zum Schlosshof. Hier steht die Bühne, und die Atmosphäre ist einzigartig. Erwartungsgemäß haben sich viele Hundert Menschen eingefunden, und wir suchen ein gutes Plätzchen, von dem aus man einen perfekten Blick zur Bühne hat. Die Vorgruppe ist mitreißend, der Sänger hat eine fantastische Stimme und kann wirklich mit den Vorbildern Metallica, Nirvana und Guns'n Roses mithalten. Als endlich Seal die Bühne betritt, tobt die Menge. Inzwischen ist es dunkel geworden, und die Stimmung könnte nicht romantischer sein. Bei den langsamen Schmusesongs kuschle ich mich an Leon und singe bei Liedern wie ›Crazy‹ laut mit. Viel zu schnell ist das Konzert vorbei, und ich würde den romantischen Abend am liebsten mit einem Glas Wein auf einer der schönen Parkbänke inmitten von Rosen ausklingen lassen, doch Leon hat am Weinstand Bekannte aus dem Golfclub entdeckt. Leider drehen sich die Gespräche mal wieder um Golf und das Geschäft, und ich merke, dass mich das lange Stehen heute Abend müde gemacht hat. Verstohlen blicke ich auf mein Handy und entdecke eine neue SMS von Nini.

›Wow, Mami, die Kleider hier solltest du sehen. Vermiss dich, wär schön, wenn du da wärst. Kuss Nini.‹

Zum Glück kann ich Leon überreden, nicht mehr allzu lange zu bleiben, obwohl er schon wieder in seinem Fahrwasser ist und über seine tollen Reben und Geschäfte spricht. Als wir in meiner Wohnung ankommen, sind wir beide ganz schön müde und fallen nur noch ins Bett. Während mir schon fast die Augen zufallen, fällt mir ein, dass ich ihm immer noch nicht erzählt habe, dass ich keinen Job mehr habe. Aber irgendetwas hält mich davon ab. Ob es Angst davor ist, er könnte mich bitten, zu ihm zu ziehen?

Der nächste Morgen ist schön und sonnig, und wir genießen eine Tasse Kaffee zusammen, bevor Leon wieder zurück muss. Als Selbstständiger hat er natürlich nicht automatisch am Wochenende frei – so wie ich. Was heißt, so wie ich? Ich habe ja jetzt immer frei. Das weiß er nur nicht, genauso wenig wie Nini übrigens …

Als ich Leon zur Tür begleite, fühle ich mich furchtbar mies. Leon hat sich so viel Mühe gegeben, mir gestern einen schönen Tag zu bieten …, und was tue ich? Ich fühle mich in dem superedlen Modehaus schrecklich, bin genervt von seiner Familie, ziehe notgedrungen sein Geschenk, immerhin 200-Euro-Jeans, an … und bin ihm gegenüber unaufrichtig. Er wünscht mir einen schönen Sonntag und einen guten Start in die Woche und küsst mich noch einmal zärtlich. Jetzt wäre eine gute Gelegenheit zu sagen, dass ich morgen gar nicht zur Arbeit muss, aber er ist schon unten an der Treppe angekommen. Was ist nur los mit mir? Am liebsten würde ich ihm hinterherrennen … Und das tue ich jetzt auch. Barfuß und in meinem uralten Seidenkimono, den ich mal von Eva von einer Asienreise mitgebracht bekam, noch bevor diese verheiratet war. Aber ich sehe nur noch den schwarzen Porsche um die Ecke biegen. Verflixt. Jetzt fühle ich mich noch mieser. Ich habe die Gelegenheit verstreichen lassen, Leon über meine Situation im Büro reinen Wein einzuschenken. Trotz des witzigen Wortspiels bade ich in Selbstmitleid, als Nini um die Mittagszeit nach Hause kommt. Sie hat immer noch das hübsche Kleid an, das wir zusammen in Konstanz gekauft haben, aber noch bevor sie mir irgendetwas von ihrer Berlinreise oder dem Sommerfest bei den Koflers erzählen kann, fließen bei mir die Tränen.

»Ach, Mami, was ist denn los?«, fragt sie mich, und es tut so gut, sie endlich wieder bei mir zu haben.

Ich rede mir alles von der Seele. Von der ›Butterblume‹, von Herrn Aschenbrenner, von der Kündigung, von der arroganten Katharina und unserem Gespräch neulich morgens, von Leon und dem Kleiderkauf mit Susann. Wirklich alles.

Als ich fertig bin, sagt Nini nur: »Ach, du Scheiße!« Doch dann steht sie auf, lacht und sagt: »Mein Gott, ich dachte schon, es wäre was mit Omi. Zum Glück musst du dich nicht länger für diesen Vollidioten abrackern … Der hat dich sowieso nur ausgenutzt. Das hat mich schon lange aufgeregt. Soll doch die doofe Irma das jetzt machen. Aber die hat viel zu viel Angst, sich beim Tippen die Fingernägel abzubrechen. Ganz zu schweigen davon, dass die nicht einen seiner ›Außentermine‹ wahrnehmen kann, wenn er auf dem Golfplatz ist, es sei denn, es sind Russen …«, kichert sie.

»Mensch, Nini. Verstehst du nicht? Ich bin jetzt arbeitslos. Gut, ich bekomme noch drei Monate mein Gehalt, aber was ist dann?«

»Meine Güte! Dann bist du halt arbeitslos, na und? Das sind im Moment verdammt viele, und die meisten, ohne dass sie etwas dafür können. Jetzt hab nicht so ein Problem damit. Erstens bekommst du, wie du schon sagtest, noch drei Monate dein Gehalt. In dieser Zeit kannst du in Ruhe überlegen, was du tun willst. Und zweitens hast du die letzten Jahre immer nur gearbeitet. Jetzt genieße doch einfach mal ein bisschen das Leben. Keine Panik, Mami.«

Sie nimmt mich fest in den Arm. »Ich hab dich lieb. Uns wird schon was einfallen.«

Und mir kommen wieder die Tränen, diesmal, weil ich so gerührt bin.

»Ich will nicht, dass du dich für mich schämen musst … bei deinem Freund und seiner Familie …«, schniefe ich. »Die sind doch alle so reich.«

»Ja, und? Glaub mir, Mami, wenn die wüssten, wie pfiifig du bist. Besonders die Mama von Marcus. Die musst du mal kennenlernen. Sie ist so eine ganz Ruhige, anders als du, nicht so modebewusst. Mehr so der Leinenkleid-und-Töpfer-Typ. Ist ja auch Psychologin. Aber echt supernett. Hab ich schon paar Mal gemerkt, aber gestern Abend war sie besonders lustig. Am Schluss hat sie im Garten mit ein paar Schulfreunden von Marcus einen Joint geraucht«, kichert sie wieder. »Sein Vater ist ein bisschen so ein verdruckter Spießer«, erzählt Nini weiter, »so einer mit Halbglatze, Hornbrille und selbst am Abend im Anzug. Aber das muss man vielleicht auch, wenn man für eine Schweizer Bank arbeitet, hihi.« Sie schafft es tatsächlich, dass ich wieder lächeln kann. »Da waren noch mehr von der Sorte ›Stock im Arsch‹. Männlein und Weiblein. Aber auch ein paar total Nette, hauptsächlich Freunde von seiner Mami. Also, es war echt ein lustiger Abend. Und die Deko hättest du sehen sollen. Es gab ein Riesenbuffet mit Muscheln und Fischen und Salaten und Bowle und Leckeres vom Grill, und Marcus und seine Freunde haben später noch Gitarre gespielt und …« Klingt nach einem entspannten Abend, und sie erzählt so lebendig, dass ich meine Sorgen für eine ganze Weile vergesse.

»Weißt du, Nini, ich habe irgendwie Angst, Leon zu erzählen, dass ich meinen Job verloren habe …, weil ich glaube, er wird uns dann bitten, auf das Weingut zu ziehen«, gestehe ich. Sie sieht mich mit ihren großen blauen Augen an.

»Und warum hast du Angst davor? Möchtest du nicht bei ihm leben?«, fragt sie, während sie begonnen hat, ihre Reisetasche auszupacken.

»Doch, ja, einerseits schon. Aber andererseits sind da seine Mutter und Susann …, das ist nicht immer so einfach mit denen. Und wie wäre es denn für dich? Immerhin müsstest du dann jeden Tag mit dem Bus zur Schule fahren und könntest nicht mehr spontan in die Stadt oder dich mit deinen Freunden treffen …«

»Also, Mami, das ist nun wirklich nicht das Thema. Klar würde ich nur ungern unsere süße kleine Wohnung hier aufgeben und jeden Tag mit dem Bus herumgondeln. Aber es sind doch nur zwei Jahre, dann hab ich das Abi, und wer weiß, wo ich studiere? Und Marcus wohnt ja auch nicht so weit weg von Hagnau. Ok, die beiden, Katharina und Susann, sind ein anderes Thema …, aber gemeinsam werden wir mit denen schon fertig. Und Emily ist ja auch noch da, die scheint ja ganz nett zu sein, wie du erzählt hast. Die wichtigste Frage, die du dir stellen musst, ist doch die, ob du zu Leon *möchtest*? Und die kannst nur *du* dir beantworten.«

Ach, meine Tochter. Muss sie denn *immer* so klug sein? Manchmal habe ich das Gefühl, sie sei die Mutter und *ich* das Kind. Obwohl, das kommt mir irgendwie bekannt vor. Nur umgekehrt. Ob meine Mutter sich auch so fühlt, wenn ich ihr einen Rat gebe? Als hätte sie meine Gedanken erraten, klingelt das Telefon, und sie ist dran. Meine Mutter macht sich Sorgen, weil ich mich die ganze Woche nicht gemeldet habe, obwohl ich doch keinen Job mehr habe. Und damit wir deswegen nicht Hunger leiden müssen, lädt sie uns zum Essen sein.

»Weißt du, Nini, am liebsten würde ich das alte Haus am See mieten und dort ein Café eröffnen.« Ich erzähle Nini von meiner Begegnung mit Christian und dem ›Butterblumen-Traum‹. Ich beschreibe das wunderschöne Haus und den tollen Garten in allen Einzelheiten und wie schön wir dort zusammen leben könnten. Auch das

Atelier beschreibe ich ausführlich und wie geeignet dieser Raum für meine Mutter zum Malen wäre.

»Also, das hört sich ja richtig toll an. Du könntest dich selbstständig machen, und wir beide könnten dir dabei helfen.«

Offenbar habe ich so anschaulich erzählt, dass Nini ganz begeistert ist von meiner Idee.

»Doch für Leon dürfte das ein Problem werden«, gibt sie zu bedenken. »Ich denke, er wird erwarten, dass du dich in seine Firma einbringen wirst …«

»Also bin ich genauso weit wie vorher«, seufze ich. Wieder einmal schiebe ich die Entscheidung beiseite und wir ziehen uns um und fahren zur Omi. Wenn ich die beiden nicht hätte.

Kapitel 15
Die Sommerferien

Das schöne Sommerwetter hält leider nicht an, und die nächste Woche wird grau und trüb. Für Nini geht das Schuljahr zu Ende, und sie muss sich auf einige letzte Klassenarbeiten vorbereiten, aber ich habe keine Bedenken, dass sie die nicht meistern wird. Genug Zeit zum Lernen hat sie jedenfalls, denn ihr Marcus hat das Abitur glänzend bestanden und macht gerade ein Praktikum bei seinem Vater in der Bank in Schaffhausen. Laut Nini hat er zwar überhaupt keine Lust dazu und würde am liebsten etwas ganz anderes machen, zum Beispiel etwas mit Musik. Davon will sein Vater natürlich gar nichts wissen. Wenn sie nicht gerade lernt, machen wir uns ein schönes Leben und gehen bummeln. So langsam gewöhne ich mich an das ›arbeitslose‹ Dasein und fange sogar an, es zu genießen, besonders, als das Wetter wieder richtig schön wird. Auch meine Mutter und Frieda freuen sich, dass ich auf einmal so viel Zeit habe. Für meine Mutter übersetze ich Briefe und gehe mit ihr spazieren oder Kaffee trinken, mit Frieda gehe ich einkaufen oder sitze einfach nur in ihrem schönen Garten und trinke mit ihr Tee. Sie erzählt mir aus ihrem Leben und gibt mir so manchen Denkanstoß, was mein eigenes betrifft. Ich frage mich, warum die meisten Menschen kein Interesse an alten Leuten haben. Gerade die haben viel erlebt und können oft so anschaulich erzählen. So erfahre ich viel über die Jahre im Krieg, über Ostfriesland und schließlich die ersten Jahre am Bodensee, als alles noch ländlich und verschlafen hier war. Ich kann mir das richtig gut vorstellen, wie gemütlich die Zeit damals in den Fünfzigerjahren hier war. Wenn Frieda müde wird, geht sie hinein und macht ein kleines Schläfchen. Natürlich sagt sie das nicht, aber ich habe es eines Tages bemerkt, als wir zusammen im Schatten ihres großen Kirschbaums saßen und ihr während unseres Gesprächs auf einmal die Augen zufielen.

»Ich glaube, ich mach mal einen Spaziergang mit Jojo«, sagte ich beiläufig, »sonst wird die Kleine hier zu fett, was, Jojo?« Und so drehen Jojo und ich regelmäßig eine große Runde und Frieda kann währenddessen in Ruhe ein Nickerchen machen.

Natürlich führt uns der Weg immer an der ›Butterblume‹ vorbei, aber Christian habe ich seit dem Gewitter nicht wieder gesehen. Dafür Herrn Aschenbrenner, der zusammen mit einem anderen Herrn wild gestikulierend im Garten stand. Natürlich sind Jojo und ich schnell weitergegangen, damit er mich nicht bemerkt. Ob er wohl einen Käufer gefunden hat? Bei dem Gedanken daran wird mir übel. Andererseits würden sich meine Überlegungen bezüglich des Cafés dann ein für allemal erledigt haben, und ich könnte das Thema endgültig abhaken. Vielleicht wäre das ein Hinweis darauf, mein eigenes Leben hier in Überlingen endlich aufzugeben und ein neues an der Seite von Leon in Hagnau zu beginnen. Wenn Christian den Wunsch gehabt hätte, mir das Haus zu verpachten, hätte er mir das doch längst mitgeteilt. Schließlich war er ja sonst auch andauernd hier, und erst, seitdem ich den Vorschlag gemacht habe, macht er sich rar.

»Schade«, meint Frieda nachdenklich, als ich ihr meine Bedenken mitteile. »Es wäre so schön gewesen. Was hätten wir für eine nette Nachbarin bekommen, nicht wahr, Jojo? Wir haben uns schon so an dich gewöhnt …, und so ein kleines Café in unmittelbarer Nähe hätte mir auch gefallen. Ich kann mir irgendwie gar nicht vorstellen, dass Christian das Haus so leicht aufgibt. Er hängt doch so an der Gegend hier. Da muss irgendwas anderes noch eine Rolle spielen.«

»Hm, da werden wir wohl nie dahinter kommen, wenn er sich hier nicht mehr blicken lässt«, antworte ich darauf.

»Hast du Leon inzwischen erzählt, dass du deine Arbeit verloren hast?«, fragt Frieda mich dann. Zu meiner Schande muss ich gestehen, dass das nicht der Fall ist. Aber wir haben uns auch wirklich kaum gesehen. Er hat einfach unglaublich viel zu tun im Moment. In den Weinbergen müssen die Triebspitzen abgeschnitten werden, Weinfeste müssen vorbereitet und verschiedene Aktionen wie der Auftritt auf den Weinmessen geplant werden. Außerdem wollen die Römfelds einen weiteren Anbau vornehmen lassen, in dem der Wein gelagert und verkauft werden kann. Deshalb hat Leon viele Termine mit dem Architekten, wegen der Baugenehmigung und so weiter.

»Bist du sicher, dass das wirklich der Grund ist?«, fragt Frieda mich und sieht mich direkt an.

»Oder könnte es nicht sein, dass du die Entscheidung noch ein bisschen vor dir herschieben möchtest und Angst hast, Leon könnte dir die Pistole auf die Brust setzen, wenn er wüsste, dass du eigentlich keinen Grund hast, noch länger in Überlingen zu bleiben? Versteh mich nicht falsch …, du weißt, ich hätte es liebend gern, wenn du hierbleiben würdest. Aber ich denke, Leon und du …, wenn ihr zusammenbleiben wollt, solltest du auch Vertrauen zu ihm haben. Und dann sollte er etwas so Wichtiges wie deine Kündigung wissen." Es stimmt. Ich nehme mir fest vor, Leon am Abend anzurufen und mich mit ihm zu verabreden.

Leider erreiche ich ihn nicht, da er mal wieder unterwegs ist. Er ist mit Anouk in Friedrichshafen und hat dort eine Besprechung mit der Messegesellschaft für die IBO-Messe im kommenden Frühling. Wahnsinn, im nächsten Frühling. Dabei ist es gerade erst Sommer geworden, und wir genießen im Moment die herrlichen Sommertage, nachdem das Frühjahr wirklich sehr durchwachsen war.

Endlich stehen die Sommerferien vor der Tür, und Nini freut sich, dass sie nicht mehr viel zu lernen hat. Wie ich vermutet hatte, bekommt sie ein tolles Zeugnis und kann die Ferien genießen. Wann immer es geht, ist sie mit Marcus zusammen, und deshalb fällt es ihr auch gar nicht schwer, dass wir dieses Jahr nicht in Urlaub fahren können. Wenn das Wetter so schön ist wie im Moment, muss man wirklich nirgendwohin reisen. Der See ist so traumhaft schön, das Wasser ist klar, und es gibt nichts Schöneres, als an einem warmen, langen Sommerabend in einem luftigen Kleidchen an der Uferpromenade zu sitzen und ein Eis zu essen oder ein Glas Wein zu trinken und die Leute zu beobachten. Da Leon mal wieder keine Zeit hat, verabrede ich mich mit Eva, die sich riesig freut, dass wir wieder mal einen ›Mädelsabend‹ verbringen wollen.

Vorher möchte ich mir aber noch einen neuen Bikini oder Badeanzug kaufen, da ich gerne mal ein bisschen schwimmen möchte. Da Friedas Haus so schön am See gelegen ist, brauche ich nicht in ein überfülltes Strandbad zu gehen, sondern kann direkt von ihrer Wiese aus in den See hüpfen. Nini ist heute auch irgendwo am See baden mit Marcus und deshalb kann sie mich bei meiner Badeanzug-Einkaufstour leider nicht begleiten. Aber so schwer wird es ja nicht sein, oder? Ich klappere die einschlägigen Geschäfte in Überlingen ab und beginne in einem Dessous-Geschäft. Hier hängen wirklich wunderschöne Modelle, und ich verschwinde mit einem himmelblauen Hawaii-Bikini, in den ich mich auf den ersten Blick verliebt habe, in der Umkleidekabine. Leider beruht diese Liebe nicht auf Gegenseitigkeit, denn das Oberteil ist viel zu klein und auch die Hose sitzt gar nicht. Zum

Glück hat die Inhaberin anscheinend wirklich Ahnung von den Wünschen ihrer Kundinnen. Im Gegensatz zu vielen anderen Geschäften ist die Beleuchtung gedimmt, der Platz in der Kabine ausreichend und die Anprobe deshalb nicht gar so grauenvoll. Leider nützt das alles nichts, wenn man eindeutig keine Size Zero Größe hat und in einem viel zu kleinen Bikini vor dem Spiegel steht. Wahrscheinlich hat Frau Singer recht, und ich habe wirklich eine Problemfigur … Ich versuche es noch mit einem blauweiß getupften und einem roten Bikini, leider sind beide viel zu teuer. Da ich nicht weiß, wie meine Zukunft aussehen wird, kann ich nicht so viel Geld in einen Bikini investieren, und wer weiß, wie lange das schöne Sommerwetter hält, vielleicht kann ich ihn nur ein paar Mal tragen. Da ich ihn ja sowieso nur in Friedas Garten tragen werde, ist es egal … Also wechsle ich den Laden und versuche mein Glück in einem Sportgeschäft. Den marineblauen Schwimmer-Badeanzug, den ich dort anprobiere, kann ich in 20 Jahren noch tragen. Und der goldene Bikini mit der knackigen Shorts sind eher etwas für die Cote d'Azur als den Bodensee … Ich bin fast geneigt aufzugeben, als ich in der Schnäppchen-Ecke einen schlichten schwarzen Bikini entdecke, der enorm reduziert ist. Er ist eine Nummer größer als meine eigentliche, aber anprobieren kann ich ihn ja mal. Er sieht gar nicht schlecht aus, vor allem passt er mir wenigstens. Meine Arme und Beine sind vom vielen Radfahren schön gebräunt, und ich komme mir nicht einmal so fett darin vor. Gekauft. Das muss gefeiert werden. Als ich aus dem Laden trete, laufe ich direkt in Irma hinein. Ich weiß nicht, wem es unangenehmer ist, mir oder ihr.

»Hallo, Maja …«, sagt sie verlegen.

»Hi, Irma.« Ich versuche, einfach weiterzugehen. Doch sie hält mich auf.

»Äh …,wie geht's dir?«, fragt sie scheinheilig.

Wie's mir geht? Wie soll es mir schon gehen, nachdem ich rausgeschmissen wurde? Ich bin total durch den Wind und habe keine Ahnung, wie es weitergehen soll. Aber ganz sicher werde ich ihr das nicht sagen. Also lüge ich: »Du, alles super. Ich werde demnächst zu meinem Freund ziehen, und bis dahin genieße ich den schönen Sommer. Hab mir gerade einen tollen Bikini gekauft.« Und stolz schwenke ich die Tüte zum Beweis.

»Ach so, ja, dann war es ja gar nicht so schlimm für dich …«, antwortet sie erleichtert. »Aber ich wollte dir trotzdem sagen, dass es … mir leid tut. Ich meine, ich wusste doch nicht, dass er dich gleich entlässt. Dazu war gar kein Grund. Und ich wollte das wirklich nicht.«

»Mach dir darüber keine Gedanken«, sage ich beschwichtigend. »Vielleicht sollte es ja so sein. Jetzt habe ich endlich einen Grund, zu Leon zu ziehen. Und du hast meinen Job, das war doch dein Traum. So hat sich für uns beide alles zum Positiven verändert …«

»Nein, Maja, so ist es nicht. Ich wollte deinen Job nicht, ich meine, ich wusste doch nicht …« Sie stammelt herum. »Er kann manchmal so ungerecht sein. Und er hat oft so schlechte Laune, und dann bin ich an allem schuld, wenn etwas nicht klappt. Dabei macht er selbst so viel falsch und …«

Oh ja, ich weiß. Lange genug habe ich das alles selbst mitgemacht. Und all diese Dinge vermisse ich wirklich überhaupt nicht. Wenn ich so darüber nachdenke, ist es vielleicht gar nicht so schlecht, wie alles gekommen ist. Darum sage ich: »Ist okay, Irma. Ich bin dir nicht böse und wünsche dir alles Gute. Du schaffst das schon, man gewöhnt sich an alles«, damit gebe ich ihr die Hand und gehe weiter.

Sie dreht sich noch einmal um und ruft mir hinterher: »Ach, übrigens, da hat neulich jemand angerufen und gesagt, du hättest recht gehabt. Das Objekt 415 sei gar nicht zu verkaufen.«

Waaaaas? Ich bleibe stehen.

»Was hast du gesagt, wer hat angerufen?« Doch Irma ist bereits auf der anderen Straßenseite und zuckt nur die Schultern. Was hat sie eben gesagt? Die ›Butterblume‹ ist nicht zu verkaufen? Und es hat jemand angerufen? Das kann doch nur Christian gewesen sein. Mein Herz klopft schneller. Vielleicht hat er sich doch entschlossen, das Haus zu behalten. Aber warum ist er dann nie dort? In Gedanken versunken, gehe ich zum See hinunter. Wir haben uns im Eiscafé verabredet, und da Eva noch nicht da ist, bestelle ich mir schon mal einen Erdbeerbecher. So dick sah ich in dem Bikini gar nicht aus. Außerdem sitze ich ja jetzt nicht mehr ständig am Schreibtisch, sondern habe dank Jojo regelmäßig Bewegung.

Auch Eva sieht gut aus und ist schon reichlich braun, dazu wie stets superschlank. Ihre blonden Haare hat sie toll geföhnt und sie trägt knackige weiße Capri-Jeans mit einem türkisfarbenen Top. In den Ohren baumeln türkisfarbene Ohrringe, selbst ihre Fußnägel sind in dieser Farbe lackiert. Das kann man gut erkennen, weil ihre Füße in neuen silbernen Sandalen stecken. Insgesamt sieht sie einfach gut aus, und ich sage ihr das auch. Also wenn man so aussieht, wenn man eine Ehekrise hat, dann wundere ich mich, warum nicht mehr Leute heiraten. Sie lacht und sagt geheimnisvoll, nachdem auch sie einen Eisbecher bestellt hat: »Danke. Aber mir geht's auch richtig gut im Moment.«

»Eine neue Liebe?«, frage ich neugierig.

Sie lacht: »Nein, die alte.«

Ich bin verblüfft. Hat sie mir nicht vor Kurzem noch erzählt, dass die Männer alle Schweine sind, besonders ihr Tim? Und jetzt sitzt sie strahlend vor mir und sieht aus, als wäre sie frisch verliebt … In ihren eigenen Mann!

»Also, das musst du mir erzählen«, bitte ich sie. »Irgendwo fehlt mir da ein Stück des Films …«

»Tja, da gibt es eigentlich nicht viel zu erzählen …«, antwortet sie, und währenddessen bemerke ich, dass sie viele Blicke der vorbeilaufenden Männer auf sich zieht.

»Ich hatte ja eigentlich mit meiner Ehe abgeschlossen und war schon dabei, nach einer Wohnung zu suchen. Für die Kinder, aber auch für mich war das eine ganz furchtbare Zeit. Zumal Tim ja immer da war und mit leidendem Gesicht herumlief. Na ja, und eines Abends, als die Mädels auf einer Schulparty waren, kam Tim zu mir …, und stell dir vor: Er fiel doch tatsächlich vor mir auf die Knie und bat mich um Verzeihung. Ich und die Kinder wären sein Leben und er hätte doch nie etwas tun wollen, um mich zu verletzen oder uns zu verlieren. Ja, und dann haben wir eine Flasche Rotwein aufgemacht und uns richtig ausgesprochen.«

Ich bin baff. Natürlich freue ich mich für Eva, dass es ihr wieder gut geht.

»Ich habe mich gar nicht getraut, dir zu sagen, dass wir uns wieder versöhnt haben. Weil ich doch immer so auf Tim geschimpft habe«, gesteht sie mir.

»Mensch, Eva, was für ein Blödsinn! Ich freu' mich doch für dich.«

Und das meine ich ehrlich. Wir bestellen zwei Gläser Prosecco und stoßen auf Evas neues altes Glück an.

»Weißt du, ich glaube, ich habe auch so einiges falsch gemacht. Tim hat mir zum Beispiel vorgehalten, er sei sich in der letzten Zeit nur noch wie ein Möbelstück vorgekommen. Mein Alltag war so straff durchorganisiert mit dem Job und den Kindern, dass für ihn gar keine Zeit mehr blieb. Er kam sich manchmal richtig überflüssig vor, es sei denn, ich brauchte ihn als ›Babysitter‹ für die Kinder, weil ich mal wieder Termine hatte. Das soll keine Entschuldigung sein, aber unsere Zweisamkeit blieb einfach auf der Strecke.«

»Und da hat er sich die Bestätigung bei anderen Frauen gesucht?«, frage ich sie.

»Die armen Männer. Immer sind wir Frauen schuld. Sie benehmen sich mies, und wer ist schuld? Die Frau natürlich.«

Obwohl ich ja insgeheim gehofft habe, Eva würde Tim noch einmal eine Chance geben, bin ich ein wenig wütend über diese blöde Einstellung. Eva muss lachen.

»Ja, richtig. Deshalb habe ich es ihm auch nicht so einfach gemacht und ihn ordentlich zappeln lassen. Aber er hat einfach nicht lockergelassen und alle Register gezogen, so richtig mit Blumen und Essengehen und allem Drum und Dran, inklusive Verführung im Schlafzimmer …« Sie kichert. »Das tut schon gut, als Frau mal wieder so richtig umworben zu werden.«

»Ja, und so hat er dich dann wieder rumgekriegt?«

Sie lächelt als Antwort.

»Weißt du, eine lange Ehe ist harte Arbeit. Und ich weiß auch nicht, ob es sich lohnt. Aber wenn ich in die glücklichen Gesichter meiner Kinder sehe, dann denke ich, ja. Du glaubst gar nicht, wie die gelitten haben. Und jetzt sind sie wie ausgewechselt. Ich weiß nicht, ob ich das Tim je verzeihen kann. Vergessen bestimmt nicht, dafür war die letzte Zeit einfach zu demütigend. Aber wir wollen es noch mal versuchen. Jetzt fliegen wir erst mal in die Türkei und machen Urlaub mit der ganzen Familie. Die Mädels freuen sich riesig.«

Ich nehme sie in die Arme. Sie hat eine miese Zeit hinter sich, und es tut gut, sie wieder glücklich zu sehen. Ich hoffe wirklich, dass Tim seine Lektion gelernt hat und sie nicht wieder enttäuscht. Im Moment sieht es nicht danach aus. Wahrscheinlich ist das im Leben so, man kann die Höhen nur dann richtig genießen, wenn man die Tiefen erlebt hat. Und in einer so langen Ehe kann immer mal was vorkommen. Da kann ich wirklich nicht mitreden. Wir sitzen noch lange in dem kleinen Eiscafé an der Promenade. Inzwischen ist es dunkel geworden und der Kellner hat ein Windlicht angezündet. Wir haben das Thema gewechselt und reden über meine Unentschlossenheit. Fast bin ich ein bisschen neidisch. Alle um mich herum sind verliebt und wissen, wo ihr Platz im Leben ist: meine Mutter, Nini und Eva jetzt wieder. Nur ich weiß nicht, wohin ich gehöre. Wahrscheinlich liegt es an mir, und ich muss endlich mein Glück beim Schopf packen, so wie es gerade alle tun – außer mir.

Nachdem Eva ihr Leben wieder so toll im Griff hat, beschließe ich, auch meinem eine neue Richtung zu geben, und verabrede mich am nächsten Tag mit Leon beim Italiener. Vorher weihe ich den neuen Bikini ein und gehe bei Frieda schwimmen. Jojo ist begeistert, dass ich mal wieder da bin, und wir beide drehen eine extra große Runde. Bevor ich nach Hause fahre, gönne ich mir ein kleines Päuschen auf dem Steg der ›Butterblume‹. Seltsam, dass Christian in der letzten Zeit nie wieder hier war. Es ist jetzt einige Wochen her, seitdem wir zusammen vor dem Gewitter in das Haus geflüchtet sind. Dabei fällt mir Irma wieder ein, die mir erzählt hat, jemand habe im Büro angerufen, um Herrn Aschenbrenner mitzuteilen, dass das Haus doch nicht verkauft werden soll. Das ist wirklich seltsam. Na ja, vielleicht hat Christian über meine Worte nachgedacht und beschlossen, das Haus nicht zu verkaufen. Recht hat er. Wenn er das Geld nicht dringend braucht, dann wäre es doch jammerschade, würde er es nicht behalten. Schließlich ist dies so was wie Heimat für ihn, und er war doch immer so glücklich hier. Während ich auf dem Steg liege, sehe ich die Wolken über mir vorüberziehen. Die Ruhe hier und die Atmosphäre wirken auf mich immer unglaublich entspannend. Allerdings bin ich heute auch ein wenig traurig, denn ich habe mich entschieden, in Zukunft bei Leon zu leben, was bedeutet, dass sich mein Leben doch sehr verändern wird. Ich hoffe aber, dass ich noch genug Zeit für meine Mutter und auch Frieda finden werde. Die alte Dame ist mir inzwischen wirklich ans Herz gewachsen und mit ihren vielen kleinen Geschichten und Ratschlägen eine gute Freundin geworden.

Am Abend ziehe ich ein weißes Kleid an, was meine schöne neue Bräune toll zur Geltung bringt, stecke meine Locken hoch und fummle ein paar goldene Creolen in die Ohren. Nini ist zu Hause, aber hat furchtbar schlechte

Laune. Sie ist in ihrem Zimmer und hört extrem laut Musik, so dass ich hineingehe und etwas leiser drehe. Schließlich wohnen wir nicht alleine hier.

»Mir doch egal«, nörgelt sie. Das ist äußerst ungewöhnlich, denn sonst ist sie sehr ausgeglichen und, seitdem sie mit Marcus zusammen ist, eigentlich immer happy.

»Alles in Ordnung bei dir?«, frage ich darum.

»Na klar, was soll denn nicht in Ordnung sein?«, gibt sie pampig zurück.

»Kommt Marcus heute nicht?«

»Nö, der hat noch in Schaffhausen zu tun und geht dann mit seinen Eltern irgendwo am Rheinfall essen.«

»Aha, bist du deshalb so mies drauf?«, hake ich nach.

»Ich bin überhaupt nicht mies drauf. Ich will nur in Ruhe meine Musik hören, verdammt noch mal.«

Meine Güte. Sie hat wirklich obermiese Laune. Vielleicht ist es tatsächlich besser, sie in Ruhe zu lassen. Darum sage ich: »Ich gehe jetzt mit Leon eine Pizza essen, komm doch nach, wenn du Lust hast.«

Aber sie antwortet: »Etwa zu Luigi? Weiß doch jeder, dass der an die Schüler Drogen verkauft, da geh ich bestimmt nicht hin. Das sind alles Mafiosi ... Da mach ich mir meine Pizza lieber selbst im Backofen.«

»Was? Der verkauft Drogen ... an Schüler?« Das kann ich jetzt nicht recht glauben.

»Also, das erzählt man sich schon lange, Mama.«

»Ja, und warum macht da keiner was? Das muss man doch der Polizei melden.« Ich bin ehrlich empört. Dieses Gerücht höre ich gerade zum ersten Mal. Ob es wirklich wahr ist? Das kann sich so ein angesehener Geschäftsmann doch eigentlich gar nicht erlauben. Ich gehe zu Fuß zu meiner Verabredung mit Leon, aber ich habe ein mieses

Gefühl. Die Pizzeria ist auf dem Marktplatz und gehört zu einer ganzen Kette italienischer Lokale rund um den See. Leon ist schon da und hat für uns Wein bestellt. Natürlich gibt es hier nur italienischen, aber selbst für diesen hat Leon heute ein paar gute Worte übrig.

»Wenn man keine großen Ansprüche stellt, ist dieser Chianti gar nicht so schlecht«, meint er. Er macht mir ein Kompliment über mein Aussehen, und ich küsse ihn zur Begrüßung.

»Wusstest du, dass die hier Drogen an Schüler verkaufen sollen?«

Er ist ebenso erstaunt wie ich, lacht aber und sagt: »Ach, Schatz, geredet wird immer. Und an den meisten Gerüchten ist wirklich nichts dran. Oftmals steckt Neid dahinter, und man versucht, jemandem was anzuhängen. Glaub mir, auch über mich wurde schon so manches erzählt.« Leon lacht erneut und ist schon wieder in seinem Fahrwasser und redet über das Geschäft. Wir werfen einen Blick in die Speisekarte, und Leon bestellt für uns zuerst einmal Antipasti mit Pizzabrot und dann für sich die Lasagne. Ich entscheide mich für die Gnocchi mit Sahnesoße, auch wenn ich weiß, dass ich die vielen Kalorien bereuen werde. Moment, wer geht denn da gerade an mir vorbei? Den Duft kenne ich doch! ›Soir de Moscow‹, das ist unverkennbar … Irma. Und Herr Aschenbrenner. O nein … Sie haben mich bemerkt und kommen auf uns zu. Das glaube ich jetzt nicht, wo kann ich mich verstecken? Ich werfe ein Stück Brot unter den Tisch und verschwinde mit dem Kopf hinterher, aber es ist zu spät.

»Frau Winter. Wie schön, Sie zu sehen. Und das ist … Herr …?«

Ich stelle Leon kurz vor und sage artig »Guten Abend« in der Hoffnung, sie mögen bitte gleich weitergehen.

Doch Herr Aschenbrenner fragt in seiner charmantesten Art, die er sonst nur für die besten Kunden reserviert hat: »Ist es gestattet, dass wir uns einige Minuten zu Ihnen setzen? Ich wollte kurz etwas mit Frau Winter besprechen.«

Mir wird siedend heiß. Warum nur habe ich Leon noch nichts von der Kündigung erzählt? Jetzt habe ich den Salat.

»Also, eigentlich wollten wir ja …«, fange ich an, doch Leon schneidet mir das Wort ab und sagt: »Aber bitte, setzen Sie sich doch!«, und während sein Blick in Irmas prallem Dekolleté versinkt, das heute in einem hautengen orangefarbenen Oberteil steckt, bestellt Herr Aschenbrenner Prosecco für uns alle.

»Also, Frau Winter, wie soll ich anfangen? Am besten von vorne, nicht wahr?« Er lacht sein dröhnendes Lachen. »Wie geht es Ihnen inzwischen?« Ich sehe in Leons Gesicht, der bei dem Wort ›inzwischen‹ doch etwas irritiert aus der Wäsche schaut. Immerhin denkt er, wir hätten uns heute Morgen zuletzt gesehen. »Ich wollte Sie ja schon längst anrufen, weil …, also …, die Sache ist die …, um es kurz zu machen: Ich glaube, ich habe da neulich etwas überreagiert.«

Leon schaut verständnislos von einem zum anderen. »Eigentlich bereue ich zutiefst, dass ich mich von Ihnen getrennt habe. Sie waren immer die Stütze meiner Firma und Sie fehlen mir, uns, ganz furchtbar.«

Leon versteht nur Bahnhof.

»Was meinen Sie, Herr Aschenbrenner?«, fragt er ihn.

»Nun …«, windet sich dieser, »… es gab da einige Missverständnisse und einige Vorgänge, die ich, wie ich inzwischen erkennen musste, leider völlig falsch eingeschätzt habe. Die aber zum Glück aufgeklärt werden konnten. Ich weiß, dass Sie jetzt bestimmt verärgert sind, aber … ich wäre wirklich hocherfreut, wenn Sie zu uns zurückkommen würden, nicht wahr, Irma?« Irma nickt beifällig.

Das glaube ich jetzt nicht. Was soll das sein? Ein Rückzieher? Und warum auf einmal? Schafft Irma die Arbeit nicht mehr allein oder findet er keine andere Dumme, die seine Launen erträgt? Deshalb lächle ich nur und sage: »Ist schon okay, Herr Aschenbrenner. Mir geht's eigentlich sehr gut. Und Herr Römfeld und ich sind gerade dabei, andere Pläne zu schmieden. Aber trotzdem vielen Dank für Ihr Angebot. Ich weiß das wirklich sehr zu schätzen.«

Und das tue ich auch. Da muss ihm doch ein Zacken aus der Krone gefallen sein. Herr Aschenbrenner und Irma stehen auf und verabschieden sich, nicht ohne noch einmal zu betonen, wie sehr sie sich freuen würden, wenn ich es mir überlegen würde. Ich soll einfach ›die Tage‹ mal im Büro vorbeischauen, dann könnten wir ›alle Details besprechen‹. Also, ich bin baff. Und Leon offensichtlich auch. Nachdem die beiden gegangen sind, erzähle ich Leon von der Kündigung, verschweige aber zunächst den genauen Grund und auch die Tatsache, dass das Ganze schon einige Wochen zurückliegt.

»Also, ich bin der Meinung, du solltest noch mal darüber nachdenken«, sagt Leon.

Was? Mit allem hätte ich gerechnet, aber nicht mit diesem Satz. »Weißt du, als Chef sagt man schon manchmal etwas, wenn man wütend ist, was man später bereut. Das habe ich selbst auch schon oft erlebt. Aber es ist doch nett von dem Kerl, dass er sich jetzt entschuldigt und dich bittet, zurückzukommen. Womöglich kannst du ein bisschen mehr Gehalt herausschinden.«

Er nimmt einen großen Schluck aus seinem Chiantiglas und bittet den Kellner, noch eine weitere Flasche zu bringen. Aber eigentlich mag ich nichts mehr trinken, denn mir ist ohnehin schon schlecht. Nachdem ich mir wochenlang Gedanken gemacht habe, ob ich zu Leon ziehen soll, will er mich jetzt womöglich gar nicht bei sich haben. Stattdessen soll ich zu Herrn Aschenbrenner zurück ins Büro gehen. Das darf doch nicht wahr sein.

»Ehrlich gesagt, weiß ich nicht, ob ich das jetzt noch möchte«, sage ich darauf, und mir ist selbst nicht so ganz klar, ob ich den Job bei Herrn Aschenbrenner meine oder den Wein. Oder beides.

»Ach, ihr Frauen, irgendwie kann man es euch nie recht machen«, sagt Leon.

Mir ist jetzt wirklich übel, wahrscheinlich vor Wut. Darum antworte ich: »Leon, ich möchte nichts mehr trinken. Ich möchte jetzt lieber nach Hause. Mir ist so komisch, vielleicht hab ich die Gnocchi nicht vertragen, beziehungsweise die Sahnesoße …«

Und ich möchte auch nicht, dass er mich begleitet. Ehrlich gesagt, bin ich stinksauer. Nie im Leben hätte ich diese Reaktion von ihm erwartet. Ich dachte, er würde wütend sein, weil ich ihm das von der Kündigung nicht gleich gesagt habe. Und dass er selbstverständlich erwartet, dass ich zu ihm ziehe. Stattdessen soll ich darüber nachdenken, ob ich nicht vielleicht doch zu dem blöden Aschenbrenner zurückkriechen soll. Und ›etwas mehr Geld herausschinden‹. Ich verstehe die Welt nicht mehr.

»Schade, der Abend ist so schön. Ich dachte, wir könnten ihn noch ein wenig ausklingen lassen. Na gut, dann bringe ich dich nach Hause.«

Leon bezahlt, und wir gehen zu Fuß die paar Schritte durch die schöne Altstadt. Ich kann kein Wort sagen, ich bin immer noch so enttäuscht. Leon würde gerne mit hochkommen und die Nacht bei mir verbringen, aber das möchte ich heute nicht. Ich entschuldige mich noch einmal und sage, mir sei wirklich speiübel. Ich würde mich morgen melden, wünsche ihm eine gute Nacht und gehe in mein kleines Reich. Vielleicht hatte es ja seinen Grund, warum ich so lange nichts gesagt habe, vielleicht sollte es einfach nicht sein.

Seit dem Abend in der Pizzeria bin ich völlig verunsichert und verbringe die nächsten Tage in grüblerischer Lethargie. Auch Nini ist sehr still und verschlossen, aber ich lasse sie in Ruhe, nachdem ich ein paar Mal gefragt habe, ob sie mit mir reden will, und darauf nur blöde Antworten bekommen habe. Vielleicht hat sie sich mit Marcus gestritten und braucht einfach ein bisschen Abstand. Immerhin hat sie vor, mit ihren Freunden zum Konstanzer Seenachtsfest zu gehen. Das wird sie auf andere Gedanken bringen. Ich nehme mir vor, bald mal wieder einen Mädelstag mit ihr zu verbringen, egal ob Kino oder Shopping, das kann sie sich aussuchen. Und hinterher gehen wir schön was essen und quatschen ein bisschen.

Aber nächste Woche fahre ich erst mal mit Leon nach Düsseldorf zur Weinmesse. Darauf freue ich mich schon sehr, denn erstens war ich noch nie auf einer so tollen und wichtigen Weinmesse und zweitens noch nie am Rhein.

Wir haben vor, uns auch ein paar andere Orte, wie Köln und Koblenz, anzuschauen und zu überprüfen, ›was die Konkurrenz der Weingüter am Rhein so macht‹. Trotz der Vorfreude auf diese Tage komme ich immer noch nicht über Leons Reaktion auf meine Kündigung hinweg. Will er mich gar nicht bei sich haben? Warum beendet er unsere Beziehung dann nicht? Weil es einfach ist. Ich kann mir die Frage selbst beantworten. Im Grunde haben wir eine coole und unkomplizierte Beziehung. Beziehung, wie ich dieses Wort hasse! Es geht doch um Liebe …

Meine Mutter kommt vorbei und bringt einen Packen Briefe mit. Darin steht so viel von Liebe, und ich habe den Eindruck, dass ihr Steve, im Gegensatz zu meinem Leon, wirklich möchte, dass sie zu ihm kommt und bei ihm ist. Man kann gar nicht glauben, dass die beiden sich noch nie gesehen haben, so vertraut gehen sie miteinander in ihren Briefen um. Offenbar war Steve auch viele Jahre allein und hat sich ebenso wie meine Mama oft einsam gefühlt. Und nun erleben sie noch einmal Glück und Freude beim täglichen Gang zum Briefkasten oder einem netten Anruf hin und wieder. Wie schön das ist. Obwohl ich immer noch ein klein wenig misstrauisch bin, sehe ich doch, wie meine Mutter immer mehr aufblüht. Sah sie schon immer jugendlich aus, wirkt sie jetzt mindestens zehn Jahre jünger, auch ohne Botox. Bei der Gelegenheit fällt mir wieder der blöde Herr Beirer ein. Das mit der Schönheitsklinik scheint ja jetzt nichts zu werden, zum Glück. Ich erzähle meiner Mutter, dass Herr Aschenbrenner die Kündigung zurückgenommen hat und ich den Eindruck hätte, Leon wäre gar nicht so böse darüber. Sie schüttelt den Kopf.

»Wahrscheinlich weiß er nicht, was du willst. Bestimmt

dachte er, er würde in deinem Sinne sprechen. Er weiß doch, wie wichtig dir deine Arbeit und die Unabhängigkeit immer waren. Du musst ihm nur mal sagen, dass du gerne bei ihm wärst.«

Vielleicht hat sie recht. Die paar Tage am Rhein werden uns sicher guttun …, und wer weiß? Möglicherweise können wir ja dort bei einem Gläschen über unsere Zukunft sprechen? Bis dahin werde ich auf jeden Fall keine Entscheidung treffen. Momentan habe ich nämlich überhaupt keine Lust, wieder den Dödel für Herrn Aschenbrenner zu spielen.

»Also, das ist ja allerhand!«, meint Frieda, als ich ihr die Geschichte erzähle. Wir sitzen heute in ihrer gemütlichen weißen Friesenküche, da sie gerade einen Kirschkuchen bäckt. Jojo liegt in ihrem kleinen Körbchen zu meinen Füßen und schnarcht laut.

»Wahrscheinlich kommt diese Irma einfach mit der Arbeit nicht zurecht«, lacht Frieda und schiebt den Kuchen in den Ofen.

»Ja, aber ich habe irgendwie so gar keine Lust, wieder in die alte Tretmühle zurückzugehen«, gestehe ich.

»Natürlich wäre meine Existenz dadurch gesichert, aber ich habe irgendwie das Gefühl, an einem Wendepunkt in meinem Leben angelangt zu sein. Bis jetzt war das ja alles gut und schön, ich hatte einen Job und eine Tochter und alles im Griff. Aber nun bin ich 39, und im nächsten Jahr bin ich schon 40 … Ich meine, ich kann doch nicht ewig so weitermachen. O Gott, Frieda, meinst du, ich habe eine Midlife-Crisis?«

Frieda lacht, nachdem ich ihr erklärt habe, was eine Midlife-Crisis ist, und sagt: »Also, das glaube ich nicht. Zu meiner Zeit gab es so was ja nicht. Aber es kann schon sein, dass du im Moment nicht richtig weißt, wohin dein Weg in Zukunft gehen soll. Das kommt vor. Und bei dem einen kann es früher vorkommen, mit 20 schon, bei dem anderen eben später … Sieh es doch mal so: Du musstest wegen Nini schon früh Verantwortung übernehmen und hattest überhaupt keine Zeit, dir Gedanken über dein Leben zu machen. Weil du viel zu beschäftigt warst, dein Kind zu ernähren. Und jetzt, auf einmal, fordert dich das Schicksal heraus. Ich bin ganz sicher, dass alles so kommt, wie es soll. Diese Kündigung hatte ihren Grund: nämlich den, zu überlegen, was du wirklich willst. Keine Angst, du bist noch jung genug, um ganz viel aus deinem Leben zu machen. Und deine Tochter ist fast erwachsen und wird bald eigene Wege gehen. Also, ergreif die Gelegenheit und finde heraus, was du wirklich willst.«

»Ach, Frieda. Du weißt, was ich am liebsten tun würde. Aber mir ist auch klar, dass es dann mit Leon vorbei wäre. Und außerdem habe ich Christian nie wieder gesehen. Wer weiß, ob er mir die ›Butterblume‹ überhaupt verpachten würde.«

»Dann finde es heraus. Mein Gott, du hast lange genug als Sekretärin gearbeitet und kennst sein Büro. Ruf ihn doch einfach an. – Wer nicht wagt, der nicht gewinnt, das hat schon meine Mutter immer gesagt. Und was Leon betrifft, du weißt doch gar nicht, wie er reagieren würde. Das sind alles nur Vermutungen, nicht wahr? Er hat auch ganz anders als erwartet reagiert, als er von deiner Kündigung erfahren hat. Vielleicht gefällt es ihm ja, eine unabhängige Freundin zu haben, und er will gar nicht so eine feste Bindung … Und wenn doch, dann wird er es dir sagen. Dann kannst du dich immer noch entscheiden.«

Es tut so gut, mit ihr zu reden. Und der Kirschkuchen schmeckt einfach wunderbar. Sollte ich je ein Café eröffnen, wird Frieda als Bäckerin eingestellt.

Kapitel 16
Das Problem

Am Freitagmorgen packe ich meinen Koffer für unseren Ausflug an den Rhein. Leon will mich um die Mittagszeit abholen, und wir wollen am Abend bereits in Düsseldorf sein. Für die Reise wähle ich eine leichte puderfarbene Sommerhose mit passendem verspieltem Top, das puder-cremefarben getupft ist. So werde ich es auf der Fahrt bequem haben und trotzdem passabel aussehen, wenn wir irgendwo zu Abend essen. Für die Tage auf der Messe habe ich mein schickes graues Kostüm eingepackt sowie mehrere Business-Blusen in Weiß, Rot und Rosa. Für die Abende meine elegante schwarze Hose, einen weißen Rock mit mehreren raffinierten Tops und das neue grüne Kleid, sowie Schuhe, Unterwäsche und Accessoires für alle Tage. Uff, kein Wunder, dass man als Frau immer so einen großen Koffer braucht. Auch mein Beautycase ist natürlich vollgestopft bis oben hin, und der Fön und das Glätteisen müssen noch mit in den Koffer. Ob ich den Trenchcoat mitnehmen soll? Gut, wir haben Sommer, aber man weiß ja nie, wie das Wetter wird. Vielleicht sitzt man abends mal länger draußen, aber dann wäre eine Strickjacke besser. Und Jeans? Aber dann brauche ich auch ein paar bequeme Sneakers und Socken und ein Shirt. Hilfe. Mein Koffer sieht aus, als wollte ich wochenlang verreisen und nicht nur ein paar Tage.

Eigentlich fahre ich gar nicht gerne weg, auch wenn es nur für so kurze Zeit ist. Ich habe den Eindruck, dass es Nini nicht gut geht. Sie hat mir immer noch nicht erzählt, was los ist, aber sie sieht die letzte Zeit so traurig aus. Zwar hat sie sich häufig mit ihren Freunden getroffen, aber Marcus habe ich schon länger nicht mehr gesehen und auch nichts von ihm gehört. Während ich ein bisschen die Wohnung aufräume und den Inhalt des Kühlschranks überprüfe, damit mein armes Kind nicht verhungert, kommt sie aus ihrem Zimmer und verschwindet wortlos im Bad. Was ist nur los mit ihr? Auf einmal klingelt ihr Handy, und sie schießt an mir vorbei in ihr Zimmer, um Minuten später mit seligem Gesichtsausdruck wiederzukommen.

»Marcus holt mich gleich ab.« Sie sieht so glücklich aus wie schon lange nicht mehr. Aha, also doch Stress mit der Liebe. Dachte ich mir's doch. Aber jetzt scheint ja alles gut zu sein. In Windeseile hat sie sich angezogen, umarmt mich noch einmal herzlich und wünscht mir ein paar wunderschöne Tage am Rhein.

»Pass auf dich auf, Mami. Und macht es euch richtig schön. Mach dir um mich keine Sorgen, hier geht alles klar. Melde dich mal. Ach, und übrigens, sorry, dass ich in der letzten Zeit so mies drauf war. Keine Ahnung, was mit mir los war …«

»Ach, Süße, das ist doch in Ordnung. Ist nur wichtig, dass es dir gut geht. Kann ich wirklich fahren? Oder soll ich lieber hier bei dir bleiben?«, frage ich sie.

»Ach, Quatsch. Du hast es dir verdient, mal was anderes zu sehen. Und Leon freut sich sicher schon über deine Unterstützung auf der Messe. Ich kann ja zum Essen und auch sonst zu Oma gehen. Also viel Spaß euch beiden«, und schon ist sie aus der Tür, bevor Marcus klingeln kann.

Zum Glück haben wir ganz in der Nähe ein kleines Lebensmittelgeschäft, so dass ich noch schnell ein paar Dinge einkaufen kann, damit Nini ein bisschen was im Kühlschrank hat. Ein paar Liter Milch, Müsli, eine Pizza, ein bisschen Käse, Brot, ein paar Joghurt und ein wenig Obst, dazu eine Riesentafel Schokolade und zwei Flaschen Diätcola, damit sollte sie klarkommen. Die Oma ist ja auch noch da und wird sie ganz bestimmt zum Essen einladen. Trotzdem ist mir irgendwie nicht wohl, sie so allein zu lassen.

»Blöde alte Glucke!«, schimpfe ich mit mir. Dein ›Kind‹ ist nicht sieben, sondern 17 und wird in ein paar Monaten 18. Früher waren die Mädels in diesem Alter verheiratet. Beim Einkaufen trödle ich ein wenig, da das Wetter heute so schön ist.

Irgendetwas ist anders, als ich nach Hause komme. Das höre ich schon auf der Treppe. Natürlich, ich höre Musik. Habe ich etwa das Radio angelassen, als ich gegangen bin? Ach nein, vielleicht sind Nini und Marcus zurückgekommen. Aus Ninis Zimmer dröhnt tatsächlich laut ›Nothing else matters‹ von Metallica, die Version mit dem

San Francisco Symphony Orchestra. Ein wunderschöner Song …, aber in *der* Lautstärke? Ob Marcus noch da ist? Nein, seine Schuhe stehen nicht im Flur, da wäre ich sicher darüber gefallen. Vorsichtig klopfe ich an der Tür. Keine Reaktion. Ich klopfe noch mal, diesmal lauter. Wieder nichts. Was ist da bloß los? Stille, dann geht der Song von vorne los.

»Nini?«, doch Nini antwortet nicht. »Nini, mach doch mal die Tür auf!«, brülle ich gegen die Musik an. Mir ist egal, ob Marcus da sein könnte oder nicht, ich reiße die Tür auf. Das Zimmer ist total dunkel, kein Lichtschein dringt durch die geschlossenen Rollläden. Zuerst drehe ich die Musik leiser, dann fällt mein Blick auf Ninis Bett. Sie hat sich ganz unter der Decke vergraben, und ich sehe nur ein bisschen von ihrem blonden Haarschopf.

»Nini! Was ist denn passiert?«, frage ich vorsichtig, obwohl ich mir die Antwort denken kann. Ich setze mich auf die Bettkante und streichle sanft über ihre Schultern. Nini zittert am ganzen Körper und wendet mir ihr tränenüberströmtes Gesicht zu.

»Mami, Marcus«, sie kann es vor lauter Schluchzen nicht aussprechen.

»Er hat Schluss gemacht?«, frage ich, und sie nickt. Mir fallen jetzt tausend blöde Sprüche ein wie: ›Du bist noch so jung, keine Sorge, da kommt sicher was Besseres nach.‹ Oder: ›Lass ihn zischen, gibt ’nen Frischen‹ und ähnlicher Schwachsinn, der in solchen Situationen gerne gesagt wird. Natürlich ist es wahr: Sie ist noch jung, und es ist unwahrscheinlich, dass die erste Liebe auch die letzte bleibt. Und doch gibt es nichts, was ihren Kummer jetzt irgendwie erträglich machen würde. Also halte ich sie stumm in den Armen und bin einfach nur für sie da.

Wenn es ihr besser geht, wird sie sicher darüber reden, was passiert ist.

Es klingelt an der Tür. Du liebe Güte. Leon. Den hatte ich vor lauter Aufregung total vergessen. Und unsere Rhein-Tour auch. Was soll ich jetzt bloß sagen? Ich kann unmöglich hier weg und Nini mit ihrem Kummer alleine lassen. O Gott, was sag ich ihm nur? Viel Zeit zum Überlegen habe ich nicht, denn eine Minute, nachdem es geklingelt hat, steht Leon, wie immer braungebrannt und gut aussehend, vor meiner Tür.

»Hallo, mein Schatz«, begrüßt er mich freudestrahlend und ist schon in der Wohnung.

»Ich hoffe, du bist fertig? In zwei Minuten ist Abfahrt. Muss nur noch mal kurz deine Toilette aufsuchen … Was ist los?«, fragt er, als er mein kummervolles Gesicht sieht.

»Leon, es tut mir leid. Aber ich fürchte, ich … kann nicht mit dir nach Düsseldorf fahren.«

»Was?« Leon sieht mich verständnislos an.

»Leon, es ist wegen … Nini. Ihr geht es leider ganz schlecht und ich kann sie jetzt in diesem Zustand nicht allein lassen.«

Leon ist wütend, das sehe ich ihm an.

»Ach, und da kann nicht deine Mutter einspringen und ihr einen Tee kochen oder sonst was?«

»Nein, Leon. Sie ist nicht krank, weißt du. Sie ist todunglücklich. Ich glaube, es ist wegen Marcus. Wahrscheinlich hat er Schluss gemacht und …«

»Und deswegen willst du unsere Reise absagen? Weil deine Tochter Stress mit ihrem Freund hat und ein bisschen heult? Wahrscheinlich haben sie sich spätestens heute Abend wieder vertragen, und du bist völlig umsonst hiergeblieben. Das kann jetzt nicht dein Ernst sein, Maja.«

Er ist vollkommen außer sich. Ich verstehe ihn ja, denn ich bin selbst enttäuscht, weil ich so gerne mit ihm gefahren wäre. Aber ich kann doch jetzt nicht fahren und die Kleine hier im Stich lassen. »Ein bisschen heult?« Ich glaube, er unterschätzt die Situation gewaltig. Meiner Meinung nach ist das nicht nur ein harmloser kleiner Streit, sondern etwas Ernsteres. Wenn er sieht, wie es Nini wirklich geht, wird er seine Meinung sicher ändern. Leise öffne ich die Tür und zeige auf meine Tochter, die im dunklen Zimmer regungslos in ihrem Bett liegt.

»Also bitte«, sagt Leon daraufhin. »Du sagst jetzt nicht unsere Reise ab, weil deine Tochter eine Pubertätskrise hat.«

Das klingt ja fast wie ein Befehl.

»Leon, ich weiß, dass du enttäuscht bist. Ich bin ja auch traurig, und es tut mir furchtbar leid. Aber ich kann jetzt nicht mit dir wegfahren …, Nini braucht mich jetzt«, versuche ich ihn zu überzeugen.

»Und ob ich dich brauche, die Idee kommt dir natürlich mal nicht? Ich habe dich fest eingeplant, mir auf der Messe zu helfen, und du lässt mich jetzt im Stich. Und nur, weil deine übrigens fast erwachsene Tochter ein klein wenig Liebeskummer hat.«

Das darf jetzt nicht sein, dass ich mich zwischen meiner Tochter und meinem Freund entscheiden muss.

»Leon, versuch doch, mich zu verstehen. Ich würde so gerne mit dir mitfahren und dich auf der Messe unterstützen, aber ich kann jetzt nicht fort.«

Leon antwortet nicht, sieht mich nur an, und sein Blick ist auf einmal kalt und abweisend. Dann sagt er ganz ruhig: »Manchmal frage ich mich, ob ich dir überhaupt wichtig bin.« Und mit diesen Worten zieht er die Tür hinter sich zu.

Wie kommt er nur darauf, daran zu zweifeln, mir wichtig zu sein? Während ich meinen Koffer wieder auspacke, fließen jetzt auch bei mir die Tränen. Obwohl ich wirklich traurig bin, weil ich nicht nur Leon enttäuscht habe, sondern auch auf einen romantischen Kurzurlaub verzichten muss, bin ich trotzdem überzeugt, dass ich mich richtig entschieden habe.

Von Frieda habe ich gelernt, dass es nichts gibt, keinen Kummer, keine Krankheit und kein Leid, was nicht mit einer guten Tasse Tee geheilt oder zumindest gelindert werden kann. Also setze ich Teewasser auf und mache uns gleich eine ganze Kanne voll. Dann gehe ich noch einmal vorsichtig in Ninis Zimmer und frage, ob sie nicht ein bisschen zu mir auf das lila Sofa kommen möchte. Sie schüttelt zwar den Kopf, taucht aber Minuten später vollkommen verheult auf und kuschelt sich in meinen Arm. So erwachsen sie mir auch sonst vorkommt, auf einmal ist sie wieder das kleine Mädchen, das getröstet werden will. Das kann Leon natürlich nicht verstehen, weil er nie Kinder hatte. Trotzdem hat mir sein kalter Blick vorhin sehr weh getan. Er hat so getan, als wollte ich nicht mit ihm verreisen. So ist es gar nicht, das muss er doch wissen. Als Nini sich einigermaßen beruhigt hat, stehe ich auf, um uns eine Packung Schokokekse aus der Küche zu holen. Sie holt tief Luft und sagt dann laut: »Ich bin schwanger.«

Was hat sie da gerade gesagt? Wahrscheinlich habe ich mich verhört.

»Wie bitte?«, frage ich darum nicht sehr einfallsreich.

»Ich glaub', ich bin schwanger«, sagt sie daher noch mal und schnieft in ihr Taschentuch.

»Oha.« Das muss ich erst mal verdauen.

»Wie konnte das passieren?« Die Frage ist wirklich superblöd, das gebe ich zu.

Deshalb lächelt sie auch, unter Tränen.

»Na, wie so was halt passiert. Solltest du eigentlich selbst am besten wissen, Mami.«

»Ja, klar. Aber …, Nini, bist du ganz sicher? Wir waren doch bei Frau Dr. Kübler, und du nimmst die Pille. Die nimmst du doch … regelmäßig, meine ich?«

So langsam wird mir etwas schwummrig, und ich muss mich setzen. Das ist kein Spaß.

»Ja, logo, aber …, weißt du …, am Anfang hab ich die nicht so vertragen, und dann …, an dem Abend von dem Sommerfest bei den Koflers, da hab ich, glaub ich, ein bisschen viel getrunken … und auch mal an dem Joint gezogen …, und dann war mir so furchtbar schlecht und ich musste mich übergeben, ich weiß gar nicht, ob ich sie an dem Abend überhaupt genommen habe, weil …, da kam ich doch grad aus Berlin zurück, und du warst nicht da …, und ich musste mich so beeilen, damit ich nicht zu spät komme … und …« Während alles nur so aus Nini heraussprudelt, schnieft sie immer wieder in ihr Taschentuch: »… und dann sind auf einmal meine Tage nicht gekommen …, die sind doch sonst immer so pünktlich, seit ich die Pille nehme …, und schlecht ist mir auch oft …, und dann war ich manchmal mies drauf und dann ist Marcus einfach weggefahren …, mit ein paar Kumpels nach Italien ..., und heute hat er angerufen, dass er wieder da wäre, und dann sind wir zum See ... und ich hab ihm erzählt, dass ich denke, ich sei wahrscheinlich schwanger, und ... und ... und ...«

Sie kann nicht weiterreden, weil die Tränen schon wieder in Strömen fließen. »Und ich hab ihn gefragt, wie es jetzt weitergehen soll ... Da hat er gesagt: ›Woher soll ich das wissen, das ist ja nicht mein Problem‹, und solche Sachen ...«

Typisch Mann. Klar, dass das nicht ›sein Problem‹ ist.

»... und dass er nach den Sommerferien nach Harvard geht, dass sein Vater ihm zu einem Studienplatz verholfen hat und er sich das jetzt nicht wegen so was kaputt machen lassen wird ... und ... Wegen *so was!* Mama, was soll ich jetzt machen?«

»Also mal ganz ruhig bleiben, Mäuschen«, beruhige ich sie. »Es wird nichts so heiß gegessen, wie es gekocht wird.« Schon wieder so ein platter Satz. Ich höre mich schon an wie meine Mutter. »Es ist doch noch gar nicht hundert Prozent sicher, dass du schwanger bist, oder? Ich gehe gleich mal in die Apotheke und besorge dir einen Schwangerschaftstest. Außerdem gehen wir beide am Montag zu Frau Dr. Kübler, und dann sehen wir weiter.«

»Und wenn es so ist?«, fragt Nini verzweifelt.

»Dann ist es eben so. Davon geht die Welt auch nicht unter. Wir schaffen das zusammen«, versuche ich, ihr Mut zu machen.

»Doch, Mama. *Meine Welt* geht unter. *Mein Leben* ist dann nämlich vorbei.« Sie springt wütend auf.

»Dein Leben ist doch nicht vorbei, nur weil du ...«, versuche ich, sie zu beruhigen.

»Nur weil ich … ein Kind bekomme? Doch. Dann kann ich alles vergessen, Ausgehen, Studium, Karriere …, dann muss ich jeden Tag arbeiten gehen, um mein Kind durchzubringen.« Ihre Augen funkeln dunkel vor Wut. »Glaubst du im Ernst, ich will so enden wie du?«

Dieser Pfeil trifft mich natürlich mitten ins Herz, und ich muss erst mal heftig schlucken.

»Ja, wenn du meinst …«, sage ich darum leise. »Weißt du, so habe ich es eigentlich nie gesehen. Mein Leben war nicht zu Ende, als ich dich bekommen habe.« Obwohl ich genau weiß, dass sie im Moment nur wütend und verletzt ist, tun mir ihre Worte sehr weh.

»Im Gegenteil. Mein Leben wurde durch dich unglaublich reich. Als ich beim Arzt war und er mir die freudige Mitteilung machte, sagte er mir, ich sei ja noch sehr jung und die Schwangerschaft in einem frühen Stadium …, *noch* könnte ich es mir ja überlegen. Aber ich habe keinen Augenblick gezögert. Und ich habe es keinen einzigen Tag bereut, dass ich mich für dich entschieden habe.«

»Mama, das weiß ich doch. Aber was hättest du alles aus deinem Leben machen können, wenn du mich nicht an der Backe gehabt hättest? Hast du daran schon einmal gedacht?«

»Was ich hätte machen können, was ich nicht genauso gut auch mit dir hätte tun können, meinst du?«

»Ach, Mama, du weißt genau, was ich meine. Du hättest studieren können, reich heiraten, ins Ausland gehen …, was weiß ich. Die Freiheit hattest du einfach nicht mehr.«

Ich gebe zu, es ist was Wahres dran. Aber ich war nie der Typ für ein Studium oder einen Auslandsaufenthalt, also habe ich da nie etwas vermisst. Und reich heiraten kann ich jetzt auch noch, vorausgesetzt, ich habe eben meinen Liebsten nicht so verärgert, dass er mich nie wieder sehen will.

»Im Grunde schon. Natürlich haben sich meine Prioritäten etwas verändert, seitdem du auf der Welt warst. Aber ich war ja auch ein paar Jahre älter, als du es jetzt bist …«

Ich mache eine kurze Pause und atme tief durch. »Ich verstehe dich ja, besser, als du vielleicht jetzt gerade glaubst.« Darauf sieht sie mich so unglücklich an, dass mir selbst fast die Tränen kommen.

»Wir müssen jetzt nur herausfinden, ob es wirklich so ist. Nicht, dass wir uns hier die Köpfe heiß reden, und dann bist du gar nicht schwanger. Wie gesagt, wir machen erst mal den Test. Und gehen am Montag zum Arzt. Dann wird man sehen.«

Nini kommt zu mir herüber, drückt mich ganz fest, sagt nur ein einziges Wort, aber das bedeutet mir im Moment am allermeisten: »Danke.«

Und damit verschwindet sie in ihrer rosa Kleinmädchen-Pyjamahose in ihrem Zimmer.

Ich bin total durch den Wind. Obwohl ich Nini eben noch getröstet habe, weiß ich selbst nicht so recht, wie es weitergehen soll. Noch bin ich arbeitslos, und einen genauen Plan für mein eigenes Leben habe ich im Moment auch nicht. Zum ersten Mal wünsche ich mir einen Mann an meiner Seite, der das jetzt mit mir durchsteht. Ich rufe Leon an, der irgendwo unterwegs nach Düsseldorf sein wird. Natürlich hat Leon eine Freisprechanlage, sonst würde ich ihn während der Autofahrt nicht stören.

»Hallo, Leon!«, sage ich laut. Es rauscht ein wenig, die Verbindung scheint nicht die beste zu sein. Ich höre, wie Leon etwas sagt und jemand mit französischem Akzent antwortet. Anouk. Das war ja klar. »Wo bist du?«, frage ich nicht sehr intelligent.

»Ach, Maja, du bist es. Die Verbindung ist sehr schlecht. Wir sind auf der Autobahn Richtung Wiesbaden, und es regnet leider«, antwortet Leon.

»Wir?«, frage ich, obwohl ich bereits weiß, dass Anouk bei ihm ist.

»Ja, ich musste ja Anouk mitnehmen, weil du es vorgezogen hast, in Überlingen zu bleiben.«

Das sagt er vor ihr. Eigentlich hatte ich vor, ihm von Ninis Angst vor einer Schwangerschaft zu erzählen, aber das kann ich jetzt nicht mehr. Nicht vor dieser … dieser … blöden Schnepfe, die sich meinen Freund angeln will.

»Na, dann wünsche ich euch eine gute Fahrt und viel Spaß auf der Messe«, sage ich darum einsilbig und lege auf.

Nachdem ich mich etwas beruhigt habe, gehe ich schnell in die Apotheke und kaufe den Schwangerschaftstest. Die Verkäuferin sieht mich an, als wäre er für mich, und erklärt mir, wie er zu handhaben ist. Das klingt ganz einfach. Wie ich mir schon dachte und wie ich es noch von Nini in Erinnerung habe, sollte er am frühen Morgen mit dem Morgenurin durchgeführt werden. Also werden wir den heutigen Abend noch in Ungewissheit verbringen.

»Wie sicher sind diese Test eigentlich?«, frage ich beim Bezahlen.

»Ziemlich sicher.« Wobei ›ziemlich‹ ja eine tolle Aussage ist. »Erfahrungswerte habe ich selbst damit aber nicht«, meint sie noch. Na ja, sie ist auch ein junges Huhn.

Obwohl, meine Tochter ist ja noch jünger. »Also, ich würde Ihnen auf jeden Fall empfehlen, zur Sicherheit zusätzlich einen Arzt aufzusuchen.«

Ja, vielen Dank – da wäre ich selbst gar nicht drauf gekommen. Zu Hause liegt eine Karte von Eva im Kasten. Anscheinend geht es der ganzen Familie richtig gut in der Türkei. Wenigstens *sie* scheint im Moment keine Probleme zu haben, die Glückliche. Nini bleibt den restlichen Abend in ihrem Bett. Hin und wieder sehe ich nach ihr, aber sie scheint zu schlafen. Ich setze mich mit einem Glas Rotwein auf den Balkon und überlege, was zu tun ist, falls es wirklich so sein sollte, dass Nini schwanger ist. Als Erstes brauche ich dann wieder einen Job. Schließlich muss das Kleine mit durchgefüttert werden. Die Frage ist nur, gehe ich wieder zu Herrn Aschenbrenner zurück oder suche ich mir etwas Neues? Das ›Café Butterblume‹ kann ich vergessen …, war eben nur ein schöner Traum. Und Leon? Auf das Weingut zu ziehen, kommt mit Kind und Enkelkind wohl nicht infrage. Aber er hat ja auch vorher keinerlei Anstalten gemacht, unsere Beziehung auf eine andere Ebene zu bringen. Wahrscheinlich wird die liebe Anouk dort einziehen und ein bisschen französisches Flair auf das Gut und in den Golfclub bringen. Soll sie, Leon hat ohnehin weder für mich noch für meine Situation und schon gar nicht für Nini Verständnis. Als wäre es das Stichwort, klingelt das Telefon. Es ist Leon, der sich entschuldigt, mich am Nachmittag am Handy nicht verstanden zu haben. Im Hintergrund höre ich Klaviermusik und Gläserklirren, wie schön für die beiden. Wahrscheinlich sitzen sie gerade in einem schönen Restaurant und trinken ein Gläschen. So ist es auch. Leon sagt zwar, es täte ihm leid, dass er heute Morgen so wütend war, aber ich höre an seiner Stimme, dass er immer noch auf mich sauer ist. Vielleicht nicht mehr ganz so sehr, nachdem er ein bisschen was getrunken hat und sich in Begleitung einer schönen Frau befindet.

»So, und jetzt sitzt du also alleine daheim rum«, sagt er.

»Weißt du, ich verstehe dich immer noch nicht. Nur, weil Nini Liebeskummer hat … Das ist doch normal in diesem Alter. Oder dachtest du, sie würde diesen Marcus gleich heiraten?«

»Ach, Leon. Darum geht es gar nicht. Nini ist völlig am Ende. Sie weiß nicht mehr weiter, und da musste ich bei ihr bleiben. Versteh das doch bitte. Sie glaubt nämlich, dass sie schwanger ist.«

»Was? Seid ihr von allen guten Geistern verlassen?« Natürlich hat er dafür keinerlei Verständnis. »Wie konntest du das zulassen?«, fragt er weiter.

»Also ich glaube nicht, dass *ich* irgendetwas dafür kann«, verteidige ich mich.

»Ja, aber du hättest doch dafür sorgen müssen, dass sie die Pille nimmt, damit ihr nicht auch so ein Unfall passiert wie dir. Ist es denn zu glauben?« Er ist offenbar ehrlich entsetzt.

»Erstens habe ich selbstverständlich dafür gesorgt, dass Nini die Pille bekommt, gleich, nachdem sie mit Marcus zusammengekommen ist. Zweitens kann man auch trotz Pille schwanger werden, aber das zu erklären, würde jetzt zu weit führen. Und drittens ist sie immer noch meine Tochter und kein Unfall.« Jetzt werde ich auch wütend.

»Ja, aber du hättest wissen müssen, wie schnell so was passiert. Menschenskind. Na ja, dann müsst ihr eben zum Arzt. Es gibt ja die Abtreibung, das ist in ihrem Alter zum

Glück kein Problem.« Er macht eine kurze Pause, dann wird etwas gemurmelt und Leon sagt: »Mein Essen ist da. Soll ich dich später noch mal aus dem Hotel anrufen?«

»Nein, ich glaube, ich gehe bald schlafen. Einen schönen Abend noch und viele Grüße an Anouk.«

Ich habe keine Lust mehr auf einen weiteren Anruf dieser Art. Ehrlich gesagt, so habe ich mir die starke Schulter an meiner Seite nicht vorgestellt. Statt mir in irgendeiner Weise zu helfen, hat Leon mir zusätzlich Vorhaltungen gemacht. Irgendwie glaube ich nicht mehr, dass ich in dieser Sache auf seine Unterstützung zählen kann.

Das Telefon klingelt noch einmal, und ich denke schon, es ist noch einmal Leon, dem das eben Gesagte leidtut und der mir versichern möchte, dass er auf jeden Fall für mich bzw. uns da sein wird, doch es ist jemand ganz anderes. Eine leise, ruhige Stimme, die ich noch nie gehört habe. Es ist Frau Kofler, Marcus' Mutter.

»Guten Abend, Frau Winter«, begrüßt sie mich freundlich. »Wir kennen uns nicht persönlich, aber unsere Kinder sind befreundet. Vielleicht haben Sie ja schon von mir gehört?« Fast klingt es wie früher, wenn die Mutter einer Freundin von Nini anrief, um sie zum Spielen einzuladen. Doch ich fürchte, dass der heutige Anruf einen anderen Hintergrund hat. »Sie können sich sicher denken, warum ich anrufe?«, säuselt sie weiter. Mein Gott, kann sie nicht ein bisschen lauter sprechen? Vor meinem geistigen Auge sehe ich eine elegante Frau im grauen Leinenkleid (ja, wie das aus dem Modehaus Singer), die in ihrem wunderschönen Wohnzimmer in einem teuren Ledersessel vor dem Fenster sitzt und auf den vor ihr liegenden Park blickt. Doch wie passt das zu dem Joint, den sie geraucht haben soll?

»Ja, ich glaube schon. Nett, dass Sie sich melden«, antworte ich darauf.

»Nun, Marcus hat mir erzählt, was passiert ist.« Sie hat ein Lächeln in der Stimme.

»Wissen Sie, wir reden zu Hause über alles.« Das ist ja schön. Das tun wir allerdings auch, obwohl ich keine Psychologin bin. »Guuuuut«, sagt sie weiter. »Es gibt da ja jetzt dieses … ›Probleeeeeeem‹ …« Ich höre sie tief ausatmen. Macht sie etwa Yoga nebenbei?

»Und da müssen wir uns nun gemeinsaaaaaam eine Lösung überlegen.« Dieses ›Problem‹ und ›gemeinsam‹ spricht sie lang gezogen und gedehnt aus.

»Frau Kofler, *noch* ist es doch gar nicht sicher.« Ich erzähle ihr von dem Test, den ich heute gekauft habe, und dass ich mit Nini am Montag zum Arzt gehen werde.

»Tja, das hätten Sie meiner Meinung nach *vorher* tun sollen, meinen Sie nicht auch?«

Ihre Stimme wirkt nun etwas verärgert.

»Aber das haben wir doch«, gebe ich zurück.

Das zweite Mal heute Abend muss ich mich verteidigen, als sei ich schuld, dass Nini jetzt schwanger ist.

»Nun, wenn das so wäre, hätten wir doch jetzt nicht dieses Probleeeeeeem, nicht wahr?«, antwortet sie besserwisserisch. »Wie auch immer: Sie wissen vielleicht, dass wir große Pläne mit unserem Sohn haben? Er wird nach Harvard gehen und dort studieren.«

»Ja, das hat Nini mir erzählt. Freut mich für ihn«, antworte ich. Inzwischen bin auch ich nicht mehr ganz so freundlich.

»Und das Letzte, was er jetzt brauchen kann, ist die Verantwortung für ein Baby. Wenn Sie verstehen, was ich meine.« Und ob ich das verstehe.

»Vorher machen wir noch eine Australien-Rundreise. Ich wollte, dass Sie wissen, dass Marcus keine Möglichkeit haben wird, sich um Ihre Tochter … *zu kümmern*. Ich denke, Sie wissen, was zu tun sein wird.«

Frau Psychologin hat ihre Säuselstimme in einen eiskalten Befehlston verwandelt. Ich bin so empört, dass ich gar nichts darauf sagen kann. Wahrscheinlich fällt mir die passende Antwort ohnehin erst hinterher ein.

»Wie ich von Marcus weiß, sind … Ihre finanziellen Möglichkeiten … sagen wir einmal … begrenzt. Sollten Sie daher etwas brauchen, ich meine …, wir helfen Ihnen gern …«

Ich habe keine Lust, mich von dieser Kuh weiter demütigen zu lassen, aber zwinge mich, ruhig zu bleiben, und antworte dann mit ebenso kühler Stimme: »Vielen Dank, Frau Kofler, für das großzügige Angebot. Aber meine Tochter und ich kommen schon zurecht. Sehr gut sogar. Egal, was sich herausstellen wird oder wie Nini sich entscheiden wird, wir werden Sie davon in Kenntnis setzen. Doch ich hoffe und bete wirklich inständig, dass meine Tochter kein Kind von Ihrem Sohn bekommt. Ich wünsche Ihnen einen schönen Urlaub.«

Ich lege auf und bin so wütend. Was bildet die sich eigentlich ein?

In der Nacht schlafe ich erwartungsgemäß sehr schlecht und ich höre auch Nini einige Male herumtapsen. Am nächsten Morgen stehe ich früh auf, um nicht Ninis Gang zur Toilette zu verpassen. Als sie aus ihrem Zimmer kommt, sieht sie furchtbar elend aus. Ich drücke ihr den Test in die Hand und erkläre kurz, wie er funktioniert. Dann koche ich uns einen starken Kaffee.

Die Minuten kommen uns vor wie Stunden, aber endlich liegt das Ergebnis vor uns: Nur eine violette Linie ist deutlich zu sehen. Das heißt, Nini ist *nicht* schwanger. Vor Erleichterung kommen uns beiden die Tränen. Hundert Prozent sicher können wir aber erst sein, wenn wir beim Arzt waren. Trotzdem geht es Nini schon viel besser, und wir gönnen uns erst einmal ein ausgiebiges Frühstück auf dem Balkon.

»Willst du nicht gleich Marcus Bescheid geben?«, frage ich sie.

Sie schüttelt den Kopf, und ich ahne, wie sehr sein Verhalten sie verletzt haben muss. Immerhin war sie so verliebt in ihn und hat sicher nicht damit gerechnet, dass er sie derartig im Stich lässt. Bei dieser Gelegenheit fällt mir seine Mutter wieder ein und der blöde Anruf gestern Abend. Besser, ich erzähle Nini jetzt noch nicht davon. Im Moment scheint es ihr gerade wieder ein kleines bisschen besser zu gehen.

Trotzdem verkrümelt sie sich nach dem Frühstück wieder in ihr Zimmer und hört düstere Musik. Wenn ich nur irgendetwas tun könnte, um sie ein klein wenig aufzuheitern. Ich versuche es mit dem Vorschlag, Eis essen zu gehen, aber dazu hat sie keine Lust. Am späten Nachmittag ruft Ninis Freundin Valerie an, und die beiden reden eine Weile am Telefon. Dann kommt Nini aus dem Zimmer und sagt: »Du, Mami, Valerie fragt, ob ich nicht ein bisschen zu ihr kommen will. Ich würde ja gern gehen, das wird mich bestimmt auf andere Gedanken bringen, aber ...«

»Aber?«, hake ich nach.

»Aber dann wärst du ja ganz alleine hier, und du bist doch extra meinetwegen hiergeblieben.«

»Wenn du dich besser fühlst und dich das auf andere Gedanken bringt, dann geh nur«, antworte ich, erleichtert, dass meine Tochter vorhat, wieder am Leben teilzunehmen.

»Wirklich? Mami, ich hab so ein schlechtes Gewissen, weil du meinetwegen auf deine Tour mit Leon verzichtet hast, … und jetzt lass ich dich hier einfach allein.« Sie sieht ehrlich geknickt aus.

»Aber Nini, das brauchst du nicht zu haben. War doch klar, dass ich bei dir bleibe. Ich glaube, mir würde es jetzt auch guttun, ein bisschen an die frische Luft zu kommen. Also geh nur zu Valerie …, *ohne* schlechtes Gewissen, hörst du? Ich werde ein bisschen Rad fahren und mir irgendwo ein Eis holen. Oder ich besuche Frieda und Jojo.« Das ist nicht einmal gelogen. Ich bin wirklich froh, dass es Nini besser geht. Und ein bisschen frische Luft kann auch mir nicht schaden.

Kapitel 17
Der Segeltörn

Es ist immer noch sehr heiß draußen und ich beschließe, den Bikini unter die Shorts zu ziehen. Vielleicht kann ich bei Frieda kurz in den See hüpfen. Dieser August ist wirklich traumhaft schön und entschädigt uns für das wechselhafte Wetter im Frühling. Ich genieße den Sonnenschein, denn die Sorgen um Nini haben mich ganz schön mitgenommen. Vor allem dieser dumme Streit mit Leon. Ich finde, er hat sich einfach blöd verhalten. Auch wenn ich verstehen kann, dass er sauer war, weil ich nicht mitgefahren bin. Aber spätestens, seitdem er den Grund dafür erfahren hat, hätte er einlenken können und wenigstens ein bisschen Verständnis heucheln, statt mir die Schuld an dem ganzen Dilemma zu geben. Daran sieht man mal wieder, dass Leon nie Kinder hatte. Mit Kindern muss man so viel von seinen Prinzipien über den Haufen werfen und sich blitzschnell auf neue Situationen einstellen und manchmal eben *verzichten*, auch wenn es schwerfällt.

Sofort, als ich in die friedliche Seestraße in Nußdorf einbiege, fallen die Sorgen von mir ab. Die Sonne steht schon reichlich tief, und die vielen hohen Bäume spenden Schatten, was bei der Hitze richtig guttut. Ich stelle mein Fahrrad bei Frieda ab, gehe mit meiner Badetasche durch den Garten zur Terrasse und rufe laut: »Hallo, Frieda, hallo, Jojo!«, damit sie nicht erschrickt, falls sie gerade ein Schläfchen hält. Sie scheint allerdings gar nicht da zu sein, denn auf mein Klingeln öffnet niemand, und auch von Jojo ist nichts zu hören und zu sehen.

Darum beschließe ich, mal wieder zur ›Butterblume‹ hinüberzugehen – mein Fahrrad lasse ich allerdings hier stehen, dann sieht Frieda gleich, dass ich da war.

Wie jedes Mal, wenn ich das Grundstück betrete, habe ich das Gefühl, hier zu Hause zu sein. Eigenartig, denn eigentlich betrete ich ja fremdes Terrain. Ob das nicht sogar Hausfriedensbruch ist, was ich hier mache? Egal, ich schalte meine Zweifel aus und gehe um das Haus herum zum Steg. Wie herrlich die Sonne scheint. Ich kann nicht anders, ich muss die Schuhe ausziehen und die Füße ein bisschen ins Wasser halten. Über mir höre ich ein Brummen – der Zeppelin fliegt gerade direkt über mir. Durch das laute Geräusch habe ich offenbar nicht gehört, dass noch jemand gekommen ist.

»Hallo, Maja. Das ist ja eine schöne Überraschung!« Christian steht vor mir und grinst so unverschämt frech wie eh und je. Ich weiß nicht, warum mein Herz so laut klopft, ob vor Schreck oder vor Freude, ihn zu sehen.

»Christian, äh ..., hallo! Sorry, dass ich hier bin ..., aber ich wollte ...« Mein Gott, was stammle ich da für einen Mist zusammen.

»Das ist doch wunderbar. Ich hatte schon versucht, dich zu erreichen. In deinem Büro, bei diesem Aschenbrenner. Aber da war nur eine dösige Angestellte, die mir sagte, du würdest nicht mehr dort arbeiten. Das wusste ich ja bereits, aber ich dachte, ich könnte vielleicht deine Telefonnummer aus ihr herausbekommen. Aber sie meinte, wenn ich ein Bekannter von dir wäre, dann hätte ich die ja wohl schon, und sie dürfe die nicht *herausgeben* ...«

Ich kann nicht anders, ich muss grinsen, denn ich freue mich, dass er versucht hat, mich zu erreichen.

»Hatte sie vielleicht so einen osteuropäischen Akzent?«, frage ich ihn.

»Genau. Und sie wollte ganz genau wissen, wer ich bin und ob sie etwas für mich tun könnte und so weiter.« Er grinst wieder und setzt sich neben mich auf den Steg. »Und dann habe ich mich mit Herrn Aschenbrenner verbinden lassen und ihm erzählt, dass ich das Haus meiner Oma doch nicht verkaufen möchte.« Dabei sieht er mir tief in die Augen.

»Ach so, das war der Grund, warum du mich anrufen wolltest.« Fast bin ich ein bisschen enttäuscht.

»Ja, das war der Grund. Aber nicht der einzige …«

»Sondern?« Ich lächle ihn immer noch an.

»Ich wollte dich fragen, ob du vielleicht einmal mit mir segeln gehen möchtest?«

»Ja, gerne. Wann schlägst du vor?«

»Wie wär's mit heute? Jetzt gleich.« Und schon ist er mit einem Satz auf seinem Boot und beginnt, die Persenning abzumachen.

»Jetzt gleich? Ich weiß nicht … Ich muss nach Hause … Nini wartet auf mich und überhaupt …«, zögere ich.

»Es ist so ein wunderschöner Tag, Maja. Sonne *und* Wind, wann haben wir das schon mal? Ruf Nini kurz an und frage, ob es in Ordnung ist, wenn du ein paar Stunden weg bist. Oder vielleicht möchte sie ja mitkommen? Denk daran: Uns gehört nur die Stunde. Und eine Stunde, wenn sie glücklich ist, ist viel.«

»Das ist hübsch. Ist das von dir?«, frage ich ihn, während ich immer noch überlege, ob ich wirklich einfach so mit ihm segeln gehen soll.

Er lacht. »Nein, leider nicht. Theodor Fontane. Toller Dichter, leider hab ich das meiste von ihm vergessen. Aber diesen Satz habe ich neulich mal wieder irgendwo gelesen und konnte ihn mir offenbar merken.«

Während er noch beschäftigt ist, das Boot startklar zu machen, telefoniere ich mit Nini. Ihre Stimme klingt noch immer traurig, aber sie erzählt mir, sie wollten ein paar Mädelsfilme anschauen und ich könne ruhig segeln gehen. Es täte ihr immer noch leid, dass ich ihretwegen die Rheintour abgesagt hätte. Nachdem ich ihr versichert habe, sie brauche absolut kein schlechtes Gewissen zu haben, da ich ja jetzt auch unterwegs bin, streiche ich alle Zweifel aus meinem Kopf, werfe meine Badetasche an Bord und hüpfe selbst hinterher.

Man wird es kaum glauben, aber obwohl ich am Bodensee geboren und aufgewachsen bin, bin ich noch nie gesegelt. Zum Glück scheint Christian über ausreichend Erfahrung zu verfügen, denn mit geübten Handgriffen hat er die Segel gesetzt und es geht los. Ich bin aufgeregt, denn ich weiß überhaupt nicht, was zu tun ist. Aber es macht unglaublich Spaß. In wenigen Minuten sind wir mitten auf dem See, und ich sitze hinten auf der Bank und halte sogar die Ruderpinne. Christian ruft mir immer zu, was ich tun soll, und erklärt mir so Begriffe wie anluven, also wie ich das Boot zur Windrichtung bewege, oder abfallen (mit dem Bug vom Wind weg). Wenn ich manchmal etwas falsch mache, kommt er lachend herüber zu mir und nimmt mir das Steuer aus der Hand. Mit dem heutigen Wind und der Sonne ist es einfach herrlich auf dem Wasser, und ich freue mich, dass ich mitgekommen bin. Im Nu segeln wir an Friedrichshafen vorbei Richtung Eriskircher Ried und Langenargen. Schon kann ich das Schloss Montfort sehen. Wie herrlich, diese schöne Gegend einmal vom Wasser aus zu betrachten.

»Wenn ich auf dem Wasser bin, fällt der ganze Alltagsstress von mir ab«, sagt Christian.

Etwas Ähnliches habe ich gerade eben selbst gedacht. Alle meine Sorgen und Ängste waren so weit weg wie der Horizont. Es gibt nur das Wasser, den Wind, der in den Segeln rauscht, und den Himmel über uns. In weiter Ferne sind das Ufer und die dahinterliegenden Berge zu sehen, wie auf einer Postkarte. Obwohl ich fast ein schlechtes Gewissen deswegen habe, fühle ich mich in diesem Moment wirklich glücklich.

»Hast du Hunger?«, fragt Christian.

An Essen habe ich, ehrlich gesagt, seit dem Frühstück nicht mehr gedacht, und ich höre ein leises Knurren aus meiner Mitte.

»Ein bisschen vielleicht«, sage ich, und ich hoffe, er wird mich nicht in irgendein feudales Restaurant mitnehmen wollen. Erstens bin ich mit Shorts und T-Shirt wirklich nicht dafür gekleidet, und zweitens habe ich keinen Cent Geld dabei. Wir steuern den Hafen von Langenargen an, und der Hafenmeister gibt uns ein Zeichen, einen der Gast-Liegeplätze zu benutzen.

Christian sagt: »Wart' einen Moment!«, und springt von Bord.

Da sitze ich nun und habe keine Ahnung, wo er ist. Da ich zur Toilette muss, hüpfe ich auch von Bord und steuere das nächste Café an. Ich erschrecke, als ich dort mein Gesicht im Spiegel sehe. Ungefähr 100 000 neue Sommersprossen sind dazugekommen. Hilfe, ich muss unbedingt ein wenig Sonnenschutz auftragen. Natürlich habe ich nicht mal mein Make-up Täschchen dabei, denn ich wollte ja nur kurz zu Frieda. Als ich wieder zum Boot komme, ist Christian bereits zurück. Er hat sein T-Shirt ausgezogen … Ich kann den Blick kaum von seinem muskulösen Oberkörper wenden. Und so was will Rechtsanwalt sein.

»Ich hab dich vermisst. Dachte schon, du hättest keine Lust mehr, mit mir weiterzusegeln«, sagt er lachend und hilft mir wieder an Bord.

Ich erkläre ihm kurz, wo ich war, und wir verlassen den Hafen.

Christian war ›auf einen Sprung‹ im örtlichen Supermarkt, hat für uns ein paar Lebensmittel organisiert und schlägt ein Picknick in einer Bucht vor Langenargen vor. Ehrlich gesagt, bin ich erleichtert, dass ich mich mit meinem heutigen Outfit und den vielen Sommersprossen nicht in der Öffentlichkeit präsentieren muss. Es reicht schon, wenn dieser gut aussehende Anwalt mich so sieht. Wir kreuzen noch ein wenig vor Langenargen und schließlich finden wir eine kleine Bucht, in der Christian den Anker werfen kann. Die Sonne brennt noch immer heiß vom Himmel, aber es kann natürlich auch sein, dass mir so heiß ist, weil Christian in seinen Badeshorts vor mir herumturnt.

Das Erste, was er aus der Supermarkt-Tüte zieht, ist ein eisgekühlter Latte Macchiato aus der Dose. Er schmeckt ein bisschen wie Eiskaffee, und ich bin überrascht, dass er immer noch kühl ist. Wir naschen ein paar köstliche Erdbeeren dazu und Baguette mit Käse.

»Was hast du so gemacht, seitdem wir uns zuletzt gesehen haben?«, fragt Christian, als er sich neben mich setzt. »Hast du schon einen neuen Job?«

»Nein, dazu konnte ich mich irgendwie noch nicht aufraffen«, antworte ich ausweichend und erzähle ihm von dem Angebot Herrn Aschenbrenners, in sein Immobilien-Büro zurückzukehren.

»Und, nimmst du das Angebot an?«, fragt er weiter.

»Nein, ich denke eher nicht. Diese Kündigung von ihm war so ungerecht. Ich habe keine Lust mehr, weiter nach seiner Pfeife zu tanzen.«

Er grinst. Aber dann fällt mir Nini ein und dass ich bis

vor ein paar Stunden noch dachte, ich müsste eventuell nicht nur für sie und mich, sondern in Zukunft auch noch für mein ›Enkelkind‹ sorgen. Was würde Christian wohl denken, wenn er wüsste, ich könnte vielleicht bald Oma sein? Bei dem Gedanken daran muss ich lachen.

»Was amüsiert dich so?«, fragt er.

»Das erzähle ich dir ein andermal …«, erwidere ich geheimnisvoll.

»Hast du schon andere berufliche Pläne geschmiedet?«, hakt Christian noch einmal nach.

»Wenn ich ganz ehrlich bin«, beginne ich, ohne überhaupt zu wissen, ob es gut ist, ausgerechnet mit ihm wieder über die ›Butterblume‹ zu sprechen, immerhin ist er ja der Erbe des alten Hauses, »träume ich immer noch von dem kleinen Café.«

»In dem Haus meiner Oma?«, vollendet er meinen Satz. Darauf lächle ich nur.

»Hättest du Interesse, das Haus zu mieten?«, fragt er dann unvermittelt.

»Ich dachte, du hättest es dir überlegt … und wolltest es vielleicht selbst behalten?« Ich bin ein bisschen verwirrt, denn er hatte doch bei Herrn Aschenbrenner angerufen.

»Ich habe nur gesagt, ich möchte es nicht mehr *verkaufen*«, sagt er darauf, »nicht, dass ich es selbst nutzen möchte. Das könnte ich gar nicht, dazu fehlt mir eindeutig die Zeit. Aber ich habe darüber nachgedacht, was du gesagt hast, mit den Erinnerungen und so – und dann *konnte* ich das Haus auf einmal nicht mehr verkaufen. Die Idee, es zu verpachten oder zu vermieten, erscheint mir eigentlich ideal. Das Haus bleibt in meinem Besitz …, trotzdem steht es nicht leer und es wäre in guten Händen, ich meine, wenn jemand *wie du* zum Beispiel mieten würde.«

»Jemand wie ich«, wiederhole ich, »… aber ich habe geglaubt, du hättest vielleicht kein Interesse, dass ich es pachte. Sonst hättest du es mir doch angeboten … Irgendwie warst du immer am Haus oder im Garten, wenn ich in der Seestraße war, aber in den letzten Wochen hast du dich *nie* sehen lassen, als ob du mir aus dem Weg gehen wolltest.«

»Du hast also nach mir Ausschau gehalten?«

Wieso nur muss er schon wieder so unverschämt sexy grinsen? Zur Ablenkung lasse ich meine Hand ins kühle Wasser gleiten. Wie gut das tut.

»Ich war beruflich einige Wochen im Ausland, deshalb konnte ich nicht mal schnell vorbeikommen und nach dem Haus sehen«, erklärt er mir. »Mein Onkel, der auch Rechtsanwalt ist, ist vor vielen Jahren nach Kanada ausgewandert.« Aha. Das ist der andere Sohn von Frau Lange, von dem Frieda mir erzählt hat. »Er hat dort eine sehr erfolgreiche Kanzlei, die sich auf Einwanderungsrecht spezialisiert hat. Ich war die letzte Zeit bei ihm und werde auch nächste Woche wieder hinfliegen. Um genau zu sein, hat er mir eine Partnerschaft in seiner Kanzlei angeboten, was einem Ritterschlag gleichkommt. Wie gesagt, die Kanzlei ist wirklich renommiert, um nicht zu sagen, berühmt. Er ist der Meinung, dass das mit uns perfekt passen würde und ich der ideale Nachfolger für ihn wäre.«

»Nur *er* ist der Meinung? Was ist mit dir? Möchtest du denn hier weg?«, frage ich ihn und habe im Hinterkopf, dass er ja eine Frau haben muss.

»Tja, das ist so eine Sache …«, antwortet er ausweichend. »Es ist schon ein *sehr* verführerisches Angebot. Andererseits hänge ich an vielen Dingen hier«, und dabei sieht er mir wieder direkt in die Augen.

»Was ist mit deiner Frau?«, frage ich ihn mutig.

Meiner *Frau*?« Er klingt irritiert.

»Frieda …, ich meine Frau Peeger, die Nachbarin deiner Oma, hat mir erzählt, deine Oma hätte immer von ihrem Enkel und seiner Frau gesprochen. Das bist doch du, oder?« O Gott, ich kann förmlich fühlen, wie ich rot werde.

»So, so, dann hast du dich also mit Frau Peeger über mich unterhalten?«, fragt er amüsiert.

»Nein, das war nur, als ich überlegt habe, wem das Haus wohl gehört und …«

»Das ist doch okay«, sagt er und grinst wieder.

»Aber eine Frau habe ich nicht, nicht mehr jedenfalls. Ich war ein paar Jahre verheiratet und wähnte *mich* beziehungsweise *uns* eigentlich ›glücklich‹. Doch ich habe die letzten Jahre praktisch nur gearbeitet und mir leider viel zu wenig Zeit für sie genommen. Sie ist auch Anwältin, und daher dachte ich, sie würde das verstehen … Leider war das nicht so. Ich habe mir viel zu wenig Gedanken darüber gemacht, wie es in ihr aussieht, und als ich es getan habe, war es zu spät. Sie wollte einen Neuanfang … ohne mich.« Seine Stimme wird auf einmal traurig.

»Oh …, das tut mir wirklich leid, das wusste ich nicht«, antworte ich.

»Nein, das ist schon in Ordnung. Ich bin ja selber schuld. Wäre ich nur früher mal aufgewacht, dann hätte ich unsere Ehe vielleicht noch retten können. Aber wir haben uns zum Glück nicht im Streit getrennt. Es ist alles … geregelt.« Seine Miene wird plötzlich sehr ernst.

»Danke für deine Offenheit«, sage ich. »Jetzt verstehe ich auch, warum du mit dem Gedanken spielst, nach Kanada zu gehen.«

»Ich dachte, vielleicht ist wirklich die Zeit für einen Neuanfang gekommen. Und warum nicht in Kanada? Aber dann werde ich mich nicht mehr um das Haus hier kümmern können.«

Darauf kann ich jetzt nicht gleich antworten, auch wenn ich am liebsten jubeln würde:

›Ich mach das. Ich miete die Butterblume und kümmere mich um alles‹, denn mein Handy piepst laut in der Badetasche. Und bei der Stille um uns herum ist das Geräusch wirklich unüberhörbar. Ich sehe lieber gleich nach, es könnte ja was mit Nini sein. Tatsächlich hat sie mir eine SMS geschrieben, in der sie fragt, ob ich etwas dagegen hätte, wenn sie bei Valerie übernachten würde. Sie wären ›grad so schön am Quatschen‹, und sie würde dann morgen früh mit Brötchen heimkommen. Ich antworte ihr kurz: ›Super, Süße, macht es euch schön. Bis morgen Mami‹, denn ich bin froh, dass sie ein bisschen von ihrem Kummer abgelenkt wird.

»Alles in Ordnung?«, fragt Christian.

Ich weiß nicht, warum, aber ich erzähle ihm von Ninis Problem. Vielleicht, weil auch er so offen zu mir war. Er hört sich alles ruhig an und sagt dann: »Arme Kleine. Bestimmt geht es ihr im Moment richtig mies. Aber sie hat ja dich, und du bist sicher für sie da.«

»Ja, natürlich. Ich versuche mein Bestes. Aber es ist nicht so einfach. Ich glaube, das Schlimmste war für sie, *wie* Marcus reagiert hat. Dass er sie so einfach im Stich gelassen hat, wo sie so verliebt waren.«

Er denkt einen Moment nach und sagt dann: »Weißt

du, Maja, ich will ihn jetzt nicht in Schutz nehmen, denn sein Verhalten zeugt nicht gerade von Charakterstärke. Aber man darf nicht vergessen, dass er eben blutjung ist. Ganz bestimmt war oder ist er ebenso verliebt in Nini wie sie in ihn. Aber er ist einfach noch nicht so weit. Für ein Mädchen ist es schon schlimm, wenn sie glaubt, schwanger zu sein. Aber so ein Junge ist damit erst recht vollkommen überfordert. Warte mal ab. Bestimmt meldet er sich in den nächsten Tagen noch einmal, wenn sich alles ein bisschen gesetzt hat und er in Ruhe über alles nachgedacht hat.«

»Das kannst du vergessen. Ich glaube, da kommt er bei Nini zu spät. Abgesehen davon, sieht es ja so aus, als ob sie – zum Glück – gar nicht schwanger ist. Trotzdem gehe ich sicherheitshalber am Montag mit ihr zum Arzt.«

»Gute Idee. Du kannst jetzt sowieso nichts anderes tun, als für sie da sein«, antwortet er, und ich ziehe automatisch einen Vergleich mit der Reaktion von Leon. Wie unterschiedlich die beiden Männer doch sind.

»Wollen wir eine Runde schwimmen?«, fragt Christian unvermittelt.

»Äh, ich weiß nicht«, antworte ich unentschlossen. Einerseits ist es wirklich so heiß heute, und ich würde liebend gern in das kühle Wasser eintauchen, aber andererseits fällt mir meine Figur wieder ein. Christian bemerkt mein Zögern, nimmt mich an der Hand und zieht mich hoch.

»Komm schon. Glaub nicht, ich hätte dein Badehandtuch nicht bemerkt«, sagt er grinsend.

»Du wolltest sicher heute schwimmen gehen. Umziehen kannst du dich unten in der Kajüte.«

Was bleibt mir übrig? Ich gehe nach unten, und während ich mich aus meinen Shorts und dem Shirt pelle, sehe mich in Ruhe um. Die Kajüte ist winzig klein, man kann nicht mal darin stehen. Christian muss bestimmt den Kopf einziehen, aber es gibt sogar einen kleinen Schlafplatz mit vielen Kissen, sehr gemütlich. Eigentlich würde ich viel lieber hier unten bleiben, aber da höre ich schon Christians Stimme.

»Maja, ist alles in Ordnung? Kommst du hoch?«

Also atme ich tief durch, ziehe den Bauch ein und gehe an Deck. Natürlich kann Christian es nicht lassen, mich von oben bis unten zu betrachten, aber viel Zeit dazu gönne ich ihm nicht, denn ich springe sofort ins Wasser. Brrrr, ist das kalt! Doch wenn man mal eine Weile drin ist, ist es herrlich. Und hier in dieser Bucht ist das Wasser klar und sauber und nicht so trüb wie in den Strandbädern, wo so viele Menschen im Wasser sind. Während wir schwimmen, sehe ich in den Himmel. Ich fühle mich so gut.

Christian geht über die kleine Leiter zurück auf das Boot und wartet dort mit meinem Handtuch auf mich. Obwohl ich es noch ein wenig hinauszögere, muss ich irgendwann aus dem Wasser. Ich zittere ein bisschen, als ich aus dem Wasser steige, und fühle richtig die Gänsehaut, als ich zum Boot hinaufklettere. Oben hüllt mich Christian in das riesengroße Handtuch und zieht mich mitsamt dem Handtuch ganz nah zu sich. Warum zittere ich bloß so? Mit seiner Hand wischt er ganz sanft und zärtlich einige Wassertropfen von meinem Gesicht. Und in dem Moment, als sein Gesicht ganz nah ist und er mich endlich küsst, ist mir vollkommen egal, wie viele Sommersprossen in meinem Gesicht zu sehen sind. Es fühlt sich so gut an, und ich vergesse alles um mich herum. Auch als er meine Hand nimmt und mich in die kleine Kajüte zieht, die ich vor wenigen Minuten gar nicht verlassen wollte, habe ich das Gefühl, das absolut Richtige zu tun. Es ist ein Gefühl wie im Garten oder im Haus der ›Butterblume‹ – als ob ich nach Hause gekommen wäre. Christian küsst mich zärtlich am ganzen Körper, und ich verschwende keinerlei Gedanken an etwaige Fettpölsterchen.

Nachdem wir uns auf dem gemütlichen Bett mit den vielen Kissen geliebt haben, fühle ich mich unendlich glücklich. Niemals zuvor habe ich ein derartig vertrautes Gefühl erlebt, auch wenn ich diesen Mann erst einige Male und dann auch immer nur kurz gesehen habe. Ich erlebe eine Nähe zwischen uns, die Leon und ich in den drei Jahren, die wir zusammen sind, nie erreicht haben. Christian beugt sich über mich, streicht mir zärtlich eine nasse Haarsträhne aus dem Gesicht und sagt dann: »Wie schön du bist!« Und in diesem Moment, als er mich so liebevoll betrachtet, glaube ich das sogar selbst.

Die Wellen schaukeln uns sanft in den Schlaf, und wir wachen erst wieder auf, als es draußen völlig dunkel ist.

»Ich fürchte, es ist zu spät, um nach Hause zu segeln«, sagt Christian ruhig. »Wir haben keine Beleuchtung an Bord. Schlimm?«

Als Antwort schüttele ich nur lächelnd den Kopf. Nini ist bei Valerie gut aufgehoben, und ich könnte mir im Moment keinen schöneren Platz auf der Welt vorstellen als in Christians Armen in der kleinen Kajüte dieses alten Bootes. Ich habe gar nichts dagegen, als seine Küsse wieder fordernder werden und er beginnt, mich am ganzen

Körper zärtlich zu streicheln. Ich bin wie elektrisiert und möchte nur eines: ihn in mir spüren. Wieder ist da dieses Gefühl, als gehörten unsere beiden Körper einfach zusammen. Erschöpft liegen wir anschließend eng umschlungen in den vielen kleinen Kissen, bis schon wieder mein Magen knurrt. O Gott, wie peinlich. Schon immer hat guter Sex dieses Hungergefühl bei mir ausgelöst, ich kann nichts dagegen tun. Hinzu kommt, dass ich vorhin nicht viel gegessen habe, weil es so heiß war.

Christian grinst und sagt: »Ich glaube, wir haben noch ein wenig Baguette und Käse, dazu ein Fläschchen Rotwein. Was meinst du?« Er steht auf, und ich kann den Blick nicht von seiner Kehrseite wenden. Ich weiß, dass man das über Männer eigentlich nicht sagt, aber in diesem Moment finde ich ihn einfach … schön.

Den nassen Bikini kann ich wirklich nicht anziehen, also schlüpfe ich so in die Shorts und mein T-Shirt. An Deck setzen wir uns auf die Bank und genießen den Käse und den Wein – aus der Flasche, denn natürlich hat Christian keine Weingläser an Bord. Über uns befinden sich Tausende von Sternen, und sanft plätschern die leichten Wellen gegen das Schiff. Niemals habe ich eine Mahlzeit mehr genossen als diese. Ich fühle mich so gut wie schon lange nicht mehr. War ich es überhaupt jemals? Noch lange sitzen wir an Deck, reden und reden, während Christian mich im Arm hält. Er spricht davon, dass er schon morgen nach Kanada fliegt, aber sich bereits darauf freut, wiederzukommen. Und sich gar nicht mehr sicher ist, ob er überhaupt noch in die Kanzlei seines Onkels eintreten will.

»Glaubst du eigentlich an Schicksal? Ich meine, dass du für diesen Aschenbrenner das Haus fotografieren solltest und wir uns dabei getroffen haben, das kann doch kein Zufall sein, oder?«, fragt er mich, während er sanft über meinen Arm streichelt.

»Ja, ich denke schon, dass manche Dinge einfach passieren müssen. Im ersten Moment wundert man sich zwar oder man nimmt sie gar nicht so wahr. Aber hinterher macht irgendwie alles einen Sinn«, antworte ich.

»Dann hast du dir mein Angebot also überlegt?«, fragt er mich zärtlich.

»Na ja, viel Zeit zum Überlegen hatte ich ja nicht gerade«, gebe ich lachend zurück.

»Aber die brauche ich auch nicht. Es wäre für mich wirklich das Schönste, in der ›Butterblume‹ zu leben und dort ein Café zu eröffnen. Weißt du, ich glaube, vielleicht habe ich deshalb gezögert, mir einen neuen Job zu suchen.« Und zu Leon zu ziehen, füge ich in Gedanken hinzu, was er in diesem Moment ja nicht unbedingt zu wissen braucht. »Nach meinem Traum mit dem ›Café Butterblume‹ habe ich wohl instinktiv nach etwas anderem gesucht. Aber dass er Wirklichkeit werden könnte, konnte ich mir beim besten Willen nicht vorstellen. Da müssen schon ein paar magische Kräfte im Spiel gewesen sein«, sage ich glücklich.

»Wenn du willst, mache ich dir den Pachtvertrag gleich fertig, sobald ich zurück bin.«

Christian küsst mich auf die Nasenspitze.

»Aber ein paar Wochen werde ich schon weg sein …, leider. Natürlich kannst du vorher schon deine Wohnung kündigen und einziehen, sobald du willst. Das Haus steht schließlich leer. Ich gebe dir nachher gleich die Schlüssel.«

»Ich kann es kaum erwarten, Nini die Neuigkeit zu erzählen. Ein Neubeginn wird für uns beide gut sein.

Müssen wir denn noch renovieren?«, frage ich ihn und male mir in Gedanken schon aus, welche Möbel in welche Zimmer kommen.

»Höchstens ein paar Malerarbeiten«, meint er.

»Aber wenn du willst, kann ich dir dabei auch helfen. Wie du weißt, sind meine handwerklichen Fähigkeiten nicht die schlechtesten …«

Ich muss schmunzeln, als ich an unsere erste Begegnung denke, bei der ich ihn für den Gärtner gehalten habe, einen ziemlich sexy Gärtner allerdings.

Während wir weiter Pläne schmieden, ist es langsam kühl geworden, und wir verkriechen uns wieder in die gemütliche kleine Kajüte, wo wir uns aneinanderkuscheln und gleich darauf einschlafen.

Am nächsten Morgen brennt die Sonne bereits heiß vom Himmel, als ich endlich aufwache. Irgendwo höre ich ein Radio dudeln mit der Stimme von Jack Johnson. Verschlafen gehe ich an Deck. Christian taucht auf dem Wasser auf, offenbar hat er schon ein erfrischendes Bad im See genommen.

»Darf ich dich zu einem Frühstück in Langenargen einladen?«, fragt er lächelnd. Aber ich muss doch nach Hause zu Nini.

Christian hat Verständnis dafür, auch wenn er versucht, mich noch ein wenig zum Segeln zu überreden.

»So gern ich das möchte, Christian«, sage ich. »Aber so, wie es Nini gestern ging, bin ich heute lieber bei ihr. Natürlich kannst du gerne mitkommen, wenn du möchtest, und mit uns frühstücken«, biete ich ihm an, obwohl mir das gar nicht so recht ist, denn ich möchte lieber erst allein mit Nini über die ›Butterblume‹ sprechen. Außerdem will ich nicht, dass sie sich noch mieser fühlt, wenn sie ihre glückliche, verliebte Mutter sieht, während sie selbst gerade den schlimmsten Liebeskummer ihres Lebens erlebt.

»Danke, ein andermal liebend gern«, lehnt Christian zum Glück ab. »Aber ich habe heute noch sehr viel zu erledigen und sollte ja auch meinen Koffer packen. Außerdem muss ich noch mal kurz ins Büro. Also machen wir uns wohl besser auf den Weg, so schade ich das finde.« Und er küsst mich noch einmal zärtlich, bevor wir endgültig den Anker ziehen und in Richtung Heimat segeln.

Viel zu schnell sind wir wieder in Nußdorf und legen an dem kleinen Steg der ›Butterblume‹ an. Wir haben nicht viel miteinander geredet während des kurzen Törns, aber die Stille zwischen uns war so … selbstverständlich. Ich muss wieder an den Spruch von Tucholsky denken, dass man auch miteinander schweigen können muss. Dennoch bin ich ein wenig verlegen, als ich von Bord gehe. Werden wir uns wiedersehen? Und wenn ja, wann wird das sein? Es ist so schade, dass Christian jetzt nach Kanada fliegen muss. Gerade, als ich die Weichen für mein neues Leben stellen kann. Er nimmt mich fest in die Arme und drückt mich so, dass mir fast die Luft wegbleibt.

»Maja …«, flüstert er mir zärtlich ins Ohr, und es ist mir vollkommen egal, dass ich immer noch das verknitterte T-Shirt und die alten Shorts trage und kein bisschen geschminkt bin. Christian dreht eine meiner Locken über seinen Finger und sagt weiter: »Ich möchte, dass du weißt, dass diese Segeltour und vor allem diese Nacht mir sehr viel bedeutet haben. Ich wünschte, ich müsste nicht morgen schon wieder so weit von dir fort. Oder ich könnte dich mitnehmen.« Er sieht mir zärtlich in die Augen, dann nimmt er meine Hand und küsst sie.

»Aber ich komme, sobald es geht, zurück. Und ich schicke dir den Mietvertrag ganz schnell zu. Du kannst hier einziehen, wann immer du möchtest. Ich freue mich, dass du und deine Tochter hier leben werdet.« Er macht eine kurze Pause, bevor er sagt: »Eigentlich bin ich gar nicht mehr so sicher, ob ich noch in die Kanzlei meines Onkels eintreten will. Im Moment wäre mir lieber, ich könnte in Stuttgart weiterarbeiten und am Wochenende wieder hierherkommen.« Ach, das wäre mir auch lieber. »Aber ich werde in der Zwischenzeit in jeder freien Minute an dich denken«, verspricht er mir. »Ich mag dich nämlich sehr, weißt du.« Und bei diesem Satz flattert ein ganzer Schwarm Schmetterlinge in meinem Bauch. Er zieht einen Schlüssel aus der Tasche und sagt: »Hier ist der Schlüssel zu deinem neuen Leben.«

Ich bin so glücklich.

Mein neues Leben. Endlich weiß ich, wohin ich gehöre.

Bevor ich mich verabschieden kann, will Christian mir noch kurz seine Handynummer aufschreiben. In meiner Badetasche befindet sich aber nur ein Kugelschreiber, der erst nach kurzem Anhauchen funktioniert, und die neueste Ausgabe der InStyle, die ich nur mitgenommen hatte, um mir damit in Friedas Garten ein bisschen die Zeit zu vertreiben.

Christian kritzelt seine Handynummer vorne drauf, nimmt mich noch einmal fest in die Arme und sagt dann:

»Bitte ruf mich an. Bis bald, meine Liebe. Pass auf dich auf.«

Pass auf dich auf. Ein Satz, den ich sonst nur von meiner Mutter höre, der mir aber zeigt, dass er nicht möchte, dass mir in der Zwischenzeit etwas passiert.

»Pass du auch auf dich auf. Und grüß mir Kanada«, antworte ich zärtlich, »und bis bald. Hoffentlich …« Und das meine ich ernst. Ich winke ihm noch einmal und ziehe das Gartentor hinter mir zu. Beschwingt laufe ich die paar Schritte zu Frieda hinüber. Als ich mein Rad holen will, steht sie aufgeregt in ihrem Garten.

»Maja! Wo warst du denn? Ich habe mir solche Sorgen gemacht.« Ihr kleines, faltiges Gesicht sieht wirklich ängstlich und besorgt aus. »Ich war nur ein paar Schritte mit Jojo spazieren und als ich wiederkam, sah ich dein Rad. Da hab ich natürlich gleich Teewasser aufgesetzt. Aber du kamst und kamst nicht, und ich dachte, dir wäre etwas passiert. Jojo und ich waren drüben, im Garten von Frau Langes Haus, aber da warst du auch nicht, und bei dir daheim hat niemand abgenommen …«

Ich kann nicht anders, ich nehme sie fest in die Arme.

»Oh, Frieda! Das tut mir so leid. Ich hab nicht daran gedacht, dass du dir Sorgen machen könntest. Ich wollte dich besuchen, aber du warst nicht da, und da bin ich mal eben auf einen Sprung zur ›Butterblume‹ hinübergelaufen. Tja, und da war Christian und hat mich zum Segeln eingeladen.«

»Du willst mir also tatsächlich erzählen, ihr wärt *segeln* gewesen? Die ganze Nacht?« Ihr Gesicht sieht nun nicht mehr ängstlich, sondern verschmitzt aus.

»Ja, das heißt, nein, ich meine …, wir sind gerade erst

zurückgekommen«, ich fühle, wie ich mal wieder rot bis zum Haaransatz werde.

»Du brauchst mir nichts zu erklären«, sagt Frieda darauf. »Schließlich war ich auch mal jung. Und außerdem sehe ich dir an, dass etwas ganz Besonderes passiert sein muss. So habe ich dich jedenfalls noch nie gesehen«, sagt sie lächelnd. »Möchtest du nicht hereinkommen, mit mir frühstücken und alles in Ruhe erzählen?«

»Das möchte ich wirklich gern, Frieda«, antworte ich, »aber ich muss nach Hause zu Nini. Sie braucht mich im Moment. Aber das ist eine andere Geschichte. Die werde ich dir in den nächsten Tagen erzählen. Versprochen. Und bitte entschuldige noch einmal, dass ich mich nicht gemeldet habe. Wenn ich gewusst hätte, dass du dir solche Sorgen machst, dann hätte ich dich angerufen.«

Ich fühle mich wirklich mies. Sie ist so lieb und hat es nicht verdient, meinetwegen in Aufregung zu sein.

»Ach was, das ist schon in Ordnung«, beschwichtigt sie mich. »Aber ich möchte doch zu gern wissen, was geschehen ist. Komm bald einmal vorbei. Ich backe uns einen schönen Butterstreuselkuchen, den magst du doch so gern.«

»Natürlich, gerne«, verspreche ich. »Ich komme, sobald es geht.« Und mit diesen Worten schwinge ich mich auf mein Rad und radle auf dem schnellsten Weg nach Hause.

Nini ist noch nicht da, und so kann ich in Ruhe noch einmal über alles nachdenken. Ich glaube, ich habe mich ernsthaft verliebt.

Dieser Ausflug hat mir so gutgetan. Es klingt blöd, aber wenn ich an Christian denke, wird mir ganz warm ums Herz. Wir haben uns nur wenige Male gesehen und doch ist alles so selbstverständlich zwischen uns, als ob wir uns schon ewig kennen würden.

Und außerdem sieht es so aus, als würde mein Traum vom ›Café Butterblume‹ tatsächlich wahr werden. Was wohl Nini dazu sagen wird …

Als sie endlich heimkommt, sieht sie immer noch *sehr* traurig aus.

»Hi, Mami!«, ruft sie mir zu, aber ihre Stimme ist alles andere als fröhlich.

»Hallo, meine Maus. Wie geht es dir?«, frage ich und schaue sie prüfend an.

»Tja, wie soll es mir schon gehen?«, fragt sie deprimiert. »Aber bei Valerie war es nett, wenn du das meinst.«

Wenn es nur irgendetwas gäbe, was sie aufmuntern könnte.

Als wir kurze Zeit später auf unserem gemütlichen lila Sofa zusammen sitzen, frage ich sie, was sie davon halten würde, wenn ich meinen Traum von dem eigenen Café in die Tat umsetzen würde. Ich habe Nini von der Segeltour mit Christian und von seinem Vorschlag, uns das alte Haus am See zu verpachten, erzählt. Natürlich habe ich ein paar kleine Details, wie die Nacht in der Kajüte, ausgelassen …

»Mensch Mami! Das klingt richtig toll. Du musst das tun, was *du* möchtest. Wenn es *dich* glücklich macht, dann wage den Schritt. Vor allem, wenn du jetzt die Möglichkeit dazu hast. Du hast doch davon geträumt. Lass dich nicht davon abbringen, was du unbedingt tun willst.

Wenn Liebe und Inspiration vorhanden sind, kann es nicht schiefgehen, hat schon Ella Fitzgerald gesagt.«

Meine gebildete Tochter.

»Auch, wenn es bedeutet, dass wir dann umziehen müssten?«, frage ich sie.

»Ach, Mami, mir ist momentan egal, wo wir leben. Von mir aus in Alaska«, sagt sie freudlos.

»Aber was ist eigentlich mit Leon?«

Ja, was ist eigentlich mit Leon? Ich glaube, da muss ich mir wohl ein paar Gedanken machen, bevor er von der Messe nach Hause kommt. Kaum zu glauben, dass ich vorgestern noch mit ihm an den Rhein fahren wollte. So viel ist inzwischen passiert. Vor allem habe ich mit einem anderen Mann geschlafen. Mit einem, den ich kaum kenne.

Am Abend ruft Leon zwar an, aber er ist ebenso einsilbig wie ich. Wahrscheinlich ist er immer noch sauer auf mich, weil ich unsere gemeinsame Tour abgesagt habe. Ich habe auch keine Lust, ihm irgendetwas von Nini oder gar Christian zu erzählen, darum tauschen wir nur Belanglosigkeiten über die Messe und dergleichen aus, und ehrlich gesagt, bin ich erleichtert, als ich wieder auflegen kann.

Obwohl ich nach diesem Wochenende mit Christian eigentlich richtig glücklich bin, fühle ich mich auch verwirrt. Ich muss einige Dinge in meinem Leben sortieren und wahrscheinlich – verabschieden. Das macht mich traurig, denn eigentlich mag ich weder Veränderungen noch Abschiede. Ich gehe noch einmal in Ninis Zimmer und streiche über ihren blonden Haarschopf. So klein und traurig sieht sie aus, und ich würde in diesem Moment alles dafür tun, dass sich das ändert.

Kapitel 18
Große Pläne

Am nächsten Tag ist Nini sehr aufgeregt, obwohl der Schwangerschaftstest aus der Apotheke negativ war. Darum begleite ich sie zu Frau Dr. Kübler, und glücklicherweise müssen wir nicht lange warten. Die Erleichterung ist groß, als sie uns bestätigt, dass Nini *nicht* schwanger ist. Dennoch sieht Nini immer noch sehr unglücklich aus. Marcus hat sich kein einziges Mal gemeldet, um zu fragen, wie es ihr geht oder wie die Dinge jetzt wirklich stehen. Feiger Kerl. Natürlich hat Christian recht, wenn er sagt, er sei eben noch sehr jung. Trotzdem bin ich enttäuscht, weil ich diese Feigheit und Charakterlosigkeit hinter ihm nicht vermutet hätte. Ich kann mir sehr gut vorstellen, wie Nini sich jetzt fühlt, immerhin war es ihre erste große Liebe. Oder ist es vielleicht immer noch. Ich bin mir nicht einmal sicher, ob sie ihm sein Verhalten nicht sogar verzeihen würde, so traurig ist sie im Moment ohne ihn. Aber es ist schön zu sehen, wie sich ihre Freundinnen, allen voran Valerie, um sie kümmern. Da kann man mal sehen, wie wichtig Freundschaft im Leben ist. Sie übersteht auch die schweren Zeiten, was man nicht von jeder Liebe behaupten kann.

Bevor Nini sich jedoch mit Valerie verabredet, packe ich sie in den Mini, fahre mit ihr bei der Eisdiele vorbei, hole dort ein paar leckere Kugeln Eis und schlage dann den Weg zu ihrer Oma ein. Als wir den kleinen Vorgarten betreten, muss ich unwillkürlich lächeln. Meine Mutter hat ihr rostiges, altes Fahrrad an die Hauswand gelehnt und einen Korb am Lenker und einen hinten auf dem Gepäckträger mit bunten Geranien bepflanzt. Das sieht so hübsch aus. Ich merke mir diese Idee für meinen zukünftigen Garten … Bei dem Gedanken daran wird es mir gleich wieder warm ums Herz.

Meine Mutter steht auf ihrer kleinen Terrasse und malt ein Bild mit lauter leuchtend roten Mohnblumen. Sie hat ein ebenso rotes Tuch im Haar und eine weite, bunte Tunika an, die sie erst recht wie eine Künstlerin aussehen lässt.

»Hallo, ihr beiden Hübschen!«, freut sie sich, als wir durch den Garten auf sie zukommen.

»Wie schön, dass ihr mich endlich mal besuchen kommt. Habt wohl viel um die Ohren im Moment?« Dann fällt ihr Blick auf Ninis Gesicht, und sie sieht mich fragend an.

»Maja, wolltest du nicht mit Leon auf die Messe nach Düsseldorf fahren? Seid ihr schon wieder zurück?«, fragt sie.

»Nein, Leon ist alleine gefahren, beziehungsweise mit Anouk.«

»Ach, herrje. Das kann nicht dein Ernst sein. Wie konntest du ihn mit *dieser Frau* alleine auf eine Weinmesse fahren lassen? Da kannst du sie ja gleich zu ihm ins Bett legen.«

»Ach, Mama. Sie ist nun mal seine Marketing-Mitarbeiterin und muss bei solchen Aktivitäten dabei sein. Und ich konnte, wie gesagt, hier nicht weg. Aber das ist eine etwas längere Geschichte …«

»So?« Meine Mutter zieht fragend eine Augenbraue nach oben. »Gut, dann will ich uns mal eine schöne Tasse Kaffee machen, und ihr erzählt mir alles in Ruhe.«

Während wir unseren Kaffee trinken und das mitgebrachte Eis dazu essen, erzähle ich in kurzen Worten, was passiert ist. Nini kann nur mit Mühe die Tränen zurückhalten, das sehe ich ihr an.

»Ach, du liebe Zeit«, sagt meine Mutter. »Na, da habt ihr ja was Schönes hinter euch. Warum habt ihr mich denn nicht angerufen?«

»Ach, Mama«, antworte ich ihr. »Was hättest du schon tun können?«

»Na, zum Beispiel das Gleiche, was ich damals bei dir getan habe. Dich in den Arm nehmen und trösten. Und gemeinsam mit dir überlegen, was wir tun können.« Bei diesen Worten geht sie um den Tisch herum zu Nini und drückt sie fest an sich, was zur Folge hat, dass Nini erst recht in Tränen ausbricht.

»Ach, du armes Hascherl. Du kannst froh sein, dass *nichts* passiert ist«, sagt sie tröstend zu ihr.

»Ja, das bin ich, Oma«, schnieft Nini. »Aber Marcus …, ich hätte *nie* gedacht, dass er mich so im Stich lässt.«

»Tja, meine Süße. Dein Marcus ist eben auch nur ein Mann. Wenn es ernst wird, kriegen sie kalte Füße und hauen ab. Die Schwächlinge und Feiglinge jedenfalls, doch die wollen wir sowieso nicht, oder?« Meine Mutter steht auf und holt uns erst einmal einen Likör. »Erdbeerlikör, selbst gemacht. ›Es ist ein Brauch von alters her: Wer Sorgen hat, hat auch Likör‹, zitiert sie Wilhelm Busch, während sie die hellrote Flüssigkeit in drei kleine, filigrane Gläschen füllt. »Jetzt lass mal den Kopf nicht hängen, Nini. Du bist so jung und hübsch, da brauchst du keinen Gedanken an einen Kerl zu verschwenden, der es nicht wert ist. Ich weiß, es hört sich im Moment doof an. Aber bald wirst du darüber lachen und einen anderen netten, jungen Mann kennenlernen. Darauf trinken wir jetzt.«

So unglaublich es klingt, aber diese Worte zaubern doch tatsächlich ein Lächeln auf Ninis Gesicht. Meine Mutter hat recht: Sie wird darüber hinwegkommen.

Nach dieser Kaffeestunde setzen wir uns wieder in mein Auto und nehmen die Omi mit. Die beiden haben keine Ahnung, dass wir jetzt nicht zu uns nach Hause, sondern zur ›Butterblume‹ fahren. In der Seestraße stellen wir den Mini ab und gehen die restlichen Schritte zu Fuß. Frieda und Jojo sind nicht zu sehen, aber ich nehme mir vor, die beiden anschließend zu besuchen.

»Wow, das ist ja wirklich wunderschön hier«, sagt Nini und scheint ehrlich beeindruckt. Auch meine Mutter findet den Garten mit den blühenden Hortensien vor dem Haus und der schönen Terrasse dahinter einfach toll.

Aus meiner Tasche zaubere ich den Schlüssel, und wir betreten das Haus. Sofort fällt mir wieder Christian ein und wie wir an dem Gewitter-Nachmittag hier hineingeflüchtet waren. Schon damals gab es diese magische Anziehungskraft zwischen uns beiden. Ich wünschte, er wäre jetzt hier und könnte wieder so schön über seine Oma und seine Jugend hier am See erzählen. Er könnte dem Haus so viel Leben einhauchen. Aber da er nicht da ist, muss ich das jetzt wohl tun. Ich erzähle den beiden, was ich von Frau Lange und ihrer Familie weiß und dass Christian, ihr Enkel, sich leider nicht um das Haus kümmern kann, weil er mit dem Gedanken spielt, nach Kanada zu seinem Onkel in die Kanzlei zu wechseln. Bei dem Gedanken daran bekomme ich regelrecht einen Stich ins Herz, obwohl es ja für mich bedeutet, dieses schöne alte Haus mieten zu können.

Ich führe die beiden durch alle Räume und erkläre ihnen, wie ich mir jeden einzelnen Raum vorstelle. Natürlich gibt es noch einiges zu tun, aber es sind alles nur Kleinigkeiten und nichts, was man nicht mit ein wenig Farbe und Dekoration richtig hübsch gestalten könnte. Was mir jedoch Sorgen macht, ist die Einrichtung des Cafés. Ich werde einige Tische und Stühle, Lampen, Vorhänge usw. brauchen. Von der Kaffeemaschine, Kühlmöglichkeiten, Geschirr und Gläsern ganz zu schweigen. Woher soll ich nur das Geld nehmen?

»Na, von der Bank natürlich«, rät meine Mutter. »Du weißt doch, das ist der Ort, wo man nicht nur Geld hinbringen kann, wenn man welches hat, sondern auch welches *leihen*, wenn man keines hat.«

Die Idee hatte ich auch schon. Allerdings ist mir bewusst, dass man dort Sicherheiten vorweisen muss, wenn man einen Kredit aufnehmen will. Sicherheiten, die ich nicht habe. Oder zählen etwa ein alter, klappriger Mini und eine anständige Sammlung von Schuhen und Handtaschen dazu? Während Nini begeistert das alte Badezimmer mit dem herrlichen Blick in den Garten bewundert, gehen meine Mutter und ich schon einmal nach oben in den Raum, den ich für sie als ›Atelier‹ vorgesehen habe.

»Na, Mama, wie findest du es hier?«, frage ich sie. Und sie kommt auf mich zu und sagt: »Sensationell. Ich kann verstehen, warum du dich hier von Anfang an wohl gefühlt hast. Das Haus ist einfach ein Traum. Und ich kann mir gut vorstellen, dass das Café richtig gut laufen wird. Auf jeden Fall im Sommer. Da musst du eben so viel verdienen, dass du die Wintermonate überbrücken kannst, obwohl da sicher hin und wieder auch Spaziergänger vorbeikommen.«

»Ja, das denke ich auch. Und ich habe mir einiges überlegt. Man könnte doch im Winter kleinere Veranstaltungen, zum Beispiel Dichterlesungen, machen und Kunstausstellungen, das würde gut zu der Atmosphäre hier passen. Oder irgendein anderes Event. Dann würden die Leute extra hierher fahren. Nini könnte neben der Schule helfen und du natürlich auch … Was hältst du von diesem Zimmer, wäre das nicht ideal für dich zum Malen?«

Vor lauter Begeisterung habe ich gar nicht gemerkt, dass meine Mutter zum Fenster gegangen ist und nachdenklich auf den See schaut.

»Maja, das hört sich wirklich toll an. Und ich glaube, wie gesagt, dass du mit deinen Plänen ganz bestimmt Erfolg haben wirst. Nini wird dir sicher viel helfen können, und ihr beide werdet hier glücklich sein.« Sie macht eine kleine Pause und sieht mich dann an.

»Aber auf mich kannst du diesmal nicht zählen. So gern ich dir helfen würde, aber ich habe andere Pläne mit meinem Leben.«

Ich bin geschockt, denn ich hatte erwartet, sie würde von diesem herrlichen Raum begeistert sein und es nicht abwarten können, hier zu malen und uns im Café zu helfen. Das würde ihrem Leben doch wieder Sinn geben.

»Aber Mama, das wäre doch eine tolle Sache hier mit uns. So ein Drei-Mädel-Haus …, drei verschiedene Generationen ohne Männer, die sich gut verstehen …« Ich bin ehrlich fassungslos, dass mein Angebot bei ihr auf taube Ohren zu stoßen scheint.

»Natürlich, Maja. Das ist es nicht. Wir verstehen uns wirklich gut, und ich bin überzeugt, wir hätten viel Spaß zusammen. Der Raum hier ist absolut wundervoll. Ich weiß dein Angebot wirklich zu schätzen, glaube mir, aber ich kann nicht. Ich muss einmal in meinem Leben an mich denken.«

»Was meinst du damit?«, frage ich sie enttäuscht.

»Mein ganzes Leben war ich immer für euch alle da. Erst für deinen Vater, als er so krank war, dann für dich und Nini. Glaub mir, das habe ich wirklich gerne getan. Aber jetzt habe ich auf einmal die Chance, selbst etwas aus meinem Leben zu machen …«

»Was willst du denn aus deinem Leben machen? Fahrräder bepflanzen und Sonnenblumen malen? Das kannst du auch hier bei uns. Wenn du Angst hast, du müsstest zu viel bei mir arbeiten, da kann ich dich beruhigen, das meiste mach ich selbst …«, antworte ich ihr.

»Nein, Maja. Das ist es nicht. Ich würde dir wirklich gerne mit dem Café helfen. Du weißt, dass mir das richtig Spaß machen würde.« Wieder macht sie eine kurze Pause. »Aber ich werde hier weggehen«, sagt sie dann leise und geheimnisvoll.

»Du willst hier weggehen?«, frage ich überrascht. »Wohin denn?«

»Na, wohin wohl? Nach Michigan natürlich.«

Aha, zu Steve also, zu ihrem Brieffreund. Das muss ich erst mal verdauen.

»Steve hat seit Wochen und Monaten nichts anderes getan, als mich in seinen Briefen und am Telefon zu fragen, wann ich endlich komme. Und vorgestern hat er am Telefon ganz traurig gesagt: ›Du kommst ja sowieso nicht‹, und da habe ich spontan einen Flug gebucht.«

»Du hast einen Flug gebucht? Für wann?« Ich bin baff. Meine Mutter. Hat einen Flug nach Amerika gebucht.

»Im Oktober. Das war die billigste Möglichkeit, denn ich wollte unbedingt mit Lufthansa fliegen. Diesen Billigfliegern trau ich nämlich nicht, und bei einem Langstreckenflug …«

Ich traue meinen Ohren nicht. Meine Mutter, die ihr Leben lang immer nur mit meinem Vater an die Ostsee gefahren ist und höchstens mit ihrer Walking-Gruppe mal auf Mallorca war, unterhält sich mit mir über Langstreckenflüge und Fluggesellschaften, als würde sie jede Woche nach Amerika fliegen.

»Aber Mama, du kennst diesen Mann überhaupt nicht«, gebe ich zu bedenken.

»Hast du eine Ahnung. Nach zwei Jahren und ungefähr 734 Briefen kennt man jemanden schon ein bisschen. Und in der letzten Zeit haben wir täglich telefoniert. Jetzt wollen wir uns endlich einmal persönlich treffen.«

»Das wird auch höchste Zeit«, sagt Nini, die gerade von ihrer Entdeckungstour im unteren Stockwerk nach oben kommt. »Ich meine, das hört sich doch toll an. Mach das, Omi.«

»Danke, mein Schatz. Ja, ich mache das. Und ich freue mich darauf«, sagt meine Mutter lächelnd.

»Und was ist, wenn er ein blöder Kerl ist und du ihn unmöglich findest? Wenn er abends mit der Bierdose vor der Glotze sitzt und überall seine stinkenden Socken verteilt?«

»Wenn er wirklich kein bisschen so ist, wie ich ihn mir vorgestellt habe …, na, dann fliege ich eben wieder zurück nach Deutschland. Wo ist das Problem?«

»Und wenn er so ist, wie du ihn dir vorgestellt hast?«

Fast habe ich Angst vor der Antwort, denn ich weiß, was sie sagen wird.

»Maja, nun mach doch nicht so ein Gesicht. Es ist wahrscheinlich meine letzte Chance, mit einem Mann noch ein paar Jahre glücklich zu leben. Ich muss sie ergreifen, das verstehst du doch?«

Da ich wegen dem Kloß in meinem Hals nicht antworten kann, nicke ich nur. Ich hoffe bloß, dass dieser Kerl sie glücklich machen wird. Ansonsten bekommt er es mit mir zu tun.

Ich weiß nicht, warum ich so traurig bin. Eigentlich sollte ich froh sein, dass meine Mutter in ihrem Alter noch einmal den Mut hat, ein neues Leben zu beginnen. Schließlich habe ich selbst gerade etwas ganz Ähnliches vor. Aber Michigan. Das ist so weit weg von uns … Ich kann mir gar nicht vorstellen, dass sie in Zukunft nicht mehr hier sein wird.

Zum Glück ist Nini begeistert von der ›Butterblume‹ und scheint für eine Weile ihre eigenen Sorgen vergessen zu haben. In Gedanken richtet sie bereits ihr neues Zimmer ein und beschreibt ausführlich, was wir alles brauchen werden. Himmel, diesen Kredit werde ich nie im Leben bekommen.

Auf dem Weg zum Auto kommen wir bei Frieda vorbei, die sich gerade mit Jojo im Garten aufhält. Ich hatte gehofft, dass sie da sein würde, denn ich habe noch immer ein schlechtes Gewissen, weil sie sich am Wochenende so um mich gesorgt hat. Außerdem kann ich ihr endlich sowohl meine Tochter als auch meine Mutter vorstellen.

Frieda freut sich riesig und hat auch schon in der leisen Hoffnung, dass ich vielleicht vorbeikommen würde, einen leckeren Kuchen gebacken. Während es sich Nini und meine Mutter auf der Terrasse gemütlich machen, gehe ich mit Frieda ins Haus, um ihr zu helfen. Im Nu hat sie Teewasser aufgesetzt und holt ihre dünnen Teetassen aus dem Schrank.

»Tee muss aus einer dünnen Tasse getrunken werden, sonst schmeckt er nicht.« Heute nimmt sie wieder die weißen Tassen mit dem Rosenmotiv, aber sie besitzt auch Tassen, die so hauchdünn sind, dass man durch den Tassenboden den Geisha-Kopf erkennen kann.

»So, so, dann hast du Christian also ein wenig näher kennengelernt«, sagt sie, während sie einen original friesischen Schneckenkuchen auf eine Tortenplatte stellt. Ich liebe diesen Kuchen, der aus Hefeteig, Rosinen, Mandeln, Rum und Marzipan besteht.

»Hm, ja … Das kann man so sagen«, antworte ich und muss bei dem Gedanken an die Segeltour mit Christian lächeln. »Aber das ist nicht das einzig Aufregende, das ich dir erzählen muss. Liebe Frieda, vor dir steht deine neue Nachbarin«, sage ich feierlich.

»Ach, Maja. Das ist ja wunderbar«, freut sie sich, und ich sehe in ihren Augen ein Tränchen glitzern. Sie umarmt mich, und ich spüre, wie dünn und zerbrechlich sie ist. »Dann wirst du deinen Traum vom ›Café Butterblume‹ wahr machen? Also Kindchen, wer hätte das gedacht? Ich muss mich hinsetzen.«

»Ja, das werde ich«, antworte ich lachend. »Vorausgesetzt, ich bekomme das Geld von der Bank dafür.«

»Ach, ist das schön.« Frieda ist immer noch von den Socken.

Das Teewasser kocht und ich gieße den Tee in die angewärmte Kanne. Auch etwas, das Frieda mir beigebracht hat.

»Frieda, du musst mir unbedingt ein paar Rezepte für deine wundervollen Kuchen geben«, bitte ich sie.

»Natürlich. Ich kann dir auch gerne welche machen, wenn du möchtest … Ich freue mich ja so. Weißt du, ich bin die letzten Jahre, seit mein Hermann tot ist, immer so allein gewesen. Und seitdem ich dich kennengelernt habe, war immer was los.«

»Und das wird noch viel besser. Was denkst du, wenn wir im nächsten Frühjahr bei mir auf der Terrasse sitzen und deinen selbst gemachten Butterkuchen essen …«

»Neee, meine Liebe, du wirst nicht sitzen. Du wirst Cappuccino machen und den Butterkuchen nicht *essen*, sondern *verkaufen*«, sagt sie lachend, und gemeinsam tragen wir den Tee und den Kuchen nach draußen.

Wie ich mir schon dachte, versteht sich Frieda prächtig mit Nini und meiner Mutter, die ihr natürlich die ganze Geschichte ihrer ›Brief-Freundschafts-Liebe‹ mit Steve erzählt.

»O ja, das verstehe ich nur zu gut, dass Sie sich endlich auch persönlich kennenlernen wollen. So lange habe ich bei meinem Hermann nicht gewartet. Ich wusste gleich, dass wir beide zusammengehören«, sagt Frieda und sieht mich bedeutungsvoll an.

Nini beschäftigt sich währenddessen mit Jojo, und ich habe den Verdacht, dass ihr hier zu viel über die Liebe geredet wird. Die beiden machen einen kleinen Spaziergang, und ich kann Frieda in Ruhe von unserem aufregenden Wochenende berichten. Obwohl Frieda schon 84 ist, hat sie sehr moderne Ansichten und kann Ninis Kummer gut verstehen.

»Ach, so etwas hat es immer schon gegeben, auch in meiner Jugendzeit«, sagt sie. »Und wenn sich dieser Marcus so verhalten hat, dann war er einfach nicht der Richtige für unsere Hübsche.«

Ich muss lachen, als sie ›unsere Hübsche‹ sagt. Frieda, die leider nie eigene Kinder hatte, wäre ganz bestimmt eine gute Mutter und Oma geworden. Wie schön, dass sie nun mit uns eine kleine ›Ersatzfamilie‹ gefunden hat. Ich sehe meine Mutter an und erkenne, dass sie genau dasselbe denkt.

»So ein Liebeskummer tut natürlich unglaublich weh«, meint Frieda. »Am besten wäre eine Ortsveränderung für Nini. Dann würde sie nicht immer an ihre Zeit mit Marcus erinnert werden. Können Sie sie nicht mit nach Amerika nehmen?«

»Damit sich mein Steve noch in das junge Gemüse verliebt? O nein. Der soll sich mal schön in *mich* verlieben. Übrigens, ich bin Luise. Wir können uns doch duzen«, sagt meine Mutter zu Frieda, und ich sehe, wie Frieda sich darüber freut.

»Was für eine sympathische ältere Dame«, sagt meine Mutter, als ich sie am Abend nach Hause fahre. »Da wirst du eine nette Nachbarin haben. Und ich habe das Gefühl, sie ist auch froh, wenn sie nicht mehr so alleine ist. Und für dich und Nini ist es auch schön, wenn sich jemand um euch kümmert, wenn ich bald nicht mehr hier bin.«

»Mama. Erstens brauche ich niemanden, der sich um mich kümmert. Und zweitens ist Frieda 84, und da wird dies wahrscheinlich eher umgekehrt sein, auch wenn sie noch so moderne Ansichten hat.«

»Es ist trotzdem gut, wenn jemand ein bisschen ein Auge auf euch beide hat. Da gehe ich beruhigter. Und Leon ist ja auch noch da. Wann kommt er eigentlich zurück aus Düsseldorf?«

Ach, meine Mutter. Auf der einen Seite möchte sie ein neues Leben beginnen und zu ihrer ›großen Liebe‹ reisen, auf der anderen Seite macht sie sich jetzt schon Sorgen um uns.

Was mich angeht, habe ich es gar nicht so eilig, Leon wiederzusehen. Dann wird nämlich eine Aussprache vonnöten sein, fürchte ich.

Doch zunächst muss ich einen Businessplan erarbeiten, den ich bei der Bank vorlegen kann. Die nächsten Tage bin ich vollauf damit beschäftigt, mir Gedanken zu machen, wie ich meine Idee der Bank am besten verkaufen kann.

Zum Glück kommt Eva aus dem Urlaub zurück und verspricht, an einem der nächsten Abende bei mir vorbeizuschauen. Sie ist völlig überrascht, dass sich in ihrer Abwesenheit so viel in meinem Leben getan hat. Da sie selbstständig ist, kann sie mir einige sehr hilfreiche Tipps geben. Braungebrannt steht sie eines Abends vor meiner Tür und hält ein bunt verpacktes Päckchen in den Händen.

»Du siehst ja toll aus«, sage ich zur Begrüßung, und das meine ich ehrlich. Ihre Haare sind noch kürzer geschnitten und leuchten hellblond über ihrem braunen Gesicht.

»Du, wir hatten so eine schöne Zeit«, schwärmt sie.

»Dieser Club war einfach fantastisch. Die Mädels hatten unglaublich viel Spaß und haben Tennis gespielt, gesurft oder sich mit den anderen am Strand getroffen. Und Tim und ich hatten endlich ein bisschen Zeit füreinander. Das hat uns so gutgetan.«

»Ich freu mich für dich«, sage ich und drücke ihre Hand.

»Tim war so aufmerksam und zärtlich wie am Anfang unserer Beziehung. Soll ich dir was sagen? Ich fühle mich wie neu verliebt.«

O ja. Dieses Gefühl kenne ich nur zu gut. Bei dem Gedanken an Christian spüre ich schon wieder die Schmetterlinge im Bauch. Mittlerweile müsste er bereits in Kanada sein. Warum nur habe ich ihn nicht noch schnell angerufen, bevor er geflogen ist? Ich bin so dumm. Wahrscheinlich dachte ich wieder mal, der Mann müsse sich zuerst melden. Kunststück, wie soll er? Er hat doch gar keine Nummer von mir. Ich nehme mir vor, ihn nachher noch anzurufen, bevor ich schlafen gehe.

Nini und ich haben Rigatoni mit Lachs, kleinen Ofentomaten und einen leckeren Salat zubereitet, den wir uns jetzt mit Eva zusammen schmecken lassen.

»Ich hab so zugenommen im Urlaub«, stöhnt Eva. »Eigentlich wollte ich jetzt wieder abnehmen, aber diese Sahnesoße ist einfach so köstlich.«

»Also, ich finde, du hast überhaupt nicht zugenommen. Und wenn, dann steht dir das ausgesprochen gut«, sage ich und entkorke eine Flasche Rotwein.

»Nun packt schon eure Mitbringsel aus«, drängelt Eva. Sie hat mir eine edle, cognacfarbene Ledertasche mitgebracht und für Nini ein Bettelarmband aus Silber mit einem Engel-Anhänger daran. Wie lieb von ihr. Selbst in ihrem ›Liebesurlaub‹ hat sie an uns gedacht. Es ist einfach schön, eine solch gute Freundin zu haben.

Nach dem Essen verabschiedet sich Nini zu Valerie. Sie ist immer noch deprimiert, und das merkt auch Eva.

»Was ist denn los?«, fragt sie, als Nini weg ist. Ich

erzähle ihr die ganze Geschichte, und Eva ist voller Mitgefühl. »Arme Kleine. Was machen wir nur mit ihr?«

Eva, die ja selbst eine schwere Zeit hinter sich hat, schlägt ähnlich wie Frieda vor, dass ich mit ihr in Urlaub fahren soll, um sie auf andere Gedanken zu bringen.

»So gern ich das täte, Eva. Ich habe das Geld nicht dazu. Du weißt, dass ich mich selbstständig machen möchte. Dafür muss ich einen Kredit aufnehmen, da kann ich nicht auch noch in Urlaub fahren.«

»Soll ich euch was leihen?«, fragt Eva darauf. »Ich meine ja nur, es wäre so gut für sie …«

»Nein, auf keinen Fall. Ich fahre doch nicht auf Pump in Urlaub.«

Aber im Grunde ist die Idee mit dem Wegfahren gar nicht so schlecht, es würde Nini ganz bestimmt aufheitern. Vielleicht fällt mir ja irgendetwas ein, was nicht so viel Geld kostet.

Doch zuvor müssen Eva und ich uns an die Arbeit machen. Wir erarbeiten zusammen einen Businessplan, und Eva weist mich darauf hin, dass ich nicht nur ein Gewerbe anmelden, sondern wahrscheinlich sogar eine Gaststättenunterrichtung bei der Handelskammer besuchen muss. Ein Bekannter von ihr hatte wohl im letzten Jahr eine Imbissbude eröffnet und ihr davon erzählt. Bei diesem eintägigen Kurs lernt man die einwandfreie Verarbeitung und korrekte Aufbewahrung von Lebensmitteln.

»Ach, Eva. Wie soll ich das nur alles bezahlen?«, frage ich sie ängstlich.

»Du, mein Bekannter hat, glaub ich, ein Existenzgründungsdarlehen von der Bank erhalten. Soviel ich weiß, hat er an die Bank einen schriftlichen Antrag gestellt, in dem er ihnen genau beschrieben hat, welcher Art sein Betrieb sein soll, was er dort anbieten möchte und mit welchen Kosten wie Miete, Mitarbeiter, Geräte usw. sein Unternehmen zu rechnen hat. Ebenso hat er die künftigen Einnahmen und den möglichen Gewinn errechnet und so etwas wie eine Standortanalyse beigefügt.«

Auweia. Das klingt kompliziert. Wie soll ich das nur schaffen?

»Hör mal, wenn das so ein Dösi wie der Mike hinbekommen hat, dann werden wir beide das auch schaffen«, macht Eva mir Mut.

Wir sitzen mit einem Block, einem Kuli und der Rotweinflasche auf dem lila Sofa und entwerfen ein grobes Gerüst für dieses Schreiben. Das kann ich in den nächsten Tagen ja noch überarbeiten.

Da es nicht bei dem einen Gläschen Wein geblieben ist, blödeln wir allerdings ziemlich bald nur noch herum.

»Du musst diesen Banker auf jeden Fall davon überzeugen, dass so ein Café in Nußdorf fehlt. Notfalls musst du deine weiblichen Reize einsetzen«, sagt Eva ernsthaft.

»Eva! Ich plane doch ein Café und kein Bordell.«

Sie kichert. »Wer weiß? Vielleicht wäre es einfacher, *dafür* Geld zu bekommen? Du, ich könnte dir ein paar ganz heiße Tipps geben.«

»Ach, das brauchst du nicht. Wahrscheinlich könntest du sogar von mir was lernen«, antworte ich vielsagend.

»Ach ja? Gibt's da vielleicht irgendetwas, was ich nicht von dir weiß?«

Darauf antworte ich nicht, sondern sehe sie nur tiefgründig an.

»Tz, tz. Diese stillen Wasser«, meint Eva. »Wie geht's eigentlich Leon?«

»Leon ist in Düsseldorf auf der Weinmesse. Mit Anouk. Ich konnte Nini doch nicht allein lassen.«

Da Eva selbst Mutter ist, versteht sie mich natürlich.

»Und das macht dir gar nichts aus?«, fragt sie mich.

»Ach, Eva, ich war so wütend auf ihn. Ehrlich gesagt, glaube ich nicht, dass Leon der richtige Partner für mich ist. Er hat so verständnislos reagiert und nur an sich und seine blöde Weinmesse gedacht. Dabei weiß er doch, dass ich ein Kind habe. Und Nini ist nun mal das Wichtigste in meinem Leben. Ich glaube, das sieht er einfach nicht. Er sieht nur sich und mich als Paar. Nini soll am besten auf ein Internat oder sich sonst irgendwie unsichtbar machen. Ich meine, wenn er *uns* in den drei Jahren wirklich bei sich gewollt hätte, dann wären Nini und ich doch schon längst bei ihm auf dem Weingut, oder etwa nicht?«

»Hm, ich kann verstehen, dass du wütend auf ihn bist. Dass er *so* reagiert, hätte ich nicht gedacht. Aber vielleicht war er mit der Situation einfach überfordert. Schließlich hat er selbst keine Kinder. Ich glaube schon, dass er dich liebt, doch du darfst nicht vergessen, dass er ein Mann ist. Männern fehlt es manchmal extrem an Einfühlungsvermögen. Ihr solltet euch aussprechen, wenn er zurück ist. Sag ihm, dass dich das gestört hat. Nur dann kann er etwas ändern. Glaub mir, ich spreche aus Erfahrung. Man muss darüber reden, was einen stört, und darf nichts in sich hineinfressen. Sonst staut sich das auf, und irgendwann ist es zu spät.«

»Ich glaube fast, das ist es schon«, sage ich traurig. Denn im Augenblick denke ich eindeutig mehr an Christian als an den Mann, mit dem ich seit drei Jahren zusammen bin.

Als Eva sich verabschiedet, ist es schon ziemlich spät, und wir beide sind todmüde. Nini ist schon längst zu Hause und hört in ihrem Zimmer tieftraurige Songs.

»Denk noch mal über den Urlaub nach«, rät Eva, bevor sie mich herzlich umarmt.

»Das würde euch beiden guttun. Ach, übrigens, kann ich ein paar Zeitschriften mitnehmen? Für meine Kundinnen und fürs Strandbad«, fragt sie, als sie an unserem kleinen Couchtisch vorbeikommt.

»Klar. Und nochmals tausend Dank für deine Hilfe und für deine wunderschönen Geschenke. Du solltest doch kein Geld für uns ausgeben …« So ganz gerade bekomme ich die Sätze nicht mehr heraus.

»Hab ich gerne gemacht für euch. Tschüss und bis bald. Ich drück dir die Daumen für deinen Kredit.«

Kapitel 19
London calling

Als ich im Bad die Zähne putze, denke ich noch einmal in Ruhe über Evas Worte nach. Es wäre sicher gut für Nini, wenn sie ein bisschen vom Bodensee wegkäme, wo sie im Moment einfach alles an Marcus erinnert. Er hält sich ja in Australien auf und hat im Moment sicher genug Abwechslung. Angeblich hat er Nini ein paar SMS geschickt, die sie allesamt ignoriert hat. Bis auf eine, in der er nachfragte, ›ob sie denn jetzt schwanger sei‹, und die sie mit einem einzigen Wort, nämlich ›nein‹, beantwortete. Auf jeden Fall ist sie immer noch traurig, und ich kann das kaum mit ansehen. Aber ich habe schon eine Idee, wie ich sie auf andere Gedanken bringen kann. Gleich morgen werde ich bei meiner Freundin Carol, die ja gleichzeitig ihre Patentante ist, anrufen und von Ninis Kummer erzählen. Bestimmt lädt sie uns für ein paar Tage nach London ein. Da ich sie schon lange nicht mehr besucht habe, würde ich mich auch riesig freuen, sie wiederzusehen, ganz zu schweigen von der Traumstadt London, die ich schon immer geliebt habe. Außerdem ist Carol eine erfolgreiche Innenarchitektin und kann mir bestimmt viele Tipps für die ›Butterblume‹ geben. Und die Flüge nach London sind nun wirklich nicht mehr teuer. Bei dem Gedanken daran, Nini eine Freude zu machen und Carol wiederzusehen, wird mir ganz warm ums Herz.

Als ich endlich in meinem kuscheligen Bett liege, erinnere ich mich wieder an die Nacht in der Kajüte mit Christian. Wie geborgen ich mich in seinen Armen gefühlt habe. Wenn er nur hier wäre. Dabei fällt mir ein, dass ich ihn anrufen wollte. Das kann ich ja immer noch tun, in Kanada ist jetzt erst Nachmittag. Wo hat Christian noch einmal seine Handynummer drauf geschrieben? Auf eine Zeitschrift in meiner Badetasche, glaube ich. Ja, genau, die InStyle war's. Sofort springe ich aus dem Bett und suche hektisch im Wohnzimmer nach der InStyle mit der Telefonnummer. Ich suche und suche, aber sie ist nirgends. Ob sie bei Nini im Zimmer ist? Ach, Mensch, das gibt es doch nicht. Sie muss doch hier irgendwo sein … Dann fällt es mir ein: Eva. Sie hat verschiedene Zeitschriften mitgenommen, da war sie sicher dabei. Ich versuche sofort, sie auf dem Handy zu erreichen, aber das Handy ist aus. O nein. Gleich morgen früh muss ich sie anrufen.

Blöderweise ist Evas Handy auch am nächsten Morgen noch aus. Bei meinem Anruf bei ihr zu Hause erfahre ich von Tim, dass sie bis nachmittags bei einer Kundin ist. Na, toll.

Ich bin aber auch wirklich zu blöd. Wie konnte ich nur so etwas Wichtiges wie Christians Handynummer verbummeln? Die einzige Telefonnummer, die ich überhaupt von ihm habe. Na ja, das stimmt nicht ganz. Ich habe noch die Telefonnummer von seiner Kanzlei in Stuttgart. Zuvor kann ich es ja noch mal heute Nachmittag bei Eva versuchen.

Als Nächstes rufe ich Carol an. Sie freut sich unheimlich, von mir zu hören, und wir reden über den Sommer in London. Dann fragt sie: »Und wie geht es bei euch? Was macht der schöne Bodensee? Und was macht mein hübsches Patenkind? Genießt sie ihre Ferien?«

Carols Akzent ist echt süß, aber sie spricht sehr gut Deutsch. Das liegt sicher daran, dass sie einige Zeit hier gelebt hat.

»Ach, Carol …«, antworte ich ihr, »der Bodensee ist traumhaft schön, das Wetter ist toll, und man kann jeden Tag schwimmen gehen. Aber Nini geht es im Moment leider gar nicht gut. Sie war seit dem Frühling so verliebt und glücklich, doch dann dachte sie, sie sei schwanger …«

»Dachte sie? Ist sie es nicht?«

»… nein, zum Glück nicht, aber ihr Freund hat sie verlassen. Und jetzt hat sie solchen Liebeskummer.«

»Oje, das tut mir leid. Soll sie froh sein, dass sie ihn los ist. Besser jetzt, als dass er sie später im Stich lässt, oder?«

»Ja, trotzdem macht sie gerade eine schwere Zeit durch. Alles hier, die Stadt, die Promenade, der See …, erinnert sie an ihre gemeinsame Zeit mit Marcus«, erzähle ich weiter.

»Ich hab eine Idee!«, ruft Carol begeistert. »Warum kommt ihr beide nicht für ein paar Tage her? Peter ist bei seiner Mutter in Manchester und ich bin allein in der großen Wohnung. Wir können ein bisschen London …, wie sagt man?«

»… du meinst, London unsicher machen?«, freue ich mich.

»Ja, genau. Das wäre ein Spaß.«

Ich hatte gehofft, sie würde das sagen.

»Warum bist du nicht mit Peter zu deiner Schwiegermutter gefahren?«, frage ich.

»Ach, weißt du …, ich habe mich nicht so gut gefühlt für ein paar Tage. Aber jetzt ist alles okay und mir ist langweilig, denn ich habe auch Ferien. Also, wann kommt ihr?«

»Danke, Carol, das ist ein tolles Angebot. Du bist eine echte Freundin. Ganz bestimmt wird Nini sich riesig freuen. Und sie wird ein bisschen Abstand zu allem hier bekommen. Ich werde gleich nach einem günstigen Flug suchen und melde mich später noch mal bei dir, ja?«

»Ja, super.« Ich habe das Gefühl, dass Carol sich ehrlich freut, dass wir kommen.

Ich recherchiere ein wenig im Internet und habe Glück:

Es gibt am Freitag zwei günstige Flüge mit Germanwings nach London ab Stuttgart. Ich buche sie gleich und freue mich richtig, Nini davon zu erzählen.

»Stell dir vor, Nini, Carol hat uns nach London eingeladen. Peter ist anscheinend für ein paar Tage in Manchester, und sie fühlt sich ein wenig allein. Was meinst du?«, frage ich sie.

Leider fällt ihre Freude darüber sehr verhalten aus.

»Ja, okay, warum nicht?« Sie zuckt gelangweilt mit den Schultern.

Wenn wir erst im Flugzeug sitzen, wird sich ihre Stimmung schon bessern, da bin ich mir ganz sicher.

Vorher muss ich auf jeden Fall noch diesen dämlichen Businessplan für die Bank erarbeiten. Ein paar Notizen haben wir ja gestern bereits gemacht, aber er sollte natürlich schon noch etwas professioneller aussehen. Ich setze mich gleich an den Schreibtisch und mache mich daran, die wichtigen Punkte in ein ordentliches Gesuch zu verwandeln.

Dazwischen versuche ich immer wieder, Eva zu erreichen, leider ohne Erfolg.

Verflixt, wo steckt sie nur? Am Abend ruft sie endlich zurück.

»Ist deine Wohnung abgebrannt oder Ninis Schwangerschaftstest doch positiv ausgefallen oder warum hast du 32 Mal auf meinem Handy angerufen?«, fragt sie lachend.

»Mach bitte keine Scherze, Eva. Es geht um Leben und Tod. Wo warst du nur?«

»Um Leben und Tod? Donnerwetter. Dann schieß mal los«, sagt sie, meine Frage, wo sie denn war, ignorierend.

»Kannst du dich an die Zeitschriften erinnern, die du gestern Abend mitgenommen hast?«

»Klar kann ich das. So betrunken war ich auch wieder nicht. Was ist damit? Ist dir eingefallen, dass du in der einen das Kreuzworträtsel noch nicht gemacht hast?«

»War die InStyle dabei? Und hast du die noch? Bitte, Eva, es ist wirklich wichtig.«

»Aha. Wahrscheinlich war da von Jeans die Rede, die mindestens zwei Größen schlanker macht, und die willst du dir jetzt kaufen, stimmt's? – Aber nein, ich hab die leider nicht mehr. Die hab ich heute Morgen mit zu Frau Schöbele genommen, weil die zur Dauerwelle immer so lange sitzen muss. Und du kennst sie ja, sie ist auch so ein modisch interessierter …«

»O nein, Eva. Das darf nicht wahr sein!« Ich sinke entmutigt auf mein geliebtes Sofa.

»Entschuldige mal, wenn ich gewusst hätte, dass dir diese Zeitung so wichtig ist, dann hätte ich sie nicht weiter verschenkt. Ich dachte, du hättest sie bereits gelesen, aber ich kaufe dir natürlich sofort ein neues Exemplar«, sagt Eva ein bisschen genervt. Sie weiß ja nicht, wie wichtig ausgerechnet diese InStyle für mich ist.

»Nein, Eva, ich brauche keine *neue* InStyle. Ich brauche *genau die*, die du gestern Abend mitgenommen hast, und zwar ganz dringend. Ist echt superwichtig. Kannst du bitte gleich mal bei Frau Schöbele anrufen, bitte, bitte«, flehe ich sie an.

Eva ist total irritiert, verspricht aber, gleich bei ihrer Kundin anzurufen unter der Bedingung, dass ich ihr verrate, warum ich diese Zeitschrift so dringend brauche.

»Da steht eine Telefonnummer drauf, von jemandem,

der … mir sehr wichtig ist«, sage ich nur. »Bitte beeil dich.«

Eva weiß zwar immer noch nicht, warum ich so drängle, hat aber Mitleid mit mir und verspricht, gleich dort anzurufen.

Es dauert eine halbe Stunde, bis sie sich wieder meldet.

»Sorry, Maja, hab sie leider nicht gleich erreicht. Tja, ich hab schlechte Nachrichten … Frau Schöbele war mit ihren Kids im Strandbad … Ich will ja nicht wissen, wie ihre frische Dauerwelle jetzt aussieht … Na ja, auf jeden Fall hatte sie die InStyle dabei und ein bisschen darin herumgeblättert, und weil sie ihr Obst auf der Zeitschrift geschnitten hat und sie ihr nach diesem Nachmittag ausgelesen und ramponiert erschien, hat sie sie beim Ausgang in den Mülleimer geschmissen und …« erzählt Eva.

»Was? O nein, das gibt es nicht! Da muss ich sofort hin!«

»Maja, bist du jetzt total übergeschnappt? Du willst mir doch nicht erzählen, du willst ins Strandbad und dort in der Mülltonne herumwühlen?«

Aber ich gebe ihr keine Antwort mehr, sondern lege einfach auf und renne aus der Tür, schwinge mich auf mein Rad und düse, so schnell ich kann, zum Strandbad.

Natürlich muss ich erst Eintritt zahlen, auch wenn ich mich nur mal kurz in den Mülltonnen umsehen will. Der junge Mann am Eingang sieht mich an, als sei ich nicht richtig im Kopf. Damit hat er ja nicht ganz unrecht. Nach einer Stunde gebe ich auf. Meine Suche bleibt erfolglos. Einige Menschen, die Mitleid mit mir hatten, halfen beim

Suchen, auch wenn sie wahrscheinlich jetzt noch rätseln, warum eine Frau nach einer Zeitschrift im Mülleimer sucht, statt einfach eine neue zu kaufen.

Ich bin verzweifelt. Wie konnte ich nur so dumm sein. Warum habe ich Christian nicht gleich angerufen und die Nummer in meinem Handy abgespeichert? Das ist wieder mal typisch für mich und meine Unsicherheit. Erst abwarten und sich interessant machen. So eine blöde und unnötige Theorie. Sicher hätte er sich gefreut, wenn ich mich gemeldet hätte. Und jetzt? Hört er gar nichts von mir … und denkt womöglich, ich hätte kein Interesse. Verflixt, verflixt, verflixt.

Als ich nach Hause komme, steht Eva vor der Tür mit einer neuen InStyle und einer Großpackung Trüffelpralinen.

»Ich dachte, du hast das nötig«, sagt sie mitfühlend.

»Ach, Eva …«, wir gehen nach oben, setzen uns auf meinen Balkon, trinken ein Gläschen Eistee, und ich erzähle ihr den Teil der Geschichte von Christian, der ihr noch fehlt.

»Donnerwetter. Du machst ja Sachen. Da gehst du einfach mit einem Wildfremden segeln und mietest mal eben so sein Haus, während du in seinen Armen liegst, oder wie muss ich das verstehen?«, fragt sie neugierig.

»Ja, genau. So ähnlich jedenfalls. Ach, ich weiß auch nicht, wie das passiert ist. Ich weiß nur eines: Es hat sich verdammt richtig angefühlt. Und ich kann seitdem an nichts anderes mehr denken …«

»Und Leon?«, fragt Eva wieder.

»Leon? Der ist in Düsseldorf. Und wer weiß, was da mit dieser Anouk läuft. Oder schon gelaufen ist. Mit Leon ist es irgendwie nicht das Richtige, das merke ich so langsam. Mit Christian war es ganz anders, wir haben uns so gut verstanden, auch ohne Worte …«

»Ohne Worte …, ja, klar, ich versteh' schon«, sagt Eva und zwinkert mir verschwörerisch zu.

»Eva, ich glaube, ich habe mich verliebt. Und jetzt kann ich ihn nicht erreichen, weil die blöde Telefonnummer auf der Zeitschrift steht, die in irgendeinem Mülleimer im Strandbad oder vielleicht sonst wo ist. Was mach ich jetzt nur?«, frage ich verzweifelt.

»Hm, was ist mit dem Internet? Oder hast du sonst eine Adresse von ihm, privat oder geschäftlich?«

»Hätte ich dann in den Mülleimern gewühlt? Nein, ich hab nur die von seiner Kanzlei in Stuttgart.«

»Na, das ist doch schon mal was. Morgen früh rufst du dort an und fragst nach seiner Mobilnummer. Oder der Nummer der Kanzlei in Kanada. Kopf hoch. Und wenn das nicht klappt: Er kommt doch wieder … Dann musst du eben die paar Wochen abwarten, bis er wieder am See ist. Du weißt schließlich, wo du ihn dann finden kannst. In der Seestraße …«

Eva ist ein echter Schatz. Sie freut sich riesig, dass ich ihre Idee beherzigt habe und mit Nini nach London zu Carol fliege.

Ich wünschte nur, ich könnte Christian irgendwie erreichen.

Gleich am nächsten Morgen versuche ich es in seiner Kanzlei in Stuttgart. Dort läuft allerdings ein Band: »Hier ist die Kanzlei von Christian Keller in Stuttgart, guten Tag. Wir haben vom 24. August bis 15. September

Betriebsferien. Sie erreichen uns wieder ab dem 15. September zu den gewohnten Geschäftszeiten, Montag bis Freitag von 9 bis 12 und Dienstag und Donnerstag von 15 bis 17.30 Uhr. Vielen Dank, auf Wiederhören.«

Na, super. Also muss ich wohl warten. Entweder, bis Christian zurück am See oder wieder in der Kanzlei ist. Vielleicht meldet er sich ja vorher bei mir? Doch die Frage ist, wo? Er kennt ja weder meine Adresse noch meine Telefonnummer. Ich bin immer noch wütend auf mich selbst. Wie konnte ich nur so dumm sein?

Die nächsten Tage habe ich allerdings keine Zeit, mir darüber Gedanken zu machen, denn ich muss den Businessplan für die Bank fertigstellen, einen Termin mit derselben vereinbaren und mich auch noch von meiner Mutter und Frieda verabschieden, bevor wir nach London fliegen.

Die Woche vergeht wie im Flug, und ich bin pünktlich am Freitagvormittag zum Termin bei dem Kredit-Sachbearbeiter Herrn Roth in der Bank. Gegen Mittag will Eva uns abholen, um uns zum Flughafen zu fahren.

»So, Frau Winter, dann wollen wir mal sehen.«

Herr Roth, ein blässlicher Mittvierziger mit schlecht sitzendem grauen Anzug und randloser Brille, blättert gelangweilt in den Unterlagen.

»Sie wollen also einen Kredit aufnehmen ..., um ... ein Café zu eröffnen?«, fragt er ernst. Ich muss seine Krawatte anstarren, die leuchtend lila direkt ins Auge sticht. Welch mutige Farbe. Bestimmt ein Weihnachtsgeschenk seiner Frau oder Schwiegermutter.

»Ja, genau. Ein Café direkt am Seeufer. In einem wunderschönen alten Haus in Nußdorf. Aber das können Sie alles aus meinen Unterlagen ersehen.« Ich habe vorsichtshalber ein Foto der ›Butterblume‹ beigefügt. Die Mappe ist richtig schön und aussagekräftig geworden, finde ich.

»So, so, und was gibt Ihnen Anlass zur berechtigten Hoffnung, dass diese Geschäftsidee von Erfolg gekrönt sein könnte?«, fragt er hochnäsig.

»Nun, an diesem Standort kommen insbesondere in den Sommermonaten sehr viele Menschen vorbei. Spaziergänger, Radfahrer, Urlauber. Ich kann mir gut vorstellen, dass viele über die Möglichkeit, sich mit einem kühlen Getränk zu erfrischen, begeistert wären. Es gibt dort nämlich weit und breit weder ein Café noch einen Kiosk oder etwas Ähnliches.«

»Sie sagen, in den Sommermonaten? Und was haben Sie in den *Wintermonaten* vor? Urlaub machen?«

Was denkt sich dieser arrogante Kerl. So langsam geht mir seine blöde Art auf den Wecker.

»Natürlich werde ich im Winter *ein paar Tage* Urlaub machen. Je nachdem, wie anstrengend die Saison wird. Und dass sie anstrengend werden wird, davon gehe ich aus. Aber selbstverständlich soll mein Café auch im Winter geöffnet sein. Gerade im Winter trinken die Leute gerne einen warmen Kaffee oder Tee. Des Weiteren plane ich einige Aktivitäten wie Dichterlesungen, Kunstausstellungen und weitere Events, wie Sie in meinen Unterlagen lesen können.« Mein Gott, ist das anstrengend. So langsam bricht mir der Schweiß aus. Ich will das Geld doch nicht von ihm persönlich und geschenkt, sondern nur geliehen, und das gegen Zinsen. Und ich werde es auf Heller und Pfennig (oder sagt man jetzt Cent?) zurückbezahlen.

»Ah ja …«, Herr Roth nickt betulich. »Ich sehe bei der

Pachtsumme noch eine leere Stelle. Ist das mit der Pacht noch nicht geklärt?«, fragt er weiter.

»Doch, doch. Das mit der Pacht ist schon sicher. Nur der Betrag muss noch eingesetzt werden. Mein Vermieter, Herr Keller, befindet sich momentan im Ausland und …«, stammle ich.

»Gut.« Herr Roth legt meine Mappe auf die Seite. »Ich denke, dann sollten wir abwarten, bis Herr Keller aus dem Ausland zurück ist. Die Höhe der Pacht ist natürlich eine wichtige Berechnungsgrundlage. Haben Sie irgendwelche Sicherheiten? Wenn ja, welcher Art?«

Das ist die Frage, vor der ich mich die ganze Zeit schon gefürchtet habe.

»Nein. Ich brauche den Kredit für die Einrichtung des Cafés und eine Kaffeemaschine sowie Kühlmöglichkeiten. Diese Sachwerte wären meine einzige Sicherheit …«

Herr Roth runzelt die Stirn. Irgendwie habe ich das Gefühl, dass das hier nicht gut ausgehen wird.

Er steht auf, gibt mir die Hand und sagt: »Frau Winter, vielen Dank für Ihren Besuch. Bitte teilen Sie uns so bald wie möglich die Höhe der zu zahlenden Pacht mit. Wir werden dann intern über Ihren Antrag entscheiden. Einen schönen Tag und auf Wiedersehen.«

Dieser fiese Arrogantling. Am liebsten würde ich ihm sagen, wie hässlich sein komischer Anzug an ihm aussieht und dass man schon lange keine so breiten Krawattenknoten mehr trägt. Schon gar nicht in lila. Also, ich weiß, warum ich nie mit einem Banker zusammen sein könnte.

Ich bin immer noch wütend, als wir über die Autobahn Richtung Stuttgart fahren. Eva lacht sich dagegen halb kaputt, als ich ihr eine kurze Beschreibung von Herrn Roth gebe. Gar so lustig finde ich das nun doch nicht. Schließlich brauche ich das Geld, sonst kann ich kein Café aufmachen. Sobald wir aus London zurück sind, muss ich unbedingt Christian erreichen. Und zwar nicht nur, um nach der Höhe der Pacht zu fragen. Sobald das finanzielle Problem gelöst ist, muss ich mich dann um die anderen Dinge kümmern:

Meine Wohnung in Überlingen kündigen, ein Gewerbe anmelden, diesen komischen Gastro-Kurs machen, Farbe kaufen, renovieren, den Umzug planen und so weiter. Es gibt viel zu tun.

Aber erst einmal machen wir uns ein paar schöne Tage in London. Von meinem noch bei Herrn Aschenbrenner verdienten Geld aus dem Wohnungsverkauf, das ich für ›Notfälle‹ gespart hatte, habe ich ein bisschen was abgezwackt. Also wenn das hier kein ›Notfall‹ ist, dann weiß ich auch nicht. Als wir gerade auf dem Parkplatz am Flughafen eintreffen, klingelt mein Handy. Verflixt, natürlich ist es wieder mal ganz unten in der Handtasche.

Es ist Leon, der mir mitteilt, dass er wieder zurück aus Düsseldorf sei und sich mit mir treffen wolle. Seine Stimme ist immer noch distanziert, aber vielleicht bilde ich mir das auch nur ein.

»Oh, hallo, Leon. Schön, dass du wieder zurück bist. Wie war es denn auf der Messe? Gut? Nein, leider kann ich mich nicht mit dir treffen. Nini und ich sind nämlich am Flughafen. Wir fliegen in etwa einer Stunde zu Carol nach London.«

»Ihr fliegt nach London? Ach ja, so schlecht geht es deiner Tochter wohl nicht, dass sie nicht schon wieder shoppen gehen könnte.«

Also, das ist eine Frechheit. Hätte er die leiseste Ahnung, wie mies Nini in der letzten Zeit drauf war, würde er nicht so kalt und gefühllos daherreden.

»Wir wollen nicht shoppen, sondern Carol besuchen. Sie hat uns eingeladen, nachdem sie erfahren hat, dass es Nini nicht gut geht. Immerhin ist sie ihre Patentante.« Und ich kann mir nicht verkneifen zu sagen: »Es gibt eben noch Menschen, die Mitgefühl haben mit anderen und nicht nur ans Geschäft denken.«

»Entschuldige bitte, dass ich mich um meinen Lebensunterhalt kümmere. Es ist schade, dass du für meine Arbeit so gar kein Verständnis hast«, giftet Leon zurück.

»Leon, ich möchte mich nicht mit dir streiten«, sage ich einlenkend. »Aber ich glaube, unsere Leben sind einfach zu verschieden. Das passt einfach nicht mit uns.«

»Was meinst du damit?« Seine Stimme wird schneidend. »Willst du dich von mir trennen, oder was? Du willst drei Jahre wegwerfen, weil ich in den letzten paar Tagen nicht Händchen haltend am Bett deiner Tochter gesessen bin?«

»Darum geht es nicht. Leon, lass uns am besten darüber reden, wenn ich zurück bin, ja? Ich melde mich nächste Woche.«

»Dann wünsche ich einen guten Flug.«

Ich kann förmlich hören, dass Leon sauer ist.

Eigentlich ganz gut, dass ich jetzt ein paar Tage nicht da bin und diese Aussprache noch ein wenig vor mir herschieben kann. Es fällt mir ja selbst schwer, diese Beziehung zu beenden. Wir hatten eine echt gute Zeit zusammen, aber in den letzten Monaten habe ich mich immer öfter gefragt, ob ich wirklich zu Leon und zu diesem Leben mit ihm passe. Es geht ja nicht nur um uns beide.

Die Arbeit auf dem Gut ist nicht einmal das Problem: Ich denke, das kann man alles lernen. Ich finde sogar, dass der Weinanbau eine äußerst spannende Sache ist. Es ist nur …, diese geballte Ladung ›Familie‹, angefangen von dieser kühlen Katharina über den schweigsamen Robert und die eingebildete Susann. Die Einzige, die ich wirklich mag, ist Emily. Wenn ich ehrlich bin, vermisse ich sie sogar ein wenig. Ich glaube, Emily geht in dieser Familie völlig unter. So hat zum Beispiel niemand erkannt, was für ein enormes künstlerisches Potenzial in ihr steckt. Sie lebt einfach so mit den anderen mit und ist froh, wenn man sie in Ruhe lässt. Um unsere neu gewonnene Freundschaft täte es mir schon leid, wenn ich mich von Leon trennen würde.

Wieso denke ich jetzt auf einmal ›trennen würde‹. Nein, ›trenne‹ muss es doch heißen. Ich war mir so sicher. Oder etwa doch nicht?

Ich bedanke mich bei Eva, umarme sie herzlich und Nini und ich gehen durch den Zoll. London, wir kommen.

Kapitel 20
Shopping Queen

Wie üblich, wenn wir in London-Stansted landen, haben wir eine knapp anderthalbstündige Zugfahrt vor uns, bis Carol uns am Bahnhof Liverpool Street abholt. Ich nutze diese Zeit, um Nini noch mal nach Marcus zu fragen, aber sie hat anscheinend keine Lust, über ihn zu reden.

Stattdessen nimmt sie mit großen Augen die vielen Vororte der Großstadt in sich auf, während ich meinen Gedanken nachhänge und über Christian und Leon nachdenke. Wenn wir zurück sind, muss ich unbedingt eine Entscheidung treffen und mich mit Leon auseinandersetzen. Doch wenn ich ehrlich bin, hat mein Herz diese Entscheidung längst getroffen. Und es brauchte dazu nur eine einzige Nacht auf einem kleinen Segelboot … Alles, was ich im Unterbewusstsein schon längst geahnt hatte, erscheint mir nun klar und deutlich. Das Problem ist nur, dass ich nicht weiß, wie ich das Leon klarmachen soll. Ich meine, er ist immer so nett und großzügig zu mir gewesen.

»Als ob das für ein gemeinsames Leben reichen würde«, flüstert meine innere Stimme.

»Das weiß ich doch auch, dass das nicht reicht«, sage ich laut.

»Dass was nicht reicht? Haben wir nicht genug Geld dabei?«, fragt Nini.

Ich muss lachen. So weit ist es schon mit mir gekommen, dass ich Selbstgespräche führe. Ich bin eindeutig zu lange Single gewesen. Wenn ich mit Christian nur reden könnte, um herauszufinden, ob ihm diese Nacht dasselbe bedeutet hat wie mir. Es würde mir schon helfen, seine Stimme zu hören. Spätestens in ein paar Wochen wird er aus Kanada zurück sein, dann werde ich sehen, ob es mit uns weitergeht oder ob er nur mein ›Vermieter‹ bleibt.

London empfängt uns mit strahlendem Sonnenschein. Ich kenne das Klischee vom ewigen Regen und Nebel in England, persönlich erlebt habe ich das noch nie. Wenn ich hier war, war es ganz oft sonnig oder zumindest trocken. Vielleicht sind wir vom Bodensee nicht gerade empfindlich, was ›Nebel‹ angeht, denn den kennen wir zumindest in den Frühlings- und Herbstmonaten ebenfalls sehr gut.

Carol begrüßt uns freudestrahlend und sieht wie üblich super aus. Sie trägt eine türkisfarbene Tunika im Folklorestil, weiße Caprihosen und Ballerinas, dazu filigrane Ohrhänger aus Türkisen. Sie hat ein paar Pfund zugenommen, seit wir uns das letzte Mal gesehen haben, und es steht ihr gut, nicht mehr ganz so dünn zu sein.

»Wie schön, dass ihr da seid!« Sie umarmt uns, und wir laufen zu ihrem Mercedes Cabrio.

»Es war so einsam und langweilig ohne Peter. Er hat schon angedroht, wieder zurückzukommen, aber das wollte ich nicht. Er sieht seine Mutter doch so selten.«

Ruhig und sicher steuert Carol ihren Wagen durch das dichte Verkehrsgetümmel der Großstadt. Wie jedes Mal, bin ich begeistert von den vielen historischen Gebäuden und der einzigartigen Atmosphäre dieser großartigen Stadt. Auch Nini ist offensichtlich beeindruckt, denn sie kann den Blick nicht von den interessanten Häusern und Geschäften lösen. Glücklicherweise kommen wir auf dem Weg zu Carols Wohnung bereits an einigen Sehenswürdigkeiten vorbei, so dass wir morgen nicht gleich auf Sightseeing-Tour gehen müssen. Als wir das letzte Mal hier waren, war Nini einige Jahre jünger und bei Weitem nicht so interessiert an der Stadt wie heute.

Ich atme tief durch und lasse mich in das weiche Polster sinken. Es ist gut, dass ich mit ihr hergekommen bin.

Carols und Peters Wohnung befindet sich in einem weißen, eleganten Gebäude in ›Queens Gate‹ in Kensington, einer schönen und sicheren Wohngegend in der Nähe vieler berühmter Museen. Als wir an Harrods in Knightsbridge vorbeifahren, werden Ninis Augen noch größer.

»Gehen wir da morgen mal hin?«, fragt sie. Carol und ich sehen uns nur an und lächeln. Das Schöne an unserer Freundschaft ist, wir können monatelang keinen Kontakt haben und dann ruft die eine die andere an, und wir reden zwei Stunden. Oder wir sehen uns nach Ewigkeiten wieder, und es ist, als hätten wir erst gestern einen Cappuccino zusammen getrunken.

Carol und ich haben eine Abmachung: Sind wir am Bodensee, reden wir Deutsch. Sind wir in London, reden wir Englisch miteinander. Obwohl da manchmal witzige Dialoge entstehen, weil mein Englisch bei Weitem nicht so gut ist wie ihr Deutsch, weswegen wir oft in einen Mix aus beiden Sprachen verfallen.

Wir bringen unser Gepäck in ihre Wohnung und frischen kurz unser Make-up auf. Denn der Abend ist zu jung, um ihn zu Hause zu verbringen, und Carol kennt ein neues Pub in Notting Hill, in dem wir zu Abend essen wollen. In Carols schicker Designerküche wird nämlich nur sehr selten gekocht, sehr zum Leidwesen Peters, der gutes Essen zu schätzen weiß. Da die beiden keine Kinder haben und gut verdienen, können sie natürlich oft in die tollsten Lokale zum Essen ausgehen – falls Peter dies nicht berufsbedingt schon getan hat. Carol gibt sich auch gern mit einem Salat und einem Apfel zufrieden, was der

Hauptgrund für ihre schlanke Figur sein dürfte, Sport treibt sie nämlich keinen. Ihre knallrote Designerküche ist so ziemlich das Modernste, was man in ihrer großen Altbauwohnung findet. Die fünf Zimmer sind sonst mit Antiquitäten und edlen Ledermöbeln, aber auch Vintagestücken vom Flohmarkt und ausgefallenen Lampen ausgestattet. Man sieht an jedem Stück, dass Carol ein Händchen für Inneneinrichtung hat, aber das ist ja ihr Beruf. Trotzdem wirkt die Wohnung nicht so durchgestylt wie in einem Möbelhaus, im Gegenteil, durch die vielen Bücher, Kissen und Bilder entsteht eine unglaublich behagliche Wohlfühl-Atmosphäre, und ich kann mir gut vorstellen, dass die beiden nach einem anstrengenden Arbeitstag bei einem Gläschen Rotwein hier herrlich entspannen können.

»Du hast dein Geschäft im Moment geschlossen?«, frage ich Carol, als wir in dem Pub namens ›The cow‹ in Notting Hill sitzen und auf der Menükarte, auf der eine Kuh zu sehen ist, die Speisen aussuchen. Nini entscheidet sich für Black Gnocchi, und Carol und ich bestellen zusammen die ›Fruits de Mer‹, da diese hier absolut himmlisch sein sollen. Dazu wähle ich einen französischen Sauvignon Blanc (vielleicht könnte Leon ja hier mit seinen Bodenseeweinen ins Geschäft kommen), Nini nimmt eine Cola light und Carol … eine Flasche Wasser. Wasser? Carol ist bekannt dafür, dass sie uns alle, klein und zierlich, wie sie ist, unter den Tisch trinken kann. Ich sehe sie fragend an.

»Ja, weißt du, ich trinke im Moment keinen Alkohol«, sagt sie ausweichend.

»Was soll das heißen, du trinkst im Moment keinen Alkohol? Das hast du sonst höchstens gesagt, wenn ihr am Abend zuvor mal wieder eine Party mit viel zu vielen Cocktails gefeiert habt. So ein Gläschen Wein habe ich dich noch nie ausschlagen hören.«

Und auf einmal muss ich nur in ihre Augen sehen, um zu wissen, warum Carol keinen Alkohol trinkt. Und warum sie so gut aussieht und ein paar Pfund zugenommen hat. Und warum Peter alleine zu seiner Mutter gefahren ist, weil es ihr ›ein paar Tage nicht so gut ging‹.

»Carol, du bekommst ein Baby?«, frage ich sie leise.

Carol nickt glücklich und sagt: »Endlich. Wir haben so lange darauf gewartet. Ich habe schon gar nicht mehr geglaubt, dass ich jemals Mutter werde. Und dann wollte Peter diese Reise buchen …, nach Neuseeland.

Und auf einmal war ich schwanger.«

»Ach, Carol, ich freue mich so für euch. Seit wann weißt du es?« Ich stehe auf und umarme meine Freundin.

»Erst ein paar Wochen. Am Anfang war mir immer schlecht … und …«

Bei diesen Worten bricht Nini in Tränen aus und geht aus dem Raum.

»Oh, Entschuldigung, das muss furchtbar für sie sein«, sagt Carol betroffen.

»Na ja, eigentlich nicht. Nini ist ja froh, dass sie *nicht* schwanger ist. Aber ich glaube, diese schreckliche Zeit kommt ihr gerade wieder in Erinnerung. Wie sie sich gefühlt hat und welche Angst sie hatte, sie könnte mit 17 Mutter werden. Und dass ausgerechnet der Junge, in den sie bis über beide Ohren verliebt ist, sie im Stich gelassen hat. Warte bitte einen Moment, ich bin gleich wieder da.« Und mit diesen Worten gehe ich Nini hinterher.

»Hey, Maus«, sage ich, als ich sie hinter der Toilettentür schniefen höre. »Komm mal heraus.« Es dauert eine Weile, dann öffnet sich die Tür.

»Ich weiß, ich bin blöd, gell, Mami?«, sagt sie weinerlich.

»Was für ein Quatsch. Ist doch kein Wunder bei dem, was du hinter dir hast«, antworte ich.

»Ich freu' mich wirklich für Tante Carol, aber ich musste eben wieder an Marcus denken und wie er reagiert hat und gesagt hat, es sei nicht sein Problem und so.«

»Ja, das ist es auch nicht mehr, zum Glück. Wir vergessen jetzt mal den Blödi und machen uns einen schönen Abend. Und morgen gehen wir ein bisschen in die Stadt, was meinst du, meine Hübsche?« Nini wischt sich die Tränen ab und legt ein wenig Make-up auf. Ich nehme sie in den Arm. »Na, siehst du, nichts zu sehen. Und jetzt schauen wir mal, wie die schwarzen Gnocchi schmecken.«

Dieser kleine Gefühlsausbruch bleibt jedoch der einzige in unserem Londonurlaub. Die nächsten Tage vergehen wie im Flug, wir sind fast nur unterwegs in den zauberhaften Geschäften, tollen Museen und coolen Pubs. Abgesehen von den berühmten Sehenswürdigkeiten wie Buckingham Palast, Piccadilly Circus, Trafalgar Square, Hyde Park, Tower Bridge, die wir alle zu Fuß abklappern, sehen wir uns viele Kunstgalerien und Museen an. Um alle in Ruhe anzuschauen, müssten wir mindestens drei Monate bleiben, denke ich, und wir haben schließlich auch ein paar Geschäfte eingeplant … London ist für mich die tollste Stadt, was Shopping angeht. Allein bei Harrods könnte ich Tage verbringen. Man sieht so viele ungewöhnliche und schöne Dinge wie sonst kaum irgendwo. Und was die Mode angeht, hat London die Nase ganz vorn. Auch Nini ist begeistert und aus den coolen Läden fast nicht herauszubekommen. Das Tolle ist, dass gerade alle Sommersachen drastisch reduziert sind und teilweise die aktuelle Herbstkollektion schon hängt. So ersteht Nini zum Beispiel ein süßes Minikleid und eine schicke Lederjacke, die sie auch im Herbst gut miteinander kombinieren kann und die am Bodensee garantiert niemand hat. Carol und ich treiben uns in den Babymodegeschäften herum und tätigen allerhand Leichtsinnskäufe, weil die Sachen so niedlich sind. Ich kaufe einen süßen Stoff-Marienkäfer als Spieluhr, der dem Baby Glück bringen soll und die Melodie ›You are my sunshine, my only sunshine‹ spielt. Außerdem erstehe ich ein hübsches Top für Eva, das um die Hälfte reduziert ist. Also da muss ich ja zugreifen, oder etwa nicht? Passende Ohrhänger gibt es in Covent Garden, wo wir in den alten Markthallen trendige kleine Läden entdecken. Als Abschiedsgeschenk überreiche ich Carol eine wunderschön bestickte Tunika von Karen Millen, die sie die ganze Schwangerschaft über tragen kann.

»Maja, das sollst du doch nicht!«, schimpft sie mit mir an unserem letzten Abend, als wir ausnahmsweise bei ihr zu Hause bleiben. Wir sind erschöpft von den vielen Touren durch die Läden und Galerien und haben keine Lust mehr auszugehen.

»Ich wusste, dass du kein Geld von mir annehmen würdest«, sage ich zu ihr.

»Ja, wofür auch? Dafür, dass ich einen Riesenspaß mit euch hatte und ihr mich aus meiner Einsamkeit befreit habt? Du spinnst wohl«, meint sie lachend.

»Vielen, vielen Dank, liebe Carol, du weißt nicht, was

mir dieser Urlaub bedeutet hat. Erstens, dich so glücklich zu sehen. Ich freue mich für euch und kann es nicht erwarten, euch zu dritt wiederzusehen. Und zweitens, wie gut diese Tage für Nini waren. Sie war so verzweifelt, so völlig ohne Freude in der letzten Zeit. Und hier bei dir ist sie so gelöst.«

Wie auf ein Stichwort steckt sie den Kopf durch die Tür und fragt: »Soll ich uns einen Salat machen?«

»Au ja«, sagen wir beide gleichzeitig. Nini verschwindet in der tollen Küche und wir reden weiter.

»Sie ist ein ganz anderer Mensch, seit sie hier ist«, sage ich noch einmal.

Carol überlegt eine Weile und schlägt dann vor: »Willst du sie nicht hierlassen? Ich meine, nicht nur für die Ferien?«

»Du liebe Zeit, nein. Wie meinst du das?«

»Na, ich dachte nur … Es würde ihr vielleicht guttun. Wenn sie wirklich so sehr unter der Trennung von Marcus leidet, wie du sagst, würde ihr der Abstand helfen. Du hast selber gesagt, sie sei hier ein anderer Mensch. Sie könnte hier zur Schule gehen für ein Jahr oder so. Das wäre für ihr Englisch super. Und mir könnte sie ein bisschen helfen, mit dem Haushalt und der Firma. Wenn ich bald nicht mehr so beweglich bin …, ich meine ja nur.«

»Carol. Das kann nicht dein Ernst sein. Ich sterbe ohne Nini«, sage ich empört.

»Als ob ich das nicht wüsste«, antwortet sie lachend. »Aber denk doch an sie. Wenn es gut für sie wäre … Früher oder später musst du sie sowieso loslassen. Und wenn sie zum Beispiel im September kommen würde, dann könnte sie bis zum Frühling hierbleiben. Überleg es dir. Es ist ein Angebot, und sie hätte es gut bei uns. Ich würde schon auf sie achten, damit sie nicht unter die Räder kommt.«

Nur über meine Leiche. Obwohl das Angebot ja wirklich gut gemeint ist, kann ich mir beim besten Willen nicht vorstellen, dass Nini hier ein Jahr in der Großstadt leben soll. Ohne mich? Ausgeschlossen.

Wir essen den leckeren, von Nini mit Schafskäse zubereiteten Salat und dazu frisches Baguette und etwas gebratenes Putenfleisch, und Carol gießt mir noch ein Gläschen Cabernet Sauvignon ein. Aber irgendwie sind wir alle traurig und in Abschiedsstimmung. Die letzten Tage habe ich Carol viel von der ›Butterblume‹ erzählt und musste versprechen, ihr einen Grundriss zu schicken, damit sie sich ein paar Gedanken wegen der Gestaltung machen kann. Wieder ein Grund, mit Christian sprechen zu müssen. Sie unterstützt mich in meinen Plänen und ermutigt mich, nicht aufzugeben.

»›Wenn der Wind der Veränderung weht, bauen die einen Mauern und die anderen Windmühlen.‹ Altes chinesisches Sprichwort. Das ist jetzt dein Ding. Zieh es durch und bau deine Windmühle.« Bei ihren aufmunternden Worten fühle ich mich mutig genug, diesen Schritt trotz aller Zweifel zu wagen.

Und dann ist die Zeit des Abschieds gekommen.

»Pass auf dich auf, meine Liebe«, sage ich zu Carol und nehme sie fest in den Arm. »Und nochmals vielen, vielen Dank für alles.«

»Es gibt nichts zu danken«, antwortet sie und hat doch tatsächlich eine Träne im Auge.

»Maja, denk dran, was ich dir gesagt habe, ja? Und

noch etwas …«, sie sieht mich ernst an, »ich hab noch keine Patentante für mein Baby. Wie wär's?«

Kapitel 21
Das Weinfest

Die Tage in London haben uns gutgetan. Nini freut sich darauf, ihren Freundinnen die neueste Mode aus der Szenestadt zu präsentieren, und ich bin nicht nur froh, meine Freundin wiedergesehen zu haben, sondern habe auch schon einige Ideen für die Inneneinrichtung der ›Butterblume‹ gewonnen. Dummerweise ist die Sache mit dem Kredit noch nicht entschieden. Trotzdem bin ich voller Tatendrang. Sobald ich zu Hause bin, werde ich mich um die Gaststätten-Konzession kümmern. Und ich hoffe, dass Christian bald zurückkommt. Ich möchte ihn so gerne wiedersehen. Das Gefühl, in seinen Armen zu liegen, war einfach unbeschreiblich schön.

Kaum zu Hause angekommen, fahre ich daher gleich zur ›Butterblume‹ und gehe in das Haus, um noch mal in Ruhe alle Räume anzuschauen. Mir wird bewusst, dass ich zum ersten Mal ganz alleine hier bin. Erst war Christian dabei, dann Nini und meine Mutter. Seltsam ist, dass ich mich beim Betreten des Hauses sofort wieder heimisch fühle. Alle Räume sind leer und unbewohnt, und doch habe ich nicht das Gefühl, fremd zu sein. Ich reiße die große Terrassentür auf und atme tief ein. Das Wasser plätschert sanft gegen die Mauer, und eine winzige Dunstschicht liegt über dem See. Jetzt, Anfang September, kann man schon das nahe Ende des Sommers erahnen. Noch sind die Tage heiß und sonnig, aber die Abende werden schon ziemlich kühl. Ich sehe zu ›Sommerwind‹ hinüber, dem Segelboot, auf dem ich vor Kurzem mit Christian noch so glücklich war.

Seufzend gehe ich wieder hinein, schließe alles gut ab und gehe zu Fuß zu Frieda hinüber. Jojo und Frieda freuen sich sehr, dass ich wieder da bin, und sofort wird Teewasser aufgesetzt. Als hätte sie geahnt, dass ich heute komme, hat Frieda frischen Butterkuchen gebacken, und wir machen es uns draußen gemütlich. Natürlich muss ich unsere ganze London-Tour erzählen, und Frieda hört aufmerksam zu.

»Das klingt ja toll«, sagt sie. »Mein Hermann und ich waren immer nur im Schwarzwald. Und bei meinen Eltern in Ostfriesland. Die Queen hätte ich schon mal gern gesehen.«

Ich muss lachen, wie Frieda sich das vorstellt, als ob die Queen höchstpersönlich mal eben bei Harrods zum Shoppen wäre.

»Geht es dir gut, liebe Frieda?«, frage ich sie, denn sie sieht ein wenig blass aus.

»Ja, natürlich. Schlechten Leuten geht's immer gut, hat schon mein Vater immer gesagt«, antwortet sie lächelnd.

»Wenn es danach ginge, dürfte es *dir* eigentlich gar nicht *gut* gehen.«

Obwohl wir scherzen, bin ich ein wenig besorgt, denn sie ist wirklich auffallend blass und ihre schmale Hand zittert noch mehr als sonst, als sie den Tee eingießt.

»Frieda, könnte es vielleicht sein, dass Christian in letzter Zeit mal wieder hier war?«, frage ich sie, während wir aufs Wasser schauen und die Segelboote beobachten.

»Also ich habe ihn nicht gesehen, leider nicht, Herzchen. Sonst hätte ich dich angerufen. Nein, wirklich nicht. Aber ich habe ja auch manchmal ein Schläfchen gehalten, deshalb kann ich es nicht hundertprozentig sagen.«

»Ach, schade«, seufze ich. »Ich müsste ihn dringend sprechen wegen meines Kreditantrags. Ich muss die Höhe der Pacht wissen.«

»Wann sollte er wieder in seinem Büro in Stuttgart sein, sagtest du?«, fragt Frieda weiter.

»Soviel ich weiß, so um den 13. herum.«

»Ich würde es trotzdem *vorher* versuchen. Vielleicht ist er ja schon früher zurück oder zumindest seine Sekretärin«, rät Frieda. Sie hat immer so gute Ideen.

Ich verspreche, morgen wieder vorbeizukommen und dann ein bisschen mit Jojo spazierenzugehen und verabschiede mich.

Auch meine Mutter scheint uns vermisst zu haben und lädt uns für den kommenden Mittwoch zum Essen zu sich nach Hause ein. Nun sind es nur noch wenige Wochen, bis sie nach Amerika fliegen will, und sie freut sich schon so sehr darauf. Ich kann sie ja verstehen. Ich kenne Christian noch nicht so lange, aber würde am liebsten auch einen Flug nach Kanada buchen.

Stattdessen ruft am Abend Leon an und will sich mit mir verabreden. Ich vertröste ihn auf morgen und verspreche, mit ihm essen zu gehen. Nicht einmal die Aussicht auf das gute Essen im ›Rosmarin‹ lässt mich eine gewisse Vorfreude empfinden.

In der Nacht schlafe ich schlecht, denn ich grüble ununterbrochen, ob es richtig ist, was ich tue. Schließlich stehe ich auf und erstelle mal wieder eine Pro-und-Contra-Liste.

Was dafür spricht, dass ich mit Leon zusammenbleibe:

Wir kommen gut miteinander aus.

Wir haben regelmäßigen und guten Sex.

Er ist reich und kann mir ein tolles gesellschaftliches Leben bieten.

Er wohnt in einem der schönsten Anwesen hier am Bodensee.

Was dagegen spricht, dass ich mit Leon zusammenbleibe:

Seine Mutter.

Seine Familie.

Seine sexy Marketing-Assistentin (bzw. meine Eifersucht auf sie).

Er hat kein Verständnis für Nini.

Christian.

Ich glaube, ich liebe Leon nicht.

Als ich den letzten Punkt geschrieben habe, wird mir klar, dass eigentlich allein dieser ausreicht, die Beziehung zu beenden. Doch das ist nicht so einfach, denn die drei Jahre mit ihm lassen sich nicht von heute auf morgen auslöschen. Wir hatten ja eine gute Zeit zusammen. Doch ich muss es realistisch sehen. Reicht eine ›echt gute Zeit‹ aus, um miteinander die Zukunft zu planen? Ich bin nicht mehr 17 und habe somit nicht mehr alle Zeit der Welt vor mir. Und ich bin nicht alleine, sondern habe immer noch ein Kind, für das ich die Verantwortung trage. Auch wenn dieses ›Kind‹ schon fast erwachsen ist. Also gehe ich wieder ins Bett und versuche, noch ein klein wenig zu schlafen, um ein bisschen Kraft zu sammeln für das Gespräch, das mich morgen Abend erwarten wird.

Am nächsten Morgen hängen die Wolken tief und es sieht nach Regen aus. Ich hoffe, dass der Sommer nicht schon zu Ende ist. Obwohl der Spätsommer beziehungsweise der Frühherbst am Bodensee eigentlich fast schöner ist als der Hochsommer. Die Tage sind nicht mehr ganz so heiß und das Licht ist so besonders.

Nach meiner morgendlichen Ration Kaffee fühle ich mich wach genug, einen neuen Anlauf in Sachen Anruf in Stuttgart zu starten.

Und tatsächlich: Es nimmt jemand ab. Die Sekretärin scheint schon vor Ende des Urlaubs da zu sein (wahrscheinlich muss sie wichtige Anschreiben für Gerichtstermine tätigen) und meldet sich mit monotoner Stimme.

»Rechtsanwaltsbüro Keller, Sabrina Müller, schönen guten Tag, was kann ich für Sie tun?« Irgendwie habe ich bei diesem Satz das Gefühl, dass ihr der Anruf lästig ist.

»Schönen guten Morgen«, begrüße ich sie daher freundlich. »Da hab ich ja Glück, dass ich jemanden erreiche.«

Sie macht eine kurze Pause, als wolle sie abwarten, ob ich vielleicht weiterrede, und fragt dann: »Was kann ich für Sie tun?«

»Mein Name ist Maja Winter. Ich möchte Herrn Rechtsanwalt Keller sprechen.«

»Das tut mir leid, Frau Winter. Herr Keller ist nicht im Haus.«

»Es ist aber sehr wichtig. Er will mir sein Haus vermieten, und ich muss mit ihm noch einige Details wegen des Vertrags besprechen.«

»Hm«, sie denkt einen Moment nach, »Herr Keller ist noch in Kanada. Bei seiner Frau, in seiner anderen Kanzlei.«

Es zieht mir fast den Boden unter den Füßen weg. Habe ich richtig gehört? Das muss ein Irrtum sein.

»Sie meinen, bei seinem *Onkel* in seiner Kanzlei in Kanada?«, frage ich darum noch einmal nach.

»Ja …, mit seiner Frau.« Sie klingt leicht irritiert. »Also, ich kann ihm gerne etwas ausrichten, wenn Sie mögen. Er meldet sich von Zeit zu Zeit hier im Büro.« Sie macht eine kurze Pause.

»Jedenfalls, solange es das Büro hier noch gibt. Er will es auflösen und ganz nach Kanada übersiedeln. Aber das wissen Sie ja sicher.«

»Natürlich.« Ich bin vollkommen geschockt. Irgendwie fühle ich mich, als würde ich neben mir stehen, als ich sie frage: »Können Sie mir vielleicht seine Handynummer geben, bitte? Es wäre wirklich wichtig.«

»Nein, tut mir leid. Das darf ich nicht. Wie gesagt, ich kann gerne …«

»Aber ich hatte seine Nummer ja schon. Wir sind … befreundet, wissen Sie«, bettle ich sie an. Ich muss unbedingt mit ihm sprechen und herausfinden, was da los ist.

»Also, ich glaube, wenn Sie befreundet wären, dann hätten Sie die Nummer wohl noch. Außerdem könnte sich Herr Keller dann ja auch bei *Ihnen* melden, wenn

Sie *wirklich* befreundet wären, oder etwa nicht?«, antwortet sie misstrauisch. »Wie war noch gleich Ihr Name?«

Aber da habe ich schon aufgelegt. Das kann nicht wahr sein. Christian hat mir doch erzählt, dass er sich von seiner Frau getrennt hat. Oder besser gesagt, sie sich von ihm. Und jetzt sollen sie auf einmal zusammen in Kanada sein? Das kann ich irgendwie nicht glauben.

Was mache ich jetzt nur? Ich bin völlig durcheinander und muss unbedingt mit jemandem reden. Meine Mutter ist so mit ihren Reisevorbereitungen beschäftigt und hat nichts anderes als ihren Steve im Kopf. Außerdem würde sie mir wahrscheinlich nur raten, mich mit Leon zu versöhnen. Nini hat ihre eigenen Sorgen und versucht gerade, Marcus zu vergessen. Der einzige Mensch, der mich verstehen kann, ist Frieda.

Als ich in ihrem Garten eintreffe, sehe ich sie schon von Weitem. Sie steht am Ufer des Sees, klein und zerbrechlich, und ich fürchte schon, der Wind, der gerade einsetzt, könnte sie umpusten. Sie trägt ein geblümtes Sommerkleid und einen Strohhut und sieht auf das aufgewühlte Wasser hinaus.

»Hallo, Frieda!«, rufe ich laut, um sie nicht zu erschrecken.

Sie dreht sich um, und ein Lächeln huscht über ihr Gesicht, als sie mich erkennt.

»Maja, wie schön, dich zu sehen. Ich wollte gerade ein paar Zwetschgen vom Baum holen, um einen schönen Zwetschgenkuchen zu backen, da fing es auf einmal zu stürmen an. Ich musste plötzlich an meinen Hermann denken. Er hat es geliebt, wenn der See so wild war.«

Sie zeigt auf das dunkle Wasser mit den weißen

Schaumkronen, das heute aussieht wie das Meer. Das gegenüberliegende Ufer, sonst so nah, scheint auf einmal weit weg zu sein, und die Konturen zwischen dem dunklen Wasser, den Wolken und dem Land verschwimmen. Einzig die Sturmwarnung leuchtet hell. Frieda hält ihren Hut fest, damit er nicht davonfliegt, und geht vor mir ins Haus.

»Komm, ich mach uns einen schönen Tee.«

Doch da ich sehe, wie sie heute wieder zittert, nehme ich ihr die Kanne aus der Hand und sage: »Lass mich das mal machen, Frieda. Schließlich hast du mir inzwischen beigebracht, wie das geht. Und wenn ich hier bald ein Café aufmachen will, dann sollte ich vielleicht wissen, wie man einen anständigen ostfriesischen Pott Tee kocht. Das heißt, *wenn* ich hier überhaupt ein Café aufmachen werde.«

Frieda setzt sich und atmet schwer.

»Was soll das heißen, *wenn* du überhaupt ein Café aufmachen wirst? Bist du etwa schon wieder wankelmütig geworden?«

»Nein, ganz bestimmt nicht. Aber … es ist so schwer. Im Moment spricht einfach alles dagegen. Ich meine, die Bank ziert sich mit dem Kredit. Christian erreiche ich nicht, und solange ich nicht weiß, wie hoch die Pacht ist, kann ich den Kreditantrag vergessen. Wie soll ich da eine Konzession beantragen? Das steht alles auf wackligen Füßen. Und überhaupt … Christian ist in Kanada, bei seiner Frau.« Ich kann nichts dafür, dass mir auf einmal die Tränen kommen.

»Bei seiner Frau?«

Frieda kann es auch nicht glauben, was mir die Sekretärin erzählt hat.

»Jetzt will ich dir mal was sagen, Mädchen. Gegen das Fehlschlagen eines Plans gibt es keinen besseren Trost, als schnell einen neuen zu machen. Das hat schon Jean Paul gesagt. Lass dich doch nicht immer so leicht entmutigen.« Sie nimmt die Teetassen aus dem Schrank und stellt sie klirrend auf den Tisch, dass ich Angst habe, sie könnten zerbrechen. »Was glaubst du, wäre ich hier und hätte so ein gutes Leben mit meinem Hermann gehabt, wenn ich nicht dafür gekämpft hätte? Manchmal muss man sich für etwas einsetzen, wenn man es wirklich will. Mir haben damals *alle* Leute davon abgeraten, aus meiner Heimat wegzugehen. Zu einem Mann, den ich nicht kannte, in eine ungewisse Zukunft. Ich bin das Risiko eingegangen und habe mich einfach in den Zug gesetzt. Und? Glücklich bin ich geworden.«

Ich muss an meine Mutter denken und an ihren Mut, den sie heute mit fast 70 Jahren aufbringt, um zu ihrer großen Liebe um die halbe Welt zu fliegen. Nur ich bin immer so ein Hasenfuß. Ich frage mich, wie ich es überhaupt geschafft habe, 39 Jahre alt zu werden.

»Glaub mir, ich möchte so gerne das Café aufmachen. Aber was soll ich jetzt tun, Frieda? Und Christian …, meinst du, er ist wirklich mit seiner Frau in Kanada?«

»Das kann ich nicht sagen. Vielleicht weiß die Sekretärin gar nicht richtig Bescheid. Vielleicht war das der ursprüngliche Plan, dass beide zusammen nach Kanada gehen. Vielleicht haben sie sich inzwischen auch getrennt, so wie er es dir gesagt hat.« Ich schöpfe neue Hoffnung. »Vielleicht haben sie sich aber auch wieder versöhnt. So was soll ja bei Eheleuten durchaus vorkommen. Ich weiß, dass dir das möglicherweise wehtut, Maja. Aber du solltest dein Glück nicht von Christian abhängig machen. Wenn sie wirklich *zusammen* nach Kanada gegangen sein sollten, dann ist es doch umso besser, wenn du die ›Butterblume‹ pachtest. Denn von dort hat er keine Möglichkeit, sich um das Haus zu kümmern. Du solltest dir denken: *Jetzt erst recht*. Ruf noch einmal die Sekretärin an und bitte sie um Zusendung des Pachtvertrags, ganz sachlich und förmlich.«

Was für eine gute Idee. Das mache ich gleich, von Friedas Telefon aus. Sofort fühle ich mich viel besser, weil ich etwas unternommen habe.

Frieda ist so eine tolle Frau. Aber sie sieht schon wieder so blass aus und zittert noch mehr als sonst. Hoffentlich habe ich sie mit meiner Jammerei nicht zu sehr aufgeregt.

»Danke, Frieda. Dass du immer für mich da bist und dir all meine Sorgen anhörst, das bedeutet mir so viel. Ich wünschte, ich könnte dir ein klein wenig zurückgeben«, sage ich zu ihr und nehme sie in die Arme.

»Das tust du doch, tausendfach. Ich war in den letzten Jahren immer so allein. Und habe wirklich eine eigene Familie vermisst. Seitdem ich dich kenne, ist wenigstens ständig was los hier. Ganz zu schweigen davon, wie du dich dauernd um Jojo kümmerst. Und ich kann es kaum erwarten, in dein Café zu kommen und ein Tässchen Kaffee oder Tee bei dir zu trinken«, antwortet sie verschmitzt.

»Maja, könntest du mir einen Gefallen tun?«, fragt sie dann noch, auf einmal sehr ernst.

»Natürlich, jeden. Möchtest du einkaufen fahren?«

»Nein, das ist es nicht. Es ist wegen Jojo. Könntest du mir versprechen, dass du sie zu dir nimmst, wenn ich … mal nicht mehr bin?«

»Frieda. Wie kannst du so was sagen. Du lebst noch lange. Wahrscheinlich länger als Jojo.«

Sie lächelt.

»Nein, Maja, das werde ich wohl nicht. Also, was ist? Es wäre mir wirklich eine große Sorge von den Schultern genommen. Ich weiß sonst nicht, was aus der Kleinen hier werden soll, und in ein Tierheim ...«

»... kommt Jojo auf gar keinen Fall. Das verspreche ich dir hiermit hoch und heilig. Sollte dir *wirklich* etwas zustoßen, was ich nicht hoffe und auch nicht glaube, dann kommt Jojo selbstverständlich zu Nini und mir. Und sollte ich dann hier nebenan wohnen, dann wäre Jojo gewissermaßen immer noch *zu Hause* in ihrer gewohnten Umgebung. Ist das so in Ordnung für dich?«

»Ja, da fällt mir wirklich ein Stein vom Herzen. Danke, Maja.«

»Frieda, du fühlst dich doch gut, oder? Oder sollen wir mal zusammen zum Arzt gehen?«

»Nein, Maja, mach dir keine Sorgen um mich. Aber ich bin nun mal eine olle Fru, und es ist nicht immer lustig, alt zu sein, glaub mir. Manchmal muss man einfach daran denken, dass die Tage hier nicht endlos sind.«

»Du würdest es mir aber sagen, wenn du dich nicht wohlfühltest, ja?«, frage ich, immer noch besorgt. »Du weißt, ich habe ein Auto und kann dich jederzeit zum Arzt fahren.«

»Du bist lieb, danke. Aber es ist wirklich nichts.«

Nachdem wir uns schon wieder total verquatscht haben, rufe ich bei Leon auf dem Handy an, um die Verabredung abzusagen. Nach diesem aufregenden Tag bin ich absolut nicht in der Stimmung für ein ›ernstes Gespräch‹ und erfinde irgendwelche Bauchschmerzen.

Leon lässt sich zwar von mir auf einen der nächsten Tage vertrösten, steht aber am Abend plötzlich mit Blumen vor meiner Tür.

Meine ›Krankheit‹ hat er mir ohnehin nicht geglaubt, und als er sieht, dass es mir gut geht, überredet er mich, mit ihm auf das Weinfest nach Meersburg zu gehen.

Eigentlich würde ich mich viel lieber zu Hause einigeln und mich in meiner Enttäuschung über Christians Unaufrichtigkeit vergraben, aber dann fällt mir Friedas ostfriesische unerschütterliche Haltung ein, und ich denke: Jetzt erst recht. Wenn Christian wirklich mit seiner Frau in Kanada ist, obwohl er zu mir gesagt hat, sie seien getrennt, dann kann ich wohl mit meinem ›Noch-Freund‹ auf ein Weinfest gehen, oder nicht?

In Windeseile bin ich geduscht und umgezogen. Der Wind hat die dunklen Wolken wieder weggeblasen und die Sonne erneut zum Vorschein gebracht. Es ist allerdings dadurch nicht mehr so warm wie in den letzten Tagen, und ich wähle deshalb meine weißen Jeans, eine rote Bluse und nehme vorsichtshalber meine Lederjacke mit.

Als wir in Leons Porsche sitzen und Richtung Meersburg fahren, fühle ich mich fast wie früher, wenn er mich abgeholt hat. Ich genieße den Fahrtwind in den Haaren und den herrlichen Blick auf den See. Wir reden nur wenig, aber ich bemerke, dass Leon mich verstohlen von der Seite betrachtet. Er trägt heute sein schwarzes Hemd und seine schwarzen Jeans, ein Outfit, das ich immer besonders an ihm mochte. Ob er es bewusst gewählt hat? Als wir in Meersburg ankommen, herrscht bereits reges Treiben, und das kleine Städtchen ist voller Menschen. Zum Glück hat Leon viele Freunde hier, so dass wir sein Auto in einer Seitengasse in der Oberstadt abstellen können und nicht allzu weit laufen müssen. Das kommt mir sehr entgegen, denn ich konnte es nicht lassen, ein Paar rote, hochhackige Schuhe anzuziehen. Während wir zum neuen Schloss laufen, nimmt Leon auf einmal meine Hand und sagt: »Es tut mir so leid, Maja. Ich wollte mich nicht mit dir streiten.« Er zieht mich an sich. »Ich habe nachgedacht. Vielleicht habe ich falsch reagiert. Ich weiß doch, wie viel dir Nini bedeutet. Und dass du dir Sorgen um sie machst, ist ganz klar. Da konntest du nicht einfach mit mir wegfahren.«

Obwohl ich mich darüber freue, dass Leon offenbar über uns nachgedacht hat und es ihm anscheinend leidtut, wie er reagiert hat, fühlt es sich trotzdem seltsam an in seinen Armen. Wahrscheinlich liegt das an Christian, ich bekomme einfach die Gedanken an uns beide auf dem Segelboot nicht aus meinem Kopf.

»Leon, ich weiß es wirklich zu schätzen, dass du dir Gedanken über uns gemacht hast«, antworte ich daher, »aber, ehrlich gesagt, weiß ich trotzdem nicht, ob das so das Richtige ist mit uns beiden. Unsere Vorstellungen vom Leben sind einfach total unterschiedlich.«

»Aber das ist doch gerade das Spannende an Beziehungen«, sagt Leon und lacht. »Es wäre doch furchtbar, wenn wir alle gleich wären.«

»Ja, schon, aber es ist ja nicht nur das. Ich meine, es gibt doch nicht nur uns, sondern auch noch Nini und deine Familie und …«

»Ach, Schatz. Du grübelst einfach zu viel. Wir lieben uns. Alles andere wird sich finden. Komm zu mir auf das Weingut. Lass es uns einfach ausprobieren. Ich glaube, es wird funktionieren.« Er zieht meinen Kopf zu sich hoch und küsst mich auf die Nasenspitze. »Meine kleine Grübelmaus. Ich hab dich so vermisst.« Und ohne eine weitere Antwort von mir abzuwarten, nimmt er wieder meine Hand und zieht mich in Richtung Festgetümmel.

Auf dem Schlossplatz ist schon fast kein Durchkommen mehr, und da im Moment gerade der Fanfarenzug spielt, ist sowieso keine Unterhaltung mehr möglich. Überall stehen kleine Stände mit Bodenseefischen, Bodenseekäse und natürlich mit Bodenseeweinen. Auch die Familie Römfeld hat einen großen Stand mit ihren Spezialitäten und selbstredend sind die ›üblichen Verdächtigen‹ versammelt. Anouk trägt ein tief ausgeschnittenes Kleid im Trachtenstil und schwingt in ihrem unnachahmlichen französischen Akzent große Reden über die tolle Ernte, die in diesem Jahr zu erwarten sein wird. Robert steht wie gewohnt schweigend daneben, die Nase in sein Weinglas gesteckt, und Susann ist in ein Gespräch mit Bekannten aus ihrem Golfclub vertieft. Katharina scheint nicht da zu sein, und auf meine Nachfrage erfahre ich, dass sie heute zu Hause geblieben ist. Einzig Emily scheint sich riesig zu freuen, mich wiederzusehen, und umarmt mich herzlich. Nachdem Leon ohnehin, kaum dass wir angekommen waren, von Anouk und einigen Geschäftsleuten mit Beschlag belegt wurde, verdrücken Emily und ich uns mit einem Weinglas um die Ecke hinter den Stand und reden ein bisschen.

»Wie geht's dir?«, frage ich sie.

»Ach, immer gleich.« Emily zuckt die Schultern.

»Nichts Neues eigentlich. Hab den Sommer genossen und war viel am See. Ach ja, ein bisschen Schmuck hab ich gebastelt.«

»Schmuck?«, frage ich interessiert.

»Nichts Aufwendiges. Bisschen was mit Swarowski-Steinen und so.«

»Das klingt doch toll. Darf ich mir den mal ansehen?«

»Klar, gerne. Bei den einen Ohrringen habe ich sowieso an dich gedacht, als ich sie gemacht hab. Haben die gleiche Farbe wie deine Augen«, sagt sie lächelnd. Ich kann mir gut vorstellen, dass der selbst gemachte Schmuck sehr hübsch ist, aber in den strengen, verwöhnten Augen von Susann und Katharina nicht bestehen kann.

»Übernachtest du heute bei uns? Dann zeig ich sie dir morgen«, sagt Emily hoffnungsvoll.

Ich werfe einen Blick zu Leon hinüber, der in diesem Moment gerade zu uns herübersieht und lachend sein Weinglas hebt. Ich proste zurück, sage dann aber zu Emily: »Nein, ich glaube nicht.«

»Habt ihr Stress? Mir ist schon aufgefallen, dass du gar nicht mehr kommst.«

»Nein, das ist es nicht. Ich glaube, es ist was Ernsteres. Emily, dir kann ich es ja sagen, denn ich glaube, du verstehst mich. Irgendwie weiß ich nicht mehr, ob das mit Leon und mir das Richtige ist. Ich mag ihn, aber ich weiß nicht mehr, ob das reicht. Weißt du, was ich meine?«

»O ja. Das verstehe ich nur zu gut. Ach je, das würde mir aber leidtun, wenn ihr euch trennen würdet.« Sie sieht mich mit ernster Miene an.

»Ich weiß nicht, ob es dazu kommt, Emily. Im Moment weiß ich irgendwie gar nichts mehr.«

Und dann erzähle ich ihr von der ›Butterblume‹ und meinem Traum, ein Café zu eröffnen.

»Aber das ist doch wunderbar, Maja«, bestärkt mich Emily.

»Ja, schon, aber ich weiß nicht, wie ich Leon und Nini und das Café und das alles unter einen Hut bringen soll. Und was Leon überhaupt dazu sagen wird«, seufze ich.

»Eine starke Frau wie du schafft das doch. Und wenn du das machen willst und mein Bruder dich wirklich liebt, dann wird er es akzeptieren. Ich meine, bis jetzt hast du doch auch einen eigenen Beruf gehabt.«

Ja, einen eigenen Beruf. Und eine eigene Wohnung. Aber ob er es so toll finden wird, wenn ich in ein anderes Haus umziehen werde, ohne ihn? Andererseits könnte er ja zur Abwechslung auch zu mir ziehen? Doch während ich den Gedanken noch nicht einmal zu Ende gedacht habe, weiß ich, dass das Blödsinn ist. Leons Leben ist auf dem Weingut. Leons Leben *ist* das Weingut. Wie aufs Stichwort kommt Leon herüber und zieht mich lächelnd von Emily weg.

»Ich finde es ja schön, dass ihr euch so gut versteht, aber jetzt will ich auch mal was von meiner Freundin haben.«

Später am Abend, als wir beide schon einige Gläschen Wein getrunken haben, tanzen wir eng umschlungen auf der kleinen Tanzfläche vor dem mit vielen Lichtern angestrahlten Schloss, und ich bin fast so weit, Christian zu vergessen.

»Kommst du noch mit zu mir?«, flüstert Leon mir ins Ohr.

Wie üblich werde ich durch den Alkohol unglaublich anhänglich, deshalb nicke ich und entschuldige mich nur kurz auf die Toilette. Auf dem Rückweg schaue ich von oben hinunter auf den dunklen See. Die ganze Stadt

Meersburg strahlt hell an diesem wunderschönen Abend, und hinter mir höre ich die Musik und das Lachen der Menschen. Auf einmal fühle ich mich so allein. Ich weiß nicht, ob es am Alkohol liegt, aber ich bin kurz davor, in Tränen auszubrechen. Was ist nur mit mir und meinem Leben los? Erst plane ich eine Zukunft mit Leon, dann schlafe ich mit einem wildfremden Mann und träume fortan nur noch von diesem. Und jetzt bin ich schon wieder dabei, mit dem anderen nach Hause zu gehen. So kann das nicht weitergehen. Ich muss heim, und zwar gleich und allein. Erst mal muss ich mein Leben sortieren, sonst komme ich völlig durcheinander. Und herausfinden, ob Christian wirklich noch mit seiner Frau zusammen ist. Ich schleiche zurück zum Weinstand, passe Emily ab und sage, dass ich sofort nach Hause muss. Sie soll mich bitte bei Leon entschuldigen und ihm sagen, mir sei schlecht geworden. Sie nickt verständnisvoll, nimmt mich in die Arme und sagt: »Bis bald.« Ich rufe mir ein Taxi und fahre zu Nini.

Kapitel 22
Das Krankenhaus

Während der ganzen Fahrt von Meersburg nach Überlingen plagen mich Gewissensbisse. Leon hat sich heute Abend so nett verhalten und hat mich sogar gebeten, mit Nini zu ihm zu ziehen. Und was mache ich? Lasse ihn sitzen und verabschiede mich nicht mal. Aber ich konnte einfach nicht mehr bleiben. Auf einmal ging mir Christian nicht mehr aus dem Kopf. Ich fühle mich schrecklich. Doch als ich zu Hause ankomme, weiß ich, dass es richtig war, heimzufahren. Nini sitzt im Dunkeln tränenüberströmt auf dem lila Sofa.

»Hallo, Maus! Was ist denn los?« Bevor sie antworten kann, fängt sie schon wieder an zu weinen.

»Mama, ich halte das nicht aus. Ich kann nicht mehr.«

Ich nehme sie in den Arm, damit sie sich beruhigen kann. Dann erfahre ich den Grund für ihren Kummer. Nini war mit ein paar Freunden im Café Walker an der Uferpromenade einen Cocktail trinken. Marcus war auch dort mit seiner neuen Freundin. Vor Ninis Augen flirtete und knutschte er anscheinend hemmungslos mit ihr herum. Dieser Mistkerl. Gut, dass er ihre Tränen nicht wert ist, wussten wir ja schon seit der Babygeschichte. Aber dass er so gefühllos ist, hätte ich nicht von ihm gedacht.

»Ach, Süße. Nimm das doch nicht so schwer. Es gibt viele nette Jungs, und du bist so hübsch. Vergiss ihn einfach«, versuche ich, sie zu trösten.

»Das kann ich nicht, Mama. Ich hab's versucht. Ich kann nicht einschlafen, ohne an ihn zu denken und an die Zeit, die wir hatten. Und morgens ist es das Erste, woran ich denke, wenn ich aufwache. Und ich hatte immer Angst und gleichzeitig die Hoffnung, ihn wiederzusehen. Und dann ist er da mit dieser …, dieser … Ich halte das nicht aus!«

Sie tut mir so leid. Normalerweise müsste sie jetzt wütend auf ihn sein und ihn erst recht vergessen. Aber das sagt sich so leicht. Wenn man liebt, handelt man nicht nach dem Verstand. Dabei fällt mir mein eigenes ›verrücktes‹ Verhalten wieder ein.

»Mama, als wir in London waren …«, schnieft Nini weiter, »da hat Tante Carol doch mit dir über mich gesprochen, oder?«

O Gott, sie hat in der Küche unser Gespräch mit angehört.

»Was meinst du, Schatz?« Ich tue so, als wüsste ich nicht, worauf sie hinaus will.

»Tante Carol hat dir angeboten, ich könnte ein Jahr bei ihr verbringen, stimmt's?«

»Ja, sie hat so was angedeutet. Sie meinte, du würdest dich in London wohlfühlen, und sie könnte ein bisschen Hilfe brauchen, jetzt, da sie schwanger ist …«

»Mama, darf ich das? So ein Auslandsjahr wäre wirklich super für mein Englisch. Und außerdem *muss* ich hier weg. Ich ertrage das nicht länger, alles erinnert mich hier an diesen Mistkerl.«

»Aber Nini. Du kannst doch vor deinen Problemen nicht davonlaufen. Manchmal muss man sich den Schwierigkeiten im Leben stellen. Du kannst doch nicht nur, weil du jetzt gerade unglücklich bist, so eine Entscheidung treffen und einfach abhauen. In ein paar Wochen geht es dir bestimmt besser und …«

Sie unterbricht mich.

»Nein, das glaube ich nicht, Mami. Ich hab's versucht. Nur in London ging es mir gut, da war ich weit weg und habe überhaupt nicht an ihn gedacht. Aber seit ich wieder hier bin, fühle ich mich von Tag zu Tag schlechter. Ich hab schon mit Tante Carol telefoniert. Sie würde sich riesig freuen, und ich soll dir sagen, dass sie auch auf mich aufpassen würde.« Nini lächelt schief. »Bitte, Mami. Es ist doch nur für ein paar Monate. Dann bin ich wieder bei dir.«

»Und was ist mit deiner Schule? Du kannst doch nicht einfach ein Jahr aussteigen?«, frage ich, alarmiert, weil ihre Planung offenbar schon weit gediehen ist.

»Das muss ich gar nicht. Ich gehe dort zur Schule. Das ist sogar gut für mich. Was meinst du, wie das mein Englisch pusht. Und nächstes Jahr mach ich hier die zwölfte einfach noch mal. Ist doch egal, ob ich ein Jahr früher oder später fertig bin, oder? Dann bekomm ich sicher super Noten, vor allem in Englisch, und kann mich in Ruhe auf mein Abi vorbereiten.«

»Nini, das kann ich so nicht entscheiden. Ich muss erst mal in Ruhe darüber nachdenken, einverstanden?« Ich streiche ihr sanft über den Kopf. »Und jetzt schlaf schön. Wir reden morgen über alles, ja?«

Ich muss wohl nicht betonen, dass diese Nacht wieder mal eine schlaflose für mich ist.

Am nächsten Morgen rufe ich Leon an und entschuldige mich für mein unmögliches Verhalten am Abend zuvor. Aber da ich auch wieder Schwierigkeiten mit Nini andeute, hat er Verständnis und tröstet mich sogar. Danach rede ich lange mit Carol am Telefon. Sie ermutigt mich, Nini zu ihr zu schicken. Sie meint, wir könnten zwei Fliegen mit einer Klappe schlagen (allerdings sagt sie »mit einer Klatsche schlagen«, was mich zum Lachen bringt): Nini würde es leichter fallen, Marcus in London zu vergessen, und für ihre Sprachkenntnisse wäre es auch gut.

»Haben wir nicht immer gesagt, dass Nini eines Tages für eine Weile nach London kommen soll? Warte nur, bis dein Patenkind groß genug ist, dann schicke ich es auch zu dir nach Deutschland«, meint sie lachend.

»Ich weiß, dass wir oft darüber gesprochen haben, aber doch nicht gleich für ein ganzes Jahr«, wende ich ein.

»Wenn sie Heimweh bekommt oder sonst etwas sein sollte, kannst du sie jederzeit vorher holen«, schlägt Carol vor.

Nachdem sie mir noch einmal versichert hat, dass sie gut auf Nini aufpassen und es ihr bei ihnen ganz bestimmt gut gehen wird, legen wir auf. Vielleicht hat sie ja recht. Für Nini wäre es sicher nicht schlecht. Es fällt mir nur so furchtbar schwer, loszulassen.

Die Post kommt und bringt als Überraschung einen großen Umschlag von der Kanzlei Keller, Stuttgart. Mein Herz klopft laut, und ich traue mich kaum, ihn aufzumachen. Endlich ein Lebenszeichen von Christian. Es ist jedoch nur der Pachtvertrag mit einer lächerlich geringen monatlichen Pacht. Christian möchte weniger Miete von mir, als ich für die kleine Wohnung hier bezahle. Das ist zwar sehr nett von ihm, aber das kann ich doch nicht annehmen. Leider findet sich kein Brief von ihm in dem Umschlag, wie ich es gehofft hatte, lediglich ein kleiner gelber Post-it klebt auf dem Vertrag mit dem lapidaren Satz: ›Hallo Maja, anbei der versprochene Pachtvertrag, welchen du bitte unterschrieben an meine Büro-Adresse nach Stuttgart zurücksendest. *Falls* du überhaupt noch pachten willst. Alles Gute, Christian‹.

Ich bin vollkommen fertig. Also, das ist ja wohl eindeutig, dass Christian nichts mehr von mir wissen will. Ansonsten hätte er sich gemeldet, angerufen, wäre vorbeigekommen, hätte mit mir geredet. Stattdessen lässt er mir diesen Vertrag zuschicken mit einer lächerlichen Notiz obendrauf. Offenbar hat ihm unser kleiner Ausflug bei Weitem nicht so viel bedeutet wie mir. Ich blöde Kuh. Ich bin so wütend auf mich selbst. Wie konnte ich mir nur einbilden, ich sei für ihn mehr als nur ein kleines Abenteuer? Bestimmt war die ganze Zeit geplant, dass er mit seiner Frau nach Kanada geht, und er wollte nur mal nebenbei mit einer anderen schlafen. Na, super. Wahrscheinlich hat er ein schlechtes Gewissen und die Pacht ist deshalb so gering. Ja, so muss es sein. Er hält es nicht einmal für nötig, mir das persönlich zu sagen. Ich bin so wütend, dass ich am liebsten den Vertrag zerreißen und das ganze Projekt aufgeben will. Doch dann fallen mir Friedas Worte wieder ein: ›Jetzt erst recht!‹.

Wenn Christian weit weg ist und sich nicht um das Haus kümmern kann, ist es doch in Ordnung, wenn ich das tue. Und *das* war schließlich mein Traum von Anfang an. Von einer Liebesbeziehung mit Christian war nie die Rede. Und wenn er mir jetzt diesen Traum mit Hilfe der geringen Pacht ermöglicht, kann ich doch zufrieden sein. Bevor ich es mir anders überlegen kann, unterschreibe ich den Vertrag, klebe ebenfalls ein Post-it darauf mit den Worten: ›Hallo, Christian. Vielen Dank für den Vertrag, den du hiermit unterschrieben zurückbekommst. Für *euch* auch alles Gute, Maja‹. Und ich rufe sofort bei der Bank an und teile Herrn Roth die mickrige Höhe der Pacht mit, in der sicheren Gewissheit, dass nun der Zusage des Kreditantrags nichts mehr im Wege steht.

Nini und ich fahren zu meiner Mutter und erzählen von Ninis London-Plänen. Wie ich es erwartet hatte, unterstützt meine Mutter Nini in ihrer Idee und rät mir, endlich loszulassen und auch einmal an mich zu denken.

»Versuch, es positiv zu sehen. Dass es für Nini gut wäre, muss ich ja wohl nicht extra betonen. Aber denk doch auch mal an dich. Du warst immer für die Kleine da. Und jetzt ist deine Zeit gekommen.« Natürlich habe ich meiner Mutter von dem Pachtvertrag erzählt.

»Auch wenn ich immer noch denke, du solltest bei Leon bleiben und zu ihm auf das Weingut ziehen, ist das doch eine tolle Alternative. Du musst selbst herausfinden, was das Richtige ist für dich.«

»Und das soll ich hier so ganz alleine oder wie?«, frage ich sie. »Ihr lasst mich einfach so im Stich, und ich kann sehen, wo ich bleibe«, empöre ich mich.

»Maja, ich glaube, es ist Zeit für dich, erwachsen zu werden«, lacht meine Mutter.

»Ich kann leider keine Rücksicht auf dich nehmen, denn ich muss zu Steve. Aber ich bin sicher, dass du mit 39 in der Lage sein wirst, deinem Leben eine eigene Richtung zu geben.«

Es tut mir nach wie vor gut, sie so voller Liebe und Optimismus zu sehen. Sie ist absolut davon überzeugt, dass es das Richtige ist, was sie tut, und ich beneide sie regelrecht um diese Einstellung. Auch Nini scheint es besser zu gehen, seitdem sie diese London-Perspektive hat. Am Morgen habe ich mit ihrem Schulleiter telefoniert, der mir sagte, es sei überhaupt kein Problem, Nini für ein Jahr freizustellen. Unter der Voraussetzung, dass sie in London zur Schule ginge, müsste sie nicht einmal die zwölfte Klasse wiederholen, wenn sie wieder zurück sei.

Die beiden schmieden ihre Reisepläne, und ich fühle mich jetzt schon schrecklich allein.

Als ich nach Hause komme, klingelt das Telefon, und

Herr Roth bittet mich wegen des Kreditantrags in sein Büro.

Er trägt wieder die lila Krawatte und dazu ein schreckliches braunes Hemd.

»Frau Winter, guten Tag.« Er streckt mir seine feuchte Hand entgegen.

»Ich will nicht lang um den heißen Brei herumreden. Also, ich habe mein Bestes versucht und mit dem Vorstand über Ihre ›Idee‹ gesprochen.« Wie er das ausspricht, hört es sich an, als handle es sich um einen Kinderplan. »Aber leider, leider sieht der Vorstand keinen zu erwartenden Erfolg in Ihrem Unternehmen. Und da Sie ja über«, er räuspert sich kurz, »keinerlei Sicherheiten verfügen, können wir Ihnen den Kredit in dem gewünschten Rahmen nicht bewilligen. Es tut mir leid, dass ich das sagen muss, aber unter diesen Voraussetzungen können wir Ihnen leider keinen Kredit gewähren. Vielleicht haben Sie ja jemanden, der für Sie bürgen könnte, dann sähe die Sache anders aus.«

Ich habe Mühe, meinen Atem unter Kontrolle zu bringen.

»Soll das heißen, ich soll jemanden finden, der für den Fall, dass mein Café den Bach runtergeht, für das Geld geradesteht? Habe ich Sie da richtig verstanden?«

»Ja, so in der Richtung. Genau.« Herr Roth lächelt süffisant. »Aber *ohne* diese Bürgschaft, also, da sehe ich leider schwarz.«

Ich stehe auf, gebe Herrn Roth die Hand und bedanke mich für das Gespräch.

Seine Bürgschaft kann er sich sonst wohin stecken.

Irgendwie habe ich das Gefühl, die ganze Welt hätte sich gegen mich verschworen. Erst Christian, der mit seiner Ex- oder doch nicht Exfrau in Kanada sein soll und merkwürdige Post-its verschickt, dann Nini, die zu Carol nach London will, weil sie den Gedanken nicht erträgt, ihren Exfreund mit einer anderen zu sehen. Und jetzt die Bank, die mir das Geld nur dann geben will, wenn jemand dafür geradesteht. Ich fühle mich so verloren.

Der Einzige, der sich in letzter Zeit wirklich fair und nett verhalten hat, scheint Leon zu sein. Und bevor ich groß nachdenken kann, was ich tue, sitze ich im Auto und fahre Richtung Hagnau zum Weingut.

Im Büro ist niemand, aber das hatte ich bei dem schönen Wetter auch nicht erwartet. Natürlich gibt es im September in den Weinbergen genug zu tun. Trotzdem versuche ich es bei ihm zu Hause, treffe aber nur Katharina an, die mir erzählt, Leon sei irgendwo in den Reben. Das dachte ich mir ja schon. Als ich mich umdrehe und hinausgehen will, sagt Katharina allerdings etwas Merkwürdiges: »Ich denke, du solltest da jetzt nicht hingehen und ihn stören.«

Gut, ich weiß, dass sich kurz vor oder während der Weinlese keine Fremden in den Weinbergen aufhalten dürfen, aber ich bin doch keine Fremde, sondern seine Freundin.

Kopfschüttelnd marschiere ich los. Heute ist wieder so ein wunderschöner Tag, und so langsam beginnt sich das Laub zu verfärben. Ich genieße es, hier durch die Reben zu gehen und endlich einmal den ganzen anderen Blödsinn zu vergessen. Vielleicht habe ich mich ja wirklich einem Hirngespinst hingegeben und mein eigentlicher Platz ist hier?

Doch dann sehe ich Leon. Er ist nicht allein, sondern hält eine Frau im Arm, und sie hat ihren Kopf an seine Schulter gelehnt. Ihr blondes, lockiges Haar fällt ihr engelsgleich über die Schultern, und sie ist ein ganzes Stück kleiner als er. Obwohl die beiden noch ein ziemliches Stück entfernt sind, erkenne ich genau, wen er in seinen Armen hält, schließlich habe ich genug Fotos von den beiden gesehen. Es ist Lisa.

Habe ich instinktiv die letzte Zeit geahnt, dass da noch jemand ist. Nur die falsche Frau hatte ich im Verdacht. Die ganze Zeit dachte ich, Anouk würde sich an ihn heranmachen, dabei war es Lisa, seine Exfrau, die Weinkönigin, die ihm vor Jahren das Herz gebrochen hatte. Ich schlucke die aufsteigenden Tränen hinunter und renne den ganzen Weg zurück zu meinem Auto. Der Motor des Minis heult auf, und mit quietschenden Reifen düse ich vom Hof. Im Rückspiegel sehe ich noch Emily, die mir winkt, ich solle umdrehen. Doch ich weiß, dass ich heute zum letzten Mal auf dem Weingut gewesen bin.

Ich fahre zurück auf die Bundesstraße, aber da ich die Tränen nun wirklich nicht mehr zurückhalten kann, sehe ich nach einer Weile fast nichts mehr. Am liebsten würde ich mir eine Flasche Wodka kaufen und so viel trinken, bis ich besinnungslos bin. In diesem Moment kann ich die Alkoholiker verstehen, die das tun. Manchmal weiß man einfach nicht mehr ein noch aus. Ich stelle mein

Auto auf dem Parkplatz der Klosterkirche Birnau ab und laufe die paar Schritte zu dem Platz vor der Kirche, von wo aus man einen traumhaft schönen Blick auf die umliegenden Weinberge und natürlich den See hat. Automatisch beruhigt sich mein Atem, als ich die schöne Natur vor Augen habe. Warum bin ich bloß so enttäuscht? Im Grunde bin ich doch selbst schuld an dieser Situation. Mit meinem Verhalten in der letzten Zeit habe ich Leon ja nun nicht gerade zu verstehen gegeben, dass ich ihn liebe und die Frau an seiner Seite bin. War eigentlich klar, dass er sich irgendwann anderweitig orientiert. Warum er dann vor ein paar Tagen noch unbedingt wollte, dass ich zu ihm ziehe, ist mir allerdings schleierhaft. Die Sonne beginnt unterzugehen und taucht den See in rosa-orangefarbenes Licht. Das einzig Beständige im Leben ist doch die Natur. Es wird immer wieder Abend und immer wieder Morgen. Nach jedem Winter folgt ein neuer Frühling. Und auch mir wird es bald besser gehen, ganz sicher.

Endlich habe ich mich wieder im Griff und kann weiterfahren. Doch ich biege in Nußdorf ab und fahre in die Seestraße. Ich muss in die ›Butterblume‹, um zu wissen, ob hier meine Zukunft ist. Gerade heute ist mir unheimlich wichtig herauszufinden, wohin ich gehöre.

Wie üblich, fühle ich mich sofort zu Hause, als ich das Haus betrete. Ich gehe in das große Wohnzimmer, mache die Tür zur Terrasse auf und atme die Abendluft ein. Es ist so still und friedlich hier. Das Boot ›Sommerwind‹ schaukelt auf dem Wasser hin und her, als hätte es den Segeltörn von Christian und mir nie gegeben.

Ich muss das alles vergessen und ganz von vorne anfangen. Ich war so lange unsicher und habe gezögert. Das hat mich nun endgültig meine Beziehung zu Leon gekostet. Aber, wenn ich ehrlich bin, war ich mit ihm ohnehin nicht mehr richtig glücklich. Und auch wenn das mit Christian nur ein kleines Abenteuer war, so doch ein wunderschönes, und es wäre sicher nicht passiert, wenn ich immer noch in Leon verliebt gewesen wäre.

Ich fühle, dass ich hierher gehöre. Auch wenn ich im Augenblick nicht weiß, wie ich alles finanziell auf die Reihe kriegen soll, so bin ich mir doch endgültig sicher, dass ich hier leben will. Ich wünschte zwar, dass Nini mit mir hier einziehen würde, aber ich verstehe auch sie. Als ich heute Leon und Lisa eng umschlungen zusammen gesehen habe, hat mir das sehr weh getan. Wie muss Nini sich dann erst fühlen. Sie hat Marcus so sehr geliebt. Nicht nur, dass er sie verlassen hat, als sie ihn am meisten brauchte, jetzt muss sie auch noch mit ansehen, dass er eine andere liebt. Ein wenig Abstand wird ihr sicher guttun, und London ist ja schließlich nicht aus der Welt. In knapp zwei Stunden fliegt man von Stuttgart dorthin, also sind es insgesamt nur vier Stunden, die uns trennen, so dass wir uns jederzeit besuchen können, wenn wir Sehnsucht haben. Und in der Zwischenzeit gibt es ja das Telefon, E-Mails usw.

Ein neues Leben wartet auf uns. Während ich schon wieder ganz optimistisch in die Zukunft blicke, höre ich die ganze Zeit von Weitem einen Hund bellen. Das Bellen wird immer lauter, es hört sich an wie Jojo.

Ich schließe alles ordentlich ab, und als ich durch den Garten gehe, kommt Jojo mit wehenden Schlappohren angeflitzt.

»Jojo, was machst du denn hier? Bist du wieder mal

ausgebüxt, du alter Schlingel?«, frage ich und kraule die Hündin am Kopf.

Doch dafür hat Jojo heute überhaupt keinen Sinn. Sie hüpft die ganze Zeit total aufgeregt um mich herum und stupst mich immer wieder am Knie.

»Was ist denn, meine Kleine? Du bist ja total durch den Wind. Komm, wir gehen mal zu deinem Frauchen.«

Es gelingt mir, mit ihr sogar ohne Leine die paar Schritte die Straße entlang zu Friedas Haus zu gehen, Jojo hat heute nur ein Ziel: ihr Zuhause. Kaum haben wir das kleine Törchen geöffnet, weiß ich auch, warum.

»Frieda!« Sie liegt regungslos unter dem Pflaumenbaum. Bestimmt wollte sie ein paar Früchte holen, um einen Kuchen zu backen.

»Frieda …« Vorsichtig versuche ich, sie auf die Seite zu drehen. Wie war das noch mal mit der ›stabilen Seitenlage‹? Verflixt, das mit dem Kurs beim Roten Kreuz ist schon so lange her. Ich versuche, ihren Puls zu fühlen, doch ich finde ihn nicht. Während ich mit einer Hand den Notruf in mein Handy tippe, versuche ich, ihren Atem zu spüren. Sie atmet, aber nur ganz schwach. Minuten später, die mir wie Stunden vorkommen, ist der Rettungswagen da. Der Notarzt untersucht sie kurz, aber da sie immer noch nicht bei Bewusstsein ist, wird Frieda auf eine Trage gelegt und in den Rettungswagen gebracht.

»Sind Sie Ihre Tochter oder Ihre Enkelin?«, fragt der Arzt.

»Nein, ich meine, ja …, so was Ähnliches«, antworte ich.

Ich schildere kurz, um wen es sich bei der alten Dame handelt und wie ich sie aufgefunden habe.

»Wollen Sie mitfahren?«, fragt der Arzt noch, bevor sie mit Tatütata aus der Seestraße in Richtung Krankenhaus losdüsen.

Ich verspreche, mit meinem eigenen Auto hinterherzukommen, da ich die dunklen, traurigen Augen des kleinen Hundes gesehen habe, als sein Frauchen im Rettungswagen verschwand.

»Ich hab versprochen, auf dich aufzupassen, meine Kleine«, sage ich zu Jojo, und sie sieht mich dankbar an. »Außerdem hast du deinem Frauchen wahrscheinlich gerade das Leben gerettet. Dadurch hast du dir schon mal einen Extra-Knochen verdient. Jetzt müssen wir aber erst mal hineingehen und nachsehen, ob Frieda nicht vielleicht schon den Backofen angemacht hat.«

In der Küche ist der Backofen tatsächlich an und ich schalte ihn sofort aus. Auf dem kleinen Teetisch in ihrem Wohnzimmer stehen bereits zwei ihrer hauchdünnen Teetassen und ein Krug mit frischen Blumen. Ob Frieda wusste, dass ich heute komme? Oder hat sie vielleicht jeden Tag den Tisch so hübsch gedeckt und auf mich gewartet? Ich überprüfe, ob alle Fenster geschlossen sind, und entdecke bei dieser Gelegenheit in Friedas blitzsauberem Schlafzimmer ein Bild von ihr und Hermann an ihrem Hochzeitstag, das auf ihrem Nachttisch steht. Wie jung und vor allem wie glücklich beide aussehen. Ihr Hermann war so ein hübscher Kerl, und ich verstehe sehr gut, warum sie sich in ihn verliebt hat. Dann schnappe ich mir das Hundekörbchen und die Leine und suche nach dem Hausschlüssel, der fein säuberlich im Schlüsselkasten hängt.

Natürlich darf Jojo nicht mit ins Krankenhaus, darum fahre ich schnell zu Hause vorbei und lasse ihn bei Nini.

Ich weiß ja nicht, wie lange ich dort bleiben muss, und solange will ich ihn nicht im Auto lassen.

Frieda ist auf der Intensivstation, und man will mich nicht zu ihr lassen, da ich nicht mit ihr verwandt bin. Erst als ich alle Register ziehe und der Schwester glaubhaft versichern kann, dass ich sie ›quasi‹ gerettet habe und sie außer mir niemanden mehr hat, darf ich zu ihr. Frieda liegt an allerlei Schläuche angeschlossen und hat die Augen geschlossen. »Nur ein paar Minuten«, hat die Schwester gesagt. Ich nehme ihre Hand und sehe die Haut, die so dünn ist wie Papier und die Adern durchschimmern lässt. Ihr Gesicht ist blass und regungslos, als ich sage: »Mensch, Frieda. Was machst du denn für Sachen. Du hast mir einen ganz schönen Schrecken eingejagt. Du hättest doch keine Pflaumen für mich holen brauchen, ein paar Kekse hätten es auch getan.«

Bevor die Schwester mich wieder hinauswerfen kann, flüstere ich ihr noch schnell zu: »Frieda, so eine Friesin wie du lässt sich doch durch so was nicht aus der Kurve werfen.« Und ich könnte schwören, dass ihr Mund sich zu einem klitzekleinen Lächeln verzieht.

Ich habe Glück und kann ein paar Worte mit dem behandelnden Arzt sprechen.

»Frau Peeger hatte einen sehr schweren Herzanfall. Aber ich vermute, dass Sie sie unmittelbar darauf gefunden haben. Ich denke, sie hatte großes Glück, dass Sie so schnell zur Stelle waren.« Und vor allem Jojo, denke ich im Stillen. »Aber natürlich ist Frau Peeger nicht mehr die Jüngste«, sagt der Arzt eindringlich. »Ihre Lage ist sehr ernst und ihre Herztöne sind schwach.«

»Was soll das heißen?«, frage ich ängstlich. Ich dachte, nun, da sie im Krankenhaus ist, wird alles gut.

»Das soll heißen, dass in diesem Alter alles möglich ist. Wenn das Herz nicht mehr will, will es nicht mehr. Manchmal folgt ein weiterer Herzanfall dem ersten, den der Patient dann oft nicht überlebt. Aber das muss nicht sein«, sagt er, als er mein ängstliches Gesicht sieht.

»Wenn sie diese Nacht überlebt, dann hat sie gute Chancen.« Er drückt mir die Hand und verabschiedet sich.

Was für ein Tag. Schlimmer kann es jetzt wirklich nicht mehr kommen.

Ich fahre nach Hause und mache etwas zu essen für Nini und Jojo, ich selbst bekomme keinen Bissen hinunter. Stattdessen gieße ich mir ein großes Glas Rotwein ein und als ich endlich im Bett liege, tue ich etwas, das ich schon lange nicht mehr getan habe: Ich bete.

»Lieber Gott, bitte mach, dass Frieda wieder gesund wird. Ich weiß, ich habe mich lange nicht gemeldet und dir gedankt für alles Glück, das ich bisher erfahren durfte. Und habe alles immer so selbstverständlich genommen. Aber bitte bestraf mich jetzt nicht dafür. Bitte lass Frieda noch ein bisschen hier … bei mir. Danke. Amen.«

Also, man kann sagen, was man will, aber so ein Gebet spendet einen gewissen Trost. Man fühlt sich gleich nicht mehr so allein, wenn man ein wenig ›Verantwortung‹ abgegeben hat.

Gleich am nächsten Morgen bin ich wieder im Krankenhaus, natürlich, nachdem ich eine kleine Runde mit Jojo gedreht habe. Auch Nini freut sich über den Familienzuwachs, der allerdings immer noch ziemlich durch den Wind ist. Ist ja verständlich. Bevor ich ins Krankenhaus fahre, gehe ich noch schnell in Friedas Haus, um für sie ein paar Sachen zu holen. Ich nehme etwas frische Wäsche aus ihrem ordentlich aufgeräumten Kleiderschrank und ein paar frisch gestärkte, geblümte Nachthemden aus Baumwoll-Batist. Als ich zu ihrem Bad gehe, um einige Toilettenartikel zu holen, komme ich am Fenster vorbei. Ich könnte schwören, dass soeben der graue Volvo vorbeigefahren ist, aber das ist sicher nur eine optische Täuschung, Christian ist schließlich bei seiner Frau in Kanada.

Im Krankenhaus erlebe ich eine Überraschung. Ob mein Gebet am Abend zuvor geholfen hat, weiß ich nicht, aber Frieda konnte die Intensivstation verlassen und wurde auf die normale Station verlegt. Als ich in ihr Zimmer im zweiten Stock komme, sitzt Frieda aufrecht im Bett und sieht aus dem Fenster. Blass ist sie noch und sie wirkt so klein und zart wie nie.

»Maja, schau mal, ein Zimmer mit Seeblick. Ist das nicht ein toller Service«, strahlt sie mir entgegen.

»Ach, Frieda, ich bin ja so froh. Was machst du nur für Sachen?« Ich bin erleichtert, dass es ihr schon wieder so gut zu gehen scheint.

»Wieso? Ist doch alles gut«, antwortet Frieda lächelnd. »Brauchst dir um mich keine Sorgen zu machen. Ich bin eine zähe, olle Friesin, das weißt du doch. Aber ich muss mich wohl bei dir bedanken, weil du dafür gesorgt hast, dass ich hier bin, oder?«

»Nein, bei mir brauchst du dich nicht zu bedanken, Frieda, sondern bei Jojo. Sie hat so lange gebellt, und als das alles nichts genützt hat, ist sie mal wieder durch das Loch in der Hecke ausgebüxt und hat mich aus der ›Butterblume‹ geholt.«

»Du warst in der ›Butterblume‹?«

»Ja, aber das erzähl ich dir ein andermal.«

»Aber nein, warum denn? Jetzt hab ich Zeit. Und langweilig ist mir auch.«

Ich hole mir einen Stuhl und erzähle Frieda die ganze Geschichte. Angefangen von Nini und ihrem Plan, nach London zu gehen, über die Bank, die mir den Kredit nicht geben will, bis hin zu Leon, den ich knutschend mit seiner Exfrau in den Weinbergen gesehen habe.

»Meine Güte. Da hast du ja wieder was hinter dir. Armes Kind.« Endlich mal jemand, der mich bemitleidet ... »Aber das ist alles kein Grund, den Kopf in den Sand zu stecken. Da gibt es ganz andere Sachen im Leben, die einem Grund zum Verzweifeln geben.« Diese Frieda und ihr unerschütterlicher Ostfriesen-Optimismus. »Zunächst einmal: Nini. Warum soll sie nicht für ein Jahr nach England gehen? Das machen tausend andere in ihrem Alter auch. Und die gehen nicht zu Freunden, die wahrscheinlich besser auf sie aufpassen als du selbst, sondern zu irgendwelchen fremden Gastfamilien, vergiss das nicht. Also denk nicht immer so pessimistisch, sondern hab Vertrauen in dein Kind. Nini ist klug und wird ihren Weg machen. Dieser Marcus wird noch bereuen, dass er sie nicht wollte, glaube mir. Vielleicht tut er das bereits und hat deshalb so vor ihren Augen herumgeschäkert.

Dann zu Leon: Aus meiner Sicht ist es zwar verständlich, dass diese Lisa offene Türen bei ihm eingerannt hat, trotzdem ist es inakzeptabel. Er kann doch nicht bei dir von großer Liebe reden und dann mit einer anderen Frau rummachen. Das hätte mein Hermann nie getan. Damit wären wir schon beim nächsten Punkt. Ich glaube nämlich, und so ganz nebenbei hat das Leon wahrscheinlich auch bemerkt, weswegen sich diese Lisa überhaupt so etwas erlauben konnte, also ich glaube, dass du ihn gar nicht liebst. Du hast so lange überlegt, ob er wohl der Richtige sei und ob du zu ihm ziehen sollst oder nicht …, und das tut man nicht, wenn es wirklich der ›Richtige‹ ist. Ich habe dir schon einmal geraten, dein Herz entscheiden zu lassen.«

»Ja, ich weiß. Aber was mache ich, wenn sich mein Herz für Christian entschieden hat und er sich nie wieder meldet und ich auch noch erfahren muss, dass er mit seiner Ex- oder Noch-Ehefrau oder was auch immer in Kanada ist? Dann ist doch eindeutig, dass er nichts von mir wissen will.«

Frieda sieht zum Fenster hinaus und antwortet bedächtig: »Damit wären wir beim letzten und wichtigsten Punkt angelangt: Deiner Zukunft. Die ist nämlich überhaupt weder von dem einen noch von dem anderen Mann abhängig. Die Liebe findet schon ihren Weg, und zwar dann, wenn *sie* es für richtig hält. In der Zwischenzeit krempelt man die Ärmel auf und macht etwas aus seinem Leben.«

»Das würde ich ja gern, Frieda. Aber auch hier liegen meterhohe Steine im Weg. Die Bank will mir den Kredit nicht geben, und wie soll ich *ohne Geld* ein Café eröffnen?«, antworte ich hoffnungslos.

Frieda sieht weiter aus dem Fenster auf den See und sagt: »Steine sind dazu da, dass man sie wegräumt, Maja. Und manchmal muss man sich ein bisschen Hilfe dazu holen. Deshalb bekommst du das Geld für das Café von mir.«

»Frieda. Das kommt überhaupt nicht in Frage. Du weißt, ich würde nie Geld von dir annehmen!«, empöre ich mich.

»Ach nein? Aber von der Bank, von wildfremden Menschen in hässlichen lila Krawatten, würdest du's nehmen? Lieber als von deiner Freundin? Hör zu, ich habe mir das wirklich gut überlegt. Du kannst mir ja Zinsen zahlen, wenn du unbedingt möchtest. Aber bei mir liegt das Geld ungenutzt auf dem Konto. Und was soll ich alte Frau, bitte schön, damit anstellen? Es gibt nichts, was mir eine größere Freude machen würde, als das Café eröffnet zu sehen. Die letzten Wochen, seitdem wir uns kennen, waren die besten in den ganzen einsamen Jahren. Und ich wäre so froh, wenn du das ›Café Butterblume‹ realisieren würdest. Bitte, Maja. Sei nicht zu stolz. Schlag mir dieses Vergnügen nicht ab. Wer weiß, wie lange ich noch lebe, das habe ich gestern erkannt.«

Ich muss schlucken, denn ich bin unheimlich gerührt von dem Vertrauen, das Frieda in mich hat. Ich drücke ihre Hand, unfähig, irgendetwas zu sagen.

»Noch etwas«, sagt sie bestimmend. »Du schreibst mir jetzt deine Kontonummer auf, sonst bin ich die längste Zeit deine Freundin gewesen.« Bei dem herrischen Ton, den sie anschlägt, muss ich lachen.

»Frieda, du bist mir schon so eine Marke. Also gut, wenn es dich glücklich macht, dann *leihe* ich mir wirklich gern das Geld von dir. Aber dann setzen wir einen ordentlichen Vertrag auf und …«

»Nichts da. Du willst nur wieder bei diesem komischen Rechtsanwalt vorstellig werden. Nee, meine Liebe, das lassen wir jetzt mal schön sein. Vertrauen gegen Vertrauen. Ich überweise dir das Geld, du eröffnest das Café, und sobald es anfängt, etwas Gewinn abzuwerfen, was, wie ich glaube, ziemlich schnell der Fall sein wird, kannst du mit der Rückzahlung beginnen. Von mir aus in Monatsraten, was weiß ich. Aber ohne dieses ganze Vertrags- und Anwaltsgedöns, bitte schön.«

Ich weiß immer noch nicht, was ich sagen soll. Kann ich dieses großzügige Angebot wirklich annehmen? Ein Teil in mir sagt: ›auf gar keinen Fall‹, der andere: ›wenn es die alte Frau glücklich macht, warum soll ich sie enttäuschen?‹.

Die Schwester kommt herein und bittet mich zu gehen. Schließlich sei Frieda, auch wenn sie Gegenteiliges behauptet, noch lange nicht fit und brauche Ruhe.

»Ruhe habe ich, wenn ich hinter den Tannen liege«, ruft Frieda der Schwester zu, und ich muss schon wieder grinsen.

»Frieda, ich weiß gar nicht, was ich sagen soll.«

»Du sollst gar nichts sagen, sondern schreiben, und zwar hier.« Sie hält mir einen verknitterten Zettel hin und einen goldenen Kugelschreiber. Keine Ahnung, ob sie den der Schwester abgebettelt hat. Der Zettel sieht jedenfalls nicht sehr vertrauenerweckend aus. Möglicherweise verliert sie ihn ja, und die ganze Sache hat sich damit erledigt. Irgendwie kann ich dieses großzügige Angebot nicht annehmen, deshalb male ich ein Herz und schreibe ›Ich hab dich lieb‹ darunter. Dann nehme ich Frieda noch einmal herzlich in die Arme. Sie lächelt zufrieden und sagt: »Schön, dann kann ich ja jetzt mein Schläfchen machen.«

Kapitel 23
Der Heiratsantrag

Ich bin immer noch völlig durcheinander. Was hat Frieda sich nur dabei gedacht? Was für eine Riesen-Überraschung. Aber es soll nicht die letzte Überraschung am heutigen Tag bleiben.

Am Abend, als ich es mir gerade ein wenig gemütlich machen will, klingelt es an der Tür. Ich laufe zum Fenster, da ich heute wirklich nicht jedem die Tür mehr öffnen will, kann aber niemanden unten sehen. Nach einer kurzen Pause klingelt es wieder, und ich öffne das Fenster.

»Hallo?«, rufe ich hinunter.

Leon taucht hinter einem Rosenstrauß im XXL-Format auf und bittet mich aufzumachen.

»Was willst du von mir? Ich hab keine Zeit!«, rufe ich hinunter, immer noch ärgerlich, weil ich an das Bild von ihm und Lisa in den Reben denken muss.

»Mach bitte auf, Maja. Ich muss mit dir reden.«

Seufzend öffne ich die Tür. Der Rosenstrauß ist wirklich gigantisch und hat ihn sicher ein Vermögen gekostet. Wenn Männer wüssten, wie unwichtig so etwas ist. Um das Herz einer Frau zu gewinnen, zählen ganz andere Dinge, was nicht heißt, dass so ein Blümchen hie und da nicht große Freude bereiten kann.

»Maja …, ich muss wirklich mit dir reden. Können wir das hier, ungestört?« Leon sieht ganz schön zerknirscht aus, als er einen Blick auf Nini wirft, die mit einem London-Reiseführer auf dem Sofa liegt.

»Na gut. Der Hund muss sowieso raus«, sage ich und gehe mich schnell anziehen.

»Der Hund? Welcher Hund?«, fragt Leon. Genau *der* Hund, der gerade aus der Küche spaziert kommt, wo er sich offensichtlich über den Mülleimer hergemacht hat.

»Jojo!«, schimpft Nini. »Das darfst du doch nicht.«

»Seit wann habt ihr denn einen Hund?«, fragt Leon, als ich die Leine schnappe und wir gemeinsam mit Jojo Richtung See spazieren.

Es ist ganz offensichtlich, dass der Sommer zu Ende geht. Die Luft ist immer noch mild, aber bei Weitem nicht mehr so heiß wie im Sommer, und es gibt schon diese winzig kleinen Nebelschwaden über dem See, die die ganze Gegend so verträumt aussehen lassen. Ich liebe diese Stimmung, wenn man nicht mehr alles so klar erkennen kann und es den Anschein hat, als hätte jemand einen Weichzeichner über die Linse des Fotoapparats gehängt.

»Also, möchtest du mir nicht vielleicht sagen, wie du an einen Hund gekommen bist?«, fragt Leon leicht genervt.

»Doch, gern«, antworte ich. »Und möchtest du mir nicht vielleicht sagen, wie du an eine Blondine gekommen bist?«

Die Antwort darauf fällt ihm sicher nicht so leicht.

»Maja, ich weiß nicht, wie ich dir das erklären soll … Meine Mutter hat mir erzählt, dass du mich gestern besuchen wolltest und dass sie dir gesagt, ich sei in den Weinreben und du solltest mich nicht stören. Es tut mir so leid, Maja, ich weiß nicht genau, was du gesehen hast …«

»Na ja, genug, um mir ein paar Gedanken zu machen. Wie lange geht das denn schon mit euch?«

»*Da geht überhaupt nichts mit uns*. Das siehst du völlig falsch, Maja. Du weißt doch, dass ich mit Lisa verheiratet war. Wir haben uns seit Jahren nicht gesehen, das schwöre ich. Und jetzt, bei der Weinmesse in Düsseldorf, auf die du mich ja nicht begleiten konntest, haben wir uns zufällig wiedergetroffen. Lisa arbeitet mittlerweile für ein Weingut am Rhein. Und wir haben ein wenig geplaudert.«

Das kann ich mir gut vorstellen, wie dieses ›Geplauder‹ ausgesehen hat. Was ich von Lisa weiß, lässt jedenfalls nur das eine vermuten …, zumal bei so einer Gelegenheit, bei der Alkohol in Strömen fließt. Trotzdem warte ich ab. Eigentlich steht es mir ja nicht zu, mich hier aufzuspielen.

»Plötzlich stand sie gestern auf einmal bei uns vor der Tür. Meine Mutter hat sich so gefreut und gleich Kaffee gemacht, na ja, du kennst sie ja.«

O ja, ich kenne sie. Nur, dass sie sich bei mir nie so gefreut hat, wenn ich kam.

»Dann wollte Lisa unbedingt die Weinberge noch mal sehen. Und unterwegs, da hat sie mich einfach umarmt und geküsst und gesagt, wie sehr sie mich in den letzten Jahren vermisst hat und dass es ein Riesenfehler war, mich zu verlassen. Als ob *sie mich* verlassen hätte.«

Leon zieht mich an sich und sieht mich ernst an. »Es tut mir so leid, dass ausgerechnet du uns gesehen und falsche Schlüsse gezogen hast.« Er küsst mich auf den Scheitel und sagt: »Komm, lass uns ein Glas Wein zusammen trinken«, und dabei zieht er mich in eines der Promenadencafés. Doch ich bestelle lieber einen Cappuccino, denn ich weiß nicht, ob ich heute nicht noch einmal ins Krankenhaus fahren werde.

»Maja, du musst mir glauben, da war nichts und da ist nichts zwischen Lisa und mir, auch wenn sie gerne an die alten Zeiten anknüpfen möchte. Aber *ich* möchte das nicht. Was vergangen ist, ist vorbei. Ich bin jetzt mit dir zusammen und das habe ich ihr auch gesagt.«

»Leon, es ist wirklich sehr nett von dir, dass du so offen zu mir bist. Aber, weißt du, ich glaube, ich bin nicht ganz unschuldig an der Situation. Ich schätze mal, ich habe dir mit meinem Verhalten in der letzten Zeit unbewusst mitgeteilt, dass ich nicht so richtig zu dir stehe. Und da warst du empfänglich für so eine Anmache.«

Leon ist baff. Mit allem hat er wohl gerechnet, mit Vorwürfen, Tränen, Streit, aber nicht mit meinem Verständnis.

»Maja, du bist so eine tolle Frau. Und ich möchte, dass du weißt, dass ich dich wirklich liebe. Wir hatten ein paar Probleme und Missverständnisse in der letzten Zeit, aber wo gibt es die nicht? Das heißt aber nicht, dass wir nicht zusammengehören.« Leon wird auf einmal sehr ernst. Er zaubert eine kleine blaue Schachtel aus der Tasche, sieht mir tief in die Augen und sagt dann: »Maja, willst du mich heiraten?«

Ich muss schon wieder schlucken, denn ich bin wirklich gerührt. Für einen sonst so beherrschten Menschen wie Leon war dieser Gefühlsausbruch sicherlich das Höchste, was man als Frau erwarten darf. Dennoch sage ich bedauernd: »Leon, ich weiß nicht, was ich sagen soll.«

»Ein einfaches ›Ja‹ würde mir genügen.«

»Ich fühle mich geschmeichelt. Du bist ein echt toller Mann, und jede andere Frau würde sich wahrscheinlich glücklich schätzen, deine Frau zu werden. Aber weißt du …, ich kann das nicht. Ich meine, ich … kann dich nicht heiraten.« Vor lauter Aufregung fange ich an zu stottern.

»Ich glaube einfach, das würde nicht gut gehen mit uns beiden. Wir sind zu verschieden, unsere Vorstellungen vom Leben sind zu unterschiedlich.« Ich bringe es nicht fertig zu sagen: ›Ich liebe dich nicht‹, aber ich kann auch so sehen, dass er mit einer anderen Reaktion gerechnet hat und nun enttäuscht ist.

»Maja, du brauchst dich nicht jetzt zu entscheiden. Denk noch mal in Ruhe über alles nach. Du kennst meine Gefühle, und ich kann warten.« Wenn das jetzt mal nicht echt lieb ist von ihm. Aber werde ich trotz Nachdenkens meine Meinung ändern? Ich kann mir beim besten Willen nicht vorstellen, auf dem Weingut zu leben, weder mit Leon noch mit seiner Familie. Das Einzige, was ich wirklich möchte, ist die ›Butterblume‹.

»Leon, ich habe dir doch von dem alten Haus am See erzählt, in das ich mich sofort verliebt habe.« Ich versuche, von dem heiklen Thema Heirat abzulenken.

»Du meinst das, weswegen du deinen Job verloren hast?«

Leon ist irritiert und fragt sich jetzt wohl gerade, was das mit uns zu tun haben soll.

»Ja, genau das. Ich habe mich entschlossen, dort ein Café zu eröffnen.«

Ich sehe ihm fest in die Augen. Und in diesem Moment, als ich die Worte offen ausspreche, weiß ich, dass ich voll dahinterstehe und mich nichts auf der Welt mehr davon abbringen kann.

»Aha. Ja, gut …«, Leon ist offensichtlich verwirrt, weil

ich derart konkrete Pläne habe. »Und wie kommt das jetzt so plötzlich?«

»Es kommt nicht plötzlich. Ich wollte es von Anfang an. Aber jetzt habe ich einen Weg gefunden, meinen Traum in die Tat umzusetzen. Und ich werde diesen Weg gehen. Es tut mir leid, Leon.«

»Aber das muss doch nicht das Ende von uns beiden bedeuten. Maja, wenn es wirklich dein Traum ist, dieses Café zu betreiben, was ich zwar nicht so ganz nachvollziehen kann, dann kannst du das doch trotzdem machen.«

Zumindest in diesem Punkt hatte Emily ihren Bruder richtig eingeschätzt.

»Leon, ich kann dir nicht sagen, ob es eine Zukunft für uns geben wird. Aber eines weiß ich ganz sicher: Dass ich dieses Café eröffnen werde. Was mit uns wird, ob überhaupt noch einmal etwas zwischen uns sein wird, wird sich zeigen. Zuerst muss ich dieses Projekt auf die Reihe kriegen. Auch, wenn du das nicht verstehen kannst. Aber es ist einfach wichtig für mich.« Mit diesen Worten stehe ich auf, bedanke mich noch einmal für den Heiratsantrag und verabschiede mich. Leon schaut mich verständnislos an.

»Ruf mich an, wenn du weißt, was du willst!«, ruft er mir noch hinterher, aber da sind Jojo und ich schon um die Ecke gebogen.

Seltsamerweise bin ich erleichtert, als ich dieses Gespräch hinter mir habe. Endlich habe ich eine Entscheidung getroffen. Natürlich tut es mir leid wegen Leon, und einen

Moment überlege ich, ob es die richtige Entscheidung war. Ich meine, ich hätte die Chance gehabt, einen der Erben des größten Weinguts am Bodensee zu ehelichen. Ein Leben in gesellschaftlicher Achtung wäre mir sicher gewesen. Als Frau Römfeld wäre ich ›jemand‹, ob auf dem Golfplatz, im Modehaus Singer oder im Autohaus. Vor meinem geistigen Auge sehe ich mich in einem Traum aus bodenlanger, weißer Brüsseler Spitze in der Klosterkirche Birnau zum Traualtar schreiten. Oder perfekt gestylt in Ralph Lauren Outfits zur Reitstunde gehen und mit Katharina zusammen Rosen schneiden. Halt, stopp, Schluss mit diesem Traum. Ich wollte das alles nicht, und deswegen denke ich jetzt auch nicht mehr länger darüber nach. Es dauert zwar ewig, bis ich mal eine Entscheidung getroffen habe, aber wenn, dann schaue ich nicht zurück. Im Grunde bin ich richtig stolz auf mich, denn ich habe es sogar geschafft, mich von Leon zu lösen, obwohl keine neue Liebe im Hintergrund ist. Christian war eigentlich nur der Auslöser, der mich dazu gebracht hat, über mein Leben nachzudenken. Halt, auch das stimmt nicht so ganz. Denn eigentlich war es die ›Butterblume‹, die in mir den Wunsch ausgelöst hat, etwas Neues zu beginnen. Das muss ich gleich Frieda erzählen. Ich wollte ohnehin noch einmal nach ihr sehen. Doch als ich im Krankenhaus eintreffe, schläft sie bereits. Vor ihr dudelt der Fernseher, irgendso ein Bericht über Tiere im Zoo. Wie klein und zart sie aussieht in ihrem geblümten Nachthemd. Und wie zufrieden. Ich glaube, es macht sie richtig glücklich, dass durch ihre Hilfe der Traum vom ›Café Butterblume‹ in Erfüllung gehen wird.

Die nächste Woche vergeht wie im Flug und besteht hauptsächlich aus Reisevorbereitungen für Nini. Sie ist voller Euphorie und freut sich riesig auf ihre Zeit in London. Zuvor müssen wir noch die Wandfarbe aussuchen, in der ihr neues Zimmer gestrichen werden soll, deshalb fahren wir zum Baumarkt und kaufen allerhand Renovierungskram wie Farben, Pinsel und dergleichen. Für ihr neues Zimmer wählt sie ein helles Mintgrün, was sicher wunderhübsch aussehen wird. Wir pendeln ständig zwischen der ›Butterblume‹, dem Baumarkt und dem Krankenhaus, um nach Frieda zu sehen. Diese lebt von Tag zu Tag mehr auf und nimmt regen Anteil an unseren Planungsideen. Unsere alte Wohnung habe ich gleich Anfang der Woche gekündigt, und da meine Vermieterin bereits einen Nachmieter, nämlich ihren Neffen, im Auge hat, können wir ausziehen, sobald wir in der ›Butterblume‹ fertig sind. Mein Plan ist, erst einmal die Schlafräume fertigzustellen und danach den Möbelwagen zu bestellen, damit Nini mit einziehen kann, solange sie noch am Bodensee ist. Das setzt uns natürlich ganz schön unter Druck, aber so kommen wir wenigstens nicht zum Nachdenken und vor allem ich nicht zum Traurigsein. Das Wohnzimmer, das später das Café werden soll, kann ich dann in Ruhe gestalten, wenn ich bereits im Haus wohne. Toiletten für die Gäste muss ich im Erdgeschoss ja auch noch einbauen lassen, aber das werde ich schon irgendwie hinbekommen.

Als ich das nächste Mal im Krankenhaus bin, sehe ich gerade den Arzt auf dem Korridor und eile ihm hinterher.

»Herr Doktor, Entschuldigung!«, keuche ich. Wahrscheinlich hält er mir gleich einen Vortrag, ich solle mehr Sport treiben, damit ich nicht auch irgendwann hier lande. »Es geht um Frau Peeger. Wann darf ich sie mit nach Hause nehmen? Ich meine, es geht ihr doch wieder gut?«

Er lacht.

»Ja, das tut es. Sie unterhält jedenfalls die ganze Station mit ihren Geschichten. Wir wollen aber vorsichtshalber noch ein paar Untersuchungen machen. Ihr Herz schlägt einfach sehr unregelmäßig. Und wir wollen doch nicht, dass so etwas noch einmal passiert, nicht wahr?«

Das wäre mir allerdings auch nicht recht. Aber ich weiß genau, wie sehr sie ihr Zuhause und vor allem Jojo vermisst.

Der kleine Hund ist fast immer dabei, wenn Nini und ich mit dem Mini unterwegs sind. Wir fahren nämlich einiges von unserem Hab und Gut in unser neues Zuhause. Und auch meine Mutter hilft mit, wo sie kann. Sie ist schon reichlich aufgeregt, weil sie bald ihren Liebsten in die Arme schließen kann. Wir verbringen zwei lustige Tage damit, zusammen die Schlafzimmer zu streichen, was meiner Mutti als Hobbymalerin natürlich am meisten Spaß macht. Sie darf sich für das Gästezimmer eine Wandfarbe aussuchen, damit sie uns jederzeit hier besuchen kann und sich dann auch wohlfühlen wird. Überraschenderweise wählt sie einen sanften Cremeton. Bei ihrem Temperament hätte ich eigentlich eine frechere Farbe erwartet.

»Was meinst du, Mama«, frage ich sie, als sie sich mit einer ihrer lässigen Gesten die Farbe aus dem Gesicht wischt, »wirst du wiederkommen? Oder bleibst du in Amerika?«

Sie überlegt nur kurz und sagt dann: »Das kommt ganz darauf an. Wir werden sehen, wie Steve so ist. Ob er sich als Mr. Right oder Mr. No entpuppt«, und sie lacht dabei. Dann erzählt sie uns voller Freude, dass ihr Liebster extra sein kleines Bad mit einer Rosentapete tapeziert hat, weil sie Rosen liebt. Und dabei strahlt sie so, dass jeder sehen kann, wie glücklich sie ist.

Ich weiß jetzt schon, dass ich sie schrecklich vermissen werde. Zum Glück habe ich so viel zu tun, sonst wäre ich wohl noch trauriger.

Kapitel 24
Zeit der Abschiede

Die Zeit der Abschiede kommt. Zuerst verabschieden wir uns von unserer alten Wohnung. Viele Jahre waren Nini und ich hier sehr glücklich, und ich denke an das kleine Mädchen, das den Puppenwagen die Treppe hinaufgetragen hat, oder wie wir zusammen an dem kleinen Esstisch für Weihnachten Sterne gebastelt haben. Und wie viele Gespräche haben wir auf dem lila Sofa geführt? Oder auf dem Balkon? So sehr ich mich auf die ›Butterblume‹ freue, so ist mir auch ein wenig wehmütig ums Herz, als der große Umzugswagen um die Ecke biegt und wir alles einladen. Sogar Eva ist mitsamt ihrer ganzen Familie gekommen, um zu helfen. Es ist ein kühler Septembertag, und der Sommer scheint endgültig vorüber. Als ich im Rückspiegel das alte, schiefe Haus mit der blauen Eingangstür sehe, muss ich eine Träne wegwischen. Dabei ärgere ich mich selber über meine sentimentale Art, denn jetzt beginnt mein neues Leben.

Es ist so schön, endlich in der ›Butterblume‹ angekommen zu sein. Wenn ich daran denke, wie ich noch vor wenigen Monaten um das Haus herumgestolpert bin, um ein paar Fotos zu machen. Und jetzt lebe ich hier. Ich kann es selbst noch gar nicht glauben. In den nächsten Tagen packen Nini und ich unsere vielen Kisten aus und richten uns so langsam gemütlich ein. Zum Glück haben die Möbelpacker die großen Möbel, also unsere Kleiderschränke und Betten, aufgebaut, und auch Tim hat sich nützlich gemacht und allerhand Nägel in die Wand geschlagen und Elektrogeräte angeschlossen. Wir hängen viele Bilder auf, hauptsächlich die bunten Aquarelle, die die Oma gemalt hat, und es sieht schon beinahe nach einem richtigen Zuhause aus.

Von Christian habe ich nie wieder etwas gehört, und doch denke ich jeden Tag an ihn. Aber es tut von Tag zu Tag weniger weh. Besonders, seitdem das Boot ›Sommerwind‹ nicht mehr am Steg liegt. Noch bevor wir eingezogen sind, war es verschwunden. Ich habe keine Ahnung, ob es gestohlen wurde oder Christian jemanden beauftragt hat, oder ob er vielleicht sogar selbst einmal hier war, um es aus dem Wasser zu holen. Ich habe auch keine Lust, ihm hinterherzulaufen oder in Kanada oder sonst wo anzurufen. Wenn er in Kontakt mit mir hätte bleiben wollen, dann hätte er schon einen Weg zu mir gefunden, meine ich.

Leon ruft von Zeit zu Zeit an und fragt, wie es mir geht oder ob ich vielleicht mit ihm essen gehen möchte. Bis jetzt habe ich diese Einladungen mit der Entschuldigung, keine Zeit zu haben, immer ausgeschlagen.

Dann ist die Zeit des Abschieds gekommen, und ich fahre Nini zum Flughafen. Bezeichnenderweise regnet es, und so sieht es auch in meinem Herzen aus. Seit fast 18 Jahren sind wir zusammen und, abgesehen von ein paar Schulausflügen, waren wir noch nie getrennt. Auch Nini ist sehr still, und ich bin sicher, sie ist aufgeregt, weil sie nicht weiß, was sie alles erwarten wird. Viel zu schnell sind wir am Flughafen und trinken gemeinsam noch einen Cappuccino, bevor der Flug nach London aufgerufen wird.

»Hör mal, Nini. Wenn irgendwas ist oder du nicht mehr in London bleiben magst, ruf mich bitte sofort an, ja? Oder falls du Heimweh kriegen solltest …, könnte ja sein.«

»Das krieg ich ganz bestimmt, Mami.« Jetzt laufen auch bei Nini die Tränen. »Aber in den Herbstferien komm ich doch wieder. Ich freu mich jetzt schon. Und bis dahin bereitest du schön das Café vor, da hast du viel zu tun und vermisst mich sicher gar nicht.«

»Nein, gar nicht. Ich werde nur jeden Tag anrufen und E-Mails schreiben und, und, und.«

Wir lachen unter Tränen. Dann halten wir uns noch einmal ganz fest im Arm, und mein kleines Mädchen verschwindet durch den Zoll. Wie konnte ich das nur erlauben? Ich muss verrückt geworden sein. Dieser Zwerg in dieser Millionen-Metropole. Was da alles passieren kann … Ich sehe einen Zuhälter-Typen, der meine hübsche Nini in einer Disco anspricht und sie unter Drogen setzt, um sie dann in irgendeinem Bordell für sich arbeiten zu lassen. So langsam schaltet sich mein Verstand wieder ein, und ich schimpfe mit mir selbst. Nini ist klug und kann gut auf sich selbst aufpassen. Und Carol und Peter werden schon vier Augen auf sie haben. Sonst hole ich sie wieder. Zum ersten Mal bereue ich, keinen Partner an meiner Seite zu haben, der das jetzt mit mir durchsteht.

Auf dem Heimweg fahre ich deshalb mal bei Frieda vorbei, um mir Trost zu holen. Frieda bestätigt nach wie vor, dass unsere Entscheidung die richtige war, und tröstet mich, so gut sie kann.

»Du wirst dich daran gewöhnen. Sie kommt ja bald wieder. Denk dran, bei mir kam niemand wieder. Ich war auf einmal ganz allein.«

»Das ist ja nun zum Glück anders. Du hast jetzt eine nette Nachbarin, die immer zum Tee zu dir kommt. Oder du zu ihr.« Darauf huscht ein Lächeln über ihr kleines, faltiges Gesicht.

»Wann kann ich denn endlich nach Hause, Maja?«, fragt sie.

»Bald, Frieda. Ich kümmere mich darum.« Und ich beschließe, noch einmal ein Gespräch mit dem Arzt zu führen.

Den Moment, in das leere Haus allein zurückzukehren, zögere ich, so lange es geht, hinaus, das heißt, ich gehe noch in den Supermarkt, und es ist schon fast Abend, als ich endlich in die Seestraße einbiege. Vor dem Haus stehen Eva und meine Mutter und rufen mir schon von Weitem zu: »Wird auch Zeit, dass du endlich kommst!«

Sie haben Flammkuchen mitgebracht und eine Flasche Wein. Wie lieb. Die beiden sind extra gekommen, damit ich an meinem ersten Abend ohne Nini nicht so alleine bin. Wir setzen uns auf die schöne Terrasse, obwohl es schon langsam dunkel wird und wir unsere Jacken anziehen müssen. Am anderen Ufer sieht man die Lichter glitzern, und auf unserem Tisch steht ein Windlicht, doch können all diese Lichter meine Stimmung nicht erhellen. Die beiden wollen mich gar nicht gern alleine lassen, doch ich versichere ihnen, dass ich ja nicht alleine bin. Schließlich habe ich einen Wachhund bei mir, der auf mich aufpasst. Der ist allerdings mal wieder in der Küche beschäftigt, im Mülleimer nach etwas Essbarem zu suchen, und ich bezweifle, dass er mich beschützen würde, wenn ein Einbrecher ein Würstchen mitbringt. Als Eva sich verabschiedet, bietet meine Mutter mir an zu bleiben, um das Gästezimmer einzuweihen.

»Mach dir keine Sorgen, Mama. Ich komme hier schon alleine klar. Weißt du was, komm morgen zum Frühstück zu mir. Ich muss ja mal lernen, alleine zu schlafen. Und ich schaff das schon.«

Sie verspricht, gleich morgen früh vorbeizukommen, und wir wünschen uns eine gute Nacht.

Endlich kann ich an den Laptop und schauen, ob Nini sich schon meldet. Doch da klingelt bereits das Telefon, und Carol ist dran. Nini ist gut angekommen. Carol versichert mir noch einmal, auf sie aufzupassen, und übergibt dann den Hörer. Es zerreißt mir fast das Herz, als ich Ninis Stimme höre. Doch ich gebe mich betont fröhlich und frage nach dem Flug und erzähle von Omas Besuch und dergleichen.

Dann sind nur noch Jojo und ich da. Wir gehen ganz nach oben, wo ich mir Christians altes Mansardenzimmer gemütlich eingerichtet habe. Zum ersten Mal in meinem Leben bin ich wirklich allein. Zuerst habe ich bei meinen Eltern gelebt, dann war ich mit Nini in meiner eigenen Wohnung auch nicht mehr allein. Zum Trost darf Jojo bei mir im Bett schlafen, und ich habe den Verdacht, dass er das von nun an immer versuchen wird. Aber es ist mir egal, so ein kleiner, kuschelig warmer Hund ist der beste Trostspender, den es gibt.

»Also weißt du, ich verlasse dich richtig ungern«, sagt meine Mutter, als wir versuchen, ihren Riesenkoffer in den Kofferraum des kleinen Minis zu wuchten.

»Das glaub ich dir nicht. Du kannst es doch gar nicht erwarten, zu deinem Steve zu kommen«, antworte ich lachend.

»Schon, aber jetzt, wo Nini weg ist, bist du ganz alleine.« Sie sieht wirklich sorgenvoll aus. Meine Mutter hat sich unglaublich schick gemacht und trägt ihren schicken hellgrauen Hosenanzug mit einer kirschroten Bluse darunter. Kein Wunder, in wenigen Stunden wird ihr Steve sie zum ersten Mal ›live‹ sehen.

Wir steigen ein und fahren Richtung Flughafen. Schon wieder ein Abschied.

»Ja, genau, aber du musst ja unbedingt nach Amerika fliegen. Konntest du dich nicht in einen Mann in, sagen wir mal München verlieben? Das wäre nicht *gar so weit* weg.« Ich tue so, als wäre ich ein wenig böse auf sie, damit sie nicht merkt, wie schwer mir der Abschied fällt.

»Das kann man sich manchmal nicht aussuchen, in wen man sich verliebt. Und Steve und ich, bei uns ist das etwas ganz Besonderes, das haben wir in den letzten Wochen und Monaten in unseren Briefen und Telefonaten gemerkt. Wir wollen uns jetzt endlich *sehen*, verstehst du das? Und spüren, ob die Magie zwischen uns auch *körperlich* vorhanden ist.« Dabei sieht sie mich vielsagend an. Du lieber Gott, was will sie denn damit andeuten? Sie meint doch nicht etwa Sex? Komisch, dass man immer Probleme hat, sich ältere Menschen beim Sex vorzustellen. Wobei man auch in reiferen Jahren Freude an der körperlichen Nähe haben kann, da bin ich sicher.

»Was musstest du auch mit Leon Schluss machen? Jetzt hast du den Salat. Er ist so ein guter Mann. Überleg es dir doch noch einmal. Glaub mir, es wäre mir wirklich eine Sorge weniger, wenn ich wüsste, dass es jemanden gäbe, der für dich sorgt.« Mamas Lippen zittern leicht.

»Mama, ich kann gut für mich selber sorgen. Ich habe eine wunderbare Tochter, die fast 18 Jahre ist und die mich bald nicht mehr braucht. Ich wohne in einem wunderschönen Haus, das mir außerdem zu einer eigenen Existenz verhelfen wird.«

»Und was, wenn nicht? Wenn das mit dem Café in die Hose geht?«, fragt sie besorgt.

»Dann komme ich zu dir nach Amerika und verkaufe dort Kuckucksuhren. Die Amis stehen doch auf diesen ganzen Deutschland-Kram«, scherze ich. »Keine Sorge, es wird schon nicht schiefgehen. Und wenn es mit dem Café wider Erwarten doch kein Erfolg wird, verspreche ich dir, dass ich es aufgebe, bevor ich total verschuldet bin. Dann kann ich mir immer noch Arbeit in einem Büro suchen.«

»Aber Maja. Du kannst doch nicht ewig *alleine* bleiben.« Sie will beim Thema Liebe einfach nicht lockerlassen.

»Wer sagt denn, dass ich das muss? Es wird schon noch mal einer kommen, bei dem es peng macht. Aber peng sollte es schon machen und nicht nur so leise knattern.« Ich mache ein derart albernes Geräusch, dass sie lachen muss.

»Was war denn mit Leon? War das nur so ein leises Knattern?«, fragt sie neugierig.

»Leon und ich hatten eine wirklich schöne Zeit. Und *beinahe* wäre es auch etwas geworden mit uns. Aber es war eben nicht zu *hundert Prozent* richtig, wenn du verstehst, was ich meine. Ich will nicht 80 Prozent peng und 20 Prozent knatter.«

Meine Mutter schüttelt den Kopf, dass ihre Locken fliegen.

»Maja, Maja, du bist zu anspruchsvoll. Hundert Prozent gibt es nicht. Du wirst nie einen Mann finden, wenn du so denkst.«

»Dann finde ich eben keinen. Aber ich will mich nicht mit 80 Prozent zufriedengeben.«

»Denke dran, du wirst nicht jünger. In der Liebe muss man Kompromisse eingehen. Überleg es dir noch einmal mit Leon.«

Ich seufze. Da lässt sie mir ja ein paar tolle Lebensweisheiten da.

»Jetzt schau du mal, ob dein Steve ein Hundert-Prozent-Mann ist. Bin gespannt, ob du auch dort bleibst, wenn es nicht richtig peng macht zwischen euch, sondern nur knattert, oder ob du dann wiederkommst.« Wir lachen. »Hör mal, wenn er dich aber ärgert oder sonst irgendwas ist, dann rufst du mich sofort an, ja? Und dann buche ich dir sofort einen Flug zurück.«

Wir umarmen uns ganz fest. Ich weiß nicht, wann wir uns wiedersehen werden, das ist das Schlimme an diesem Abschied. Kann sein, dass meine Mutter in ein paar Tagen oder Wochen wieder da ist. Vielleicht wird sie aber auch für immer in Amerika bleiben.

»Ich wünsche dir von Herzen alles Glück der Erde«, sage ich tränenüberströmt. »Du hast es verdient, Mama. Und pass auf dich auf.«

Als sie winkend durch die Absperrung zum Zoll geht, denke ich kurz daran, mit welchem Mut sie mit ihren 67 Jahren in ein fremdes Land fliegt. Ob sie mit ihren geringen Englischkenntnissen überhaupt zurechtkommen wird da drüben? Ich kann mir jedenfalls nicht vorstellen, dass am Flughafen von Detroit jemand Deutsch sprechen wird. Aber Steve wird ja sicher dort sein, um sie abzuholen.

»Schreib eine E-Mail, wenn du angekommen bist, ja!«, rufe ich noch hinterher und mache mit der Hand noch eine Telefonbewegung, falls sie mich nicht mehr gehört hat.

Aber da ist sie schon verschwunden.

Auf der Heimfahrt versuche ich mich abzulenken, indem ich mir tausend Sachen vornehme, die ich in der nächsten Zeit unbedingt erledigen muss. Zum einen muss ich die Gaststätten-Konzession beantragen, diesen Gastro-Kurs machen, mich so langsam mal um eine ordentliche Kaffeemaschine kümmern ebenso wie um Möbel und ein Farbkonzept für das Café.

Da Jojo, der natürlich mit am Flughafen war, heute noch keinen ordentlichen Spaziergang gemacht hat, ziehe ich zu Hause gemütliche Jeans und Turnschuhe an, und dann marschieren wir los.

Wie schön es heute wieder einmal ist. Habe ich eingangs erwähnt, dass der Frühling meine liebste Jahreszeit am Bodensee ist, so bin ich geneigt, diese Meinung jetzt zu revidieren. Eigentlich mag ich den Herbst ja viel lieber. Wenn sich die Blätter der vielen Laubbäume in ein rot-goldenes Farbenmeer verwandeln und die Sonne alles in warmes Licht taucht, dann geht mir das Herz auf, so kitschig das auch klingt.

Ich setze mich am Ufer des Sees ein wenig hin, werfe Steine ins Wasser, die Jojo zu fangen versucht. Jetzt, Mitte Oktober, ist es immer noch so warm, dass ich die Jacke ausziehen kann. Aber schon bald wird wieder der Nebel ganz sachte und leise vom Wasser aufsteigen und die Natur in ein milchiges Grau hüllen. Ich vermisse Frieda. Wie gern würde ich jetzt auf dem Heimweg mit ihr bei einer schönen Tasse Tee sitzen und über die Liebe und das Leben plaudern.

»Komm, Jojo, wir gehen heim.«

Wenn ich der kleinen Hündin etwas zu fressen gemacht habe, kann ich bestimmt noch ein Stündchen ins Krankenhaus. Als wir vor der ›Butterblume‹ ankommen, erwartet uns eine Überraschung. Emily sitzt auf den Stufen vor meiner Haustür, in der Hand hält sie einen großen Kranz aus Beeren und Ähren.

»Hi, Maja«, begrüßt sie mich freudestrahlend. »Ich dachte, ich besuche dich mal in deinem neuen Zuhause.«

Ich freue mich wirklich, sie zu sehen.

»Du hättest dir keinen besseren Zeitpunkt aussuchen können als heute. Komm rein, ich mache uns einen Tee.« Schließlich habe ich von Frieda gelernt, wie das geht.

»Wow. So toll habe ich mir das hier gar nicht vorgestellt«, sagt Emily begeistert.

»Leon hat mir ja erzählt, dass du dich in dieses Haus

hier so sehr verliebt hast, dass du dafür sogar ihn hast sausen lassen. Jetzt verstehe ich, warum«, grinst sie.

»Also, ganz so war es ja eigentlich nicht. Da kamen schon noch ein paar andere Dinge hinzu …«, versuche ich zu erklären, während wir uns ein Plätzchen im zukünftigen Café suchen. Emily blickt sich staunend um. »Weißt du, ich hatte auf einmal so ein Gefühl, als müsste ich noch mal von vorn beginnen. Aber es stimmt schon: Seitdem ich das erste Mal hier war, ließ mich der Gedanke nicht mehr los, hier leben zu wollen. Und mit Leon, da hatte ich immer öfter das Gefühl, dass das nicht mehr passt mit uns.«

»Ich verstehe ja, was du meinst. Wenn ich ehrlich bin, habe ich von Anfang an gedacht, dass ihr beide nicht so richtig zusammenpasst. Obwohl da auch immer so eine Harmonie war zwischen euch. Aber er ist in vielen Dingen so ganz anders als du. Diese ganzen Statussymbole, der Porsche, der Golfclub, das war alles nicht so dein Ding, stimmt's?«

»Ja, aber das war es nicht nur. Es waren noch andere Unstimmigkeiten. Ich dachte oft, er versteht gar nicht, wovon ich rede. Gerade, was Nini angeht. Und umgekehrt ließ mich sein Geschäftsgerede oft ziemlich kalt.«

Emily läuft immer noch staunend herum.

»Also, vorweg: Ich bin eigentlich nicht gekommen, um dir *das* zu sagen, aber … Leon leidet ziemlich unter der Trennung von dir, weißt du. Eigentlich hatte ich gedacht, er würde sich gleich wieder in ein neues Abenteuer stürzen, aber er läuft die ganze Zeit mit miesepetrigem Gesicht herum und geht uns allen auf den Wecker. Trotz der Super-Ernte, die wir dieses Jahr haben, kannst du dir das vorstellen?«, erzählt Emily, während ich in der kleinen Küche nach ein paar Teetassen suche. Ich muss mir unbedingt auch ein paar so dünne anschaffen, wie Frieda sie besitzt.

»Was ist mit Lisa? Ich hätte schwören können, dass sie wieder bei euch einzieht«, gebe ich zu.

»Du lieber Himmel. Dann wäre ich aber ausgezogen. Nein, ich glaube nicht, dass die noch eine Chance hat bei Leon. Sie ist schon nett und hübsch und alles, aber so wahnsinnig oberflächlich. Leon braucht nicht nur eine Frau zum Vorzeigen, sondern auch eine zum Reden. Und Leon hat nicht vergessen, wie sehr sie ihn hintergangen hat. Nein, ich glaube, er wäre überglücklich, wenn du zurückkommen würdest.« Emily sieht mich abwartend an.

»Aber eigentlich bin ich, wie gesagt, nicht deswegen gekommen, sondern weil ich dich vermisst habe.«

»Du hast mir auch gefehlt, Emily. Als Einzige in der Familie, wenn ich das mal sagen darf …«

»Und als Leon mir erzählt hat, dass du jetzt hier wohnst und planst, ein Café zu eröffnen, fiel mir etwas ein …« Jetzt macht sie mich aber neugierig.

»Hast du schon Möbel für dein Café?«, fragt sie und sieht sich wieder interessiert um.

»Nein, bis jetzt noch nicht. Ich hatte bislang nicht das Geld dazu, aber nun will mir eine Freundin etwas leihen, und ich kann die Sache langsam angehen. Allerdings möchte ich nicht so viel von dem Geld ausgeben, denn ich weiß ja gar nicht, ob das Café überhaupt läuft.«

»Das kann ich mir denken. Und deshalb kam mir auch eine Idee. Pass auf, ein Freund von mir hat erzählt, dass wiederum ein Freund von ihm letztes Jahr in Friedrichshafen ein Café aufgemacht hat. Das soll wohl richtig chic sein. Allerdings in einer blöden Lage, und deswegen lief das überhaupt nicht. Jetzt lässt sich auch noch seine Frau von ihm scheiden, und er braucht Geld. Es gibt bereits einen Nachmieter, aber der will einen Club aufmachen und da passt das Ambiente nicht mehr. Jedenfalls soll das Interieur jetzt verkauft werden, samt Kaffeemaschine und Kuchentheke, und ich dachte, das könnten wir uns doch einmal ansehen. Das heißt, wenn du mich mitnehmen möchtest. Kannst natürlich auch alleine hinfahren, ich hab die Adresse.«

»Emily, das ist ja super!« Ich stehe auf und umarme sie.

»Was für eine tolle Idee. Vielleicht kann ich da das eine oder andere Schnäppchen machen, das würde genau passen.«

Ich verdränge den Gedanken, dass da gerade jemand Schiffbruch erlitten hat mit seinem Traum. Das wird hoffentlich kein schlechtes Omen sein? Aber ich könnte bestimmt richtig Geld sparen, die Sachen sind sicher ziemlich neu. Ich freue mich, dass Emily an mich gedacht hat.

»Was meinst du, wann könnten wir uns das mal ansehen?«

»Also, wenn du willst, dann versuche ich, gleich morgen früh einen Termin zu vereinbaren. Je eher, desto besser. Sonst sind die Sachen womöglich weg.«

»Kannst du bitte nachher gleich anrufen, Emily?« Auf einmal habe ich es eilig.

»Klar, aber erst möchte ich noch den Rest des Hauses sehen«, freut sich Emily.

Auch von den Schlafräumen und besonders vom Mansardenzimmer ist Emily begeistert.

»Maja, wenn ich hier so durchlaufe, da kommen mir

ein paar Ideen. Ich könnte dir Kissen und Gardinen nähen für die Zimmer, natürlich nur, wenn du möchtest.« Emily ist ganz aufgeregt.

»Wenn du Zeit und Lust hast, dann nur zu. Ich bin eine Niete in diesen Dingen und könnte ein wenig Hilfe gebrauchen. Wie du siehst, gibt es noch viel zu tun.«

Emily trinkt rasch ihren Tee aus und verspricht, den Termin für morgen auszumachen. Ich umarme sie herzlich und bedanke mich für ihre Mühe.

Dann muss ich aber dringend ins Krankenhaus. Frieda wird schon auf mich warten. Als ich dort eintreffe, schläft sie bereits. Ich gehe trotzdem ein bisschen näher an ihr Bett und setze mich einen Augenblick zu ihr. Auf einmal schlägt sie die Augen auf.

»Hallo, Maja. Wie schön, dass du da bist«, sagt Frieda leise.

»Ich wollte dich nicht wecken. Schlaf weiter, ich bin gleich wieder weg.«

»Ich hab von meinem Hermann geträumt.« Ein Lächeln umspielt ihr Gesicht. »Er war hier bei mir.« Sie klopft auf das Bett.

»Dann mach die Augen wieder zu. Vielleicht kommt er ja wieder«, sage ich leise.

»Nein, geh noch nicht. Erzähl mir lieber was«, bittet sie.

»Also gut.« Und so erzähle ich von meinem Tag, angefangen vom Abschied von meiner Mutter am Flughafen über meinen Spaziergang bis hin zu Emilys überraschendem Besuch. Ich erzähle ihr, dass ich ostfriesischen Tee für sie gekocht habe und sie von einer Möglichkeit weiß, wie wir günstig an eine Café-Einrichtung kommen können.

»Das ist schön, Liebes«, sagt Frieda.

»Wir wollen gleich morgen mal danach schauen. Emily kann mir bestimmt noch mehr helfen. Sie hat wirklich ein Händchen für alles Dekorative. Und jetzt, wo Nini nicht da ist …«

»Fühlst du dich eigentlich sehr allein?«, fragt Frieda mich.

»Ja, Nini fehlt mir schon sehr. Und nun ist auch noch meine Mutter in Amerika. Wird höchste Zeit, dass du nach Hause kommst, ich vermisse unsere Teestunden ganz unglaublich. Vielleicht erwische ich den Arzt heute Abend noch, sonst frage ich morgen mal nach, ob ich dich endlich mit heimnehmen kann.«

Als Antwort drückt Frieda fest meine Hand.

»Danke, Maja.«

»Ich freu mich schon darauf, dir die ›Butterblume‹ zu zeigen.« Aber da bemerke ich, dass Frieda schon wieder müde wird und die Augen schließt.

Ich küsse sie auf die Wange und gehe leise zur Tür.

»Maja?« Ich drehe mich noch einmal um.

»Denk immer daran: Die Liebe ist das Wichtigste im Leben. Alles andere ist NICHTS …«

Kapitel 25
Es wird

Meine Abende sind eigentlich gar nicht so einsam. Ich sitze lange am Laptop und schreibe mit Nini, die mir viel aus ihrem Leben in London erzählt. Sie fühlt sich sehr wohl bei Carol und Peter, und die neue Schule macht ihr viel Spaß. Es sind nicht nur Engländer in ihrer Klasse, sondern auch zwei Deutsche, ein Holländer, eine Schweizerin, eine Französin und ein Italiener. Nach dem Unterricht unternehmen sie viel zusammen, und auch von ein paar lustigen Pub-Besuchen war schon die Rede. So langsam scheint sie Marcus zu vergessen, zum Glück, das war ja der Sinn der Sache. Die liebe Carol wird immer runder und freut sich über Ninis Hilfe im Geschäft. Dennoch schreibt Nini mir jeden Tag, dass sie mich vermisst. Obwohl auch sie mir unheimlich fehlt, antworte ich nur: ›Ich vermisse dich auch.‹ Dann erzähle ich ihr von Frieda und Emily und dass ich mich schon riesig auf die Herbstferien freue. Auch aus Amerika erhalte ich jeden Tag eine E-Mail. Meine Mutter ist gut gelandet. Am Flughafen Detroit wurde sie in ein Extrabüro gebeten und einer Art Verhör unterzogen (jedenfalls wenn man ihr Glauben schenken darf, sie übertreibt manchmal ein wenig), weil sie kein Abreisedatum angegeben hatte. Ich kann mir genau vorstellen, was sie dort für einen Wutausbruch bekommen hat, nachdem sie dem Beamten (natürlich auf Deutsch) vergeblich zu erklären versuchte, sie wolle ihren Brieffreund besuchen und wisse noch nicht, wann sie wieder heimzufliegen gedenke. Erst als Steve, der in der Ankunftshalle mit einem Strauß roter Rosen stundenlang auf sie wartete, hereingerufen wurde und die ganze Sache aufklären konnte, ließ man sie gehen. Dann konnten sie sich endlich in die Arme schließen, ein Moment, auf den sie so lange gewartet hatten. Und es schien, als wollten sie sich nie wieder loslassen, so jedenfalls schwärmte meine Mutter, als sie mich gleich nach ihrer Ankunft von Steves Haus aus anrief.

Und nun erzählt sie mir jeden Tag von ihrem neuen Leben in Amerika. Von Steves kleinem Haus, seinem Garten, den Fireflyern (so eine Art Glühwürmchen, die sie abends auf der Terrasse beobachten), seinem Auto, seiner Tochter, seinem Halbbruder, den Supermärkten, den Highways, der Stadt Detroit usw. Meine Mutter, die nie in ihrem Leben einen Computer besessen, geschweige denn benutzt hat, schreibt mir jeden Tag eine E-Mail, schickt mir Bilder und kleine Geschichten. Dadurch bin ich immer auf dem Laufenden, und wir sind uns fast so nah, als wäre sie hier.

Während ich an meinem Schreibtisch sitze und auf den See hinausblicke, liegt Jojo zu meinen Füßen und schaut hin und wieder zu mir auf, als wollte sie mich fragen: ›Gibt's nicht bald was zu fressen?‹

»Ach, Jojo. Wie schön, dass du da bist.«

Am nächsten Morgen ruft Emily schon früh um 8 Uhr an, als ich gerade die Laufschuhe anziehe, um mit Jojo eine Runde zu drehen.

Ich soll um 10 Uhr in Friedrichshafen sein, wo wir uns am Graf-Zeppelin-Haus treffen wollen. Das lässt mir Zeit für unsere Morgenrunde vorher, und ich kann sogar noch schnell in Friedas Haus, um zu lüften und ein Blumensträußchen für ihren Empfang hinzustellen. Bestimmt kann ich, wenn ich aus Friedrichshafen zurück bin, sie heute mit nach Hause nehmen. Gestern Abend habe ich den Arzt zwar nicht mehr angetroffen, aber beim letzten Mal hat er ja so was angedeutet.

Pünktlich um 10 Uhr biege ich mit dem Mini in die Tiefgarage zum Graf-Zeppelin-Haus ein. Emily hat schon auf mich gewartet und steigt gleich in mein Auto um. Sie hat einen Zettel auf dem Schoß mit der Adresse des Cafés, das aufgelöst werden soll, und wir fragen uns nach dem Weg durch. Mein Gott, kein Wunder, dass die pleite gegangen sind. Das liegt ja derart abgelegen, wer soll sich denn dahin verirren? Zumal es so schöne Cafés am See gibt.

Die Einrichtung allerdings ist ein Traum. Die Tische sind aus dunklem Holz, allerdings nicht schwer, sondern ganz leicht und modern. Die Stühle sind aus honigfarbenem Korbmaterial, sehr bequem und gemütlich. Ich kann mir gut vorstellen, dass alles ganz prima in die ›Butterblume‹ passen wird. Allerdings darf ich mir meine Begeisterung nicht allzu sehr anmerken lassen, dann kann ich ihn vielleicht noch ein wenig im Preis drücken. Der bisherige Gastronom ist ein netter junger Mann namens Thomas, dem man allerdings ansieht, dass er Sorgen hat. Er tut mir so leid, und ich vergesse schnell wieder, dass ich ihn im Preis drücken wollte. Bestimmt hat er große finanzielle Probleme wegen seiner Scheidung und der Geschäftspleite und all dem.

Nachdem wir auch die Kuchentheke und die Kaffeemaschine genauestens inspiziert haben, verhandeln wir ein bisschen über den Preis. Letztendlich ist er froh, ›den Krempel‹ los zu sein, und verspricht sogar, alles nach

Nußdorf zu fahren. Nachdem ich mich in letzter Zeit ein bisschen in die Kunst des Kaffeezubereitens eingelesen (Zeit genug habe ich ja jetzt) und festgestellt habe, dass die Kunst, einen guten Cappuccino zu bereiten, beinahe so schwierig ist, wie ein Haute-cuisine-Menu zu kochen, kann ich mich noch nicht mit der Standard-Kaffeemaschine einverstanden erklären. Lieber wäre mir eine Profi-Espressomaschine à la Cimbali. Da der junge Mann aber das ganze Paket verkaufen möchte und auch den nicht allzu hohen Preis akzeptiert, sind wir im Geschäft.

Dem ›Café Butterblume‹ steht nun endgültig nichts mehr im Wege. Emily findet, das muss gefeiert werden, und lädt mich auf einen Prosecco in das Café Antoniuseck ein. Wir können uns gut vorstellen, wie schön die Möbel bei mir aussehen werden.

»Was meinst du, Emily, wenn wir die Wände in einem hellen Vanillegelb streichen würden? Das wäre doch toll zu dem dunklen Holz und den Rattanstühlen?«

»Ja, und außerdem passt es auch gut zum ›Café Butterblume‹«, lacht Emily.

»Danke, dass du mir so hilfst. Ich weiß das wirklich sehr zu schätzen«, sage ich zu ihr.

»Das mach ich doch gerne. Und ich würde mich freuen, wenn ich dir noch ein bisschen mehr helfen könnte. Hab doch sonst nichts zu tun.«

Sie verspricht, morgen vorbeizukommen, damit wir Farbe kaufen und zusammen den Gastraum streichen können. Euphorisch schmieden wir Pläne, wie wir die nächsten Tage renovieren wollen.

Doch es soll anders kommen.

Voller Freude fahre ich zurück nach Überlingen, und als Erstes führt mich mein Weg ins Krankenhaus. Aber als ich im ersten Stock in Friedas Zimmer ankomme, ist das Bett leer.

Verwundert überprüfe ich, ob ich vielleicht im falschen Zimmer bin. Es kann doch nicht sein, dass Frieda schon entlassen wurde, wie hätte sie denn heimkommen sollen? Ich sollte sie doch abholen. Obwohl, vielleicht hat sie sich ein Taxi genommen.

Da kommt die Schwester, und ich frage sie, ob Frau Peeger vielleicht am Vormittag bereits entlassen wurde.

»Frau Peeger? Nein …« Sie sieht mich seltsam an. »… warten Sie doch bitte einen Moment.«

Aber ich bin zu nervös, um mich zu setzen. Was ist hier los? Irgendetwas stimmt nicht. Meine Hände werden schweißnass, und ein eiskaltes Gefühl kriecht mir den Rücken hinauf. Da kommt der Arzt um die Ecke, flüstert kurz mit der Schwester und geht dann auf mich zu.

»Frau Winter, es tut mir sehr leid. Frau Peeger ist heute Nacht gestorben. Sie ist ganz friedlich eingeschlafen und nicht wieder aufgewacht. Wenn es ein Trost für Sie ist, sie musste nicht leiden. Gestern Abend hat sie mich noch gebeten, Ihnen das hier zu geben.« Er drückt mir einen Umschlag in die Hand, was ich aber nur am Rande wahrnehme.

Sie hat es geahnt. Sie hat sich gestern schon von mir verabschiedet. Dieser Traum von ihrem Hermann, das hätte mir schon zu denken geben sollen.

»Soweit wir wissen, gibt es keine näheren Verwandten. Sollen wir die Beerdigung veranlassen oder …«

»Nein, das mache ich«, höre ich mich sagen. »Ich kümmere mich darum.«

Der Doktor gibt mir die Hand.

»Geht es denn, Frau Winter? Ich glaube, Sie standen sich ziemlich nahe, nicht wahr?«

»Sie war meine beste Freundin. Nein. Viel mehr als das.«

Ich bin immer noch ganz ruhig, viel zu ruhig für meine Verhältnisse. Erst als ich zu Hause ankomme und in die treuen Augen von Jojo blicke, die es weiß, bevor ich es ihr sagen kann, fließen die Tränen und wollen nicht mehr aufhören.

Die nächsten Tage verbringe ich in einem seltsamen Zustand. Ich stehe zwar jeden Tag auf, wasche mich und ziehe mich an, aber ich nehme nichts um mich herum so richtig wahr. Emily kommt, zum Glück, aber statt der Renovierung hilft sie mir, die Beerdigung von Frieda zu organisieren. Ich handle mechanisch, esse und trinke, ohne groß nachzudenken, und bin froh, dass ich das jetzt nicht alleine durchstehen muss. Nebel steigt vom See auf und hüllt alles in ein dunkles, feuchtes Grau, auch meine Seele.

Was hab ich getan, dass mich alle Menschen verlassen? Bin ich vielleicht verflucht? Wollte ich zu viel mit meiner Unzufriedenheit? Erst Christian, dann Nini, meine Mutter … Und jetzt Frieda. Nur, dass sie niemals wiederkehrt. Sie fehlt mir so. Mit ihrem unerschütterlichen ostfriesischen Optimismus und der starken Haltung in allen Lebenslagen. Auch wenn wir erst einige Monate befreundet waren, so war sie mir doch näher als so manch anderer, den ich schon ewig kenne.

Dann, nach scheinbar endlosen Tagen in diesem grauen Vakuum, kann ich endlich den Brief von Frieda lesen. Ich sitze oben auf meinem lila Sofa, zusammen mit der traurigen Jojo, deren kleines Herz wohl auch gebrochen ist, vor mir ein Glas Rotwein, und lese.

Meine liebe Maja,

wenn du diesen Brief liest, bin ich nicht mehr bei Dir. Jedenfalls nicht körperlich ... Bei Dir werde ich immer sein. Ich möchte, dass du nicht traurig bist und nicht weinen wirst, kannst du mir das bitte versprechen? Nenn es meinen letzten Willen. Und den darf man ja einer Sterbenden nicht abschlagen, vergiss das bitte nicht.

Weißt du, meine Liebe, es gibt nämlich überhaupt keinen Grund, traurig zu sein. Ich darf jetzt bei meinem Hermann sein. Und auf diesen Moment habe ich so lange gewartet, die ganzen letzten Jahre. Seit ein paar Tagen spüre ich, wie meine Kraft immer weniger wird und so langsam zu Ende geht. Je schwächer ich werde, desto stärker spüre ich Hermann bei mir. Wie er auf einmal neben mir sitzt, meine Hand hält und sagt: ›Komm, Frieda.‹ So wie damals, als ich von Ostfriesland zu ihm kommen sollte. Ich bin ihm damals gefolgt und ich werde es auch diesmal tun.

Also weißt du, dass ich glücklich bin, und Du brauchst nicht traurig zu sein. Gut. Als Nächstes möchte ich dich wissen lassen, dass ich von dem Moment an, als wir uns das erste Mal sahen, das Gefühl hatte, dich schon ewig zu kennen. Verrückt, oder? Dabei hatten wir uns noch nie gesehen. Aber du warst mir von Anfang an so nah wie manch anderer sein Leben lang nicht. Mein Vertrauen zu Dir ist grenzenlos, und das ist das Einzige, was ich wirklich und von Herzen bedaure: Dass ich nicht länger mit

Dir zusammen sein kann. Doch tief in meinem Innern bin ich davon überzeugt, dass nicht die Quantität der Zeit, sondern die Qualität, in der wir unsere Stunden miteinander verbringen, von Bedeutung ist. So vieles hast Du mir anvertraut, und ich kann Dich so gut verstehen. Manchmal steht man an einem Wendepunkt in seinem Leben und weiß nicht, wie es weitergehen soll. Doch wenn man immer auf seine innere Stimme hört, findet man den richtigen Weg.

Dein Herz kennt seinen Weg ganz genau. Manchmal braucht es nur etwas Mut. Ja, und natürlich auch ein bisschen Geld.

Siehst du, und damit wären wir beim letzten Punkt: Du bist die Familie, die ich nie hatte. Und ich glaube, Jojo sieht das genauso. Wärst Du bitte so freundlich und würdest Dich in Zukunft um Jojo kümmern? Als kleines Dankeschön dafür hinterlasse ich Dir ein bisschen Geld und mein Haus natürlich. Nein, keine Widerrede. Von Seiten meiner Verwandtschaft gibt es nur noch den nichtsnutzigen Sohn meiner Schwester, und der wird es garantiert versaufen. Eine eigene Familie hatten Hermann und ich ja leider nicht, wie Du weißt.

Bei Dir weiß ich alles in guten Händen. Ich habe das schon einem Notar in Friedrichshafen mitgeteilt. Nur, dass Du vorab informiert bist. Von dem Geld kannst Du Deinen Traum mit der ›Butterblume‹ verwirklichen. Ich hätte es Dir sowieso gegeben. Aber natürlich hätte ich gerne noch gesehen, wie Leben dort einzieht und die Leute auf der Terrasse meinen friesischen Teekuchen essen. Der liebe Gott will es anders mit mir, das spüre ich.

Das Haus, in dem mein Hermann und ich so glücklich waren, kannst Du gerne verkaufen. Vielleicht zieht dort eine nette Familie ein mit einem kleinen Mädchen, das mit dem Hund im Garten spielt? Nur an eine Schönheitsklinik darfst Du es nicht verkaufen, aber das wirst Du ohnehin nicht tun. Ich habe schon mit Herrn Aschenbrenner darüber gesprochen. Sehr netter Mann übrigens. Hält große Stücke auf Dich und sagt, Du wärst seine beste Angestellte gewesen. Er hat mich im Krankenhaus besucht und meinte, es sei kein Problem, das Haus für einen guten Preis zu verkaufen. Von dem Geld könntest Du eventuell die ›Butterblume‹ kaufen. Ich denke, Christian würde sie Dir bestimmt verkaufen, jetzt, wo er in Kanada ist. Natürlich könntest Du auch das Café in meinem Haus eröffnen, doch ich glaube nicht, dass das so eine gute Idee wäre. Erstens sind die Räume nicht so großzügig und dafür geeignet. Und zweitens hast Du diese ›Magie‹ des Zuhause-Seins nur in der ›Butterblume‹ gespürt. Und deshalb folge Deinem Herzen, verwirkliche Deinen Traum. Jetzt erst recht.

Du wirst Erfolg haben, das weiß ich. Mach aus der ›Butterblume‹ das hübscheste Café weit und breit.

Und ich werde vom Himmel auf Dich herunterschauen und stolz auf Dich sein.

Aber vor allem: sei nicht traurig. Ich bin glücklich, dass ich Dir begegnet bin und Dich in meinen letzten Monaten zur Freundin gewonnen habe. Dass ich etwas Sinnvolles hinterlassen kann. Und trotzdem möchte ich jetzt lieber bei meinem Hermann sein. Das verstehst Du doch, oder?

Denke immer daran: Freundschaft ist wichtig. Liebe ist alles. Geh Deinen Weg. Ich werde immer bei Dir sein …

Ich hab Dich lieb

Deine Frieda

PS: In meiner Küche findest Du in dem alten Küchenschrank ein rosa Kochbuch mit ein paar Rezepten, die Du sicher im Café verwenden kannst.

Von allen Abschieden ist dies der schwerste. Ich glaube, ich ertrage es nicht. Obwohl ich Frieda erst so kurz kannte, standen wir uns so nah. Zum Glück ist Emily fast jeden Tag bei mir und hilft mir bei allem. Gemeinsam bereiten wir die Beerdigung vor, aber auch in der ›Butterblume‹ gibt es viel zu tun. Emily organisiert die Handwerker, die uns die Wand von der Küche zum Wohnzimmer herausbrechen, drei verschiedene Toilettenräume einbauen, und sie hilft mir beim Streichen des Gastraums. Die viele Arbeit lenkt mich von meinem Kummer ab, und abends falle ich, nachdem ich noch einige E-Mails an meine Lieben in Amerika und England geschrieben habe, todmüde ins Bett.

Der Tag der Beerdigung ist ein unglaublich schöner Herbsttag. Wie die Sonne so herrlich das bunte Laub beleuchtet, fällt mir wieder mein Lieblingsgedicht von Rilke ein. ›Herr: es ist Zeit. Der Sommer war sehr groß …‹

In gewisser Weise kann man das auch auf Frieda übertragen. Sie hatte ein gutes Leben, aber jetzt war es Zeit für sie zu gehen. Und ich muss loslassen, das hat sie immer wieder gesagt, egal, ob es um Nini ging oder um meine Mutter. Und nun um sie selbst. Der evangelische Pfarrer, mit dem ich kurz über die Beerdigung gesprochen hatte, hält eine zu Herzen gehende Rede in der Aussegnungshalle, in der Friedas Sarg aufgebahrt ist. Emily und ich haben ein schönes Foto von ihr ausgesucht, welches daneben steht, und als Blumenschmuck weiße Lilien ausgewählt. Die passen zu Frieda, weil sie schön und edel sind. Viele Leute sind nicht gekommen, denn sie war ja nicht von hier, und von ihren ostfriesischen Verwandten sind die meisten nicht mehr am Leben. Und dem ›Suffkopp‹-Neffen war der Weg wohl zu weit, obwohl wir ihn informiert hatten. Ein paar Nachbarn sind hier und einige Leute aus ihrer Kirchengemeinde, in die sie regelmäßig ging, Emily, Eva und ich. Da es außer dem Pfarrer niemanden gibt, der ein paar Worte sagen kann, stehe ich auf und gehe nach vorne.

»Ähm …, liebe …« Hilfe, wie sagt man jetzt … Gäste? Trauernde? »… Menschen, die alle gekommen sind, um sich mit mir von dieser wunderbaren Frau zu verabschieden.« Oh Gott, das ist so schwer. »Obwohl ich Frieda Peeger leider nur kurz gekannt habe, wurde sie zu einer wirklichen Freundin für mich.« Hätte ich mich nur richtig vorbereitet. »Irgendwo habe ich mal gelesen, dass man im Laufe seines Lebens viele Menschen trifft, aber nur sechs oder sieben wirklich von Bedeutung sind. Frieda war so jemand für mich. Ich konnte so viel lernen von ihr. Sie verließ ihre Heimat, um ihrer großen Liebe zu folgen, und ließ sich durch nichts beirren. Mit ihrem unerschütterlichen Optimismus ging sie ihren Weg geradeaus und konnte auch schwierigen Situationen immer etwas Positives abgewinnen. Ich bin dankbar, sie getroffen zu haben, und werde sie nie vergessen.«

Dann fällt mir noch dieser Spruch aus Island ein: »›Menschen treten in unser Leben und begleiten uns eine Weile. Einige bleiben für immer – sie hinterlassen Spuren in unseren Herzen.‹ Leb wohl, liebe Frieda … und grüß deinen Hermann schön von mir.« Bei den letzten Worten laufen mir nun doch die Tränen herunter, auch wenn ich mir so fest vorgenommen hatte, Friedas Rat (na ja, es war wohl mehr ein Befehl) zu befolgen und nicht zu weinen.

Wie hätte sie jetzt gesagt: »Kopf hoch, Brust raus und Arschloch zum Deibel.«

Diese unerschütterliche ostfriesische Haltung hat sie sicher durch so manchen Sturm im Leben gebracht. Und dass es, trotz ihrer großen Liebe zu ihrem Hermann, in ihrem Leben einige Stürme gab, auch darüber haben wir in unseren vielen Teestunden-Gesprächen geredet.

Nach der traurigen Beerdigung lassen mich meine beiden Freundinnen nicht allein, sondern gehen mit mir noch in ein Café in Überlingen. Obwohl es schon November ist, kann man sogar noch draußen sitzen. Warm eingepackt in unsere dicken Jacken und Schals, trinken wir unseren Cappuccino und sehen auf das glitzernde Wasser, so lange, bis es wirklich zu kalt wird und wir nach Hause gehen.

Am darauffolgenden Tag bringt Emilys Bekannter Thomas mit ein paar Kumpels die Möbel, und zusammen mit der vanillegelben Wandfarbe und dem dunklen Holzboden sieht alles superedel aus. Die Sonne scheint durch die großen Fenster, und so langsam entsteht vor unseren Augen ein richtiges Café. Aus Friedas Haus habe ich mit Thomas und seinen Jungs nicht nur das rosa Kochbuch, sondern auch den altmodischen Küchenschrank und ein paar andere hübsche Möbel geholt. Der kleine Teetisch und die beiden Sessel stehen jetzt oben in meinem Mansardenzimmer und werden mich immer an unsere schöne gemeinsame Zeit erinnern.

Bevor sie sich verabschieden, drücken mir die Jungs noch eine Art ›Visitenkarte‹ in die Hand und erzählen mir, sie würden Bar-Jazz-Musik machen, falls ich zur Eröffnung ein bisschen musikalische Untermalung haben möchte.

Das hört sich doch gut an. Es tut mir so leid, dass Thomas mit seinem Café in Friedrichshafen keinen Erfolg hatte, aber da war wohl hauptsächlich die schlechte Lage schuld. Das Café wurde von seiner Frau betrieben, da er als Musiklehrer an der Realschule nicht so viel Zeit hatte. Na ja, viel Engagement zeigte sie wohl nicht gerade. Jedenfalls finde ich die Idee mit der Live-Musik bei der Eröffnung gar nicht schlecht und verspreche, mich auf jeden Fall zu melden.

Vorher gibt es aber noch viel zu tun. Ich beantrage die Gaststättenkonzession, melde das Gewerbe auf dem Amt an, besuche das eintägige Gastro-Seminar in Konstanz und lerne dort, wie man Lebensmittel richtig lagert und viel über Hygienevorschriften.

Beim Notar erfahre ich, dass mir Frieda, wie bereits in ihrem Brief angekündigt, ihr Haus und außerdem noch knapp 100.000 Euro vermacht hat. Ich bin sprachlos. Zum ersten Mal in meinem Leben habe ich wirklich Geld. Das Blöde daran ist, dass ich eigentlich lieber darauf verzichtet hätte, wenn Frieda noch lebte …, doch ich versuche mir einzureden, dass es nun mal Friedas letzter Wille war. Wie sie sich in dem Brief an mich und in einem weiteren beim Notar ausgedrückt hat, machte es sie glücklich zu wissen, dass mit ihrem Geld nun etwas Sinnvolles geschehen wird. Und ihre geliebte Jojo in gute Hände kommt. Als ob das für mich nicht ohnehin selbstverständlich gewesen wäre. Der kleine Hund wächst mir von Tag zu Tag mehr ans Herz. Jojo scheint zu wissen, dass ihr Frauchen nicht wiederkommt, und verfolgt mich auf Schritt und Tritt. Wahrscheinlich hat sie Angst, ich könnte sie auch noch verlassen. Das jedoch würde ich nie tun. Nicht nur ich bin für sie da, sie lässt auch mich meine Einsamkeit vergessen …

Und vor allem zwingt sie mich, einen Spaziergang bei Wind und Wetter zu machen, was meiner Gesundheit sicher nicht gerade schaden wird.

Leider kann Nini in den Herbstferien nun doch nicht kommen, da Carol wegen Problemen in ihrer Schwangerschaft liegen muss und Nini ›sie jetzt unmöglich allein lassen kann‹. Wenn ich es richtig verstehe, schmeißt Nini nach der Schule den gesamten Haushalt, macht die Wäsche, geht einkaufen usw. Meine Tochter! Ich bin mächtig stolz auf sie! Da ich aber große Sehnsucht nach ihr habe und Carol mir einige Vorschläge gemailt hat, wie wir die Möbel im Café optimal präsentieren können, und ein paar raffinierte Stoffvorschläge für Gardinen beigefügt hat, beschließe ich, einfach selbst für zwei oder drei Tage nach London zu fliegen. Ich habe eine fantastische Idee: Ich lade Emily ein, mich zu begleiten, als kleines Dankeschön für ihre Hilfe in der letzten Zeit, und buche uns zwei Einzelzimmer in einem kleinen Hotel ganz in der Nähe von Carol und Peter.

Emily ist ganz außer sich vor Freude, denn sie war noch nie in London. Es wird ihr bestimmt gefallen und ich freue mich unglaublich auf Nini.

Das einzige Problem ist Jojo. Doch auch dieses ist

nach einem kurzen Telefonat mit Eva schnell gelöst. Die Mädels würden sich riesig freuen, wenn Jojo zwei Tage bei ihnen verbringen würde. Und die kleine Hündin kennt die Familie ja mittlerweile sehr gut und spielt auch gerne mit den Mädels, so dass ich sie guten Gewissens dortlassen kann.

Emilys Kleidungsstil ist nicht viel anders als im Sommer. Über ihren Blümchenkleidern und den Tuniken trägt sie lange Strickmäntel und dazu Stiefel. Ich kann mir schon vorstellen, dass Katharina dieser Hippie-Look ein Dorn im Auge ist. Ich frage mich, was sie davon hält, dass sich Emily so oft bei mir aufhält. Ob sie es überhaupt weiß? Und Leon?

»Du wirst nicht glauben, was du jetzt hörst«, erzählt sie mir aufgeregt, als sie mit einer Riesen-Louis-Vuitton-Reisetasche am Flughafen aufkreuzt.

»Was gibt's so Aufregendes?«, frage ich lachend.

»Robert hat eine Neue«, sagt sie bedeutungsvoll. Robert? Ausgerechnet der ruhige, sanfte Robert, der immer unter dem Pantoffel von Susann stand und dem sein Weinglas wichtiger zu sein schien als die ganze Welt um ihn herum? »Ja, und rate, wer es ist. Es ist wirklich *der* Skandal.« Ich habe keine Ahnung.

»Oh, Susann, ist das nischt ein wunderübsches Kleid, ist das von Gücci?« Emily ahmt Anouks französischen Akzent nach.

»Nein, sag nicht, dass Anouk …«

»Ganz genau.« Emily nickt und sie scheint ehrlich erfreut zu sein darüber.

Also stimmte es. Anouk war tatsächlich darauf aus, sich einen Römfeld-Mann zu angeln. Aber es war Robert und nicht Leon … Ich erzähle Emily von meiner Eifersucht auf Anouk und dass ich immer vermutete, sie wollte sich an Leon heranmachen.

Emily hält den Kopf schief und sagt: »Hm …, vielleicht wollte sie das zu Anfang ja tatsächlich. Schließlich ist Leon eindeutig der Attraktivere von den beiden. Aber ich glaube, sie hat ziemlich schnell gemerkt, dass sie bei Leon mit ihrer ›Wimperklimper‹-Nummer nicht landen kann. So eine Frau hatte er schließlich schon einmal. Und so blöd ist Leon nicht, dass er sich das noch mal antut.«

»Wie geht es ihm denn jetzt?«, frage ich neugierig.

»Na ja, du kennst Leon. Er arbeitet viel, jetzt noch mehr als sonst. Spielt Golf, aber er sieht bei allem, was er tut, immer so traurig aus. Ich glaube, er vermisst dich sehr, Maja.«

»Weiß er denn, dass du so oft bei mir bist?«, frage ich sie.

»Er weiß schon, dass ich dir ein bisschen geholfen habe. Und hat jedes Mal Grüße bestellt und dass du ihn anrufen sollst, wenn er irgendetwas für dich tun könnte und so weiter … Weißt du was, lad ihn doch einfach zur Eröffnung ein. Bestimmt freut er sich. Maja, ich glaube, er liebt dich immer noch.«

Um von dem Thema Leon abzulenken, frage ich Emily nach Susann aus.

»Das ist doch jetzt sicher hart für sie. Und was sagt eigentlich Katharina dazu?«

»Susann ist am selben Abend, als sie es erfahren hat, ausgezogen. Ich vermute mal, dass sie Robert jetzt ordentlich bluten lassen wird. Deshalb tut es mir auch gar nicht so leid für sie. Du wirst sehen, sie wird im Golfclub oder sonstwo schnell einen anderen aufreißen, bei dem sie die feine Lady spielen kann. Tja, und was meine Mutter angeht – irgendwie ist es wie immer: Sie kehrt die ganze Sache unter den Tisch. Obwohl sie sich ja immer so gut mit Susann verstanden hat, hat sie sie einfach gehen lassen und Robert nicht einmal die Leviten gelesen. So nach dem Motto, er wird schon wissen, was er tut, und wenn er mit Susann nicht glücklich war …, und so weiter.«

Emily hat recht: Susann tut mir auch nicht wirklich leid. Dafür hat sie mich viel zu oft von oben herab behandelt. Der kleine Johannes schon eher. An Geld wird es ihm sicher nie mangeln, aber ob er jemals ein richtiges Familienleben erfahren wird?

»Anouk ist bereits mit Sack und Pack bei Robert eingezogen, kaum, dass Susann weg war. Und er scheint richtig glücklich zu sein.«

Das gönne ich ihm von Herzen. Vielleicht kann Anouk ihn tatsächlich glücklich machen. Da sie selbst von einem Weingut stammt (von einem hoch verschuldeten, wie Emily inzwischen herausgefunden hat), hat sie sicher Verständnis für seine Arbeit. Und sie wird mit Rat und Tat auf dem Weingut mithelfen, das hat sie ja bereits als Angestellte unter Beweis gestellt. Trotzdem bin ich immer noch verblüfft. Dieser Robert. Stille Wasser sind tief, da sieht man es mal wieder.

»Sag mal, Emily«, frage ich mutig, »jetzt, wo wir uns schon eine Weile kennen, darf ich dich etwas fragen, etwas … Persönliches?«

»Natürlich, Maja, nur zu.«

»Der hübsche, junge Mann auf dem Foto in deinem Zimmer. Wer ist das? Dein Freund?«

Sie sieht mich lange an und sagt dann: »Das ist Antonio, meine große Liebe. Er war mein Italienischlehrer in

Florenz, und wir haben uns am ersten Abend, als wir uns kennenlernten, ineinander verknallt. Irgendwie wollten wir es beide nicht wahrhaben, aber dieses Gefühl war einfach stärker …, weißt du, was ich meine?«

O ja, ich weiß, was sie meint. »Ich war zwei Jahre in Florenz, und in der ganzen Zeit waren wir zusammen. Es war die schönste Zeit meines Lebens. Ich habe ihn so geliebt und war so glücklich wie nie zuvor.«

»Und was passierte dann?« Immerhin weiß ich, dass Emily zurückkam, und zwar allein.

»Es war eine verbotene Liebe. Antonio ist verheiratet, und das wusste ich von Anfang an. Aber ich dachte, wenn unsere Liebe nur groß genug ist, dann wird er seine Frau verlassen.«

»Was er nicht tat?«

»Er hat nie gesagt, dass er es tun würde. Aber ich habe es einfach angenommen, weil wir so verliebt waren. Aber dann …« Ich merke, dass es Emily immer noch schwerfällt, darüber zu reden. »Dann lagen wir eines Tages im Bett, und er sagte, nachdem er gerade eben mit mir geschlafen hatte: ›Cara mia, ich muss dir was sagen. Du bist die Erste, die es erfahren soll: Ich werde Vater.‹ Und in diesem Moment stürzte die Welt für mich ein. Auf einmal wusste ich, dass er sie nie verlassen würde. Ich würde wahrscheinlich immer dankbar sein müssen für die wenigen Stunden, in denen er sich heimlich von seiner Familie wegstehlen könnte. Und das war mir zu wenig. Ich war so verzweifelt, dass ich am liebsten von einer Brücke gesprungen wäre. Stattdessen buchte ich einen Flug und flog nach Hause, ohne mich von ihm zu verabschieden. Aber jetzt komm, Maja, ich glaube, wir müssen los.«

Deswegen war Emily also immer so mies drauf und so abwesend, als ich sie kennenlernte. Das war sicher eine ganz schlimme Zeit für sie. Wenn man jemand wirklich liebt und dann erkennen muss, dass die Liebe keine Zukunft hat, ist das eine harte Sache. Auch Nini hat etwas Ähnliches erlebt. Und ich hoffe, dass sie in London darüber hinwegkommen wird.

Emily dagegen hat sich sehr verändert im letzten Jahr. Vielleicht ist sie inzwischen darüber weg. Es ist ja auch einige Zeit vergangen, seit sie aus Florenz zurück ist. Vergessen wird sie ihre große Liebe Antonio wohl nie, aber es ist Zeit für sie, etwas Neues zu beginnen.

Kapitel 26
Die Eröffnung

Wie wir alle ist Emily begeistert von London und kann sich nicht sattsehen an den vielen schönen Gebäuden und Sehenswürdigkeiten. Sie und Carol verstehen sich wirklich gut, und die erzählt ihr viel von ihrem Job als Innenarchitektin. Und ich bin glücklich, mein Kind endlich wieder in die Arme schließen zu können. Obwohl es nur wenige Wochen waren, die wir uns nicht gesehen haben, hat sich Nini sehr verändert. Es ist nicht die Art, sich zu kleiden, denn modisch war meine Kleine schon immer, auch ohne die tollen Londoner Läden. Aber ich finde, dass sie richtig ›groß‹ geworden ist. Sie kommt mir so selbstständig und erwachsen vor. Außerdem scheint ihr der Abstand richtig gutgetan zu haben, und sie erwähnt Marcus mit keinem einzigen Wort, sondern erzählt viel von den netten neuen Freunden aus ihrer Klasse.

»Siehst du, Mami, so schlimm ist es doch gar nicht. Wirst sehen, bald bin ich wieder bei dir.«

Viel zu schnell vergehen die gemeinsamen Tage, und bald schon müssen wir wieder Abschied nehmen. Wenn ich allerdings daran denke, wie schnell wir hier waren, spricht ja nichts dagegen, so etwas öfter einzuplanen, wenn die Sehnsucht gar zu groß wird.

Emily und ich haben einige schöne Dinge für das Café gefunden, und als Carol wieder aufstehen kann, suchen wir in ihrem Laden einen besonders edlen und passenden Vorhangstoff aus, den sie uns bald zuschicken will.

Auf dem Rückflug dankt mir Emily dafür, dass ich sie mitgenommen habe.

»Ich glaube, ich weiß jetzt endlich, was ich machen will«, sagt sie mit leuchtenden Augen.

»Ich denke, ich studiere Innenarchitektur. Das würde mir solchen Spaß machen.« Sie ist richtig euphorisch. »Ich habe mich ein bisschen mit Carol unterhalten, und sie hat mir ein paar Sachen gesagt, auf die es ankommt. Wenn ich wieder zu Hause bin, informiere ich mich mal genauer darüber.«

»Klingt toll.« Ich freue mich wirklich, dass Emily etwas gefunden hat, das ihr Spaß machen könnte. Und ich glaube ja auch, dass es das Richtige für sie wäre.

»Ich werde mich mal umhören, wann und wo ich mit so einem Studium beginnen kann. Bis dahin würde ich aber gerne in der ›Butterblume‹ mithelfen, wenn du magst?«

Und ob ich mag. Ich habe mich schon gefragt, wie ich das alles alleine schaffen soll.

Als wir wieder zu Hause sind, gibt es viel zu tun: Eine Auswahl an Speisen festlegen, die wir anbieten wollen, die Speisekarten dafür aussuchen und schreiben, den Termin für die Eröffnung festlegen und Einladungen verschicken …

Was ich mit Friedas Haus machen soll, weiß ich auch noch nicht. Vorerst will ich es auf keinen Fall verkaufen, nicht einmal vermieten. Ich kann mir im Moment einfach nicht vorstellen, dass dort jemand anderer als diese warmherzige, kleine Friesin wohnen soll. Also sehe ich von Zeit zu Zeit nach dem Rechten, wische Staub, lüfte und befreie es von Spinnweben. Wer weiß? Vielleicht kann ich irgendwann ja wirklich die ›Butterblume‹ kaufen. Dann ist immer noch Zeit, Herrn Aschenbrenner anzurufen. Oder ich vermiete das Haus. Dann muss ich mir um die Finanzierung meiner eigenen Pacht keine Sorgen machen für den Fall, dass das Café im Winter oder überhaupt nicht so laufen sollte. Im Moment bleibt jedenfalls alles so, wie es ist.

Thomas kommt von Zeit zu Zeit vorbei und weiht uns in die hohe Kunst des Kaffee-Zubereitens ein, schließlich kennt er sich ja bestens aus mit seiner Kaffeemaschine. Trotzdem kann ich nicht widerstehen und erstehe im Internet eine gebrauchte Cimbali für die Espresso-Zubereitung. Das soll der ›Mercedes‹ unter den Kaffeemaschinen sein, und der Erfolg eines Cafés steht und fällt meiner Meinung nach mit der Qualität des Kaffees. Einen ordentlichen Tee sollte ich ja inzwischen auch fertigbringen, und mit Hilfe von Friedas Kochbuch können wir ein paar leckere Kuchen dazu anbieten.

Einiges haben wir schon ausprobiert und es ist hauptsächlich Emily, die sich an die komplizierteren Kuchen und Torten wagt. Sie probiert ständig etwas Neues aus, und Thomas freut sich, wenn er das Versuchskaninchen spielen darf und hin und wieder ein Stückchen abbekommt. Obwohl wir schon längst wissen, wie die Kaffeemaschine und die Kühltheke funktionieren, kommt er immer wieder vorbei und macht sich irgendwie nützlich. Ich vermute mal, ihm ist nicht entgangen, dass Emily nicht nur eine tolle Kuchenbäckerin, sondern auch eine bildhübsche junge Dame ist, denn er sieht sie immer wieder von der Seite an.

Zur Eröffnung wollen er und seine Jungs kommen und ein wenig Barmusik machen (natürlich gratis beziehungsweise für ein paar Stücke von Emilys köstlichem Schokoladenkuchen und ein Gläschen Wein oder Bier), und Emily freut sich so sehr darüber, dass sie rote Wangen bekommt.

Carol schickt den Stoff für den Gastraum, und Emily näht uns daraus prachtvolle Gardinen. Der Stoff ist cremefarben, ganz leicht und duftig und hat ein schönes Ausbrenner-Muster. Zusammen mit den vanillefarbenen Wänden, dem dunklen Holz und den honigfarbenen Stühlen sieht es sehr anheimelnd aus. In der Mitte des Raums hängt ein riesengroßer Kristall-Kronleuchter, und an den Wänden haben wir ein paar dezente cremefarbene Lampen angebracht, die ein gemütliches Licht verbreiten, das trotzdem hell genug zum Lesen ist. Wenn man in die Küche schaut, fällt der Blick sofort auf Friedas schönen alten Küchenschrank, den wir erst abgeschliffen und dann ebenfalls Vanillegelb gestrichen haben. Da von dem tollen Stoff noch etwas übrig war, näht Emily uns Kissen, die wir auf Friedas Biedermeier-Sofa verteilen, welches im hinteren Teil des Cafés steht und Platz für zwei Freundinnen bietet, die sich etwas erzählen wollen, oder ein verliebtes Pärchen, um Händchen zu halten, oder einfach nur für jemanden, um die Tageszeitung zu lesen und ein Tässchen Kaffee dabei zu trinken.

Damit diese cremebraun-vanillefarbene Harmonie nicht zu langweilig erscheint, hängen wir einige der knallbunten, von meiner Mutter gemalten Bilder auf. Schließlich habe ich vor, hin und wieder ein paar Künstler hier auszustellen und vielleicht auch mal eine Autorenlesung zu veranstalten. Meine Mutter vermisse ich ebenso wie Nini, obwohl ich jeden Tag mit ihr per E-Mail in Kontakt bin. Sie scheint wirklich sehr glücklich mit ihrem Steve zu sein, und wie es aussieht, ist es wohl was Ernstes mit den beiden. Das heißt, sie wird erst wiederkommen, wenn ihr momentanes 90-tägiges Aufenthaltsrecht ausläuft …, und wer weiß, was dann ist? Doch ich bin froh, dass sie ihr Glück gefunden hat. Und mir fallen wieder Friedas Worte ein, dass man immer seinem Herzen folgen muss.

Für das Schild am Haus und die Speisekarten haben wir ein Logo mit einer Butterblume entwickelt, die Emily selbst nach einer Vorlage aus dem Internet gezeichnet hat. Wieder einmal fällt mir auf, wie talentiert sie ist. Was würde ich nur ohne sie tun? Die Schilder werden geliefert und von Thomas an der Vorderseite und über der Terrasse befestigt. Während wir an diesem grauen und nebligen Tag im Garten herumstehen und Thomas auf der Leiter Kommandos geben »Mehr rechts, mehr links, höher« und so weiter, entsteht vor meinem geistigen Auge mal wieder das Bild aus meinem Traum von dem Café im Sommer und wie ich dort gerade Kuchen serviere. Ich hätte nie gedacht, dass er wahr werden würde. Dort, wo das Boot ›Sommerwind‹ am Steg lag, sind mal wieder die beiden Möwen, die in letzter Zeit öfter hier ein kleines Päuschen einzulegen scheinen und die ich heimlich ›Frieda und Hermann‹ genannt habe. Wer weiß, vielleicht sind es ja die beiden?

»Siehst du, Frieda, ich habe alles voll im Griff!«, rufe ich ihnen zu. Wahrscheinlich verblöde ich so langsam.

Das gleiche Butterblumen-Logo habe ich auch für die Einladungen zur Eröffnung und die Annonce in der Tageszeitung gewählt. Obwohl ich ein Tagescafé betreiben möchte, soll die Eröffnung am Abend stattfinden, damit die geladenen berufstätigen Gäste auch Zeit haben zu kommen.

Wir haben allerhand Leute eingeladen, genauer gesagt, alle, die wir kennen, und natürlich die örtliche Presse. Sowohl der Südkurier als auch die Schwäbische Zeitung, das Wochenblatt und das ›Akzent‹, die Gastrozeitung, die immer über Neuigkeiten aus der Szene berichtet, wollen jemanden vorbeischicken. Thomas und seine Jungs, die ›Lakeboys‹, kommen schon am Nachmittag, um sich ein bisschen einzuspielen. Einige Tage zuvor habe ich Leon angerufen und ein wenig Wein bestellt und auch ihn eingeladen. Leon hat sich sehr über meinen Anruf gefreut und spontan zugesagt. Ich konnte mir nicht verkneifen zu sagen, er könne auch Katharina mitbringen oder Lisa.

»Maja, du kannst mir das nicht verzeihen, stimmt's? Lisa ist Vergangenheit«, bekam ich als Antwort.

Ist mir das wirklich noch wichtig? Ich meine, natürlich hat es mich verletzt, Leon in den Armen von Lisa zu sehen. Aber in der letzten Zeit sind so viele andere Dinge geschehen, die diese Sache wirklich lächerlich erscheinen lassen. Genaugenommen freue ich mich sogar darauf, Leon wiederzusehen. Und ›verziehen‹ habe ich ihm eigentlich schon längst.

Am Abend, als der Mond den See in helles Licht taucht, stehe ich oben in meinem Zimmer am Fenster und sehe hinaus. Noch immer raubt mir die Schönheit dieser Gegend den Atem. Der See sieht immer anders aus, fast täglich kann man wechselnde Stimmungen erkennen. Schon so oft habe ich daran gedacht, ein schönes Foto zu machen. Das wäre auch eine zauberhafte Dekoration für das Café: Stimmungsbilder vom Bodensee.

Ich bin ein bisschen aufgeregt, und das spürt der kleine Hund, der ebenso nervös ständig zwischen meinen Füßen herumwuselt.

Emily und ich haben seit zwei Tagen nichts anderes gemacht als geputzt, gebacken, dekoriert und Servietten gefaltet. Es ist alles wunderhübsch geworden, und ich bin mächtig stolz auf uns. Während wir heute Nachmittag Käseplatten und Canapés vorbereitet und köstliche Blätterteigstangen mit Käse gebacken haben, haben die ›Lakeboys‹ ihre Songs geübt, so dass wir mittlerweile deren ganzes Repertoire kennen und alle Lieder mitsingen können.

Bevor es losgeht, stoße ich mit Emily an und sage: »Ich weiß nicht, wie ich mich bei dir bedanken soll, Emily. Ohne dich hätte ich das alles nie geschafft.«

Emily sieht heute besonders hübsch aus, und ich habe den Verdacht, das könnte an Thomas liegen. Die beiden werfen sich schon den ganzen Tag verliebte Blicke zu, und jeder, außer ihnen selbst wahrscheinlich, kann erkennen, dass es die beiden erwischt hat. Sie trägt ihre langen blonden Haare heute offen, und mit ihrem weißen Kleid sieht sie aus wie ein Engel. In gewisser Weise war sie das für mich ja auch. Sie kam genau zur rechten Zeit, als ich sie am dringendsten brauchte. Da hatte doch der Himmel seine Hand im Spiel. Sie prostet mir zu.

»Glaub mir, für mich war es das reinste Vergnügen. Es hat mir wirklich so viel Spaß gemacht. Und ich bin sicher, wir werden noch viel zu tun bekommen. Keine Angst, vor dem nächsten Semester werde ich nicht zu studieren anfangen. Und dann wird ja Nini wieder da sein, die dir helfen kann. Und in den Semesterferien komm ich auch immer zum Helfen«, verspricht sie.

Werden überhaupt Gäste kommen? Doch meine Angst ist unbegründet. Die Tür geht ständig auf und zu, und ich bin nur dabei, Hände zu schütteln, zu erklären, warum ich unbedingt hier ein Café aufmachen wollte, und so weiter. Ich erzähle allen die ganze (na ja, nicht die ganze …) Geschichte, angefangen von meinem Traum und wie ich das Glück hatte, dieses wundervolle Haus pachten zu können, bis hin zu meiner Freundschaft mit der Ostfriesin Frieda, die für zahlreiche tolle Kuchenrezepte wie zum Beispiel den friesischen Teekuchen, den Butterkuchen, den Kirschkuchen, die Mandeltarte und vieles mehr auf unserer Speisekarte verantwortlich ist.

Eva mit der ganzen Familie, viele Freunde von Emily, Heidi aus der Parfümerie mit ihren Freundinnen, meine alte Vermieterin, ein paar neue Nachbarn aus der Seestraße, die Presseleute …, sehr schnell ist der Raum voll. Ich habe mir sogar eine kleine Rede überlegt: »Liebe Gäste und Freunde! Ich freue mich, dass so viele heute Abend den Weg in mein neues ›Café Butterblume‹ gefunden haben. Vom ersten Moment an, als ich dieses Haus und diese Räumlichkeiten sah, habe ich davon geträumt, hier ein Café zu eröffnen. Und dieser Traum ist heute Abend wahr geworden. Genießen Sie nicht nur heute Abend unseren leckeren Kuchen. Manches mag Ihnen nicht ›badisch‹, sondern ›friesisch‹ vorkommen. Für diese Gaumenfreuden ist meine liebe Freundin Frieda verantwortlich, die ich nicht nur heute Abend sehr vermisse. Meine Assistentin und Freundin Emily Römfeld und ich würden uns freuen, wenn es Ihnen heute Abend bei uns gefällt und wir Sie oder Ihre Freunde, Bekannten und Verwandten in Zukunft öfter bei uns begrüßen dürften. Auf einen schönen Abend.«

Ich proste allen zu, und dann beginnen die ›Lakeboys‹ wieder zu spielen.

Sogar Herr Aschenbrenner ist mit seiner Irma gekommen und schüttelt mir freudestrahlend die Hand.

»Donnerwetter, Frau Winter. Respekt. Da haben Sie ja was auf die Beine gestellt. Und das ganz alleine?« Und er raunt mir noch zu: »Übrigens, das ist jetzt heute Abend nicht der rechte Moment, aber wenn Sie das Haus von Frau Peeger verkaufen wollen, Sie wissen schon, dass ich da der Richtige dafür wäre, nicht wahr? Sie werden wohl nicht die olle Schorg damit beauftragen?« Und er lacht sein dröhnendes Lachen.

»Natürlich, Herr Aschenbrenner, das weiß ich. Im Augenblick allerdings steht das noch gar nicht zur

Debatte. Aber wenn ich das Haus verkaufen sollte, dann sind Sie definitiv die erste Adresse.«

Herr Aschenbrenner schiebt seine Hand auf Irmas wohlgerundetes Hinterteil, das heute in einem hautengen goldenen Lurexkleid steckt, und schiebt sie in Richtung Gastraum. Schließlich hat er dort die Presse entdeckt, und es kann ja nicht schaden, auf einem Foto mit drauf zu sein.

Die Journalisten unterhalten sich gerade über eine Polizei-Razzia bei Luigi, bei der einige Leute der Lokalprominenz erwischt wurden, wie sie gerade Marihuana und Koks kaufen wollten. Als der Name ›Rebecca Kofler‹ fällt, kann ich mir ein schadenfrohes Grinsen nicht verkneifen. Also gibt es doch einen lieben Gott, der für Gerechtigkeit gesorgt hat.

Die Stimmung ist recht heiter, und die Gäste sprechen eifrig dem Prosecco zu. Deshalb gehe ich kurz in den Keller, um Nachschub zu holen. Als ich mit ein paar Flaschen unter dem Arm wieder hochkomme, steht Leon auf einmal vor mir.

»Maja«, sagt er nur und sieht mir tief in die Augen.

Ich hatte ganz vergessen, wie gut er aussieht. Seine dunklen Augen, seine samtige Stimme, auf einmal ist alles wieder da. Ich wünschte, ich hätte mich ein bisschen hübscher gemacht heute Abend und statt der Jeans und der weißen Bluse ein Kleid angezogen. Wenigstens habe ich mir die Haare gewaschen und trage die neuen, grünen Ohrringe, die mir Emily heute Abend als Glücksbringer geschenkt und die sie selbst gemacht hat.

»Hallo, Leon. Schön, dass du gekommen bist.« Ich freue mich wirklich, ihn zu sehen.

»Die Freude ist ganz auf meiner Seite. Hier mein Geschenk zur Eröffnung. Er zeigt auf ungefähr zehn Kisten Wein, die im Moment noch alle im Flur herumstehen. »Keine Angst, ich trage sie dir gern in den Keller. Da willst du sie doch haben, oder?«

»Ja, das wäre sehr nett. Vielen Dank, Leon, wär aber nicht nötig gewesen.«

»O doch«, lacht er. »Schließlich habe ich vor, hier öfter mal vorbeizuschauen, und da kann ich beim besten Willen keinen schlechten Wein trinken.«

Als wir gemeinsam den Wein im Keller verstauen, nimmt Leon auf einmal meine Hand.

»Du siehst gut aus, Maja. Unsere Trennung scheint dir nicht geschadet zu haben.«

Er steht so nah vor mir, dass ich seinen vertrauten Duft einatmen und seine Wärme spüren kann. Nach den traurigen Ereignissen, die in der letzten Zeit passiert sind, tut es gut, sich an ihn anzulehnen, und ich lasse es zu, dass er mich auf die Haare küsst.

»Maja, wenn du wüsstest, wie sehr ich dich vermisst habe. Glaub mir, ich habe über so viele Dinge nachgedacht. Vielleicht hattest du recht, ich habe alles so selbstverständlich genommen. Aber die Trennung von dir hat mir die Augen geöffnet. Ich möchte nicht mehr alleine sein.«

Statt einer Antwort mache ich mich von ihm los. Ich, ich, ich. *Ich* habe nachgedacht, *ich* habe alles selbstverständlich genommen, *ich* möchte nicht mehr alleine sein. Es ist ja schön, dass er nachgedacht hat, und auch, dass er mich vermisst hat, tut mir gut. Aber er hätte schon mal fragen können, wie es mir eigentlich geht. Und wenn ich ehrlich bin, hat mich das schon in unserer Beziehung gestört.

Leon hat nie danach gefragt, wie es mir geht oder was ich eigentlich will. Deshalb bin ich froh, dass ich mich dafür entschieden habe, das ›Café Butterblume‹ zu eröffnen. Endlich etwas, das mir allein gehört, außer Nini. Aber für die hat sich Leon ja auch nie interessiert.

»Ich muss nach oben, mich um meine Gäste kümmern, Leon. Lass uns ein andermal reden, ja?« Ich kann an seinem Blick sehen, dass er enttäuscht ist. Bestimmt hat er eine ganz andere Reaktion von mir erwartet.

Er nimmt eine Flasche aus dem Karton und sagt: »Gut, aber ich komme wieder. Und dann trinken wir beide dieses wunderbare Fläschchen und reden über alles, versprichst du mir das?«

»Versprochen.« Mit diesen Worten gehe ich die Treppe hinauf und kümmere mich wieder um mein eigenes kleines ›Geschäft‹.

Den ganzen Abend über komme ich kaum zum Nachdenken, denn ich bin nur dabei, Gläser nachzuschenken, Platten aufzufüllen und Konversation zu machen. Für Leon habe ich gar keine Zeit mehr, aber er scheint sich ebenfalls prächtig zu unterhalten. Ich sehe ihn in ein Gespräch mit Herrn Aschenbrenner vertieft, während Irma ihm fortwährend tief in die Augen blickt und ihr tiefes Dekolleté ins rechte Licht rückt.

Die ›Lakeboys‹ machen wirklich tolle Musik, und ich musste bereits einige Visitenkarten (von Thomas heute Nachmittag auf mein Anraten an meinem PC gestaltet und ausgedruckt) von ihnen verteilen. Ich könnte mir vorstellen, dass sie für Geburtstags-, Weihnachts- oder Silvesterfeiern gebucht werden. In der Pause habe ich gesehen, wie Thomas und Emily auf die Terrasse hinausgingen. Ihren glücklich strahlenden Gesichtern nach zu urteilen, haben sie sich bestimmt geküsst. Ich freue mich für sie, denn beide haben ja eine miese Zeit hinter sich.

Die Gäste bleiben lange, und es wird spät, als einer nach dem anderen sich verabschiedet. Alle versprechen, das Café weiterzuempfehlen und selbst wiederzukommen. Leon ist der Letzte, der zur Tür geht, und er sagt: »Hast du das alles wirklich alleine auf die Beine gestellt? Kompliment.«

»Na ja, so ganz alleine war ich ja nicht«, gebe ich zu. »Schließlich hat Emily mich unglaublich unterstützt.« Und ich zähle alles auf, was seine Schwester in den letzten Wochen für mich getan hat, angefangen von den Malerarbeiten über Gardinen nähen, Speisekarten gestalten, Möbel organisieren, Rezepte ausprobieren und so weiter.

»Meine kleine Schwester! Wer hätte das gedacht?«, sagt Leon anerkennend.

Du wohl kaum, denke ich im Stillen, und der Rest der Familie auch nicht. Manchmal muss man jemandem eben eine Aufgabe geben. Das ist wichtiger als Geld. Aber das verkneife ich mir, denn ich glaube, das versteht Leon sowieso nicht.

»Ja, und da war noch meine Freundin Frieda, ohne die das alles hier überhaupt nicht möglich gewesen wäre«, sage ich stattdessen.

»Das ist die alte Dame, die vor Kurzem gestorben ist? Emily hat davon erzählt. Und das war deine Freundin? Woher kanntest du sie denn? Ich kann mich nicht erinnern, dass du mir schon mal von ihr erzählt hast.«

»Ja, das war meine Freundin, aber eigentlich viel mehr als das. Sie war mein Vorbild, meine Inspiration, meine

Vertraute. Doch das ist eine lange Geschichte.« Ich schiebe Leon zur Tür hinaus. Denn eigentlich bin ich jetzt todmüde und möchte nur noch ins Bett. Aber es muss ja aufgeräumt werden.

Emily steht schon in der Küche und räumt Gläser in die Geschirrspülmaschine.

»Ich glaube, wir brauchen eine zweite oder eine größere. Mit der hier kommen wir nicht weit«, sagt sie.

»Emily? Vielen Dank für alles, aber jetzt mach, dass du hier rauskommst. Thomas steht draußen, und ich glaube, er brennt darauf, dich nach Hause zu bringen. Ich komm hier schon alleine klar.«

»Auf gar keinen Fall. Schau mal, wie es hier aussieht. Ich kann Thomas auch ein andermal wiedersehen …«

»Vergiss es, oder wir sind die längste Zeit Freundinnen gewesen. Ich brauche jetzt ein bisschen meine Ruhe«, lüge ich und schiebe auch sie zur Tür hinaus.

»Wirklich? Also gut. Dann geh ich eben. Aber es war doch toll heute, oder?«

Ich umarme sie zum Abschied.

»Bis morgen, schlaf schön.«

Während ich mich über die Geschirrberge hermache und alles wieder ordentlich wegräume, lasse ich den Abend noch einmal in Ruhe Revue passieren. Offensichtlich ist das Café bei den Gästen gut angekommen, und ich hoffe, dass sie ein bisschen Werbung für mich machen werden.

Eigentlich macht kein Mensch ein Café in dieser Lage am See im Winter auf. Doch ich glaube, dass es für mich zum Anfangen gar nicht so schlecht ist. So kann ich mich in Ruhe einarbeiten, bevor der Sommer und somit die vielen Touristen kommen.

Der heutige Abend hat mir gezeigt, dass ich auch alleine etwas auf die Beine stellen kann, und dieser Gedanke macht mich überglücklich. Aber viel kann ich nicht mehr darüber nachdenken, denn nachdem ich Jojo kurz in den Garten gelassen habe, falle ich todmüde ins Bett.

Kapitel 27
Merry Christmas

Am nächsten Morgen steht eine glückliche Emily vor meiner Tür und bringt mit frischen Brötchen auch ein paar Tageszeitungen mit.

›*Frischer Wind in der Gastroszene*‹ titelt der Südkurier im Lokalteil.

›*Gestern Abend wurde das ›Café Butterblume‹ in der Seestraße in Überlingen-Nußdorf mit geladenen Gästen unter den Klängen der Musik von den ›Lake Boys‹ eröffnet. Das helle und in sonnigem Gelb gestrichene und in warmen Holztönen eingerichtete Café wirkt freundlich und lädt Spaziergänger und Fahrradfahrer zu leckeren Kaffee- und Kuchenspezialitäten ein. Die Betreiberin, Frau Maja Winter, möchte zusammen mit ihrer Mitarbeiterin Emily Römfeld einen Ort schaffen, um sich zu treffen oder kurz in der Hektik des Alltags zur Ruhe zu kommen. Wir denken, das ist ihr gelungen. Im Sommer soll eine große Terrasse für die Gäste zur Verfügung stehen. Bis dahin wird das Café Butterblume jeden Tag von 11 bis 18 Uhr geöffnet sein und die Gäste mit allerlei süßen Leckereien verwöhnen. Es sollen auch besondere Veranstaltungen wie Autorenlesungen oder Kunstausstellungen stattfinden.‹*

Über dem Text ist ein Bild, auf dem wir alle in die Kamera lächeln, sogar die ›Lake Boys‹ sind mit drauf. Es folgt die komplette Adresse mit Telefonnummer.

»Ist das nicht wunderbar?«, strahlt Emily.

»Nicht so wunderbar wie eine neue Liebe«, und dann singe ich, »eine neue Liebe ist wie ein neues Leben … lalalala«, frei nach Jürgen Marcus, worauf Emily mit einem Kissen nach mir wirft.

»Woher weißt du das schon wieder?«, fragt sie lächelnd.

»Ich hab doch Augen im Kopf. Also, ich glaube, ich habe das eher mitgekriegt als du. Wenn ich *das* nicht bemerkt hätte, wie Thomas dich die ganze Zeit angeschaut hat, müsste ich blind wie ein Maulwurf sein, ganz zu schweigen davon, wie oft er sich hier unter irgendeinem Vorwand herumgetrieben hat.«

»Thomas ist so sensibel«, schwärmt Emily. »Er liebt seine Musik …« Also hat er wie sie eine künstlerische Seite. »… aber dabei ist er enorm zuverlässig und bestimmt ein ganz toller Pädagoge. Ich verstehe die Frau nicht, die ihn hat gehen lassen.«

»Ja, da wundert man sich manchmal«, antworte ich seufzend. »Bestimmt versteht auch niemand, warum ich so einen Traummann wie deinen Bruder, reich und gut aussehend, nicht heiraten wollte.«

»Ich schon«, lacht Emily. »Aber ich kenne ihn ja auch ziemlich gut. Doch ich dachte, nachdem ihr gestern beide im Keller verschwunden seid und so lange weg wart, und so herzlich, wie ihr euch verabschiedet habt, läuft das irgendwie auf eine Versöhnung hinaus, oder?«

»Ach, Emily, ich weiß nicht. Als er so vor mir stand, war auf einmal alles wie früher. Aber ich bin inzwischen eine andere geworden. Ich bin nicht sicher, ob unsere beiden Leben noch zusammenpassen.« Emily nickt verständnisvoll. Dann fallen mir die Worte von Frieda wieder ein: »Wenn es um die Liebe geht, dann braucht man nicht zu überlegen. Man muss immer auf sein Herz hören.« Die gute Frieda. Wie schön wäre es gewesen, wenn sie gestern bei uns gewesen wäre und wir zusammen die Eröffnung hätten feiern können. Doch ich bin sicher, sie war ›bei uns‹, wenn auch nicht physisch. Verstohlen blicke ich aus dem Fenster und freue mich über die beiden Möwen, die auch heute wieder da sind.

Während wir in Ruhe frühstücken und über den gestrigen Abend sprechen, lesen wir nebenbei in den mitgebrachten Zeitungen. Auch die andere Presse berichtet positiv über unsere Eröffnung, und Emily und ich sind voller Hoffnung, dass in Zukunft viele Gäste kommen werden.

»Vielleicht sollten wir so einen Abend wie gestern öfter mal wiederholen, so mit Musik und Cocktails und so weiter?«, schlägt Emily vor.

»Ich denke, so schön dieser Abend war, er sollte eher die Ausnahme bleiben. Wenn wir zum Beispiel eine Autorenlesung machen oder eine Vernissage, dann können wir das gerne wiederholen. Aber so insgesamt möchte ich es trotzdem lieber bei einem Tagescafé belassen. Weißt du, nenn mich altmodisch, aber ich bin nicht so eine Nachteule und ich möchte, ehrlich gesagt, auch nicht, dass die ›Butterblume‹ zu einer Bar wird, wo

Alkohol getrunken wird und Ehefrauen betrogen werden und so weiter.«

Emily lacht: »Und was ist mit den Ehemännern? Die werden nicht betrogen? Aber ich weiß schon, was du meinst. Stimmt. Das ist auch nicht so mein Fall.«

Obwohl die Gäste in den ersten Tagen nur spärlich kommen, freuen wir uns über jeden, der zu uns hereinkommt. Am Wochenende ist jedoch schönes Wetter und es zieht viele Spaziergänger an die frische Luft und an den See. Wir stellen große Kreidetafeln auf mit *Frischer Apfelkuchen* und *Heißer Kaffee, Tee, Schokolade*. Und auf einmal ist das Café voll, und wir kommen kaum noch hinterher mit Kaffee, Cappuccino, Milchkaffee, Tee kochen und so weiter. Der Schokoladenkuchen ist bereits ausverkauft, und auch von den anderen Leckereien haben wir zu wenig. Ich sehe, dass *das* in Zukunft ein Problem werden könnte. Da man nicht vorhersagen kann, wie viele Leute kommen werden, ist es schwer, den Kuchenbedarf zu kalkulieren. Entweder es kommt kaum jemand, und wir haben viel zu viel, oder sie rennen uns die Bude ein, und wir haben viel zu wenig. Da müssen wir uns grundsätzlich etwas überlegen. Vielleicht können wir einiges vorbereiten, das wir einfrieren und dann bei Bedarf nur kurz auftauen müssen. Aber das bedeutet eine neue Investition, einen ordentlichen Gefrierschrank. Na ja, wir müssen ohnehin eine große Geschirrspülmaschine kaufen, da können wir uns ja mal umsehen.

Außerdem fragen die Gäste nach der Tageszeitung und anderen Zeitschriften, und viele erinnern sich an den Zeitungsbericht und fragen uns nach den versprochenen Events wie Autorenlesungen und dergleichen. Mir wird bewusst, dass man, wenn man ein derartiges Geschäft führen will, eigentlich ständig zu tun hat. Am Abend mache ich noch die Buchführung und unterhalte mich ein wenig im Chat oder am Telefon mit Nini oder meiner Mutter, bevor ich todmüde ins Bett falle.

So vergehen die Wochen, es wird immer kälter, und Emily und ich sind vollauf beschäftigt. Morgens mache ich das Haus sauber, drehe meine Runde mit Jojo und gehe einkaufen, bevor ich um 11 Uhr das Café aufmache. Inzwischen gibt es schon einige Stammgäste, die ihren Espresso bei uns trinken und die Zeitung lesen. Gegen Mittag kommt Emily und hilft mir mit dem Mittagsgeschäft, das auch immer mehr wird, denn es kommen inzwischen einige Berufstätige, die ein Sandwich oder ein überbackenes Käsebaguette verzehren und dazu eine Tasse Tee oder Kaffee trinken, bevor am Nachmittag die klassischen Kaffee- und Kuchen-Liebhaber einkehren.

Im Dezember veranstalten ein paar Frauen aus Friedas Kirchengemeinde bei uns ihre kleine Weihnachtsfeier, um gemeinsam mit Tee und Punsch sowie ›Friedas original Gewürzkuchen‹ und allerlei Weihnachtsgebäck das Jahr ausklingen zu lassen. Nicht nur deswegen haben wir uns einen Weihnachtsbaum geholt und diesen wunderschön in Creme und Gold dekoriert. Emily hat traumhaft filigrane Goldsterne gebastelt, die wir, umrahmt von Lichterketten, an die Fenster hängen, und zusammen mit unseren selbst gemachten Weihnachtsgestecken auf den Tischen ist die Atmosphäre festlich und gemütlich.

Tatsächlich gibt es auch schon einen Termin für eine Autorenlesung. Emily ist es über Thomas gelungen, einen Autor der ›Bodenseekrimis‹, Walter Vogler, zu gewinnen, welcher im Januar aus seinem neuesten Werk lesen wird – ›Der Würger vom See‹. Das klingt nach Spannung pur. In der Pause spielen natürlich die ›Lake Boys‹.

Leon ruft ein paar Mal an und fragt, wann wir endlich die versprochene Flasche Wein zusammen trinken, doch ich vertröste ihn ein auf das andere Mal. Irgendwie bin ich noch immer nicht so weit, die Beziehung mit ihm neu aufleben zu lassen, auch wenn ich mich oft verdammt einsam fühle.

Die Arbeit füllt mich zwar aus und macht mich zufrieden, aber wenn ich sehe, wie glücklich Emily ist, seitdem sie mit Thomas zusammen ist, merke ich doch, dass mir etwas fehlt.

Im Moment schließt diese Lücke die kleine Jojo, die immer noch bei mir schläft und meine treueste Freundin geworden ist.

Am Weihnachtsabend trinke ich mit Emily in unserem schön geschmückten Café ein Gläschen Sekt und bedanke mich bei ihr für alles, was sie für mich getan hat.

»Ich weiß nicht, wo ich ohne dich heute wäre«, sage ich ehrlich.

»Das beruht auf Gegenseitigkeit, meine Liebe. Durch dich und die ganze Planung hier habe ich erkannt, was ich mit meinem Leben anfangen will. Und dass man sich manchmal selber in den Hintern treten muss, sonst ändert sich nichts.«

Nanu, *ich*, die immer so unentschlossen und wankelmütig war, soll ein Vorbild sein?

»Ja, du hattest einen Traum und wolltest ihn unbedingt

verwirklichen. Und diese Zielstrebigkeit hat mich einfach mitgerissen.« So habe ich das noch gar nicht gesehen.

»Tatsache ist, dass du mir enorm geholfen hast«, sage ich darum noch einmal.

»Das hab ich gerne getan, glaube mir. Und ich habe dabei noch die Liebe gefunden. Eigentlich muss ich also dir dankbar sein ...«

»Schluss mit den vielen Danksagungen, das ist ja wie bei der Oscarverleihung«, lache ich und gebe Emily ihr Weihnachtsgeschenk.

Es ist eine bestickte Tasche aus Wildleder aus demselben Geschäft in Überlingen, in dem ich mein grünes Kleid gekauft habe. Habe ich das eigentlich jemals getragen? Na, hier bei der Arbeit wäre es jedenfalls ziemlich overdressed.

Emily freut sich riesig und gibt mir mein Geschenk, eine Kette aus grünen Swarowski-Steinen, die sie, passend zu den Ohrringen, für mich gemacht hat. Das schönste Geschenk, das man sich vorstellen kann, denn es steckt so viel Liebe und Mühe drin.

»Das soll ich dir von Leon geben«, sagt sie, als sie bereits ihren Mantel anzieht. »Bist du sicher, dass du nicht mitkommen möchtest? Ich mag dich gar nicht alleine lassen.«

Emily und Thomas wollen Weihnachten bei ihm zu Hause verbringen, und ich würde lieber sterben, als mich dieser jungen Liebe heute Abend aufzudrängen.

»Nein, vielen Dank«, sage ich darum. »Du weißt, dass ich heute Abend alleine sein möchte. Ich gehe in die Kirche und dann esse ich zusammen mit Jojo ein bisschen was und mache die Glotze an. Also ein richtig gemütlicher Abend, kein Problem, wirklich nicht.«

Meine fröhliche Stimme scheint sie zu beruhigen.

»Frohe Weihnachten, Maja. Und morgen Nachmittag komme ich vorbei.«

»Aber wir haben doch bis nach Silvester geschlossen.«

»Ich weiß, aber ich komme morgen trotzdem, ob du willst oder nicht. Oder denkst du, du kannst die Weihnachtstorte ganz alleine aufessen?«

»Frohe Weihnachten, liebe Emily.« Ich nehme sie fest in den Arm und winke ihr noch nach, bis sie um die Ecke verschwunden ist.

Später öffne ich Leons Umschlag. Er hat eine rührende Weihnachtskarte geschrieben und ein Foto von uns beiden vom Sommer mit hineingelegt. Dieser Leon. Er schlägt vor, Silvester und Neujahr zusammen am Arlberg zu verbringen, er kenne da ein tolles Hotel, wo man sich so richtig verwöhnen lassen könne. Man kann ihm jedenfalls keinen Mangel an Hartnäckigkeit vorwerfen. Mit Tesa klebe ich die Karte zu den anderen an die Tür, wo sie mir jeden Tag die schönsten Ausblicke auf Weihnachten bieten. Dann ziehe ich meine dicke Daunenjacke an, und Jojo und ich drehen eine große Runde am See. Der Himmel ist grau und dunkel und sieht an manchen Stellen leicht rosa aus. Es könnte sein, dass es schneien wird heute Abend. Ich weiß noch, wie glücklich Nini immer war, wenn es an Heiligabend geschneit hat. Heute vermisse ich sie besonders, aber sie hat leider keinen Flug mehr bekommen, stattdessen kommt sie morgen schon gegen Mittag. Was sie wohl zu unserer ›Butterblume‹ sagen wird? Als ich wieder zu Hause bin, dusche ich und schminke mich. Dann ziehe ich mein schönes, grünes Kleid an. Warum eigentlich nicht? Schließlich ist Weihnachten.

Brrr, im Auto bereue ich es schon. Ich hätte in die Kirche den dicken Pulli und die Jeans anziehen sollen. Der Gottesdienst ist wie immer sehr feierlich, und endlich bin ich auch ein wenig in Weihnachtsstimmung. Ich danke Gott für alles Glück, was ich in diesem Jahr erfahren durfte, und spreche noch ein kleines Extra-Gebet für meine Lieben einschließlich Frieda.

Als ich aus der Kirche komme, hat es leicht zu schneien begonnen und die Flocken fallen sachte auf den kalten Boden. Das könnte glatt werden, darum fahre ich besonders langsam. Warum soll ich mich beeilen, schließlich wartet außer Jojo ja niemand auf mich.

Bevor wir beide nach oben gehen, bereite ich Jojos Futter in der Küche und gieße mir selbst ein großes Glas Rotwein ein. Ich zünde alle Lichter im Gastraum an und lege die CD ›Silent Night‹ von Mahalia Jackson ein, nur um mich selbst noch ein wenig daran zu erfreuen. Wie schön die ›Butterblume‹ geworden ist. Stolz blicke ich mich um. Mein Traum. Er ist wahr geworden, ich kann es immer noch nicht glauben. Ich sehe aus dem Fenster und beobachte den Schnee, der in den Garten fällt. Wie schnell dieses Jahr vergangen ist. Und was ist alles geschehen. Wenn mir Anfang des Jahres jemand gesagt hätte, dass ich am Ende hier ein Café betreibe, ich hätte es nicht geglaubt. Da war ich noch bei Herrn Aschenbrenner angestellt und habe mich von ihm schikanieren lassen. Ich sehe hinüber zum Steg, der mittlerweile voll mit frisch gefallenem Schnee ist, und denke an Christian. Warum habe ich ihn nie wieder gesehen? Ich hatte geglaubt, ihm hätte unsere gemeinsame Nacht ebenso viel bedeutet wie mir. Aber das war wohl ein Irrtum … Ich bin trotzdem froh, dass ich auf Friedas Anraten meinen Traum umgesetzt habe, auch wenn ich den Pachtvertrag zunächst zerreißen wollte. Die gute Frieda. Ohne sie wäre ich wohl kaum hier. Tatsächlich sehe ich in diesem Augenblick wieder eine Möwe auf dem Steg.

»Frohe Weihnachten, Frieda!«, proste ich ihr zu. Wahrscheinlich drehe ich langsam durch.

Außerdem höre ich die Türklingel, und das kann nun wirklich nicht sein. Die Tür zum Café ist abgeschlossen, und privat erwarte ich am heutigen Abend niemanden.

Doch es klingelt noch einmal, und es bleibt mir nichts übrig, als mit Jojos Unterstützung nachzusehen.

»Frohe Weihnachten, Maja.« Draußen steht meine Mutter, leicht verschneit und bis über die Ohren strahlend. Und sie ist nicht allein.

»Das ist Steve.« Sie zeigt auf einen baumlangen Kerl neben sich, der genauso nett und sympathisch aussieht wie auf den Fotos.

»Merry Christmas, Maja«, sagt er mit seiner tiefen Stimme.

»Welcome …«, stottere ich, weil ich gar nicht weiß, was ich sagen soll.

»Wir dachten, du bist sonst so allein an Weihnachten. Und außerdem wollte Steve dich unbedingt kennenlernen. Wozu hast du schließlich so ein schönes Gästezimmer?«

Ich kann mein Glück kaum fassen. Es ist so schön, die beiden zu sehen.

»Kommt herein. Ich bin gespannt, wie es euch gefällt«, lache ich.

»Wow, da hast du ja ein Schmuckkästchen draus gemacht. Ach, Maja, es ist herrlich, bei dir zu sein. Ich habe dich wahnsinnig vermisst. Aber dieser süße Ami ist es einfach wert, weißt du.« Sie kneift ihm in den Hintern. Die beiden strahlen sich so verliebt an, dass es eine wahre Freude ist.

Während Steve das Gepäck aus dem Leihwagen holt, nehme ich ein paar Pizzen aus der Gefriertruhe. Nicht das perfekte Weihnachtsessen, aber was anderes habe ich nicht vorbereitet.

»Er ist so lieb«, flüstert meine Mutter mir zu. »Und Amerika ist echt toll. Wenn es nur nicht so weit weg von dir wäre.«

Es klingelt schon wieder. Das muss Steve mit den Koffern sein.

»Frohe Weihnachten, Mami.« Nein. Die Überraschungen nehmen heute kein Ende. Es ist Nini, und ich muss eine Träne verschlucken, vor Freude. »Ich dachte, ich lasse dich doch nicht am Heiligabend allein. Und da hat Peter mir den teuren Flug spendiert und zu Weihnachten geschenkt. Das ist übrigens Ben.«

»Hello«, sage ich, vollkommen durcheinander.

»Ben ist Deutscher«, lacht Nini. »Er ist in London in meiner Klasse. Wir sind befreundet.«

Ach, deswegen hat sie so viel von ihm geschrieben. Ich dachte nur, er sei Engländer.

»Sein Vater arbeitet in London, deshalb ist er dort.« Nini sieht ihn verliebt an. »Aber Weihnachten will Ben bei seiner Mami in Karlsruhe sein, und da sie ja auch erst morgen mit ihm rechnet, hat er mich noch hierher gefahren.«

Das alles sprudelt aus ihr heraus, während wir ins Haus gehen.

»Das ist doch in Ordnung für Sie, Frau Winter?«, fragt Ben höflich.

»Omi! Das ist ja eine Überraschung.« Nini ist total aus dem Häuschen.

Im Nu gibt es ein großes »Hallo!«, und der größte der Tische wird gedeckt. Ich hole immer mehr Pizzen, schenke Wein ein und kredenze den Weihnachtskuchen, der eigentlich für morgen vorgesehen war. Emily wird's verstehen. Alle reden durcheinander und erzählen von London und Michigan und ich von der Eröffnung des Cafés. Jojo wuselt um alle herum und lässt sich mit Häppchen verwöhnen.

Dann kratzt sie an der Terrassentür, weil sie mal raus muss, und ich gehe wie gewohnt mit ihr in den Garten. Doch Jojo bleibt nicht wie sonst in meiner Nähe, sondern verschwindet um die Ecke Richtung Einfahrt.

»Jojo, bleib hier!«, schimpfe ich. Jetzt muss ich mit meinen Pumps durch den Schnee stapfen. Als ich zur Einfahrt komme, sehe ich dort noch ein Auto. Die beiden kleinen Leihwagen und … einen alten Volvo. Das muss eine optische Täuschung sein.

»Frohe Weihnachten, Maja«, sagt dieser freche Kerl mit seinem unverschämt sexy Grinsen.

»Frohe Weihnachten, Christian.«

Was Besseres fällt mir in diesem Moment nicht ein. Dabei sieht er so schnucklig aus, dass ich ihm am liebsten um den Hals fallen und ihn küssen würde.

»Wie geht's?«, fragt er nicht sehr einfallsreich. »Ich wollte doch mal sehen, was du aus der alten Hütte gemacht hast.«

»Ach ja. Dazu hast du dir ja ganz schön lange Zeit gelassen«, schimpfe ich mit ihm.

»Das sagst ausgerechnet *du*? Die sich *nie* gemeldet hat, obwohl sie meine Telefonnummer hatte? Aber das ist ja auch kein Wunder, wenn man so kurz vor der Hochzeit steht. Apropos, lass deinen Ehemann lieber nicht so lange warten. Sicher wundert er sich schon, wo du bleibst.« Nun ist auch er wütend.

»Ehemann? Welcher Ehemann denn?« Dieser Kerl macht mich total konfus.

»Na, als du dich nie bei mir gemeldet hast, habe ich von Herrn Aschenbrenner deine Adresse herausgekitzelt und bin einfach zu dir gefahren. Du warst nicht da, stattdessen wartete dein ›Zukünftiger‹ dort mit einem Riesen-Blumenstrauß auf dich und sagte mir, er solle mir ausrichten, dass ich dich in Zukunft bitte in Ruhe lassen soll, da ihr beide in Kürze heiraten wolltet.«

»Waaas?« Ich verstehe immer noch nicht richtig. Das muss Leon gewesen sein, an dem Abend, als er mich überredete, mit aufs Weinfest zu kommen. Er hat mir nichts davon erzählt, dass Christian da war.

»Was du ja dann auch getan hast.« Du Feigling, füge ich im Geiste hinzu. Also ich finde, so leicht hätte er ja nicht aufzugeben brauchen, oder?

»Nein, das habe ich nicht. Als ich kurze Zeit später noch einmal hier war, um die ›Sommerwind‹ aus dem Wasser zu holen, fuhr ich wieder zu dir. Aber du warst nicht da, also ging ich ein bisschen an der Uferpromenade spazieren, in der Absicht, später noch einmal zu dir zu gehen und mit dir zu reden. Aber dann sah ich euch, in dem Straßencafé. Und wie ihr euch umarmt habt. Und die Schachtel auf dem Tisch. Und ich dachte, okay, in dem Fall hat wohl ein anderer die Nase vorn. Das passte ja auch dazu, dass du nie angerufen hast. Trotzdem hoffte ich, du würdest dich vielleicht doch noch melden und dass alles ganz anders wäre. Deshalb habe ich dir den Vertrag zugeschickt, in der Hoffnung, du würdest mich jetzt wenigstens anrufen. Aber du hast ihn nur unterschrieben und dich quasi von mir verabschiedet. Ich musste zurück nach Kanada, denn dieser ›Kurzurlaub‹ war ja eigentlich gar nicht geplant. Was ist denn jetzt mit deinem Ehemann?«

Also so war das. Die Tatsache, dass Christian offenbar versucht hat, mit mir zu reden, bringt schon wieder ein Lächeln in mein Gesicht.

»Nein …, ich habe Leon nicht geheiratet.«

»Ihr habt gar nicht geheiratet? Aber die Schachtel … und der Ring …, warum denn nicht?«

Das beantworte ich erst mal noch nicht.

»Und was ist mit deiner Frau?«, frage ich stattdessen.

»Meiner Frau? Du weißt doch, dass wir schon eine Weile auseinander sind.«

»Ja, aber als ich bei dir im Büro anrief, hat deine Sekretärin gesagt, du wärst bei deiner Frau in Kanada …«

Von der verbummelten Handynummer sage ich auch jetzt noch nichts.

»Meine Exfrau ist inzwischen auch in der Kanzlei meines Onkels tätig. Er hatte ja ursprünglich uns beiden das Angebot gemacht, nach Kanada zu kommen, und ich hatte sie einmal dorthin mitgenommen. Wie du weißt, ist sie auch Anwältin, und es gefiel ihr gleich super dort. Viel besser als mir übrigens. Sie hat auch schon einen neuen Freund und wird wohl dort bleiben. Willst du mich eigentlich ewig hier draußen stehen lassen?«

Wie er da so steht mit dem Schnee in den Haaren, die ihm die Stirn fallen, und der uralten Lederjacke, ist er so ganz anders als der gepflegte und attraktive Leon. Und doch ist er alles, was ich will in diesem Moment.

Und für immer. Wie hat Frieda so schön gesagt: »Höre auf dein Herz. Freundschaft ist wichtig, Maja. Aber Liebe ist alles.«

In diesem Augenblick ist mir klar, was sie damit meint. Es ist nicht entscheidend, dass wir uns seit Monaten nicht gesehen haben und voneinander glaubten, wir wären uns nicht wichtig.

Ich weiß einfach, dass er dasselbe für mich empfindet wie ich für ihn. Und als Christian endlich auf mich zukommt, mir in die Augen sieht und mich küsst, schließe ich die Augen und weiß, dass ich endlich angekommen bin.

Nachwort

Ich glaube, ich muss nicht extra erwähnen, dass dieses Weihnachten das schönste ist, das ich je gefeiert habe. Mit Tiefkühlpizza und Weihnachtstorte, selbst gemachtem Cappuccino und Wein (nein, nicht vom Weingut Römfeld, sondern passend zur Pizza aus Italien) saßen wir den ganzen Abend zusammen, haben geredet und gelacht.

Meine Mutter, Steve, aber vor allem Nini verstehen sich super mit Christian, der zu den ganzen Geschichten aus London und Detroit nun auch noch ein paar aus Kanada beisteuern konnte.

Steve und meine Mama wollen zusammenbleiben. Und

nachdem es Steve so gut in Deutschland gefällt, überlegen sie, ob sie sich nicht irgendwo am See eine Wohnung oder ein Haus mieten sollen. Also ich hätte da schon so eine Idee …

Während wir alle durcheinanderredeten, lag die ganze Zeit die kleine Jojo zufrieden zu unseren Füßen.

Danach habe ich allen ihre Gästezimmer und Christian sein altes Mansardenzimmer gezeigt. Er war erstaunt, wie gemütlich alles geworden ist. Allerdings muss ich zugeben, dass wir uns nicht allzu lange mit der Wohnungsbesichtigung aufgehalten haben, da wir unbedingt da weitermachen wollten, wo wir im Sommer auf dem Boot aufgehört hatten.

Gerade bin ich aufgewacht und habe sein schlafendes Gesicht betrachtet. Ich bin so glücklich wie nie. Deshalb gehe ich auch gleich nach unten und werfe die Kaffeemaschine an. Der Schnee hat den Garten in ein einziges Winterwunderland verwandelt. Die Sonne glitzert auf dem Wasser, als ich barfuß in meinen Stiefeln mit meinem übergeworfenen Mantel zum Steg stapfe und die beiden Möwen mit etwas altem Brot füttere. Schließlich ist heute Weihnachten.

»Danke, Frieda«, flüstere ich. »Ohne dich wäre ich nicht hier.«

Und der Mann, von dem mein Herz von Anfang an geträumt hat, hat mich heute Nacht gefragt, ob ich mir vorstellen könne, dass er hier mit mir leben würde. Die Pacht würden wir dann natürlich vergessen … Er hätte keine Lust mehr auf Kanada und sei eigentlich auch nicht in Stuttgart, sondern nur hier richtig glücklich. Genau genommen hat er ›bei dir‹ gesagt. Dass er gerne eine Kanzlei in Überlingen aufmachen und er sich wünschen würde, dass hier vielleicht ein kleines Mädchen mit dem Hund im Garten spielen oder ein kleiner Junge auf einem Segelboot … Was ich davon halten würde?

Wer hat gesagt, dass Träume nicht wahr werden können? Man muss nur daran glauben … Und etwas dafür tun (würde Frieda jetzt sagen).

ENDE

Gabriele Diechler
Vom Himmel das Helle
978-3-8392-1271-4

»Eine mitreißende Geschichte voller Spannung, Romantik und Figuren, die einem sofort ans Herz wachsen.«

Lea Einsiedel, Ende 40, arbeitet als Notfallpsychologin für die Mordkommission. Eines Tages hört sie eine männliche Stimme. Sie gehört zu Mark, einem Toten, der ohne Körper lebt und sich in Lea verliebt hat. Anfangs glaubt sie, sie sei überarbeitet und fantasiere. Doch als sie am nächsten Tag von ihrem Kollegen zu einem Mordfall gerufen wird, den ihr Mark angekündigt hat, muss sie sich der Wahrheit stellen. Am Tatort trifft sie auf ihre ehemalige Schulkameradin Almut, deren Mann erschossen wurde. Mit Marks Hilfe kommt sie einem grausigen Geheimnis auf die Spur …

GMEINER

Wir machen's spannend

Unsere Lesermagazine

2 x jährlich das Neueste aus der Gmeiner-Bibliothek

24 x 35 cm, 32 S., farbig; inkl. Büchermagazin »nicht nur« für Frauen

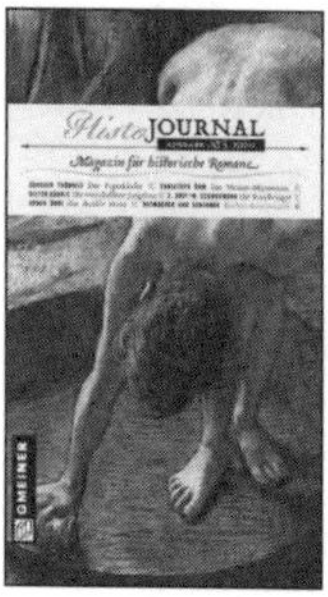

10 x 18 cm, 16 S., farbig

Alle Lesermagazine erhalten Sie in Ihrer Buchhandlung oder unter www.gmeiner-verlag.de.

GmeinerNewsletter

Neues aus der Welt der Gmeiner-Romane

Haben Sie schon unsere GmeinerNewsletter abonniert?

Monatlich erhalten Sie per E-Mail aktuelle Informationen aus der Welt der Krimis, der historischen Romane und der Frauenromane: Buchtipps, Berichte über Autoren und ihre Arbeit, Veranstaltungshinweise, neue Literaturseiten im Internet und interessante Neuigkeiten.

Die Anmeldung zu den GmeinerNewslettern ist ganz einfach. Direkt auf der Homepage des Gmeiner-Verlags (www.gmeiner-verlag.de) finden Sie das entsprechende Anmeldeformular.

Ihre Meinung ist gefragt!

Mitmachen und gewinnen

Wir möchten Ihnen mit unseren Romanen immer beste Unterhaltung bieten. Sie können uns dabei unterstützen, indem Sie uns Ihre Meinung zu den Gmeiner-Romanen sagen! Senden Sie eine E-Mail an gewinnspiel@gmeiner-verlag.de und teilen Sie uns mit, welches Buch Sie gelesen haben und wie es Ihnen gefallen hat. Alle Einsendungen nehmen automatisch am großen Jahresgewinnspiel mit attraktiven Buchpreisen teil.

GMEINER

Wir machen's spannend